MARTHA GRIMES

Fremde Federn

Buch

Eigentlich wollte Superintendent Richard Jury von Scotland Yard einmal Urlaub machen. Doch dann wird er von einer alten Freundin gebeten, in Amerika den mysteriösen Tod von Philip Calvert aufzuklären, eines Mitarbeiters der weltberühmten Barnes-Stiftung. Zusammen mit Sergeant Wiggins und seinem adeligen Freund Melrose Plant macht Jury sich also auf nach Pennsylvania.

Dort werden die drei Briten von der berühmten Schriftstellerin Ellen Taylor empfangen, die ihnen von der schwarzen Studentin Beverly Brown erzählt. Davon, daß die junge Frau behauptet hat, ein verschollenes Manuskript von Edgar Allan Poe entdeckt zu haben. Daß sie etwas über den Mord an Philip Calvert herausgefunden haben wollte. Und daß die Studentin ausgerechnet in der Nacht von Edgar Allan Poes Geburtstag an dessen Grab ermordet wurde. Aber was wußte Beverly Brown wirklich? Warum mußte sie sterben? Und vor allem: was hat das alles mit dem Tod von Philip Calvert zu tun?

Auf getrennten Wegen machen sich Superintendent Jury, Sergeant Wiggins und Melrose Plant an die Ermittlungen. Die Zeit drängt, denn wie es scheint, kann schon bald der nächste Mord geschehen.

Fremde Federn ist ein Lesevergnügen ersten Ranges: »Ein unterhaltsamer, witziger und intelligenter Kriminalroman« *(Norddeutscher Rundfunk, Buchtip)* und ein brillantes Vexierspiel um Dichtung und Wahrheit, Originalität und Fälschung, Schein und Sein.

Autorin

Martha Grimes zählt zu den erfolgreichsten und meistgelobten Autorinnen unserer Zeit. Sie wurde in Pittsburgh geboren und studierte an der University of Maryland. Martha Grimes unterrichtete lange Zeit kreatives Schreiben an der Johns-Hopkins-University und lebt heute abwechselnd in Washington, D. C., und in Santa Fe, New Mexico.

Von Martha Grimes außerdem im Goldmann Verlag erschienen:
Das Hotel am See. Roman (43761) · Freier Eintritt. Roman (43307) · Wenn die Mausefalle schließt / Der Zug fährt ab. 2 Romane in einem Band (43946)

Als gebundene Ausgabe:
Gewagtes Spiel. Roman (30487) · Blinder Eifer. Roman (30486)

Martha Grimes

Fremde Federn

Roman

Deutsch von Sigrid Ruschmeier

GOLDMANN

Die Originalausgabe erschien unter dem Titel
»The Horse You Came in On«
bei Alfred A. Knopf, New York

Die Zeilen aus dem Poe-Gedicht »Alone« am Ende von Kapitel 23 stammen aus dem Band: »Edgar Allan Poe. Ausgewählte Werke in drei Bänden.« Band III: Dichtung und Briefe. Übertragen von Karl Heinz Berger. Insel Verlag/Anton Kippenberg, Leipzig 1989.

Umwelthinweis:
Alle bedruckten Materialien dieses Taschenbuches
sind chlorfrei und umweltschonend.
Das Papier enthät Recycling-Anteile.

Neuveröffentlichung 1/99

Umschlaggestaltung: Design Team München
Umschlagmotiv: Henry Wallis, Tate Gallery, London
Druck: Elsnerdruck, Berlin
Krimi 5270
JE · Herstellung: sc
Made in Germany
ISBN 3-442-05270-X

1 3 5 7 9 10 8 6 4 2

Für Laura Scott Perry,
eine Freundin in Nickel City.

Kultiviert und heiter,
verdorben und galant.

F. Scott Fitzgerald über Baltimore

TEIL I

CIDER ALLEY

1

Der Blinde roch etwas Neues in der Cider Alley, einen neuen Gestank, der sich mit dem nach Urin und Schweiß, Bier und Whisky vermischte und aus einem Hauseingang kam (glaubte er zumindest), in dem sonst immer eine Gruppe Männer herumstand. Wenn er durch die enge Straße ging, gab es meist ein paar unverbindliche Begrüßungen – ein Schulterklopfen, die Berührung einer Hand auf seinem Arm, ein lautes Hallo. Mitleidige Gesten und rührselige Worte haßte er und wehrte sie ab. Er fühlte sich den anderen Obdachlosen überlegen: Mit Zähigkeit, scharfem Verstand und spitzer Zunge hatte er seinen Platz auf dem Luftschacht schon über ein Jahr behauptet. Sein Fleckchen. Die Leute kannten ihn.

Der Blinde verabscheute es, wenn ihm jemand zu nahe trat, es sei denn, er selbst fragte nach der Uhrzeit oder dem Weg. Er weigerte sich, den Bürgersteig mit einem weißen Blindenstock abzuklopfen, aber er besaß einen Spazierstock aus Bruyèreholz und benutzte ihn durchaus, wenn ihm jemand komisch kam – oder einfach nur lästig wurde.

Nicht mit dem Spazierstock, sondern mit der Schuhspitze blieb er in einem weichen, fremden Gegenstand hängen und schlug beinahe hin. Doch Hindernisse war er gewöhnt, und rasch fand er das Gleichgewicht wieder.

Er war auf die Quelle des ungewohnten Geruchs gestoßen. Er kniete sich hin und strich mit der Hand über rauhen Stoff und weiche Haut.

Ein Mann. Gestürzt, wahrscheinlich betrunken. Er tastete ihn sorgfältig ab; sein Tastsinn war noch ausgeprägter als sein Geruchssinn. Er berührte etwas Vertrautes, ein grobes Kreuz, das sein Freund immer um den Hals getragen hatte. John-Joy. Seine Finger glitten zuerst über den vertrauten Mund und dann über die Anzugjacke darunter. Bevor er noch mit seinem Gewissen kämpfen konnte, hatte er die Jacke schon genommen und gegen seine eigene vertauscht. Die von John-Joy war unendlich viel besser: teure, feine Wolle, er hatte sich immer gewundert, wer wohl ein solches Kleidungsstück in den Müll geworfen hatte. Nun würde John-Joy aufwachen, wieder zu sich kommen und feststellen, daß er Milos' alte graue Jacke aus dünnem Leinen trug. Nicht das Wahre für eine Januarnacht. Aber John-Joy, der verstand einen Scherz.

Oder?

Er roch ja gar nicht nach Alkohol. Schnell tastete Milos ihn von Kopf bis Fuß ab. Der Geruch hing schwer in der Luft; Milos mußte nicht erst spüren, wie klebrig seine Hand plötzlich war, um Bescheid zu wissen.

Seine Zunge, sein Mund formten sich zu einem Schrei, von dem er wußte, daß er zu hören war, auch wenn er selbst nichts hörte. »Polizei!«

Mit der einen Hand kratzte er über den kalten Stein des Gebäudes; mit dem Stock in der anderen hieb er um sich und brüllte noch lauter: »Polizei! Polizei!«

Die Leute waren immer wieder verblüfft (und er genoß ihre Verblüffung), wie klar und deutlich er sprach, obwohl er fast taub war. Erst vor zehn Jahren war der Unfall passiert, nach dem er allmählich Augenlicht und Gehör verloren hatte. Wenn ihm jemand direkt ins rechte Ohr trompetete, verstand er das Gesagte manchmal, aber mehr war nicht drin. Er schrie noch einmal.

Dann spürte er die Anwesenheit eines anderen; er spürte, daß jemand da war, und fragte sich, ob dieser Jemand in seine Schreie einstimmte. Er sagte der Person, er sei taub und sie solle die Polizei holen, aber nichts rührte sich. Er wußte nicht, was los war. Er streckte die Hand aus und sagte: »Schreiben Sie in meine Hand!« Er fühlte einen Arm. »Schreiben Sie mir in die Hand!« sagte er noch einmal. Es war seine einzige Möglichkeit zu kommunizieren. Er spürte, wie der Finger der anderen Person ihn berührte, aber er fuhr zu schnell über seine Handfläche. Dämlicher Idiot! sagte er, außer sich vor Zorn. Wofür hielten sie ihn, für einen Scheißcomputer? »Langsamer, langsamer! Ich verstehe Sie sonst nicht!« schrie er.

Der Finger malte die Buchstaben »B I N I C H«. Weiter nichts, nur emsiges Scharren. Er spürte, wie die andere Person sich bückte und wieder erhob, und brüllte mit größter Anstrengung: »Was? Sie verdammter Blödmann! ›Bin ich‹ *was?* Was heißt ›bin ich‹?« Der Blinde war bekannt dafür, daß ihm immer sofort der Geduldsfaden riß.

Die andere Hand ergriff seine. Jetzt schrieb der Finger ganz langsam die Buchstaben »I C H«. Dann »B I N«. Dann »P O L«. Pause. Der bescheuerte Typ nahm sich weiß Gott Zeit, aber er war wenigstens so schlau, kein überflüssiges Wort zu verlieren. Dann »I Z E I«.

Wütend – Milos war immer wütend, hatte oft diese stumme Wut gehabt, sogar schon vor dem Unfall – schrie er: »Verdammte Scheiße, was ist das? ›I Z E I‹? Verflucht, was ist das?«

Wieder nahm der andere seine Hand, und der Finger schrieb, diesmal schneller: »ICH BIN POLIZEI.«

»Sie hirnrissiges Arschloch!« rief Milos. »Warum haben Sie das nicht gleich gesagt?«

2

I

Ironischerweise hieß das Mädchen Beatrice. Und ihre Haut war blaß und ihr Haar rot. Aber nicht Rossetti-rot, nicht durchscheinend rot wie das Haar der Beata Beatrix an der Wand vor ihr.

Selbst angesichts der unsterblichen Gemälde um sie herum konnten das Mädchen und der Junge ihre sterblichen Hände nicht voneinander lassen. Sie umklammerten und küßten sich ohne Rücksicht auf die Umstehenden, die sie leicht empört anschauten. Sie waren zu sehr ineinander versunken, um auf irgend jemand anderen in der Tate Gallery zu achten, so jung und auf sich selbst bezogen, daß es ihnen völlig gleichgültig war, ein Bild abzugeben, das einen Maler nicht die Bohne gereizt hätte. Purpurrotes Haar und schwarzes Leder (das Mädchen), kurz geschorenes braunes Haar mit einem purpurnen Streifen und schwarzes Leder (der Junge) legten die Vermutung nahe, daß sie Zwillinge waren; doch ihre tastenden Hände legten andere Vermutungen nahe.

Man gewann allerdings nicht den Eindruck, daß sie sich in den Fängen irdischer oder überirdischer Leidenschaften befanden, eigentlich nicht einmal in denen der Fleischeslust. Ihre öffentliche Vorstellung diente allein dem Zweck, der Welt kundzutun, daß sie sich einen Scheißdreck um die Empfindungen anderer scherten, ob diese anderen nun herumspazierten, die wunderbaren Bilder betrachteten oder neben ihnen auf der Bank saßen.

Eine Galeriebesucherin saß beinahe Schulter an Schulter mit dem Mädchen, das gerade seine Zunge in den Mund des Jungen schob und wenig überzeugend stöhnte. Als das Mädchen die Frau rechts hinter sich spürte, deren schwere Schulter an der eigenen, versuchte es die unwillkommene Bürde loszuwerden und rückte abrupt (die Zunge immer noch im Mund des Freundes) ein wenig zur Seite. Die Last aber wurde schwerer, die Frau rutschte langsam weiter den Rücken des Mädchens hinunter, bis das Mädchen sich umdrehte und sagte, sie solle sich verpissen, die blöde Kuh.

Aber die Frau, mittleren Alters, überaus schick und geschmackvoll gekleidet, reagierte nicht. Sie wurde immer schwerer, als suche sie an der Schulter des Mädchens Halt.

»He...!« fing das Mädchen an und riß sich von dem Jungen los, um zwischen sich und der schlummernden Frau Platz zu schaffen. »Meine Da-me!« sagte sie mit schneidender Ungeduld.

Aber die Dame antwortete nicht, sondern fiel langsam zur Seite auf die Bank.

»Ach, du *Scheiße*«, flüsterte das Mädchen und stand auf.

II

Sie hieß Bea und er Gabe, und im Gegensatz zu den Wärtern in der Tate Gallery entging Richard Jury die Ironie nicht.

Keine Sekunde hatte das Mädchen aufgehört, Kaugummi zu kauen. Ihr rotes Haar war zu Stacheln hochtoupiert; der schwarze Lederrock bedeckte knapp ihr Hinterteil. Wenn überhaupt, war sie die Underground-Version von Dante Gabriel Rossettis Beatrice.

Im Moment besorgte der Junge, Gabe, das Reden, obwohl Bea seine kehligen Laute mit ihren nicht weniger kehligen fleißig unterbrach. »Woher sollten wir das schnallen? Konnte ja voll blau sein, ey.«

»Oder an der Nadel«, sagte Gabe, ganz der Welterfahrene.

Richard Jury sah, daß es jenseits der Vorstellungskraft dieser beiden lag, daß ein Lebenslicht auch aus anderen Gründen verlöschen konnte. Tot, breit, high – es kam, wie's kam.

Die tote Frau war auf einer Bahre über den glänzenden Boden weggerollt worden. Inspektor Marks von der Londoner Kripo hatte ihren Abtransport überwacht und unterhielt sich jetzt (sichtlich erleichtert) mit Scotland Yard, Mordkommission, in Gestalt von Superintendent Jury. Jury war vor Marks in dem Raum gewesen und hatte mit Hilfe der Wärter die Leute – ungefähr ein Dutzend – davon abgehalten, fortzugehen.

Er war zufällig in der Tate gewesen, um die »Swagger«-Ausstellung mit den protzigen Bildern der feinen Gesellschaft zu sehen, bevor sie zu Ende ging. Er hielt sich für unterbelichtet, was die bildenden Künste anging, und dachte, ein bißchen Nachhilfe über die Unterschiede zwischen Reynolds und Gainsborough könnte ihm nicht schaden. Von allen Gemäldegalerien in London gefiel Jury die Tate am besten. Und Bea und Gabe hatten ihre schreckliche Entdeckung in seinem Lieblingsraum gemacht, dort, wo er sich gerade befand. Rossetti, Burne-Jones, William Holman Hunt, Millais' *Ophelia* – er fand sie alle unbeschreiblich romantisch. Der Junge und das Mädchen hatten vor dem Rossetti-Gemälde am einen Ende der Bank gesessen, die Frau im rechten Winkel dazu vor dem berühmten Bildnis Chattertons.

»Mrs. Frances Hamilton«, sagte Inspektor Marks und schaute in seine Notizen. »Warminster Road, Belgravia. Ausweisen konnte sie sich wahrhaftig – sechs Kreditkarten, Scheckhefte. Aber kein Führerschein.«

Warum kam ihm die Adresse bekannt vor? Jury runzelte die Stirn, wußte aber nicht, wo er sie einordnen sollte. Er hatte sich abseits gehalten, als die Kripo und der Gerichtsmediziner Fotos machten und an der Leiche von Frances Hamilton herumfingerten. Der Arzt vermutete einen Schlaganfall, aber sicher war er nicht. Die verstorbene Mrs. Hamilton sei fortgeschrittenen Alters, aber kaum älter als sechzig, bei guter Gesundheit. Vor einer genaueren Untersuchung könne er ihnen mehr nicht sagen.

»Hat einer von denen gesehen, wie es passiert ist?« Jury deutete mit dem Kopf in Richtung des nervösen Grüppchens Galeriebesucher in einer Ecke des Raumes. Sie wurden von Marks' Männern befragt.

»Nein. Nur die beiden Jugendlichen. Und gesehen haben die

auch erst dann etwas, als sie neben ihnen zusammengesunken ist. Witzig mit den Blagen, da tun sie immer so, als könnte ihnen keiner mehr was vormachen und nichts könnte sie erschüttern. Aber wenn dann wirklich mal jemand abkratzt oder ein Notfall eintritt, gucken sie dumm aus der Wäsche.«

III

Thomas Chatterton, die Haut wie blaues Eis, lag auf dem schmalen Bett, der Arm hing elegant über die Kante, die Finger berührten fast den Boden, als wolle er die Fetzen der Manuskriptseiten, die – auf dem Bild – aussahen wie verstreutes Konfetti, von den blanken Dielen wieder einsammeln. Die Blätter hatte der Dichter zerrissen, bevor er den tödlichen Trank nahm.

Der herrliche Knabe. Hatte ihn nicht jemand einmal so genannt, überlegte Jury. Er saß auf derselben Bank an ungefähr derselben Stelle, wo die Frau vor kaum mehr als zwei Stunden gesessen hatte.

Jury war immer der Meinung gewesen, daß Chatterton ein Leben geführt hatte, wie man es sich trauriger nicht vorstellen konnte. Die siebzehnjährigen Jugendlichen, denen Jury begegnete, waren entweder auf Heroin, klauten Autos oder zockten die Kreditkarten ihrer Eltern ab. Je nachdem, in welchem Stadtteil Londons er gerade zu tun hatte.

Mit siebzehn hatte Thomas Chatterton die literarische Welt mit einem Gedichtzyklus in Erstaunen versetzt. Nach Jurys Überzeugung hatte sich niemand wirklich dafür interessiert, daß die Rowley-Gedichte eine Fälschung waren. Außer Horace Walpole. Der war zu seiner Schande – offenbar zu seiner ewigen Schande – darauf hereingefallen. Verzweiflung und Tod im Alter von siebzehn. Jury schüttelte den Kopf. Ein Leben ohne sichtbaren Erfolg, ohne Geld, ohne ausreichend zu essen und dann von seinem Wohltäter verraten. Chatterton hatte sich nicht einmal literarischen Diebstahl zuschulden kommen lassen; er hatte alles selbst inszeniert, sich die ganze Sache ausgedacht. Womit hatte er ein solches Ende verdient?

Jury wunderte sich, warum ausgerechnet er über die Ungerechtigkeit des Lebens nachdachte. Er betrachtete die junge Frau auf dem Gemälde von Holman Hunt, die sich von den Knien eines Liebhabers erhob, der sie garantiert verlassen würde. Jury mochte vor allem die Inschrift, die Hunt auf den Rahmen gemalt hatte: »Wer aber ein Gewand in der Kälte raubet, gleicht dem, der einem schweren Herzen Lieder singet.«

Er ging an dem Rossetti vorbei, dem Burne-Jones, Millais' *Ophelia,* dem dreiteiligen Bild des unseligen Endes einer treulosen Gattin, und an dem Gemälde, von dem er einen Druck in der Hand hielt: Eine Ehefrau und eine Mutter trauerten um einen Seemann, der auf hoher See ertrunken war. Ein Morgen ohne Hoffnung: Jeder nur vorstellbare Grauton ergoß sich über dieses Bild – das Morgenlicht am Fenster, dahinter die Wellen, der Zinnständer mit der abgebrannten Kerze, die Schatten, die Kleider. Aus der Welt der Frauen war alle Farbe gewichen.

Er kehrte zu der Stelle zurück, an der er seinen Gang durch die Tate begonnen hatte, und setzte sich wieder auf die Bank. Der Tod Chattertons war wohl doch sein Lieblingsbild. Eine Leinwand des Leides.

Er hatte seit zwei Wochen Urlaub, war in Leeds gewesen und hatte sich entschieden: Nein, die endgültige Versetzung nach Bradford würde er doch nicht aushalten. Seine nächste Station würde Stratford-upon-Avon sein und danach Northampton. Er war sich ziemlich sicher, daß Superintendent Pratt ihn mit offenen Armen empfangen würde, die Mordkommissionen in der Provinz waren immer überlastet. Desgleichen Sammy Lasko bei der Polizei in Warwickshire, das wußte er. Aber wenn er ehrlich darüber nachdachte, mit wem er zusammenarbeiten konnte und wollte, lag der reizbare, arrogante, sture Macalvie an allererster Stelle. Auf der Bank in der Tate ließ Jury das Telefongespräch noch einmal an sich vorüberziehen.

»Exeter? Devon-Cornwall? *Mit mir* wollen Sie zusammenarbeiten?«

»Dreimal richtig geraten. Ein Rekord, sogar für Sie, Macalvie.«

»Ich weiß nicht, Jury. Ich weiß nicht, ob Sie reinpassen. Außer mir merkt hier sowieso keiner, ob jemand beim Sex erstickt ist oder erdrosselt wurde. Wie bitte?«

Die letzten beiden Worte waren offenbar an die Besitzerin der Stimme gerichtet, die in Macalvies Zimmer im Hauptquartier der Polizei von Exeter herumzwitscherte.

»Wie ich höre«, sagte Jury, »hat Gilly Thwaite Ihnen gerade verraten, daß es eins von beidem ist.«

»Eins von beidem, ja. Also, welches?«

»Um Himmels willen, ich bin nicht an Ort und Stelle«, lachte Jury.

»Na und?«

»Ist das ein Test?«

»Klar... warum nicht? Sie wollen ja schließlich einen Job hier, oder?«

Jury lächelte. »Erstickt. Plastiktüte überm Kopf?«

»Stimmt.« Macalvie drehte sich wieder vom Telefon weg.

Jury hörte, wie Gilly Thwaites ohnehin schon schrille Stimme – er nahm zumindest an, daß es sich um die Stimme von Macalvies Spurensicherungsexpertin handelte – noch schriller wurde, dann ein Getöse, als ob ein Regal umkippte, dann jede Menge zerbrechendes Glas und dann ein Jammern, das in einen grauenhaften Schrei überging.

»Schönen Gruß von ihr. Hören Sie, Sie hat den Job.«

»Ich habe nur geraten.«

»Ich auch.«

In Exeter fiel der Hörer auf die Gabel. Macalvies Art, auf Wiederhören zu sagen.

Jury seufzte. Wenn er London leid war, mußte er, wie Dr. Johnson vorhergesagt hatte, das Leben leid sein.

Chatterton war es leid gewesen.

Jury verließ die Tate.

3

»Also, wirklich, Mr. Jury«, sagte Mrs. Wassermann und umklammerte nervös die schwarze Handtasche, »ich meine, dieser Mr. Moshegeiian macht einen Fehler, wenn er Carole-anne damit betraut, die Wohnung bei uns im ersten Stock zu vermieten.« Weiß hoben sich ihre Finger von dem schwarzen Leder ab, das Gesicht unter dem schwarzen Hut war bleich. Mrs. Wassermann hatte sich für einen ihrer seltenen Ausflüge zu ihrer Cousine in Bromley umgezogen und wollte sich gerade zur U-Bahn-Station Angel begeben. Aber jetzt befand sie sich erst einmal in Jurys Wohnung, einer von vieren in dem Reihenhaus, und richtete den Blick zur Zimmerdecke – dem Fußboden besagten Apartments in der ersten Etage.

»Mrs. Wassermann, ich würde mir keine Sorgen machen, Carole-anne wird schon nicht an jemand Unpassenden vermieten. Sie kennen sie doch – sie ist pingelig.«

Carole-anne wohnte in der kleinsten und billigsten Wohnung im obersten Stock, die dank ihrer Übereinkunft mit dem Hausbesitzer noch billiger wurde; für einen Mietnachlaß nahm sie ihm die Verwaltung der leeren Wohnung ab. Mr. Moshegeiian, Lette oder Litauer und ein kluger Kopf, hatte sofort begriffen, daß die Wohnung todsicher weggehen würde, wenn Carole-anne sie den Interessenten zeigte, besonders, wenn diese männlichen Geschlechts waren. Doch davon ganz abgesehen, wäre Mr. Moshegeiian Miss Palutskis Überzeugungskünsten ohnehin erlegen.

»Und Mr. Moshegeiian ist auch nicht von gestern«, fügte Jury hinzu.

»Das sind Besitzer von Elendsquartieren nie«, flötete Mrs. Wassermann.

Jury lachte. »Ich würde dieses Haus ja nun kaum als Elendsquartier bezeichnen, Mrs. Wassermann.« Er inspizierte einen Socken, den er in die Reisetasche packen wollte. Ein Loch, durch das man die Faust stecken konnte. Er warf ihn in den Papierkorb. »Und Carole-anne ist wirklich eigen.« Das wiederum war nicht übertrieben, wenn »eigen« in diesem Fall auch einen spezifischen Carole-anneschen Hintersinn annahm.

»Aber genau das ist ja das Problem, Mr. Jury. Jetzt war doch neulich abends erst so ein reizendes junges Paar hier, um sich die Wohnung anzusehen. Sie waren extra aus Wandsworth gekommen. Frisch verheiratet, und sie haben gesagt, es sei genau, was sie suchten. Aber nein. Ihre Kreditwürdigkeit sei unter aller Sau, erzählt Carole-anne mir.« Mrs. Wassermann sah geknickt aus, als lasse auch ihre Kreditwürdigkeit arg zu wünschen übrig. Sie war zwar auch nicht von gestern, aber manchmal schwamm sie einfach nicht auf Palutskischer Wellenlänge. Die Palutskischen Wellen verschlangen jedes männliche Wesen zwischen zwanzig und sechzig in Reichweite der lapislazuliblauen Augen. Reizende junge Paare hingegen überging Carole-anne, als hätte sie einen weißen Stock in der Hand und einen Blindenhund an der Leine.

Seit neuestem empfand Mrs. Wassermann die leere Wohnung über Jurys als Bedrohung Nummer eins, ein unermeßlich weites, brachliegendes Stück Stadtlandschaft, in Gefahr, von Ratten und Räubern überrannt zu werden. Mrs. Wassermann war den ganzen Tag zu Hause, und zwar meistens allein, wo doch Jury so oft fort war und Carole-anne ihrer Variante eines »festen« Jobs in Covent Garden nachging, sprich: stundenweise (wie es ihr in den Kram paßte) und nur, wenn es dem hoffnungsvollen Beginn ihrer Schauspielerkarriere nicht in die Quere kam.

Nun wurde das Problem sogar noch drückender, denn Carole-anne war auch nachts nicht da, schon seit zwei Wochen nicht mehr, seitdem das Stück, in dem sie eine winzige Rolle ergattert hatte, in Chiswick lief. Jury hatte Mrs. Wassermann zur Premiere eingeladen und war überrascht gewesen, daß das Mädchen Theater spielen konnte (Mrs. Wassermann war nicht überrascht gewesen, denn sie glaubte, Carole-anne könne alles). Tatsächlich war das Mädchen das einzige gewesen, das anzusehen sich lohnte. Ansonsten quälte sich die Inszenierung dahin und zappelte wie ein Fisch, der sich nur ungern an Land ziehen läßt. Carole-anne glänzte. An dem Abend hatte Jury den Regisseur und Produzenten kennengelernt, einen albernen Schwätzer, der meinte, das Stück ginge ins West End. Carole-anne meinte, es ginge den Bach runter.

»Der Socken, den Sie da wegwerfen, ist doch noch völlig in Ordnung«, sagte Mrs. Wassermann und rettete ihn aus dem Papierkorb. »Den kann ich problemlos stopfen.« Sie öffnete ihre Handtasche und verstaute den Socken. Trübselig betrachtete sie Jurys Koffer. »Und Sie fahren schon wieder weg.« Mißbilligend schnalzte sie mit der Zunge.

»Nicht lange – nur ein paar Tage. Ich will meinen Freund in Northants besuchen.«

»Ach ja, den Grafen. Warum besucht er Sie nicht?«

»Na ja, wenn er nach London kommt, wohnt er immer im Brown's. Sie wissen doch, in Mayfair.«

Mrs. Wassermann ließ nachdenklich den Verschluß ihrer Handtasche auf- und zuschnappen. Dann sagte sie: »Überlegen Sie doch mal. Wäre es nicht schön für ihn, wenn er, na, Sie wissen schon, eine kleine Zweitwohnung hätte?«

Ihr Blick war zur Decke gerichtet.

4

I

»Wie ich gehört habe, hat es Sie voll Stoff erwischt, Sir.« Wiggins schaute von seinem Taschenbuch hoch, als Jury ins Büro spaziert kam.

»Voll Stoff *erwischt?*« Jury warf seinen Regenmantel in Richtung Garderobenständer und traf wieder daneben.

Wiggins wedelte demonstrativ mit dem Buch.

»Das sagt man in den Staaten, Sir. In diesen Büchern über das Siebenundachtzigste Revier sagen sie es dauernd. Es bezieht sich auf die, die Dienst haben, wenn ein Verbrechen angezeigt wird. Das sind die, die es ›voll Stoff erwischt‹.« Wiggins hatte die Wendung offenkundig liebgewonnen. »Das Siebenundachtzigste Revier. Von Ed McBain.«

»Na, dann wäre mir doch lieber, es hätte Ed voll Stoff erwischt. Ich habe keinen Dienst; ich habe Urlaub. Wenn man es denn als solchen bezeichnen kann.«

Aber der Sergeant bedauerte ihn nicht. Ihn hatte man schließlich gezwungen, in den Aufenthaltsraum der Kollegen umzuziehen, während sein und Jurys Büro frisch gestrichen wurde. Er war allergisch gegen Farbe. Das bedeutete, entweder den Zigarettenqualm und die Gerüche des Aufenthaltsraums zu ertragen oder die giftigen Dämpfe der Farbe. Wiggins' Leben war permanent in Gefahr, es schien für immer und ewig zwischen Regen und Traufe, Scylla und Charybdis gefangen zu sein.

»Er ist aber sehr gut, Sir.«

Jury machte Schubladen auf und zu. »Wer?«

»Ed McBain. Sehr authentischer Hintergrund. Es ist geradezu eine Erholung, mal etwas von einem Autor zu lesen, der weiß, wie die Polizei wirklich arbeitet, statt dieser Schreiberlinge, die sich aus den Fingern saugen, was ihnen paßt. Da kriegt man amerikanische Cops mal so richtig mit.«

»Ich wußte nicht, daß Sie Krimis lesen.« Lautstark knallte Jury eine weitere Schublade zu.

»Tu ich eigentlich auch nicht, außer denen hier. Ich habe einen gelesen, den fand ich ziemlich flott, und da habe ich mir noch einen besorgt.«

Das Telefon klingelte; Jury riß es mit dem ersten Läuten hoch. Ein paar »Ja«, dann ließ er den Hörer fallen.

»Der Chef?« fragte Wiggins, ohne auch nur von dem Buch aufzuschauen.

Jury zuckte zusammen. »Nein. Fiona. Mich hat's voll Stoff erwischt.«

Wiggins kicherte, und Jury begab sich von dannen.

Fiona Clingmore hob den handtuchumschlungenen Kopf von dem tragbaren Dampfbad und sagte: »Ich dachte, Sie hätten Urlaub. Eine Schande ist das.«

»Wo ist er denn? Ich dachte, er wollte mich unbedingt sehen.«

Sie deutete mit der Schulter ins Ungewisse. »Beim stellvertretenden Polizeipräsidenten. Von da aus hat er angerufen. Was machen Sie denn so an Ihren freien Tagen?«

»Frei« nannte man das. »Bin während der letzten zehn Tage elfmal im Kino gewesen. Ich dachte, ich bringe es besser auf einen Schlag hinter mich.«

»Warum fahren Sie nicht irgendwo hin, wo es sonnig und warm ist? *Sie* sollten Ferien an der Costa del Sol machen, nicht *er*.« Fiona klopfte sich eine astringierende Lotion aufs Gesicht und schielte in den Spiegel, um ihre vergrößerten Poren zu begutachten. »Wenn er das nächste Mal nach Spanien fährt, will er Cyril mitnehmen, sagt er. Er hat Infomaterial von diesen Tierschutzleuten in die Hände gekriegt und gesehen, was für skandalöse Sachen sie dort machen. Auf einem Bild hat so ein Spanier eine Katze an einem

Bein gepackt und schwingt sie über sich im Kreis herum – können Sie sich das vorstellen?« Fiona schüttelte den Kopf, damit ihr Haar schön locker fiel, und zischte empört: »Na ja, ein Mann, der einem Kater was in den Thunfisch mischt... Das arme, wehrlose Tier.« Sie holte ihren Kulturbeutel hervor.

Jury sank in den Bürostuhl und beobachtete das arme, wehrlose Tier. Es tüftelte wahrscheinlich gerade eine thermodynamische Gleichung aus, mit deren Hilfe es sich auf den Trinkwasserbehälter heben konnte. Der schmale Vorsprung war zu winzig, als daß Cyril sich darauf hätte setzen können, mehr als der Pappbecher paßte nicht hin. Unter der Öffnung stand einer. Jury fragte sich, was für einen Anschlag auf Chief Superintendent Racer der Kater nun wieder plante, bei dem Wasser vonnöten war, denn Cyril saß beileibe nicht nur da und wartete, daß Fiona den Hahn aufdrehte und Blasen hochblubbern ließ. Eine Weile noch starrte er den Behälter an und stolzierte dann in Richtung Chefbüro.

Fiona seufzte. »Gleich ist er bestimmt wieder am Faxgerät.« Sie machte aber keine Anstalten, ihn von dort wegzuholen.

Jury nahm auf dem Stuhl vor Racers Schreibtisch Platz, dessen Drehstuhl gegenüber von Cyril belegt worden war. Jury sah seinen Kopf knapp über die Tischplatte schauen. Etliche Möbelstücke waren in eine Ecke geschoben und mit Abdeckplanen belegt, weil auch dieses Zimmer renoviert werden sollte. In einer anderen Ecke lehnten Stuckteile von der Decke. Es sah nach Generalüberholung aus, sehr hinderlich beim Arbeiten, aber überaus angenehm, weil man ein Erkleckliches mehr an Zeit im Club verbringen konnte.

Cyril hatte nur Augen für das neue Faxgerät. Seit Racer Cyrils Thunfisch mit Beruhigungsmitteln gewürzt und ihn in ein Tierheim verfrachtet hatte, sah Jury förmlich, wie alle möglichen Vergeltungsschläge in Cyrils Kopf Gestalt annahmen.

Da saßen sie beide nun, und jeder für sich machte Pläne. Jury dachte wieder über eine eventuelle Versetzung in die Provinz nach und überlegte, ob er es Racer gegenüber erwähnen sollte. Bisher hatte er es noch niemandem erzählt. Macalvie, Northants und Superintendent Pratt, der Polizeibezirk Warwickshire und Stratford-upon-Avon kamen ihm in den Sinn. Er würde in Stratford haltmachen, bevor er nach Northants weiterfuhr.

Das Faxgerät piepte zweimal und fing an zu summen. Cyril stand sofort bereit. Schon war er auf dem Tisch und pirschte sich an den Apparat heran. Er und Jury beäugten das Papier und lauschten, wie das Gerät es Zentimeter für Zentimeter ausspuckte. Jury beugte sich darüber und las. Das Fax war vom stellvertretenden Polizeipräsidenten. Aber weiter kam er nicht, denn blitzschnell hatte Cyril es sich geschnappt und zu Boden flattern lassen. Dann blinzelte er Jury träge an, als harre er weiterer Vorschläge, die dieser bezüglich des Fax haben mochte. Jury zuckte mit den Schultern.

Cyril glitt vom Tisch, nahm das Papier zwischen die Zähne und zog es quer durch den Raum ins Vorzimmer. An der Tür blieb er stehen, als suche er das Büro nach Fiona ab, die sich offensichtlich mit ihrem Kulturbeutel zur Toilette bemüht hatte. Jury seinerseits bemühte sich zur Tür, um weiter zuzusehen.

Das Fax lag auf dem Boden unter dem schmalen Vorsprung des Wasserbehälters, auf dem der gefüllte Pappbecher stand. Der Kater vollführte eine rasche, ballettreife Drehung in der Luft und haute den Becher herunter. Jury und Cyril beobachteten, wie das Blatt sich voll Wasser saugte. Alsdann verarbeitete Cyril es mit Pfoten und Krallen zu einem matschigen Ball.

Herein marschierte Fiona. »War dieser Kater wieder am Wasserbehälter?« Sie deponierte den Make-up-Beutel auf dem Schreibtisch. Ihre Lippen schimmerten hellrot, die Lider beschrieben einen schwungvollen Bogen in den verschiedensten Blau- und Lavendeltönen. »Und Sie stehen einfach daneben?« Sie hob den Becher und den faserigen Papierklumpen auf und beförderte beides in den Papierkorb.

II

Racer schlug auf die Taste der Gegensprechanlage und blaffte Fiona an. »Hat der Stellvertretende nicht angerufen?« Als sie verneinte, erkor er Jury zum Objekt seines gereizten Mißfallens. »Wenn Sie Ärger vermeiden wollen, sollten Sie sich nicht hier rumtreiben.«

»Ich treibe mich auf Ihr Geheiß hier rum.« Wenn Jury auf dem Mond wäre, würde Racer ihn mit einer Raumfähre herunterholen lassen.

»Die Familie dieser Hamilton kennt den stellvertretenden Polizeipräsidenten. Darauf warte ich. Auf Informationen.«

Nun tat es Jury leid, daß er das Fax nicht gelesen hatte. »Na und? Ich kenne den Herrn auch, aber deshalb muß ich mich doch nicht gleich auf einen Fall ansetzen.«

»Einerlei, aus unerfindlichen Gründen – fragen Sie mich, verdammt noch mal, nicht, warum, Jury – will die Familie Sie.«

»Die Familie kennt mich nicht.«

Racers Erwiderung bewegte sich zwischen süffisantem Grinsen und affektiertem Lächeln. »Allem Anschein nach doch.«

»Ich kenne niemanden, der Hamilton heißt.«

»Es war ein anderer Name.« Racer hämmerte wieder auf die Gegensprechanlage ein und befahl Fiona, ihn mit dem Stellvertretenden zu verbinden. »Die Frau – eine Freundin von ihm – hatte einen Neffen, oder die tote Frau – Herrgott, ich kann mir nicht alle Einzelheiten merken –, der irgendwo in der Nähe von Philadelphia ermordet worden ist. In den Staaten.« Racer suchte auf seinem Schreibtisch herum, schaute unter der Auflage nach. »Verdammt, wo sind die Flugtickets? Hier hatte ich sie. Und wo sind meine Farbproben? Die waren auch hier.«

»Ich komme nicht ganz mit. Was hat ein Mord in den Staaten mit uns zu tun?«

»Das Opfer ist hier geboren.«

»Und?«

Racer beendete seine Suche nach Flugtickets und Farbproben, haute wieder auf die Gegensprechanlage und fragte Fiona, ob sie den Stellvertretenden an der Strippe hätte. »Und die Frau ist eine *Freundin* von ihm.« (Wie behandeln eigentlich Sie Ihre Freunde, Jury?)

»Hören Sie, angeblich bin ich in Urlaub. Die Cops, die es dort erwischt hat, erledigen das schon. Und zwar garantiert lieber selbst.« Wütend stand Jury auf. Normalerweise hatte er mehr Geduld. Neuerdings nicht mehr.

»Machen Sie sich doch nicht gleich ins Hemd. Kein Mensch will etwas von Ihnen. Sie brauchen doch bloß mal bei der Frau vorbeizugehen und begütigend auf sie einzuwirken. Mehr nicht.«

Der stellvertretende Polizeipräsident war nicht da. »Seine Aushilfssekretärin« – Fiona empfand immer eine große Genugtuung, wenn jemand in den höheren Rängen eine Aushilfskraft hatte – »möchte wissen, ob Sie das Fax bekommen haben?«

»Habe ich das, Miss Clingmore? Woher soll ich das wissen, wenn ich nicht im Büro bin?« Racer stierte das Faxgerät an. »Und wo, zum Teufel, sind meine Flugtickets, Miss Clingmore? Ich hatte sie hier unter meine Schreibtischauflage geklemmt!«

Racers Urlaub hatte selbstverständlich Priorität, allererste.

Jury meinte zu hören, wie Fiona ein paarmal hintereinander Kaugummiblasen platzen ließ. Es knallte wie ganz feine Pistolenschüsse. »Sie wollten das Faxgerät ja in Ihrem Büro haben, oder? Vielleicht ist es auf den Boden gefallen.«

»Auf dem Boden habe ich *nachgesehen.*«

»Also sie sagt, sie hat's geschickt, mehr weiß ich auch nicht.«

»Hören Sie auf, meine Zeit mit Streitereien zu vergeuden, und rufen Sie sie noch einmal an. Verflucht!« Racer stellte die Gegensprechanlage aus. »Mir ist unbegreiflich, wie der Sauhaufen hier funktionieren soll. Das ganze Zivilpersonal kann ja nicht mal bis drei zählen. Der widerliche Kater wäre eine bessere Tippse.«

Das Faxgerät rülpste und stotterte dann seine Nachricht heraus. Racer riß sie ab, las und sagte: »SW3, Jury. Warminster Road. Belgravia. Sie heißt Cray.«

5

Sie hatte beide Hände auf die Messingtürgriffe gelegt, öffnete die Doppeltür zu dem eleganten Salon und legte einen Auftritt hin, der bei jeder anderen Frau theatralisch gewirkt hätte. Lady Cray.

Und sie sah genauso aus wie damals, dachte Jury, als er sie das letzte Mal im Lake District gesehen hatte. Das war bei der öffentlichen Sitzung zur Feststellung der Todesursache von Helen Viner gewesen. Vielleicht trug Lady Cray sogar dasselbe maßgeschneiderte, silbergraue Wolle-Seiden-Kostüm, genau passend zu ihren Augen, Augen von jener Kristallfarbe, jenem schwer definierbaren Grau, das Waterford-Blau heißt. Der Januarnachmittag war mit Lady Cray im Bunde. Fahles, silbernes Licht ergoß sich dekorativ über die blaßblauen chinesischen Teppiche und ließ die Schale aus Waterfordkristall auf dem kleinen Rosenholztisch funkeln; es malte Streifen auf die beiden Sofas und die Polstersessel, die mit einem blaß blaugrauen, schimmernden Stoff bezogen waren.

»Superintendent, ich bin außer mir vor Freude, daß Sie da sind!« Sie strahlte Jury und Wiggins an.

Wenn es stimmte, daß auch der traurigste Fall erfreuliche Ereignisse mit sich brachte, dann war Lady Cray ein solches Ereignis. Er schüttelte ihr die Hand, und als sie ihnen Tee oder Champagner – »oder beides« – anbot, nahm er dankend an.

Jury und Wiggins versanken in Sesseln, in denen man wie auf Watte gebettet saß, und Lady Cray sagte: »Ich weiß, daß Sie nicht hier sind, um über alte Zeiten zu reden, aber mein Gott, was waren das für Zeiten!«

Nein, dachte Jury, gute alte Zeiten waren es nicht. Er sah Jane Holdsworth vor sich, nicht, wie er sie zuletzt, sondern wie er sie zuerst gesehen hatte, als sie in einem weißen Regenmantel in der Camden Passage stand und sich an einem regennassen Antiquitätenstand etwas anschaute. Sie hatte ein Kleidungsstück hochgehalten, einen bernsteinfarbenen Unterrock oder so etwas, der genau zu ihrer Haarfarbe paßte. Einen Unterrock – oder so etwas? Natürlich erinnerte er sich ganz genau an das Negligé, das sie von einer Stange erlesener alter Klamotten genommen hatte. Sie hatte sich auch eine Brosche an den Mantel gehalten und deren Farbe und Form ausprobiert. Die Brosche war aus Bernstein gewesen. Die Szene schien ein ganzes Leben zurückzuliegen und entfaltete sich vor seinem inneren Auge mit quälender Langsamkeit, als wolle sie ihn warnen, daß er sich nun, da er sich überhaupt erinnerte, auf jedes Glitzern der Brosche besinnen müsse, auf jeden flackernden Schatten, der auf den Stoff fiel und die Falten so plastisch hervortreten ließ, als seien sie in das marmorne Gewand einer Statue gemeißelt. All das empfand er in einem Moment greller Klarheit. Und doch war es ein Segen, daß er sich an das erste Mal und nicht das letzte Mal erinnerte, daß er sie gesehen hatte. Lady Cray hatte Jane nicht gekannt, die Familie Holdsworth letztendlich ja. Jane stand am Anfang, Lady Cray am Ende.

Er war sich nur vage bewußt, daß er sie nach den Holdsworths gefragt hatte, mußte es aber getan haben, während er durch die Verandatür in den kalten Garten hinausblickte.

»Und ob ich sie gesehen habe! Was dachten Sie denn? Alex und Millie...«

Jury hörte nur mit halbem Ohr zu, während sie über Alex Holdsworth und das kleine Mädchen Millie sprach. Das auf seinem Gesicht festgefrorene Lächeln wirkte wahrscheinlich so natürlich, daß sie gar nicht bemerkte, wie weit er in Gedanken fort war.

»Sie wohnen jetzt dort, bei Adam, wissen Sie. Er fährt immer noch manchmal nach Castle Howe, nur um alle dort verrückt zu machen. Wir amüsieren uns immer prächtig, Alex, Millie und ich. Wir gehen zusammen in diese Actionfilme – Terminatoren, Aliens und so weiter –, oder ich versammle ein paar nichtsahnende Freunde, und wir spielen Poker. Na ja, Alex spielt Poker. Und wir verbringen auch immer reichlich viel Zeit bei den Pferderennen in Cheltenham.«

»Und gewinnen Sie?«

Sie hob die Augenbrauen. »Natürlich gewinnen wir. Wir würden ja wohl kaum hingehen, um zu verlieren, oder?«

Jetzt wurde sein Lächeln echt; es war auch schwer, bei dem Gedanken an Alex, das Pokern und die Zockerei auf der Rennbahn nicht zu lächeln.

Das Hausmädchen trug Silbertablett und Eiseimer herein und setzte mit geübten Bewegungen das silberne Teeservice und den Dom Pérignon ab. Wiggins erhob sich um zu helfen und wurde mit einem schüchternen Lächeln belohnt; das Abstellen des Champagners im Eiseimer und der hohen, geriffelten Gläser erfolgte mit flattrigen, gesenkten Blicken, als frage das Mädchen sich, ob es das Recht habe, hier im Salon zu sein. Auf Wiggins' freundliches Murmeln reagierte es nicht.

Kaum war das Mädchen abgetreten, sagte Lady Cray: »Angst vor ihrem eigenen Schatten, denke ich manchmal. Achten Sie gar nicht darauf, Sergeant Wiggins. Zucker?«

Wiggins hatte sich für Tee entschieden und bat um drei Stück Zucker, als Lady Cray die silberne Zuckerdose hochhielt. »Aber sie scheint ihre Sache doch ganz gut zu machen«, sagte er, nachdem er ihr den ganzen Weg zur Tür mit Blicken gefolgt war.

Jury nahm seine Tasse, und die Gastgeberin schenkte sich ein Glas Champagner ein.

»Eine vorzügliche Köchin ist sie gewiß. Und erstaunlicherweise klug. Ich finde es schade, wenn man erstklassig kocht und gleichzeitig gesellschaftlich so unbeholfen ist, aber, leider Gottes, das gibt's. Ich finde mich mit der Sprachlosigkeit ab, um in den Genuß ihrer Kochkünste zu kommen. Fanny mochte sie sehr.« Lady Cray seufzte. Dabei beugte sie sich vor und nahm eine ungewöhnliche Skulptur zur Hand, einen Türkisblock, der mit Silberdraht umwunden und mit einer kleinen silbernen, Querflöte spielenden Figur verziert war. »Ich werde Fanny Hamilton aufrichtig vermissen, Superintendent. Mit dem Polizeipräsidenten habe ich über ihren Neffen gesprochen. Aber kann ich Ihnen zunächst etwas über Fanny erzählen?« Sie stellte die Skulptur wieder hin und lehnte sich zurück.

»Selbstverständlich.«

»Sie ist vor ungefähr einem Jahr hier bei mir eingezogen, nachdem ich von Castle Howe zurück war...« Sie machte eine Pause und schaute Jury an. »Übrigens, ich weiß nicht, was wir ohne diesen blitzgescheiten Anwalt gemacht hätten.«

Pete Apted, Kronanwalt. Der legendäre Jurist, der in dem Fall die Verteidigung übernommen hatte. »Ja. Gefangene macht Mr. Apted nicht, stimmt's?«

Sie erzählte weiter. »Fanny war eine törichte Frau, in vielerlei Hinsicht. Na ja, das bin ich vielleicht auch. Aber wir waren doch sehr verschieden, und ich habe sie im Grunde hier nur wohnen lassen, weil unsere Ehemänner so eng miteinander befreundet waren. Bessere Freunde als Bobby und Dickie – Dickie war übrigens Lord Cray – können Sie sich gar nicht vorstellen. Sie waren auch reichlich spleenig. Aber liebenswert. Und in puncto Männerfreundschaft, na, da machte Bobby und Dickie niemand etwas vor.« Um deren innige Verbundenheit zu demonstrieren, hielt sie wie zum Schwur Zeige- und Mittelfinger hoch, was einen riesigen Diamanten zum Funkeln brachte. »Sie haben zusammen gelebt und sind zusammen gestorben.«

»Zusammen *gestorben?*« fragte Wiggins, Bleistift und Notizbuch gezückt.

»Ja, Sergeant. Auf dem Kricketplatz.«

»Was?« sagte Wiggins völlig baff.

Die Situation reizte zum Lachen, aber Jury biß sich auf die Lippen und schaute seinen Sergeant nicht an. Doch dessen Sinn für Komik war ohnehin nicht sehr ausgeprägt.

»Wissen Sie, Bobby war Schlagmann, und er hatte es am Herzen. Fanny redete dauernd auf ihn ein, er solle den verdammten Sport aufgeben – Kricket, Polo, sogar die Jagd –, aber Bobby wollte nicht hören. Er wollte immer mit meinem Mann mithalten, der ein sehr guter Sportler war.«

»Und wie...?«

»Bobby hatte ein schlechtes Herz, und als er einmal einen rasanten Schlag hingelegt hatte, kippte er einfach um. Mein Mann sah ihn zu Boden gehen, ließ den Ball fallen, eilte zu seiner Rettung und – strauchelte.« Lady Cray nahm einen großen Schluck Champagner. »War schnurstracks gegen den Pfosten gerannt! Können Sie sich so einen idiotischen Unfall vorstellen? Er fiel hin. Auf den Kopf! Ich hatte den Jungs immer geraten, sich einen Sport zu suchen, der nicht so verflixt gefährlich war. Wir beide – Fanny und ich – waren untröstlich, kann ich Ihnen sagen. Fanny war selbst todkrank; ich habe mich damals schon gefragt, ob sie es nicht auch am Herzen hätte.« In ihren Augen glitzerte es, und sie nahm wieder einen tiefen Schluck aus dem Glas. »Aber wenn ich ehrlich bin, vielleicht war es besser, daß sie so starben. Dickie hätte ohne Bobby keinen Spaß mehr am Leben gehabt. Es war wirklich lustig, Bobby dabei zu beobachten, wie er meinem Mann nacheiferte. Dickie war ein leidenschaftlicher Jäger, er war Master of Foxhounds, während Bobby sich kaum im Sattel halten konnte.« Sie seufzte. »Die reinsten Unglücksraben, alle beide. Sie hatten Unfälle beim Polo, beim Billardspielen, bei der Regatta von Chichester. Fanny und ich wußten immer, es würde ein böses Ende mit ihnen nehmen.«

Wie sie die Eskapaden der beiden Ehegatten schilderte, vor dem Kamin auf und ab schritt und, angeleuchtet von den zuckenden

Flammen, das tulpenförmige Champagnerglas wie einen Dolch schwang, mutete der letzte Satz geradezu jakobinisch an. Dann stieß sie einen tiefen Seufzer aus und sagte: »Und als sie bei dem Spiel einfach so abgetreten waren, hm, da hatten Fanny und ich natürlich etwas gemeinsam. Wir kamen ganz gut miteinander aus, obwohl sie unverhohlen neidisch auf meinen Adelstitel war. Die Hamiltons hatten sehr viel Geld, viel mehr als wir, aber Fanny liebte die britische Aristokratie. Sie wollte ständig etwas über ihre Ahnen erfahren und korrespondierte mit Professoren in Oxford und Cambridge und sogar einem in Amerika. Ich weiß nicht, warum; die ›Töchter der Amerikanischen Revolution‹ interessierten Fanny jedenfalls nicht, nur *Burke's Peerage*, das Adelsverzeichnis. Ich versuchte sie damit zu trösten, daß ich mir den Adelstitel schließlich nicht *verdient* hätte – ich meine, das Victoria-Kreuz ist er ja nun nicht gerade. Es liegt am Zufall der Geburt oder der Heirat, oder man ist beim Theater oder so etwas, wie Olivier oder Peggy Ashcroft – die haben ihren Titel wirklich verdient. Den Amerikanern geht nichts über einen Adelstitel, meinen Sie nicht auch?«

Bei dem Gedanken an Melrose Plants Tante stimmte Jury ihr aus vollem Herzen zu.

»Bei Fanny war das gewiß der Fall. Doch Bobby machte sich nichts aus dem ganzen Von und Zu; was er liebte, war Kricket.« Sie lachte schallend. »Aber da haben wir's wieder. Kricket! Die Aristokratie und Kricket. Und es muß nicht einmal die Peerswürde sein – jeder mickrige Baronstitel tut's auch. Solange es kein irischer ist, natürlich!«

Jury lachte.

»Die britische Peerswürde! Manchmal habe ich den Eindruck, die Amerikaner meinen, das ist England, auf den Punkt gebracht. Ich weiß noch, daß ich Fanny auf dem Lord's Cricketground kennengelernt habe, während der zweiten Schlagrunde. Sie war mit einem von den Leuten, mit denen ich da war, befreundet; wir hatten einen Freßkorb mit – Sie wissen schon, kaltes Hühnchen und Weißwein – und machten ein wunderschönes Picknick auf der Tribüne beim Wurfmal. Sie war fasziniert, daß ich ›Lady Cray‹ war, und vertraute mir schon nach kurzer Zeit an, daß sie sich nichts sehnlicher wünschte als einen Adelstitel. Wenn wenigstens ihr Mann adlig gewesen wäre, sagte sie. Darüber mußte ich lachen. Amerikaner sind so romantisch. Hermelin und scharlachrote Roben, und wir wohnen alle in Woburn Abbey. ›Ich möchte so gern einen Adelstitel‹, sagte sie. ›Bobby nicht‹ – als stritten sie sich darüber, ob es Ente zum Dinner geben sollte!«

Lady Cray schenkte sich nach und goß Sergeant Wiggins noch Tee ein. Jury wollte nichts mehr trinken.

»Erzählen Sie mir etwas über den Tod des Neffen.« Er wußte, daß sie mit ihrem ganzen Gerede über blaues Blut und Kricket dieses schmerzliche Thema vermeiden wollte.

»Er hieß Philip. Er ist umgebracht worden – ermordet.«

»Das tut mir leid. In Philadelphia?«

»Nicht in Philadelphia. Da hat er gearbeitet. Irgendwo oben in Pennsylvania. Er hatte eine kleine Blockhütte im Wald, sehr einsam gelegen, und da ist einfach jemand hineinspaziert« – sie zuckte mit den Schultern – »und hat ihn erschossen. Vor zwei Monaten.« Prophylaktisch schüttelte sie den Kopf. Sie wußte, was Jury fragen würde. »Die Polizei glaubt, es war ein Einbruch. Warum, weiß ich nicht. Philip besaß nichts Wertvolles. Er war wie so oft zum Wochenende in seine Hütte gefahren – das alles hat eine Freundin von ihm der Polizei erzählt –, und man hätte ihn sicher auch erst sehr viel später gefunden, wenn diese Freundin nicht unruhig geworden wäre, als er am Sonntagabend nicht zurückkam. Sie waren wohl verabredet.«

Wiggins schaute von seinem Notizbuch auf. »Seine Freundin?«

»Ja, Helen oder Heather... ach, ich weiß nicht mehr genau. Philip hat ein-, zweimal von ihr erzählt. Fanny ist natürlich hingeflogen. Sie hat mit irgend so einem Sheriff in Pennsylvania geredet, wo es passiert ist. Ich glaube, er hieß Sinclair. Sie ist noch eine Weile dort geblieben und dann nach Texas geflogen oder nach ...« Sie hielt inne, zog die Stirn in Falten und versuchte, sich zu erinnern. »Irgendwo da draußen. Abilene? Das hat sie mir mitgebracht.« Sie nahm die Skulptur wieder vom Tisch und hielt sie hoch. »Ist sie nicht bildschön?«

Das fand Jury auch. »Was ist mit Philips restlicher Familie?«

»Fanny war seine einzige Verwandte. Ich sollte hinzufügen, daß die Calverts – Philips Vater und Mutter – beide umgekommen sind, als Philip klein war. Bei einem Flugzeugabsturz. Fanny war keine Blutsverwandte von ihm, aber ich kann Ihnen sagen, sie liebte ihn abgöttisch. Ich bin überzeugt, daß Menschen an gebrochenem Herzen sterben können. Wie dem auch sei, sie ist tot.«

Lady Cray schaute zum Fenster hinaus, ein eiskalter Windstoß raschelte in den toten Blättern und verstreute sie wie Kupfermünzen. »Ich habe Philip kennengelernt, vor zwei Jahren war er hier. Und er verstand sich prächtig mit meinem Enkel.« Lady Cray schwieg, hörte auf, mit dem Türkisblock herumzuhantieren, und betrachtete ihn mit ihren wunderschönen, nun traurig schimmernden Augen. »Es geht darum, Superintendent, daß ich meine, ich sollte wenigstens das für sie tun: weiter versuchen herauszufinden, was mit Philip wirklich geschehen ist. Als er starb, war sie am Boden zerstört. Das können Sie sich nicht vorstellen.«

O doch, das kann ich, dachte Jury. Er betrachtete den silbernen Flötisten, der in die Skulptur eingearbeitet war. Er stand auf und ging zu der hohen Tür, die auf den kalten Garten hinausführte, in dem es tropfte, als habe sich der Regen von letzter Nacht darin verfangen, als regneten die Bäume. In der Tate hatte er auf derselben Bank wie Fanny Hamilton gesessen; das Bild von Chatterton schwamm ihm vor Augen. Weiße Haut, rotes Haar. Er lag auf dem schmalen Bett. Jury schloß die Augen. Er gewann seine Haltung einigermaßen zurück und drehte sich mit einem feinen Lächeln wieder zu Lady Cray um. »Und Sie haben gedacht, daß ich vielleicht...?« Er beließ es bei der Frage.

»Ja, ich weiß, es ist eine große Bitte; ich weiß, Sie haben Urlaub. Aber das heißt auch, daß Sie keine Verpflichtungen haben...«

»Lady Cray, es gibt internationale Gepflogenheiten. Der Mord ist in den Vereinigten Staaten geschehen. Scotland Yard kann nicht einfach der amerikanischen Polizei ins Handwerk pfuschen.«

»Jetzt haben Sie sich mal nicht so«, sagte sie ganz sachlich.

Er lächelte. »Es geht nicht darum, daß ich mich habe. Ich will keine Schwierigkeiten machen.«

»Machen Sie aber. Ein paar Tage Ferien in Philadelphia wären doch mal eine Abwechslung, oder etwa nicht? Natürlich würde ich für die Unkosten aufkommen. Erster Klasse. Oder wenn Sie wollen, fliegen Sie mit der Concorde.«

»Darum geht es doch gar nicht.«

»Nana, Superintendent.« Sie klopfte sich mit den Fingerspitzen auf den Mund, als wolle sie ein Lächeln verbergen. »Wenn Alex Poker spielt, wissen Sie, dann benutzt er immer einen Ausdruck, der mir gefällt: ›Das letzte As aus dem Ärmel ziehen.‹« Ihr Lächeln war bezaubernd, sie wirkte um Jahre jünger.

»Oje. Merken Sie was, Wiggins? Wird hier etwa ein Polizeibeamter bestochen?«

»Wie bitte, Sir?«

»Denken Sie doch mal an die ganze Arbeit, die ich für Sie in Castle Howe getan habe...« Sie rauchte und sah ihn an. »Mit gehöriger Unterstützung von Mr. Plant. Wie geht's ihm? So ein kluger Mann.«

Jury lächelte. »Ja, das ist er. Und gehe ich recht in der Annahme, Lady Cray, Sie haben –«

»– das letzte As aus dem Ärmel gezogen.«

6

Wiggins lugte in das Spiegelglasfenster im Starrdust, während er eine vegetarische Pampe mampfte, die er bei Cranks in Covent Garden erstanden hatte, und versuchte, sich zwischen einem kleinen Jungen mit Igelfrisur und einem kleinen Mädchen mit übergroßer Brille und winzigem Gesicht dichter ans Fenster zu drängeln.

»Würden Sie sich das einmal anschauen, Sir?«

Die Starrdust-Zwillinge, Joy und Meg, hatten sich beim Schaufensterdekorieren mal wieder selbst übertroffen. Mit einer Replik des Marktes in Covent Garden – nicht des neuen auf der anderen Straßenseite mit seinem Sammelsurium an Boutiquen, Naturkostläden und postmodernen Neon-Kneipen, sondern des Marktplatzes, wie er im neunzehnten Jahrhundert ausgesehen hatte. In Jury stieg eine Welle von Wehmut auf, als er die Obst- und Gemüsestände betrachtete, übervoll mit Miniaturkohlköpfen, die Blumenhalle mit den Blumenverkäufern, die Trägerfigürchen, die Körbe auf den Köpfen balancierten oder Karren schoben. Er spürte beinahe die Geschäftigkeit, roch den Fisch und das Wildbret – es war einmal ein Areal von mehr als achttausend Quadratmetern gewesen.

Der Besitzer des Starrdust war Astrologe und Antiquar, und angesichts dessen, daß der Laden nur mit himmlischen, astrologischen oder sonstwie überirdischen Dingen handelte (von denen nicht das geringste die Tatsache war, daß Carole-anne Palutski in ihrem Seidenzelt wahrsagte), wunderte sich Jury über diesen Rückblick in die Geschichte Londons. Und während er sich noch wunderte, wechselte das Bühnenbild von hell zu dunkel, und der bis dahin fast unsichtbare Vorhang hob sich über einer Szene mit engen, dunklen Gassen, einem Platz mit einer Pferdekutsche und Gaslaternen.

Die Kinder schnappten nach Luft und klatschten. Wiggins auch.

Wenn man das Starrdust betrat, ging man allerdings nicht in der Zeit zurück, sondern aus ihr heraus, als schreite man durch eine Tür in den weiten, tiefblauen Himmel und die glänzend weißen Wolken eines surrealistischen Gemäldes. Von dem Decken-Himmel strömte und funkelte Licht, und unzählige Planeten und die Milchstraße leuchteten und erblaßten, je nachdem, ob die verborgenen Lampen dahinter heller oder dunkler schienen. Der Laden war lang und schmal und am Ende vollkommen dunkel bis auf eine blaue Neonleuchtschrift, die »HorrorScope« verkündete. Die Schrift mußte neu sein, Andrew Starr hatte sie wohl für das puppenhausähnliche Gebilde dort entworfen. Diesen Teil des Ladens mochten die Kinder am liebsten. Starr war Ende dreißig, ein Mann, der der Kindheit nie entwachsen zu sein schien. Vielleicht war er deshalb der einzige Ladenbesitzer, von dem Jury wußte, daß er Kinder nie hinauswarf, die nicht in Begleitung Erwachsener kamen.

»Super!«

Aus dem Dunkel schritt Carole-anne Palutski heran, in der Hand einen Teller mit einem gigantischen Stück Kokoskuchen, das sie im Gehen in sich hineinschaufelte. »Wollen Sie was abhaben?« Sie hielt ihm eine Gabel voll entgegen.

»Nein, danke, Madame Zostra. Wie immer sehen Sie hinreißend aus.«

Madame Zostra, Wahrsagerin trügerischer Schicksale, die sie neuerdings aus der Hand las, wenn es ihr beim Tarot zu langweilig wurde, befand sich in ihrer präraffaelitischen Phase. Die Haremszeiten mit blanker Taille, Gazepluderhosen, Chiffonschals und bimmelnden Glöckchen an den Fußknöcheln waren zunächst dem spanischen Einfluß gewichen: Mantillas und juwelengespickten Kämmen; die wiederum hatte sie aus Liebe zur Epoche König Artus' und zum Guinevra-Look aufgegeben.

Aber nun waren Rossetti und Burne-Jones angesagt: lange fließende Gewänder, formlos bis auf die Formen, die Carole-anne ihnen verlieh, und das waren nicht wenige. Nachdem sie ein paar Bilder langmähniger Damen zu Gesicht bekommen hatte, die auf viktorianischen Couchen und Chaiselongues lagerten – bis zum Anschlag vollgepumpt mit Laudanum, dachte Jury –, hatte sie nämlich wieder ihren Stil verändert. Sie hatte sogar etwas investiert und sich bei Vidal Sassoon eine Krause verpassen lassen (und Mrs. Wassermann gleich mit, aber da hatte Jury Einspruch erhoben: Auf eine verkrauste Mrs. Wassermann legte er nun wirklich keinen Wert). Doch Carole-anne trug ihr rotgoldenes Haar nun in einer Kaskade sich kringelnder Wellen. Der Firlefanz mit Kämmen und Krönchen hatte ein Ende, dem Herrn im Himmel sei Dank.

»Also, Super, was machen Sie hier?« Sie hatte den Mund voll Kuchen, und wenn sie sprach, flirrten Kokosflocken durch die Luft. Ein Wunder, daß sie bei all dem Zeug, das sie futterte, ihre Figur behielt, aber so war's.

»Ich will mir wahrsagen lassen.«

»Ich hab Ihnen doch schon mal wahrgesagt.«

In Carole-annes Sternensystem schienen Jurys Sterne selten und bewegten sich nie. Wider alle Beweise sah sie keine Beziehungen zu Frauen (außer zu ihr und Mrs. Wassermann), weder Veränderungen noch Beförderungen, weder Reisen noch Krisen. Wann immer Jury sich über die Grenzen Großlondons hinaus wagte, behauptete sie, er fordere das Schicksal heraus. Und die Linien in Jurys Hand verliefen komischerweise alle parallel zueinander, verschmolzen nie, schnitten sich nie, gingen nur eintönig vor und zurück wie U-Bahn-Schienen.

»Die Dinge ändern sich«, sagte Jury.

Ungerührt nahm sie seine linke Hand, ließ sie fallen, sagte: »Bei Ihnen nicht«, und zerdrückte Kuchenkrümel mit den Gabelzinken.

»Das ist meine *linke* Hand. Sie haben gesagt, die linke sei die, mit der man komme. So beliebten Sie sich, glaube ich, auszudrükken.« Er streckte die rechte Hand aus.

Die würdigte sie kaum eines Blickes. »Womit Sie hereingekommen sind, damit gehen Sie auch wieder hinaus.«

»Ich dachte, diesmal sehen Sie vielleicht die Reise, bevor ich wieder da bin.«

Sie zog die Brauen in die Höhe. »Was für eine Reise? Sie sind doch gerade erst aus Yorkshire zurück.«

Mittlerweile war Wiggins an der Reihe für das Horoskop. Hatte den Kindern wohl einen Haftbefehl unter die Nase gehalten, dachte Jury. Während Vaughn Monroes sanfte Version von »Racing with the Moon« von einer Plattennadel zu Tode gekratzt wurde, die dringend ausgewechselt werden mußte, bat Carole-anne Jury mißmutig in das Zelt mit dem kleinen Tisch und den zwei großen Kissen. Auf einem hockte ein riesiger Wilder Kerl, den Jury ihr aus Long Piddleton mitgebracht hatte. Selbstverständlich bedeuteten Reisen Geschenke (zumindest für Carole-anne).

Sie beförderte das Stoffmonster woandershin und stellte den Kuchenteller neben die Kristallkugel, die mehr zum Überprüfen des Make-ups als zum Beschwören von Geistern benutzt wurde. »Wie lange wollen Sie diesmal wegbleiben?«

Er lächelte. »Das müssen Sie doch sagen können.«

Sie zog seine rechte Hand zu sich heran (nachdem sie der linken schon den flüchtigen Blick gegönnt hatte, der ihr von Geburt aus zukam) und sagte: »Hm, Reisen kann man eigentlich nicht aus den Händen lesen. Wo fahren Sie hin?«

»Northants. Long Piddleton.«

»Oh, dahin.« Merklich erleichtert ließ sie die Hand fallen. Northamptonshire zählte nicht als Reise, weil es die Heimat von Jurys treuem alten Freund Melrose Plant war. Und da es in Long Piddleton offenbar nichts gab, das Jury in Unruhe versetzte (wenn man bedachte, wie oft und wie lange er schon dort gewesen war), ließ auch Carole-anne sich nicht aus der Ruhe bringen.

Über Stratford-upon-Avon bewahrte er wohl besser Schweigen. Das war in Carole-annes Galaxie Terra incognita.

In Stratford-upon-Avon wohnte Jenny Kennington.

Vor ein paar Monaten hatte in seiner Wohnung eine regelrechte Szene stattgefunden. Bei seinem Eintritt lag Carole-anne hingegossen (entsprechend gewandet) auf seinem Sofa und blätterte ein Modeheft durch.

»Wer ist JK?« hatte sie gefragt.

»Wie bitte?«

»JK.« Sie hatte ein winziges Knäuel rosafarbenen Papiers aus der Tasche ihres kirschroten Hausanzuges geholt und es auseinander- und dann zu einem kleinen rosafarbenen Rechteck zusammengefaltet, während sie über die Botschaft, die es enthielt, nachzugrübeln schien. Es war ein Zettel von seinem Telefonnachrichtenblock.

»Hat die Dame außer ihren Initialen noch etwas hinterlassen?«

»Janey? Oder so ähnlich.«

»Jenny.« Er schnipste mit den Fingern. »Her damit.«

Carole-anne bezeichnete alle weiblichen Bekannten Jurys mit deren Anfangsbuchstaben. Es war ihr gelungen, SB-Bindestrich-H aus dem Leben des Hauses in Islington zu vergraulen (was wohl auch besser so war, wie Jury später begriff); um JH hatte es ihr aufrichtig leid getan; JK war eine unbekannte Größe.

Nun sagte Jury zu Carole-anne: »Ich dachte nur, ich komme vorbei und verabschiede mich.« Das hatte er auch wirklich vorgehabt, in der Hoffnung, die Atmosphäre des Starrdust und Vaughn Monroe würden den mit der Nachricht womöglich verbundenen kleinen Schlag dämpfen. »Und was ist mit dem netten Paar, das sich die Wohnung im ersten Stock angesehen hat?« Jury wand sich unter allerlei Verrenkungen aus dem Kissen.

»Denen?« Schauerliches Stirnrunzeln. »Die hätten Sie über sich nicht ausgehalten, Super.« Sie beugte sich dichter über ihre

Kristallkugel und wischte sich ein bißchen Kokosnuß aus dem Mundwinkel. »Er läuft mit einer Gehhilfe, und sie braucht zwei Stöcke. Sie wären die ganze Nacht hin und her und hin und her getrampelt. Sie haben gesagt, sie gingen nie vor eins oder zwei ins Bett. Da wären Sie doch durchgeknallt, oder?«

»Danke, daß Sie mein Wohl im Auge behalten, Werteste.«

»Gern geschehen, Super.«

7

Sam Lasko hatte immer noch dieselbe Sekretärin, und mit zunehmendem Alter war sie nicht umgänglicher geworden. Sie funktionierte ruckartig, wie ihre Schreibmaschine. Lasko war nicht der Typ, der Hektik verbreitete, wohl aber sein Büro. Er war nicht da, sondern wegen eines Falles unterwegs. Und der Tonfall seiner Sekretärin implizierte, daß auch Jury hier nicht Maulaffen feilhalten sollte wie letztes Mal. Sie hatte es offenbar vergessen: Letztes Mal hatte Lasko Jury einen Fall angedreht. Vielleicht war sie deshalb so grantig; vielleicht fürchtete sie auch, es würde sich wiederholen und Jury zur ständigen Einrichtung in Stratford-upon-Avon werden. Vielleicht hatte sie Angst vor Veränderungen. Weiß Gott, das verstand er.

Also tippte sie mit gestrafftem Rücken und mißbilligender, versteinerter Miene weiter, bis er eine Bemerkung zur Farbe ihrer Strickjacke machte, wie hübsch sie sei, wie gut sie zu ihrem Teint passe. Die Schreibmaschine hörte auf zu klappern, das Gesicht wurde ein wenig weicher. Die Strickjacke war neu. Er hatte das Preisschild über den Kragenrand hervorlugen sehen.

Ein etwa acht- bis neunjähriges Mädchen öffnete ihm die Tür. Sie trug eine große Schürze. Jurys Herz rutschte eine Etage tiefer.

Immer zog Jenny um; immer schien er ihr in Zimmern voller Umzugskisten und Kartons zu begegnen, und er befürchtete schon, das Mädchen würde sagen, sie sei fort.

Sagte sie auch.

»Aber sie kommt gleich zurück. Sie ist nur die Straße hochgegangen, um eine O-ber-dschin zu holen.«

Wunderbar, wie sie das sagte. Doch sie schien unsicher zu sein, was sie mit ihm anfangen sollte.

»Ich bin ein alter Freund«, sagte er. Er gab ihr seine Karte und sah zu, wie sie versuchte, sich von deren Herkunft nicht beeindrucken zu lassen.

Schließlich sagte sie: »Na ja, dann wird das wohl seine Richtigkeit haben.« Bei ihrem Gang zur Haustür war sie von einem wild aussehenden Kater begleitet worden, der keineswegs beeindruckt war. Jury schaute den Kater skeptisch an: Kannte er ihn nicht? Hatte er ihn nicht schon einmal gesehen?

Das kleine Haus befand sich im alten Teil Stratford-upon-Avons, nicht weit von der Straße, die um das Royal Shakespeare Theatre und den Friedhof führte. Als er vor ein paar Jahren hier gewesen war, hatte er an Laskos Fall gearbeitet. Und zwar kurz bevor Jenny das Haus vermietet hatte, um mit einer älteren Verwandten eine Seereise zu machen. In der Zwischenzeit war die Frau gestorben.

Im Erdgeschoß befand sich ein großes Wohnzimmer, an dessen Ende eine Tür auf einen kleinen Garten hinausging. Außer der Küche war es der einzige Raum hier unten. Von dort kamen die verschiedensten Kochdüfte, die Jury nicht identifizieren konnte.

»Ich bin Elsie. Ich helfe hier kochen.«

»Hm, Elsie, wenn meine Nase mich nicht täuscht, machst du das ganz großartig.« Jury schloß die Augen und schnüffelte. Die Gerüche waren absolut verlockend. In den letzten zwei, drei Wochen hatte er keinen nennenswerten Appetit gehabt; jetzt starb er vor Hunger.

Stolz erzählte Elsie weiter: »Wir machen eine Terrine mit Wild und Rindfleisch. Die muß lange schmoren – zwei oder drei Stunden. Sie hat – wir haben ganz viel Rotwein reingetan. Und, mal sehen, es gibt Forellenmousse als Vorspeise und eine Suppe, die kocht schon seit Ewigkeiten.« Dabei stemmt sie die Hände in die beschürzten Hüften und stieß einen riesigen Seufzer aus, als sei keine Köchin so geplagt wie sie. »Und zum Nachtisch gibt es Pudding. Guinness Pudding.« Sie machte eine Pause, um ihm Gelegenheit zu geben, Überraschung zu zeigen – was er tat. »Der muß über fünf Stunden im Wasserbad kochen. Deshalb riechen Sie alles mögliche.«

»Bei so einem Festmenü habt ihr gewiß Leute zum Abendessen eingeladen. Da komme ich wohl sehr ungelegen«, sagte Jury, dem allmählich etwas unbehaglich zumute wurde.

Aber sie verneinte rasch und bat ihn, Platz zu nehmen. Nachdem sie zu dem Urteil gelangt war, daß er ein sehr dankbares Publikum war, wollte sie jetzt noch mehr Applaus. »Ach, es werden sicher ein paar Leute kommen. Aber ich habe den Tisch noch nicht mit ihrem besten Silber gedeckt. Das erledige nämlich immer ich.« Mit übereinandergeschlagenen Beinen saß sie in dem hohen Ohrensessel, so daß ihre Füße kaum den Boden berührten, und zog sich die Schürze über die Knie. Die Geste hatte sie bestimmt schon bei so mancher jungen Dame gesehen, und sie gab sich alle Mühe, auch eine junge Dame zu sein, adrett und o-ber-dschin-erfahren. Doch als ein Topf in der Küche anfing zu klappern, fiel sie aus der Rolle, sprang auf und sauste los. Und schon war sie wieder da und beklagte sich, daß man auf dem alten Gasherd nicht ordentlich dünsten könne und immer alles überschwappe und daß sie versuche, Lady Kennington davon zu überzeugen, sich einen Umluft-Herd anzuschaffen. Der Aussprache dieses Wortes ließ sie die gleiche Sorgfalt angedeihen wie der Aubergine.

»Hat sie denn oft Gäste?«

»In einem fort. Meine Güte, sie hat so viele Freunde. Dauernd geht sie ins Theater und kennt alle Schauspieler. Sie kennt Daryl Jackbee.« Nach gründlichem Nachdenken kam Jury zu dem Schluß, daß es sich um Derek Jacobi handeln müsse. »Und sie fährt oft nach London. Sie geht gern einkaufen und hat die Schränke voll Kleider.«

Das klang gar nicht nach der Jenny, die Jury kannte. Er lächelte. »Eine vielbeschäftigte Lady.«

»Ist sie auch, wissen Sie. Eine Lady, meine ich. Sie ist adlig.«

Jury sah den schwarzen Kater aus der Küche hereinstolzieren und dachte: Ist das etwa Tom? Der Kater, den sie damals zum Tierarzt gebracht hatten? Aber das war Jahre her. »Ich mag diesen Kater nicht einmal«, hatte Jenny gesagt, als sie mit dem elenden kleinen Bündel bei ihm im Auto saß. Sie hatte das verwilderte Tier gefunden, als es verletzt um das Haus in Stonington herumstreunte, ihre alte Villa in Hertford. Und hier war er und sah immer noch so majestätisch aus wie eben ein Kater mit räudigem Schwanz und angeknabbertem Ohr aussehen kann. Stonington. Jury lächelte ein wenig traurig bei dem Gedanken, wie schnell die Jahre vergangen waren. Irgend etwas, fand er, war vergeudet worden. Er streckte die Hand nach dem kohlschwarzen Kater aus, der auf dem Vorleger saß, die Hand ignorierte und sich zu putzen begann.

Als sie hörten, wie die Haustür aufging, sprang Elsie hoch und lief in den Flur, und Jury kriegte mit, wie sie ein paar Worte mit Jenny wechselte. Dann stand Jenny Kennington lächelnd im Zimmer.

Bis zu diesem Augenblick war er unsicher gewesen und sich geradezu dumm vorgekommen, daß er hier so unangemeldet hereingeschneit war. Aber als sie seinen Namen sagte und ihn anlächelte, als sei sein Erscheinen die schönste Überraschung der Welt, kam er sich nicht mehr dumm vor.

»Hallo, Jenny.« Ein kurzer Blick auf das, was sie anhatte, und er mußte auch lächeln. Für eine Frau mit einem Schrank voller Kleider hielt sie wahrhaftig an ihrem Lieblingspullover fest.

Sie bemerkte seinen Gesichtsausdruck, schaute auf den Pullover und sagte: »O Gott! Dasselbe alte Stück. Ich weiß, Sie glauben, ich hätte sonst nichts zum Anziehen.«

Der Pullover war schwarz, mit irgendwelchen Metallfäden durchzogen und viel zu langen Ärmeln, die sie ständig hochschob. Sie hatte ihn getragen, als sie sich kennengelernt hatten. Und die nervöse Geste gehörte auch immer noch dazu. »Elsie behauptet, Sie hätten jede Menge Klamotten und klapperten dauernd die Läden in London ab. Selfridge's, Liberty's.«

Elsie war sofort nach Jennys Ankunft in die Küche geflitzt und legte jetzt das Tafelsilber auf.

Jenny flüsterte: »Weil ich ›Lady‹ Kennington bin. Sie erfindet alle möglichen romantischen, kostspieligen Freizeitbeschäftigungen für mich.«

»Wie die Dinnerparty heute abend?«

»Von wegen Dinnerparty. Hat sie Ihnen erzählt, die komplette Besetzung von *Henry IV, Teil II* käme?«

»Nur Daryl Jackbee. Wenn keine Party ansteht, wozu das unglaubliche Menü? Es sei denn, Elsie hat übertrieben, und in Wirklichkeit gibt's Kohl und Stampfkartoffeln?«

»Für mich. Für uns. Sie bleiben doch, oder? Es gibt auch noch exzellenten Sancerre und Stilton mit Aprikosen. Und wenn ich ein bißchen stöbere, finde ich bestimmt noch eine Flasche Châteauneuf-du-Pape, den wir zu der Terrine trinken können.«

»Dann überlege ich's mir.«

Elsie hatte ihren »Lohn« bekommen und war davongeschwirrt – mit kleinen Hopsern zur Tür hinausgetanzt.

Das Dinner war so romantisch wie versprochen. Köstlich.

Bei Suppe und Rehterrine hatten sie etliches geklärt: daß Jenny nicht vorhatte, Stratford zu verlassen; daß sie immer vorgehabt hatte, sich nach ihrem letzten Treffen in London neu auszustaffieren; daß der Kater Tom war – ja, Tom.

»Der Kater, den Sie nicht ausstehen können.«

»Ich konnte ihn aber doch nicht in Stonington lassen.« Sie schob die Pulloverärmel hoch und schaute Tom nervös an, damit der bloß nicht glaubte, sein Schicksal sei immer noch in der Schwebe. Er begab sich auf die Suche nach der Forellenmousse.

»Dieser Kater weiß Sie gar nicht zu schätzen.«

»Stimmt. Das ist ein Grund, warum ich ihn nicht ausstehen kann.«

Eine Zeitlang aßen sie schweigend ihren Pudding. Dann sagte Jury: »Ich habe Sie nie angerufen, um mich zu entschuldigen oder mich bei Ihnen zu bedanken.«

»Sich wofür zu entschuldigen?«

»Dafür, daß ich an dem Nachmittag einfach aus dem Salisbury verschwunden bin und Sie da habe sitzen lassen. Ganz zu schweigen von den Beleidigungen, die ich Ihnen wegen des Pullovers an den Kopf geknallt habe.«

Sie lachte. »Selbst, wenn Ihnen jemand ein Gewehr vor die Brust hielte, wären Sie unfähig, Beleidigungen auszustoßen. Sie haben nur gesagt, Schwarz stehe mir nicht, das war alles. Und Sie waren einfach nervös oder durcheinander wegen« – Jury bemerkte die Pause, obwohl sie schnell weiterredete – »eines Falles, nehme ich an.«

Er sah zu, wie sie ruhig aus einer Karaffe Portwein ausschenkte. Wenn sie diskret sein wollte, bitteschön. Er lächelte. »Nehme ich an.« Natürlich wußte sie über die ganze Angelegenheit Bescheid; jeder, der Zeitung las, wußte Bescheid. Und Jenny hatte sich sogar eingeschaltet, aber ohne je ein Wort darüber zu verlieren. »Es wäre sowieso nicht gutgegangen«, sagte er unvermittelt.

»Es tut mir sehr leid.«

Neben einem der weißen Marmorkerzenständer stand die kleine Alabasterfigur, die sie an jenem Nachmittag in dem Geschäft in der St. Martin's Lane gefunden hatte, als er dort den Ring für Jane gekauft hatte. Er dachte an die Marmorfigur im Innenhof von Stonington, die Statue, die man von jedem Raum aus immer wieder anders sah. Das erste Mal hatte er Jenny Kennington auf den Stufen von Stonington mit dem Kater Tom gesehen und später dann in den großen leeren Räumen, aus denen sie gerade auszog. Einige Stücke hier im Cottage stammten von dort: der Intarsiensekretär, der Schreibtisch mit der Einlegearbeit aus Elfenbein, die klassizistischen Stühle, auf denen sie jetzt saßen.

»Als ich Sie das letzte Mal gesehen habe, überlegten Sie, ob Sie nach Stonington zurückgehen.«

»Ich habe es vermietet.« Sie hob das kleine Glas Portwein zum Mund. »Jetzt überlege ich, ob ich ein Restaurant eröffnen soll.«

»Was?«

Sie ließ den Blick über den Tisch wandern. »So gut war es nicht?«

»Das Essen? Es war vorzüglich. Nur besteht zwischen vorzüglichem Kochen und einem Restaurant ein himmelweiter Unterschied.«

»So? Warum?«

Er lachte, weil sie wirklich überrascht war. Ihm gefiel ihr Selbstvertrauen. Jenny war zurückhaltend, aber keineswegs ängstlich. »Einfach so.«

»Ich übe. Ich hecke all diese komplizierten Gerichte für mich aus; manchmal lade ich ein, zwei Leute ein, manchmal nur Elsie. Sie ist schon eine echte Hilfe.«

Er malte es sich aus: wie sich Elsie und Jenny an dem festlich gedeckten Tisch gegenübersaßen und über Essen und die Royal Shakespeare Company unterhielten. Das rührende Bild versetzte ihm einen kleinen Stich. »Eine wunderbare Idee, Jenny. Denken Sie an etwas hier in der Gegend?«

»Außerhalb der Stadt liegt ein Gasthof, für den ein neuer Pächter gesucht wird. Mit dreißig, vielleicht vierzig Plätzen.«

»Sie haben sich also wirklich schon darum gekümmert. Ich sehe Sie schon als Wirtin.«

»Ach, das sagen Sie nur so.« Sie lächelte und wechselte das Thema. »Sie wollten sich bei mir bedanken. Wofür?«

»Für Pete Apted. Kronanwalt Pete Apted. Der Mann ist nicht billig. Ich habe lange gebraucht, um herauszufinden, wer ihn bestellt und bezahlt hat.«

»Gerade Sie hätten sich aber daran erinnern müssen, daß ich ein wenig Geld habe. Und auch daran, daß ich es nicht hätte, wenn Sie nicht gewesen wären.«

Das war gewaltig übertrieben. Sie redete über die Smaragdkette, doch ihr Mann war auch nicht arm gestorben. Und außerdem hatte sie von der Tante, mit der sie gereist war, Geld geerbt.

Sie sagte: »Da konnte ich mit dem Geld, das die Kette gebracht hat, wenigstens etwas Gutes tun. Etwas wirklich Sinnvolles nach all dem Unheil, das sie verursacht hat. Und so hoch war Pete Apteds Honorar nicht. Ich glaube, er hat einen Rabatt gegeben, weil er Sie mochte. Und er mußte ja auch nicht vor Gericht.«

»Gott sei Dank, nein. Aber er hätte gewonnen. Das Gefühl hat man einfach bei ihm. Ich bin überzeugt, der Herr Kronanwalt verliert nie. Er hat einer Freundin von mir aus der Patsche geholfen. Halt, drei Freunden.« Jury lächelte, und dann erstarb das Lächeln. Pete Apted, der »blitzgescheite Anwalt«, hatte sofort begriffen, was sich damals abgespielt hatte. Und Jury gezwungen, sich dem zu stellen. Ein paar kurze Augenblicke lang in Apteds Büro vor einem Jahr hatte Jury ihn gehaßt, wie er selten jemanden gehaßt hatte. Mußte Apted so verdammt clever sein?

»Stimmt etwas nicht? Sie sehen böse aus.«

»Was? O nein, nein.«

Eine angenehme Stille breitete sich aus. Jenny saß da, hatte den Stiel ihres Glases umfaßt und drehte es. Dann fragte sie: »Also sind Sie nur nach Stratford gekommen, um mich zu besuchen?«

»Ja.«

»Nein, sind Sie nicht.«

Er lachte. »Außer Ihnen wollte ich noch Sam Lasko treffen, von der Polizei hier in Warwickshire. Ich halte Ausschau nach einem Job.«

Das verschlug ihr den Atem. »Was?«

»Ich bin London leid. Und, bitte, zitieren Sie jetzt um Himmels willen nicht Dr. Johnson.«

»Wissen Sie das genau?«

»Was weiß ich genau?«

»Daß Sie London leid sind?«

»Sie meinen, ich bin etwas anderes leid?«

Sie schaute weg. »Vielleicht die Erinnerungen.«

»An Jane, meinen Sie?« Es war wirklich nicht nötig, das Thema zu meiden.

»Wenn das ihr Name ist.« Ihre Stimme klang traurig.

Einen Augenblick sah er sie an.

»Ich glaube, ich wußte immer, daß das mit Jane nicht gutgehen würde. Ich wußte, daß etwas nicht stimmte; ich wünschte nur, Pete Apted hätte mir nicht haarklein erzählt, was es war«, sagte er mit leicht ironischem Unterton. Sie fragte nicht nach, und darüber war er ein wenig enttäuscht. »Jetzt werde ich nie wissen, was sie empfand.« Pause, ein Lächeln. »Was soll's, ich dachte, vielleicht ist es zur Abwechslung ja mal ganz nett, mit dem Fahrrad durch die Gegend zu zockeln und jeden Tag im Pub vorbeizuschauen und ein herzhaftes Schwätzchen mit den Jungs zu halten.«

»Klingt sehr idyllisch.«

»Sie halten es nicht für eine gute Idee.« Als sie nichts dazu sagte, war er wieder enttäuscht. Er hatte mit ihrer Begeisterung für seine Pläne gerechnet, besonders, wenn er hierher ziehen würde. Er nahm die alabasterne Frauenfigur mit dem zerbrochenen Arm und betrachtete sie im Kerzenlicht. »Wahrscheinlich haben Sie recht.« Als sie vorsichtig lächelte, wurde ihm bewußt, daß er angenommen hatte, sie habe seinen Gedanken ausgesprochen. »Vielleicht geht es gar nicht darum, daß ich etwas leid bin.« Er schaute die kleine Figur an, um Jennys Blick nicht begegnen zu müssen. Er fürchtete sich vor dem, was er darin fand. Bei dem Gedanken daran, daß er sich von seinem gegenwärtigen Unbehagen, der Lethargie oder Apathie – was immer er in den letzten Jahren empfunden hatte – befreien könnte, beschlich ihn ein anderes Gefühl. Das alte Gefühl der Einsamkeit, das der sogenannten Apathie ähnlich war oder sich vielleicht in ihr verbarg. Aber es war auch anders, es war verheerend und unentrinnbar.

Jennys Arm in dem dunklen Ärmel lag entspannt auf dem Tisch, ihre Hand streifte seine kurz, und als sie mit dem Finger die Spitze eines Glastropfens berührte, der von dem marmornen Kerzenständer hing, drehte sie die Handfläche nach außen. Als er Jane das letzte Mal gesehen hatte, war sie schwarz gekleidet gewesen. Aber unter diesem Bild lag ein vielleicht noch schärferes, schmerzhafteres, wenn das überhaupt möglich war. Die Erinnerung an das ausgebombte Haus in der Fulham Road schleppte er mit, und er fragte sich, ob diese Erinnerung nicht direkt unter der Oberfläche eines jeden Ereignisses lag, jeder Begegnung, jeder Berührung, jeden Kusses, und ihn immer wieder zu verschlingen drohte. Die Leiche seiner Mutter, unter dem Gipsschutt begraben – bis auf den Arm im schwarzen Ärmel, der hervorstak, die Finger in dieser lockenden Gebärde gekrümmt.

»Was ist? Was ist los?« Ihr Ton war besorgt.

»Nichts.« Mit dem Glas Portwein in der Hand stand er auf.

»Nichts.« Ihr Lächeln war ganz fein, bloß ein Schimmer.

Er ging vom Tisch zum Fenster, durch das man auf die Steinmauer hinaussah, die den Bürgersteig neben der Kirche begrenzte. Ihm fiel ein, wie er vor Jahren in dem Park zwischen der Küche und dem Theater spazierengegangen war. Damals hatte er über seinen Mangel an innerer Gelassenheit inmitten einer solch friedlichen Szene nachgedacht. Selbst in der Dunkelheit hatte man das sonnenbeschienene Ufer gespürt, die dahingleitenden Schwäne, die Enten, die an Land ruderten, um sich ihre Brotkrumen zu holen.

Damals war er müde gewesen, und jetzt war er es müde, sich weiterhin im Londoner Schwefeldunst abzuplacken.

»Ich habe an den Krieg gedacht.« Er erzählte Jenny von dem Bombenangriff, als er sechs gewesen war, und von seiner Mutter.

Endlich riß er sich von den Bilderfetzen los, und es entstand ein langes Schweigen. Er schaute weiter aus dem Fenster, fragte sich dann, wie lange er hier gestanden und vor sich hingeträumt hatte, drehte sich um und sah, daß Jenny immer noch am Tisch saß und ihren Kaffee trank und nicht ihn anschaute, sondern unverwandt geradeaus blickte, auf ein anderes Fenster, das Vorderfenster. Jenny hing ihren eigenen Gedanken nach. Er mußte lächeln. Als ihm das gemeinsame Schweigen bewußt wurde, legte sich eine wunderbare Ruhe über ihn. Er ging zu dem Sessel, in dem er zuvor gesessen hatte, nahm wieder Platz und sah sie an. Ihre Aufmerksamkeit richtete sich immer noch auf etwas anderes, vielleicht nach innen.

Diese Erfahrung fand er ungewöhnlich und sehr angenehm. Sie waren beide in der Lage gewesen, jeder für sich dazusitzen und den eigenen Gedanken nachzuhängen, ohne Pausen oder Schweigen überbrücken und sich krampfhaft um ein Gespräch mit dem anderen bemühen zu müssen.

In die Stille hinein sagte sie: »Schrecklich, entsetzlich.«

Aus ihrem eigenen Kontext, ihren eigenen Gedanken heraus. Jury nahm an, daß ihr immer noch durch den Kopf ging, was er ihr erzählt hatte.

»Wie oft haben Sie es seitdem getan?«

»Was getan?«

»Frauen aus brennenden Gebäuden gezogen.«

8

I

»Das ist das Stendhal-Syndrom«, sagte Diane Demorney und hielt Dick Scroggs ihr leeres Glas hin.

Zu viert – zu sechst, wenn man Lavinia Vine und Alice Broadstairs an einem weiter entfernten Tisch mitzählte – saßen sie im Jack and Hammer. Der Pub mit der Figur des Jack, der zu jeder vollen Stunde den Hammer schwang und frisch türkisfarben gestrichene Hosen trug, befand sich in der High Street neben Truebloods Antiquitätenladen. Die Gruppe saß an ihrem Lieblingstisch in dem halbrunden Erker mit den Flügelfenstern, durch die trübes Licht schien, wie es sich für einen Nachmittag Ende Januar ziemte. Der Jack and Hammer war noch keine Stunde geöffnet, aber die Feierabendstimmung seiner Klientel ließ erkennen, daß der heutige Arbeitstag im wesentlichen abgeschlossen war.

Beziehungsweise der Nicht-Arbeitstag, denn von den an den beiden Tischen sitzenden Herrschaften konnte man nicht unbedingt behaupten, sie arbeiteten, wenn »Arbeit« eine regelmäßige Beschäftigung bedeutete, zu der man morgens irgendwo antrat und die man nachmittags beendete. Bevor Diane Demorney in der Hoffnung auf Zuhörerschaft ihr obskures Thema angebracht hatte, war »Arbeit« Gegenstand der Diskussion gewesen. Joanna Lewes bestritt, daß das Schreiben ihrer Bücher überhaupt etwas mit Arbeit zu tun habe (das Lesen, ja, jede Menge). Marshall Trueblood wiederum hätte als Geschäftsmann eigentlich allen Grund gehabt, zu behaupten, er »arbeite«; aber er verbrachte seine Tage doch eher damit, inmitten seiner antiken Schätze auf der faulen Haut zu liegen. Seine flexible Arbeitszeit gestattete ihm, den Jack and Hammer als sein Vorzimmer zu benutzen. (Wo er herkam, wußte niemand so genau; ab und zu hatte er diffuse Anspielungen auf London gemacht, aber Melrose Plant behauptete steif und fest, man habe ihn in einer chinesischen Urne gefunden.)

Nachdem man das Thema »Arbeit« schnell wieder fallengelassen hatte (niemand von ihnen war, wie Plant sich ausdrückte, Experte auf diesem Gebiet), bot sich als nächster Gegenstand der Spekulation der Besuch Richard Jurys an. Wo steckte er, und wann würde er nach Long Piddleton kommen?

Wie üblich wurde Melrose Plant, der Richard Jury seit mehr als einem Dutzend Jahre kannte, nach dessen Verbleib ausgeforscht. Melrose hatte keinen blassen Schimmer, wo Jury war, nur das vage Versprechen, er käme »in ein paar Tagen«. Selbige Zusage war vor ein paar Tagen erfolgt, also konnte Jury nun jederzeit eintrudeln.

Melrose Plant sagte indes: »Er hat den Zug um neun Uhr zehn von Paddington genommen.« Er betrachtete einen Stapel Bücher neben seinem Pint Old Peculier. »Und am frühen Nachmittag müßte er in Glasgow eintreffen.«

Einhellige Überraschung. »Glasgow? Was in Gottes Namen macht er denn in Glasgow?« fragte Trueblood.

»Dreifacher Mord.« *Neun Uhr zehn ab Paddington* war der Titel von Polly Praeds neuestem Thriller und schamlos bei Agatha Christie geklaut. »In einer prominenten Familie in Glasgow.«

»Wirklich?«

Nein, dachte Melrose, natürlich nicht, aber jetzt würden sie ihn nicht stündlich wegen der neuesten Nachrichten über Jurys Kommen und Gehen nerven.

Stirnrunzelnd zündete sich Joanna Lewes eine Zigarette an. »Ich dachte, er ist mit dem Ding in der Tate beschäftigt.«

Genau in diesem Moment hatte Diane Demorney, die das Rampenlicht um sich verblassen sah, mit der Bemerkung über das »Stendhal-Syndrom« die Aufmerksamkeit erneut auf sich gezogen.

Das einzige, was Diane Demorney vor der Rolle der pathologischen Lügnerin bewahrte (darin hätte sie geschwelgt), war, daß sie gar nicht lügen mußte. Ihre Spezialität bestand darin, so viel obskures Insiderwissen aufzufahren, daß sie den Eindruck machte, sie wisse wirklich etwas. Was nicht der Fall war.

Gemeinhin weigerte sich Melrose Plant, Dianes Köder zu schnappen, aber diesmal konnte er nicht anders. Er sah sie von der Seite an. »Das *was?*«

»Das Stendhal-Syndrom.« Sie ließ den Blick um den Tisch schweifen und abwechselnd auf einem von den dreien ruhen, spielte mit ihrem Martini (Mischungsverhältnis: zehn zu eins) und sagte: »Na, ich nehme doch an, Sie haben alle schon einmal von Stendhal gehört? *Rot und Schwarz, Der Kapaun von Parma?*«

Joanna rollte die Augen gen Himmel; Melrose verschluckte sich an seinem Old Peculier. Trueblood sagte: »Also, was ist das für ein Syndrom? Sie verzehren sich doch danach, es uns zu erzählen.«

Diane trank ein Schlückchen Martini und ließ sie schmoren. »Also, Stendhal war Kunstliebhaber mit Leib und Seele. Stundenlang stand er herum und betrachtete etwas. Aber es hatte eine merkwürdige Wirkung auf ihn. Er wurde immer ohnmächtig. Besonders in Florenz. *Sie* wissen ja nun, was es da für Kunstwerke gibt.« Das war an Joanna gerichtet. »Es war zu viel für den armen Mann.«

»Nein, ich bin noch nie in Florenz gewesen«, sagte Joanna.

»Aber eines Ihrer Bücher spielt dort«, sagte Diane. Der Rauch ihrer Zigarette wehte in zarten Kringeln nach oben.

»Na und? Sie glauben doch nicht allen Ernstes, ich hätte Zeit, diese Städte zu besuchen? Wollen Sie uns weismachen, Stendhal sei jedesmal, wenn er Gemälde ansah, zusammengebrochen?«

Diane freute sich diebisch, daß sie sie wieder mal alle miteinander übertrumpft hatte. »Wenn er zu lange hinschaute.«

»Ich finde, in Florenz ohnmächtig zu werden und in der Tate abzukratzen, hat nicht viel miteinander gemein«, sagte Melrose und versuchte, es sich auf dem Platz am Fenster bequem zu machen.

»Das kommt davon, wenn man Kunst betrachtet, ob in Italien, London oder sonstwo. Stendhal war so ein wunderbarer Schriftsteller, finden Sie nicht –?«

Als ob sie ihn je gelesen hätte, dachte Melrose.

»– ich werde fast gelb vor Neid, weil ich nicht so schreiben kann. Geht es Ihnen nicht auch so, Joanna?«

Joanna strafte die spitze Bemerkung mit Nichtachtung und sagte: »Jeder Idiot kann ein Buch schreiben. Nicht wie Stendhal natürlich, aber ein Buch. Ich muß es ja wissen.«

»Wohl wahr«, pflichtete Diane ihr honigsüß bei.

»Sie verkaufen sich immer unter Wert«, sagte Melrose. »Aber sehr ermutigend, was Sie sagen.« Er rückte unbehaglich hin und her.

Marshall Trueblood entfernte einen Faden von seinem Jackettärmel (Wolle mit Seide). »Grundgütiger, liebe Maddy, jetzt machen Sie sich aber einfach zu schlecht.«

»Maddy« war Truebloods liebevoller Kosename für Joanna Lewes, die Joanna the Mad, Johanna die Wahnsinnige, genannt wurde. Das hatte nichts mit ihrem Geisteszustand zu tun, sondern damit, daß ihr verstorbener Gatte zufällig Philip geheißen hatte. Joanna hatte es nicht unamüsant gefunden, daß König Philipp I. von Spanien seine Gemahlin Johanna in den Wahnsinn getrieben hatte und die geistig umnachtete Königin als Johanna die Wahnsinnige in die Geschichte eingegangen war.

Wenn auch Joanna gerade ihre eigene Schreiberei herabgesetzt hatte – »romantischer Schuß« –, erfreute sich diese nichtsdestoweniger eines enormen kommerziellen Erfolgs. Was ihr peinlich zu sein schien. »Glauben Sie mir, Marshall, wenn die Leute *Passion in Petersburg* kaufen, kaufen sie jeden Schrott.« Joanna verwendete geographische Orte als Titel: *Liebe in London, Magie in Mexiko, Florentinische Fantasien, Romanze in Rom.* Zuletzt hatte sie St. Petersburg gewählt, und wenn man sie nach dem Schauplatz fragte, sagte sie: »Rußland, Florida – wen schert's?«

Vor langer Zeit hatte sie entdeckt, daß alle Wege nach Rom (und Petersburg) zugleich immer weiter vom Finanzamt wegführten. Obwohl Joanna nie davon Gebrauch machte, Reisen von der Steuer abzusetzen. Sie war zu sehr damit beschäftigt, über ausländische Liebesaffären zu schreiben, als daß sie auch noch ins Ausland hätte reisen können. Authentischer Hintergrund war nicht ihre Stärke.

»Arbeiten Sie beide zusammen an etwas? Mir ist, als hätte ich Sie schreiben sehen.«

»Nein – oh, nein«, sagte Melrose.

Trueblood saugte an der Unterlippe. »Es ist nur... mein Kontenbuch, wissen Sie. Vom Laden. Melrose hat mir bei den Eintragungen geholfen.«

»Hoffentlich die Mehrwertsteuereinnahmen frisiert«, kicherte Joanna.

Da die Herren vermeiden wollten, daß sich Gerüchte über die Existenz des schwarzen Notizbuchs verbreiteten, hatte Melrose es sofort vom Tisch gefegt und sich darauf gesetzt, als er gesehen hatte, wie Joanna näher kam. Das kleine Buch bereitete ihm einiges Ungemach. Er verlagerte sein Gewicht und ordnete die Bücher in dem Stapel neu; normalerweise saß er stundenlang im Jack and Hammer und las.

Joanna zog die Bücher zu sich herüber und nahm sie unter die Lupe. Sie schaute sich die Schutzumschläge an, lächelte freundlich über Polly Praeds jüngsten Versuch, schien aber regelrecht begeistert über eines, das *Fenster* hieß. »Das«, sagte sie und klopfte mit den Fingern darauf, »ist faszinierend. Ein gutes Beispiel für einen minimalistischen Roman.« *Fenster* war Ellen Taylors neues Buch – das hieß, neu in England, in den Vereinigten Staaten war es schon vor zwei Jahren erschienen. Es war mitnichten der Brontësche, von Leidenschaften zerrissene Roman, den Melrose als Frucht ihrer Bekanntschaft mit den Mooren Yorkshires befürchtet hatte; es war auch nicht wie ihr vorheriges, *Sauvage Savant*, das drohte, das erste in einer Folge von fünfen über die Stadtteile New Yorks zu werden. *Fenster* war völlig anders. Ein Buch mit sieben Siegeln – für Melrose zumindest.

»Minimalistisch?« sagte Melrose.

»Minimalistisch?« wiederholte Marshall Trueblood, der nichts weniger als das war, zumindest, was sein Outfit betraf. Unter dem Armani-Jackett trug er ein schockpinkfarbenes Hemd mit einem irisierenden muschelrosa Streifen und eine Krawatte, die aussah, als habe man damit die Palette eines Malers abgewischt.

»Ach, Sie wissen schon.« Joannas Aufmerksamkeit wurde von den beiden Frauen hinten im Pub gefangengenommen, Lavinia Vine und Alice Broadstairs.

Melrose wußte nicht. Er wurde aus Ellens Geschichte absolut nicht schlau und war unfähig gewesen, auch nur einen einzigen intelligenten Satz dazu zu äußern, als er, heute nachmittag erst, mit ihr telefoniert hatte.

Lavinia und Alice winkten Joanna an ihren Tisch. Long Piddletons passionierte Gärtnerinnen trafen sich hin und wieder im Pub zu Portwein und Keksen und lagen ansonsten in ständiger Fehde. Sie waren immer die ersten, die die neue Lewes kauften, und jetzt winkte Lavinia mit *Passion in Petersburg*, als sei es eine Signalflagge. Sie wollten es schließlich signiert haben.

»Es überrascht mich nicht«, sagte Joanna über Ellen Taylors Buch, »daß es diesen Literaturpreis bekommen hat.«

Das Nette an Joanna Lewes war nicht nur ihre realistische Beurteilung des eigenen Talents, sondern auch ihr völliger Mangel an beruflichem Neid. Sie pfiff auf den Schmonzes in den Klappentexten, ermutigte statt dessen debütierende Romanschreiber, las zerfledderte Manuskripte, beantwortete Briefe und dergleichen mehr.

Solch edle Gesinnung konnte man der Dame, die nunmehr durch die Tür des Jack and Hammer trat, nicht bescheinigen, Melroses Tante Agatha.

Immer wenn sie Joanna Lewes sah, warf sie sich in die Brust und vergaß nie zu erwähnen, daß auch sie ein Buch in der Mache habe. »Die Welt wimmelt von verkannten Dichtern, Miss Lewes.«

»Ja, und von verdammt vielen *be*kannten. Entschuldigung.« Joanna verfügte sich zu ihren Bücher kaufenden Fans, einer Subspezies, zu der Lady Ardry nie gehört hatte, da ihr die Bibliothek ihres Neffen ausreichte, wenn sie denn überhaupt einmal ein Buch las.

»So was von hochnäsig«, murmelte Agatha verächtlich. »Das ist das Problem, wenn man berühmt wird. Was macht ihr beiden hier? Ah, da ist Theo«, fügte sie mit offenkundigem Mißvergnügen hinzu.

Theo Wrenn Browne konnte man wirklich nur dann etwas abgewinnen, wenn man ihn mit Agatha verglich. Er haßte dieselben Leute wie sie, außer Diane, um die er ständig herumschwänzelte. Theo besaß die einzige Buchhandlung im Dorf und hatte bis vor kurzem noch abgelehnt, Joanna Lewes' Romane zu ordern.

Diane Demorney, keine ausgesprochene Menschenfreundin, wirkte neben Theo Wrenn Browne wie Mutter Teresa. Jetzt stand sie allerdings am Tresen und erteilte Dick Scroggs genau Instruktionen hinsichtlich des exakten Verhältnisses von Wodka und Wermut in ihrem Drink. Sie versäumte nie, ihren eigenen Wodka mitzubringen – eine Marke mit einem unaussprechlichen Mundvoll Konsonanten, »Wybrvka« oder »Zrbikow«, auf die sie schwor und die keiner führte. Sie sagte, es sei Büffelgraswodka, und es steckte auch wahrhaftig ein langer Halm undefinierbarer Herkunft darin. Trueblood behauptete, sie braue den Wodka in der Badewanne und zupfe das Unkraut dafür aus dem Garten.

Nach einem Blick auf *Fenster* verwarf Theo Wrenn Browne es als hochgestochen und schob es beiseite. Wenn Theo Wrenn Browne etwas noch mehr haßte als den kommerziellen Erfolg eines Schriftstellers, dann war es ein Literaturpreis für einen Schriftsteller. Als Inhaber von Wrenn's Nest Book Shoppe riskierte er beständig, vom Schlag getroffen zu werden, umgaben ihn doch ringsum handfeste Beweise von beidem – und bei Autoren wie Updike, Brookner, Byatt, Ishiguro von beidem *zusammen*. Vertrackterweise mußte er den Mist verkaufen; damit bestritt er seinen Lebensunterhalt. Also konnte er sich nur mit dem Schicksal begnadeter Dichter trösten, denen zu ihren Lebzeiten weder das eine noch das andere zuteil geworden war – den Melvilles, Hart Cranes und Chattertons. Theo hatte vor Jahren selbst ein erstaunlich schlechtes Buch mit dem Titel *Das letzte Rennen* verfaßt. Es ging um Guerillakämpfe in Doncaster (was seine Verachtung für Ellen Taylor als »experimentell«, »avantgardistisch«, »minimalistisch« oder sonst was eine Idee heuchlerisch machte). Er hatte damals Joanna die Wahnsinnige dazu zu bewegen versucht, es ihrem Verleger zu schicken, aber sie hatte sich geweigert. Als sein Buch auch sonst nirgendwo veröffentlicht worden war, schloß er sich mit den Verkannten, Verleumdeten, Enttäuschten, ja sogar Selbstmordgefährdeten zusammen. Mißerfolg wußte Theo Wrenn Browne zu goutieren.

Natürlich verachtete er auch Joanna Lewes. Er war zwar bisher nicht willens gewesen, ihre Bücher ins Sortiment zu nehmen, inzwischen jedoch, von ihren einheimischen Fans genötigt, die neue Lewes zu führen. Und da er nicht verhindern konnte, daß der Schandfleck ihres Erfolges seinen Laden zierte, hatte er sich ein einfacheres Opfer seiner Wut gesucht: Miss Ada Crisp, deren Gebrauchtmöbelladen direkt neben Wrenn's Nest lag. Inspiriert von Lady Ardrys juristischem Hickhack mit Jurvis, dem Fleischer, hatte er einen Anwalt aus Sidbury angeheuert. Und seine Notizen, die Dokumentation der Gefahren, die Miss Crisp (und ihr Rattenterrier) für das Dorf darstellte, lud er nun auf Melrose ab.

Melrose buddelte sich wieder frei. »Das kann nicht Ihr Ernst sein!«

Diese Einschätzung seiner Klage gegen Ada Crisp behagte Theo Wrenn Browne keineswegs. »Wieso denn? Ihr Laden ist eine Gefahr für die Gemeinde. Der ganze Müll auf den Bürgersteigen, und der Köter schnappt nach allem, was sich bewegt!« Saß da und fuhr sich voller Neid auf Truebloods Nonchalance und dessen teure Klamotten mit dem Finger über den hohen gestärkten Kragen.

»Jetzt aber mal halblang, alter Kämpe«, sagte Trueblood. »Adas Laden hat sich seit vierzig Jahren nicht verändert, und bis jetzt ist noch niemand in die Nachttöpfe gefallen.«

Sie wurden durch das Erscheinen von Vivian Rivington unterbrochen, die ihr Rosawollenes und ihren grämlichen Gesichtsausdruck trug. Sie pflanzte sich und ihren Sherry hin, seufzte und sagte, sie sei beim Packen. Vivian packte immer, entweder in England oder in Italien. Seit genau drei Monaten war sie zurück und wurde durch Marshall Truebloods Listen, Melrose Plants Tücken und weil sie es selbst unbewußt – womöglich sogar bewußt – wollte, auch hier gehalten. Melrose und Trueblood waren felsenfest überzeugt, daß sie den abscheulichen italienischen Grafen gar nicht heiraten wollte. Aber nach der langen Verlobungszeit fiel ihr wahrscheinlich nicht mehr ein, wie sie die Sache mit Anstand und Würde beenden könnte.

»Vivian«, sagte Diane, und ihr Lächeln war so trocken wie ihr Martini, »Sie müßten doch über die ganze Kunst, vor der man tot umfallen muß, Bescheid wissen, nachdem Sie so viel Zeit in Venedig und Florenz verbracht haben.«

Melrose und Trueblood wechselten einen Blick. Diane verpaßte keine Gelegenheit, Vivian an den in Venedig lauernden Verlobten zu erinnern, der immer noch nicht bei *acqua alta* ausgerutscht und ertrunken war. Planmäßig sollte Vivian im nächsten Monat nach Venedig zurückkehren.

»Ich weiß nicht, was Sie meinen. Und ich verbringe auch nicht so viel Zeit – nicht *so* viel...« sagte Vivian, als spiegele die Dauer der Zeit auf wundersame Weise die Stärke der Zuneigung wider.

Diane war stinksauer. Sie war stinksauer, weil Vivian Gräfin werden würde, und ließ nie die Gelegenheit aus, an so einem Allerweltstitel herumzukritteln. »Gibt's in Italien Grafen nicht wie Sand am Meer?« fragte sie zum x-ten Mal.

Woraufhin Marshall Trueblood versetzte: »Und unter der Erde noch dazu. Die mag Vivian besonders.«

»Ach, Ruhe!« Vivians perlmuttfarbenes Gesicht wurde so rosa wie ihr Kleid.

»Adlig sein – was bedeutet das schon?« ließ Agatha sich vernehmen. Melrose schaute verblüfft auf.

Als Theo Wrenn Browne feststellen mußte, daß er mit seinem Vorschlag, gegen die arme Ada Crisp Anzeige zu erstatten, nicht weit kam, wiederholte er, daß es Ellen Taylors Buch nach seinem Dafürhalten an jeglichem literarischen Wert mangele, während Diane verlauten ließ, nach ihrem Dafürhalten mangele es Ellen Taylors *Gesicht* an Jeglichem. Das Gesicht prangte auf dem Rücktitel des Schutzumschlags, und Diane inspizierte es so gewissenhaft, als hätte die Polizei sie gebeten, es bei einer Gegenüberstellung zu identifizieren.

»Sie sieht aus«, sagte Diane, »als wäre sie gerade von einer Drehtür eingequetscht worden.«

Melrose betrachtete das Bild. Wohl wahr, mit den weit aufgerissenen, erstaunten Augen sah Ellen aus wie eine Quietschepuppe aus Gummi. »Hm, da ähnelt sie sich gar nicht. Sie ist ziemlich hübsch.«

»Stimmt, daran erinnere ich mich«, sagte Trueblood.

Diane klopfte auf den kurzen biographischen Abriß. »Sie ist aus Baltimore.« Dramatische Pause. »E. A. Poe und Johnny U.«

Alle drehten sich um und starrten sie an, worauf sie auch ausgewesen war. Über dieses Wortpärchen freute sie sich, als ginge es um sie und einen ihrer Liebhaber.

»Wovon reden Sie eigentlich?«

Sie hob eine fedrige, schwarze Augenbraue. Diane war ziemlich schön, perfekte alabasterfarbene Haut, seidig fallendes schwarzes Haar. Aber obwohl es heißt, die Natur verabscheue das Vakuum und tendiere dazu, es zu füllen, war Dianes Kopf leer, geradezu hermetisch abgeriegelt. Deshalb herrschte immer gelindes Erstaunen, wenn sie mit ihrem Eingeweihtenwissen ankam, das sonst niemand hatte. Und genau darum ging es ihr. Sie sammelte Insiderkenntnisse. Trivial Pursuit war für Leute wie Diane Demorney erfunden worden. »Ich nehme an, von Edgar Allan Poe haben Sie schon einmal gehört.«

»Ach, jetzt seien Sie nicht albern, Diane«, sagte Trueblood gereizt. »Wir reden über Johnny Was-weiß-ich.«

»Herr im Himmel.« Sie stöhnte auf und hob ihr gigantisches Martiniglas. »Johnny Unitas. Haben Sie noch nie was von den Baltimore Colts gehört? Meine Güte! Ich hatte angenommen, die kennte wirklich *jeder*.«

»Melrose quatscht in einem fort davon, nach Baltimore zu fliegen«, sagte Agatha.

II

Das »Gequatsche« hatte in Ardry End stattgefunden, begleitet von Lou Reed, der in unheilschwangeren Rhythmen seine Gitarre bearbeitete. Melrose liebte Lou Reed. Lou Reed (»der Wüstling«) trieb Agatha in den Wahnsinn, leider aber nicht aus dem Haus.

Als er Ellens Anruf bekommen hatte, saß Agatha, die Verschmäherin von Titeln, an seinem häuslichen Herd (metaphorisch gesprochen) und suchte in *Debrett's* Adelsverzeichnis nach einem ebensolchen. Eine Stunde lang war sie mit der Geschwindigkeit eines Tausendfüßlers auf den Spuren ihrer Abstammung durch die Seiten geflitzt. Das mochte eine schöne Abstammung sein, dachte Melrose. Ein Verwandter von ihr in Wisconsin hatte sie in einem Brief darauf hingewiesen, daß ein Großonkel (oder Urgroßonkel) väterlicherseits ein gewisser Baron Fust gewesen sei – vor ihrer Heirat mit Melroses Onkel hatte sie Fust geheißen. Der Anspruch auf diesen Adelstitel rann ihr vielleicht sogar im Blut (jedenfalls rann er im Blut der männlichen Nachkommen) und war nicht einfach mal so en passant zu erhaschen (wie das lächerliche »Lady« Ardry). Der Gedanke daran ließ ihr das Wasser noch mehr im Munde zusammenlaufen als das mit Marmelade überhäufte Hörnchen in ihrer Hand. Adel verpflichtet, dachte Melrose.

»Baron Fust! Stell dir das vor!«

»Für eine Viertelstunde wird jeder einmal Baron!« sagte Melrose. »Warhol.«

In dem Moment brachte Ruthven das Telefon. »Ferngespräch, Sir, aus Amerika.«

»Ellen!« Sofort setzte Melrose sich gerade hin und erwachte aus dem Dämmerzustand, in den ihn die Gegenwart seiner Tante immer versetzte. »Wo zum Teufel sind Sie? ... Baltimore?«

Agatha gönnte ihren Ohren eine Erholung. Einerlei, wer Ellen war, sie war weit genug weg, um kein drängendes Problem darzustellen.

»Ihr Buch? Ja, ja, habe ich. Danke.« Melrose sandte einen gepeinigten Blick zum Couchtisch, wo Ellens Buch lag, nicht zu Ende gelesen. »Ich weiß, daß Sie dafür den Preis bekommen haben, ja, ich weiß, wunder... gefällt?« Verständlicherweise fiel seine Antwort ein wenig knapp aus. »Natürlich. Ja... oh, ziemlich, hm, *anders.*«

Besagtes Buch befand sich nun in Agathas Händen beziehungsweise in einer Hand – in der anderen befand sich ein dünner Pfefferkuchen. Es hatte auf Polly Praeds neuestem Werk gelegen, das Polly Melrose in Gestalt eines Fahnensatzes hatte zukommen lassen. Sollte er jetzt auch noch Lektor werden?

»Nach *Baltimore* kommen?« Hilf Himmel, warum hatte er das laut gesagt? Agatha stierte ihn über das Buch hinweg an. Sie hatte sogar aufgehört zu kauen. »Mal sehen... Hm, ja, ich weiß, daß ich gesagt habe, ich würde...«

Als nächstes berichtete Ellen ihm etwas, mit dem er nun gar nicht gerechnet hatte, und er konnte nur knapp vermeiden, es zu wiederholen, als er Agathas Blick auf sich geheftet sah. Während Ellen also ihre kleine Geschichte erzählte, zeigte er keine Gefühlsregung, kein Interesse, und brummte nur die ganze Zeit »Uhmmmm« und »Ohmmm«, als sänge er ein Mantra.

Es fiel ihm einfach so entsetzlich schwer, zu verreisen, sich aufzuraffen, sich von Heim und Herd und dem Jack and Hammer loszureißen. Er seufzte. Aber er würde Ellen gern wiedersehen. »Polizist...? Reden Sie von Richard Jury?« Sie tat doch wahrhaftig so, als erinnere sie sich nicht an den Namen! »Übrigens, er besucht mich bald... Ja, aber, Ellen, Leute von der Mordkommission bei Scotland Yard können nicht alles stehen und liegen lassen und in die Vereinigten Staaten fliegen.« In Wirklichkeit konnte Jury stehen und liegen lassen, was ihm paßte, er hatte Urlaub. »... in ein, zwei Tagen. Ja.« Dann wollte Jury angeblich kommen. Aus irgendeinem Grunde wollte er Pratt in Northampton aufsuchen.

Agatha war ganz Ohr. Ihren Pfefferkuchen hatte sie völlig vergessen. Er hätte diesen Anruf wirklich außerhalb ihrer Hörweite annehmen sollen – wenn es einen solchen Ort gab. Vielleicht Saddam Husseins Bunker. Melrose kippte seinen Sherry und sagte: »Ellen, ich verspreche es hoch und heilig... Ja, ich rufe an... Ja... Nein... Ja... Ja... Nein... Nein... Auf Wiederhören.«

»Der Name ist mir bekannt – ganz bestimmt. Ellen. Ellen. Habe ich die Frau nicht kennengelernt?« Stimmte sogar. An der Victoria Station, als Vivian damals nach Italien gefahren war.

»Nein.«

»Du denkst doch nicht daran, in die Staaten zu fliegen, mein lieber Plant?«

»Nein.« Und ob er daran dachte! Er mochte Ellen nicht nur sehr gern, sondern er wußte auch, daß sie sich eher die Pulsadern aufschneiden würde, als ihn anzurufen, wenn sie nicht in ernsthaften Schwierigkeiten steckte. Er runzelte die Stirn. An dem »ernsthaften« zweifelte er nicht, aber er fragte sich, ob die »Schwierigkeiten« waren, was sie behauptete.

»Das wollte ich auch meinen. Falls du aber daran denkst, sag mir Bescheid, und ich komme mit, denn ich habe die Fusts seit Jahren nicht gesehen und würde mich gern mal ein bißchen mit ihnen über das *Debrett's* unterhalten. Oh, hier gibt es eine Baroneß auf Lebenszeit. ›Dixie Bellows …‹.«

Träum weiter, dachte Melrose.

III

»… bloß Graf«, sagte Agatha jetzt im Jack and Hammer und verbannte Graf Franco Giopinno damit auf die Müllhalde der Aristokratie. »Aber die Fusts –«

»Waren bloß Barone«, sagte Melrose.

Diane, die ihr Bröckchen Geheimwissen immer noch wie ein trockenes Kanapée auf der Servierplatte vor sich hin und her schob, machte kurzen Prozeß mit den Baronstiteln der Familie Fust und sagte: »Wenn Sie nach Baltimore fliegen, Melrose, lesen Sie besser was über Baseball und Football. Zum Beispiel über das Spiel zwischen den Jets und den Colts 1969.« Sie lächelte Melrose mit einem verführerischen Augenaufschlag an und nahm die wodkagetränkte Olive aus ihrem Glas. Das Glas mit dünnem Stiel und breiter Schale gehörte ihr, sie brachte es immer zu ihrem persönlichen Gebrauch mit in den Pub. Melrose schätzte den Umfang des Glases ab; mit gefrorenem Inhalt hätte es den Eisläufern im Rokkefeller Center ausreichend Platz geboten. Das brachte seine Gedanken wieder auf Amerika, und er schaute sich noch einmal das Bild von Ellen auf der Rückseite des Schutzumschlags an. Er lächelte. Der verängstigte Blick, als richte der Fotograf ein Gewehr statt einer Kamera auf sie, war aber auch zum Lachen.

»Victoria Station!« Agatha haute mit der Faust auf den Tisch, daß ihr Sherryglas in die Höhe sprang. »Da habe ich sie gesehen!« Sie durchbohrte das Bild mit den Augen. »Sie haben sie auch gesehen, Vivian.«

»Wen gesehen?«

»Diese Taylor. Sie sah komisch aus. Als wir Sie in der Victoria Station verabschiedet haben. Erinnern Sie sich nicht daran?«

Vivian wollte sich lieber nicht erinnern. »Nein.« Sie wollte genausowenig in der Zeit zurück nach Victoria reisen, wie sie in der Zeit voraus gen Venedig reisen wollte.

Diane war erbost, weil das Rampenlicht, das ihrer Überzeugung nach Gott nur erfunden hatte, um sie anzustrahlen, so launisch um den Tisch wanderte. Mit ihrer nächsten mysteriösen Bemerkung brachte sie sich wieder in seinen Besitz: »Nickel City.«

Erneut richteten sich alle Blicke auf sie.

»So wurde Baltimore immer genannt.«

»Warum?«

»Da wurden Nickel geprägt.« Dann fuhr sie fort. »Die Colts und die Jets... Joe Namath. Eines der berühmtesten Spiele, das je gelaufen ist – Super Bowl III.«

IV

»Glauben Sie, daß in Baltimore Nickel geprägt wurden?« fragte Melrose Plant Marshall Trueblood, nachdem die anderen den Jack and Hammer endlich geräumt hatten und er das Notizbuch wieder hervorziehen konnte.

»Einem Menschen, der Kuwait ›Kumquat‹ nennt, glaube ich das unbesehen, ja. So, jetzt diktiere ich, Sie schreiben.«

»*Ich* diktiere, Sie schreiben. Ich habe vorhin geschrieben.«

Trueblood klang der Verzweiflung nahe. »Ich war mitten in einem Gedanken, alter Kämpe, als alle reinmarschiert kamen.«

»Ihre Gedanken haben keine Mitte. Anfang und Ende ja, aber keine Mitte.« Melrose schraubte seinen Füllfederhalter auf und glättete die Seite.

»Also: Sie ist gerade in die Krypta gebracht worden. Die Krypta... hm.«

»›Die dumpfige Gruft‹«, zitierte Melrose.

Trueblood zog einen Schmollmund und sagte: »›Der arme Mönch Franciscus steht an der offenen dumpfigen Gruft mit Stock und Napf –‹«

»Wer ist Franciscus?«

»Der *Mönch.*«

»Einen Mönch hatten wir doch gar nicht.« Melrose blätterte die Seiten zurück, um zu sehen, ob er den Mönch verpaßt hatte.

»Der ist neu. Aber Sie können mir glauben, der Mönch ist für den geistlichen Beistand des armen Mädchens unerläßlich.«

»Warum, zum Teufel? Sie ist doch tot, oder?«

»Nun schreiben Sie schon!«

Melrose zuckte die Achseln. »Okay.«

Trueblood wiederholte: »›Franciscus steht da mit seinem Napf und dem Stock‹ – nein, ›mit Stock und Napf.‹ Das ist ganz schön poetisch – ›steht da mit Stock und Napf.‹«

Melrose sprach ihm die Worte langsam und deutlich nach: »Steht – da – mit – seinem – Stock – und – Napf – und erntet Kumquats...«

»Keine Kumquats, Kuwaits, verdammt und zugenäht!«

V

Als Richard Jury, den Ruthven zum Jack and Hammer geschickt hatte, an das Flügelfenster kam, sah er Ruthvens Herrn und Gebieter, den Kopf über ein Notizbuch gebeugt, mit Marshall Trueblood tête-à-tête und mit dem Rücken zum Fenster an dem Tisch sitzen, von dem aus man die High Street überblicken konnte. Truebloods Stimme wehte zu ihm hinaus: »›O Gott! Meine Leiden sind...‹«

Die Stimme erstarb. Das Fenster stand nur einen klitzekleinen Spalt offen. Jury zog es noch ein, zwei Zentimeter weiter auf. Und wieder Truebloods Stimme: »›Meine Leiden sind noch nicht vorüber. Ach, wenn sie es wüßte, mein Tod ist nichts –‹ nein, schreiben Sie: ›Nichts ist mir der Tod.‹ «

»›Ist mir‹?« (sagte Melrose). »Klingt ganz schön gestelzt, was? Und wir wollten ja auch nichts durchstreichen.«

»Na gut. Dann eben ›Meintodistnichts‹ «, sagte Trueblood ungeduldig.

Draußen war Jury von diesem schwülstigen Text unfreiwillig fasziniert. Was trieben sie da? Schrieben sie einen Roman zusammen? Ein Theaterstück? Das bezweifelte er. Damit wäre Marshall Truebloods Konzentrationsfähigkeit von maximal fünf Minuten arg überfordert. Jury blieb mit dem Rücken an der Außenmauer des Gasthofs stehen, das trockene Efeu, das die halbe Fassade überwucherte, kitzelte ihn im Gesicht. Die tief verwachsenen Ranken bedeckten auch die Fensterrahmen, was der Grund war, warum man ihn von innen nicht sehen konnte.

»›...die dumpfige Gruft, das tröpfelnde, eisige Wasser, der Moder –‹ «

»Klingt nach Ihrem Keller.«

»›– das helle Geläut der Glocken –‹ «

»Warten Sie, warten Sie eine Sekunde. Was hat er sie von seinem« – Melroses Stimme wurde leiser, dann wieder lauter – »zu der Krypta gebracht und trotzdem noch Zeit gehabt, um« – leise – »die Schlaftropfen in ihren Wein« – lauter, leiser – »und die Glokken –«

»Es muß nicht logisch sein, Allmächtiger. Er ist wahnsinnig!«

»Ja, aber –«

Ein kleiner weißer Hund bellte Jury vom gegenüberliegenden Bürgersteig her an und lenkte seine Aufmerksamkeit ab. Es war Miss Crisps Jack Russell, und schon tauchte sie auf, um das Tier zu schimpfen und Jury zuzuwinken.

Wie er da so in dem Efeu hing, kam er sich ziemlich lächerlich vor.

Der Hund scherte sich keinen Deut um das Geschimpfe. Er

tanzte wie ein dressierter Zirkushund einher und sprang possierlich über die Straße, auf Jury zu. Dann legte er sich auf die Vorderpfoten, reckte das Hinterteil in die Luft und knurrte und bellte. Jury schob ihm den Fuß unter den Bauch und versuchte, ihn abzuschütteln, aber das Tier glaubte, er wolle Hundespielchen mit ihm spielen, verbiß sich in sein Hosenbein und zog daran.

Plötzlich wurde drinnen eine Stimme lauter, das Fenster ging auf, und Jury drückte sich dichter an die Wand. Er sah ein wenig rotblondes Haar herausschauen (Melrose Plants Schopf), schnell wieder verschwinden und hörte, wie Melrose sagte: »Nur Adas Töle.«

Gelangweilt erbarmte sich der Hund schließlich, ließ Jurys Hosenaufschläge los und trottete die Straße hoch, auf der Suche nach willigeren Spielgefährten. Das Fenster aber stand jetzt weiter offen, und Jury konnte deutlicher hören.

Es herrschten immer noch rege Meinungsverschiedenheiten darüber, ob der Text logisch war oder nicht. »Vielleicht ist er ja wahnsinnig, aber das heißt nicht, daß« – Melroses Stimme wurde leiser, und so sehr Jury auch die Ohren spitzte, den Namen konnte er nicht verstehen – »es auch ist, oder? Sie ist zu vernünftig.«

»Nein, ist sie nicht. Aber jetzt mal ein bißchen dalli. Wir wollen doch vorankommen. Also: ›Aus dem Keller ertönten die Schreie, die mir das Herz zerrissen und die Seele zerfetzten.‹«

»Immer mit der Ruhe, Sie sind zu schnell. Ich habe ›mir das Herz zerrissen und‹ – wie weiter?«

»Und die Seele zerfetzten.«

Stille. »Alles klar. Weiter.«

Aus dem Schatten des Efeus warf Jury einen Blick auf die andere Straßenseite und erblickte noch jemanden. Jurvis, der Fleischer, stand da, beobachtete ihn und wärmte sich die Hände unter seiner großen weißen Schürze. Als Jury zu ihm hinsah, zog er eine Hand hervor und winkte.

Jury winkte zurück.

Jurvis wiegte sich auf den Absätzen. Er mochte Jury; der Polizist hatte sein Bestes getan, um ihm in seinem Streit mit Lady Ardry zu helfen. Das Gipsschwein tat immer noch treue Dienste, es hielt das kleine Schild hoch, das die Sonderangebote der Woche anpries. Das Schwein und Jurvis hatten dieselbe Größe und denselben Umfang, mehr oder weniger. Ein hübsches Pärchen gaben sie dort auf dem Bürgersteig ab.

»›... übel wurde mir vor Grauen. Oh, mein Mündel!‹«

Jury nahm seine Zigaretten heraus, zündete sich eine an und hoffte, den Eindruck zu erwecken, als suche er im Efeu Zuflucht, um die Streichholzflamme vor dem Wind zu schützen. Er spitzte die Lippen, schaute auf die Uhr – winkte Jurvis wieder zu –, hielt sich die Uhr ans Ohr und ließ seinen Blick über die Straße schweifen.

Jurvis machte eine Kehrtwendung, umarmte das Schwein, als wollten sie zusammen die Straße hinuntertänzeln, aber sie gingen ins Haus. Heute war früher Ladenschluß, vermutete Jury. Er sah noch einmal auf die Uhr. Nach zwei.

Die Luft war wieder rein.

»... ›das Knallen‹ – nein, ›*Knirschen* des Sargdeckels ließ alle meine Sinne erbeben, und ich erhob mich rasch vom Bett, nur um... nur um...‹ Verdammt – ›nur um‹ *was?* Sie tragen aber auch nicht das geringste bei.«

»Ich? Ich schreibe. Ich kann nicht gleichzeitig schreiben und denken.«

»Ich hab's – ›nur um die eisigen Finger auf meiner Wange zu spüren.‹«

»Na, das is –« Jury schreckte hoch, als sich sehnige Finger in seinen Arm krallten. »– ja'n Ding. Wenn das mal nich Mr. Scotland Yard persönlich is. Und kommt nach Long Pidd, um heimlich zu lauschen.« Das Gekrächze von Dick Scroggs' Putzfrau endete in einem feuchten Husten.

»Hallo, Mrs. Withersby«, sagte Jury. Sein Gesicht brannte. »Ich wollte gerade rein und ein Bierchen trinken.«

Sie war, den Putzeimer hinter sich herschleifend, aus der Seitentür der Kneipe gekommen und zertrat eine Zigarettenkippe. Dann schüttete sie das schmutzige Wasser in die Gosse. »Da drin is der Abfluß kaputt. Aha, grad ein Bierchen zischen?« Sie wischte sich mit der Hand über den Mund. »Ja, ja, es gibt auch noch Leute, die von ihrer Hände Arbeit leben.«

Als Jury den Jack and Hammer betrat, wurde er von Dick Scroggs herzlich begrüßt. Auf die herzliche Begrüßung durch Melrose Plant und Marshall Trueblood mußte er geraume Zeit warten, weil sie eifrig dabei waren, einen Gegenstand vor ihm zu verbergen.

Als er sich ihrem Tisch näherte, wurde ein Umschlag, den er schon erspäht hatte, hurtig versteckt. Er hatte aber bemerkt, daß ausländische Briefmarken darauf klebten. Jedenfalls keine englischen. Wozu hatte er ein geübtes Auge? Und das schwarze Buch war nirgendwo in Sicht. Vermutlich hockte Trueblood darauf, dachte Jury, denn der war, als er ihm die Hand reichte, nicht aufgestanden.

Mrs. Withersby klapperte mit Eimer und Besen um den Tisch herum, wischte halbherzig über eine der schmutzigeren Fensterscheiben und quasselte sich den Mund fusselig über »die, die von ihrer Hände Arbeit leben«. Jury hatte schon oft erlebt, wie sie sich diesem Monolog hingab, wenn Melrose Plant da war und sie etwas zu trinken schnorren wollte. Jetzt zog sie eine Flasche Möbelpolitur aus dem Eimer mit den Putzutensilien und sprühte den Tisch damit ein, wobei sie nicht allzusehr bemüht war, Truebloods Finger auszusparen.

»Withers, um Gottes willen, die Bude ist fast leer«, sagte Marshall Trueblood. »Sprühen Sie woanders.«

Jury fragte sich, ob das Buch unter dem Bankkissen lag.

»Ich hab ja wohl auch meinen festen Arbeitsablauf! Genau wie Altwarenhändler!« Sie hob sein Glas und wischte den feuchten

Kreis darunter weg. »Und von der Arbeit hier kriegt man ordentlich Durst. Durst, aber keinen Dank.«

»Uns liebt keiner, was, Mrs. Withersby?« Jury hielt ihr seine Schachtel Zigaretten hin und suchte gleichzeitig den Boden unter dem Tisch ab. Trueblood saß garantiert auf dem Buch; es war zu groß, als daß man es unsichtbar in einer Jackentasche hätte verschwinden lassen können.

»Das könn' Se laut sagen.« Sie nahm sich vier Zigaretten, stopfte drei in die Schürzentasche, lehnte sich über den Tisch, damit Plant ihr für die vierte Feuer gab, und kippte bei diesem Manöver sein Glas um. »Ach herrje, Lord Ardry. Schade um das schöne Bier.« Sie schnalzte mit der Zunge und fuhr mit dem schmierigen Tuch über die Lache.

»Jetzt holen Sie El Withersby schon einen Gin, Melrose«, sagte Trueblood, der keinerlei Anstalten machte, sich selbst zu erheben.

»Und ich hätte gern ein von Dick Gezapftes«, sagte Jury.

»Wenn Sie das Zeug trinken, müssen Sie schon wieder bei der Arbeit sein«, sagte Melrose lächelnd.

»Halbwegs, Teilzeit«, sagte Jury, und als Melrose zum Tresen ging, zu Trueblood: »Müßten Sie sich nicht um Ihre Kunden kümmern?«

Trueblood wollte sich gerade eine jadegrüne Sobranie anzünden, hob aber jetzt seine angemalten Brauen. »Kunden? Welche Kunden?«

»War ein ganz schönes Gedrängel, als ich eben am Laden vorbeikam.«

»Was? Das kann nicht sein...«

»Da wandert der Kram wohl zur Hintertür hinaus.«

Mrs. Withersby keckerte los und lehnte sich auf ihren Besen. »V'lleicht war's der Lieferwagen, den ich hinten inner Gasse gesehn hab.«

Wie der Blitz war Trueblood verschwunden. Nein, da lag nichts. Während Mrs. Withersby weiterschwatzte, der neue

Dorfpolizist von Long Pidd sei blind wie ein Maulwurf und sie und die Ihren würden sich nicht mehr auf den Schutz der Polizei verlassen, fuhr Jury beiläufig mit der Hand unter das Bankkissen. Wo lag das vermaledeite Ding?

»... und hat den kleinen Eddie eingebuchtet. Hätte was geklaut... Das hab ich mir nich bieten lassen, ich doch nich!« Sie trat gegen den Eimer, der politurgetränkte Lappen fiel herunter.

Jury sah in den Eimer. Da war es. »Ich glaube, Mr. Plant ruft nach Ihnen, Mrs. Withersby.«

Sie ging zum Tresen, und flugs zog Jury das in schwarzes Leder gebundene Buch heraus, schob es tief in die große Tasche seines Regenmantels und lächelte, als Melrose Plant mit einem Gin und einem starken Gebräu, in dem sich die Rückstände noch setzten, zurückkam.

»Prost!« sagte Jury und hob sein Glas.

Mrs. Withersby gesellte sich wieder zu ihnen, trank ihren Gin bis auf den letzten Tropfen, nahm Besen und Eimer und begab sich in die niederen Regionen.

Eigentlich war es ein todsicheres Versteck gewesen. Mrs. Withersby konnte nicht lesen und arbeitete selten. Auch heute schwang sie Eimer und Putzlumpen nur, um zu sehen, was es ihr an Alkoholika eintrug.

»Wo ist Vivian?« fragte Jury.

»Vermutlich beim Packen.« Melrose warf dem entschwindenden Eimer einen verzweifelten Blick hinterher.

VI

»Ich mag ihn sehr gern«, sagte Vivian Rivington in eher abwehrendem Ton und drückte den Deckel auf die Dose mit Käsegebäck.

»Wirklich? Ich kann mich erinnern, daß Sie genau das vor Jahren in genau diesem Zimmer hier über einen anderen Mann gesagt haben.« Jury trank einen Schluck Kaffee. »Wissen Sie noch?«

Vivian schaute ihn nachdenklich an. »Ja.«

»Und warum bereiten Sie diesem Unfug kein Ende und machen Schluß?«

Sie setzte sich im Sessel zurück, *fiel* zurück, hielt ihren Käsewindbeutel in die Luft und schien mit diesem und nicht mit Jury zu sprechen. »Wie herablassend. Als wüßten Sie immer alles besser.«

Er lächelte. »Weiß ich auch. Sie haben es mir doch selbst erzählt.«

»Nichts. Nichts habe ich Ihnen erzählt.«

Er trank seinen Kaffee, Vivian verspeiste ihren Käsewindbeutel, und sie schwiegen.

»Er albert sowieso immer nur mit Marshall herum.«

»Er?« fragte Jury unschuldig.

»Ach, tun Sie doch nicht so dämlich.«

»Ich weiß nicht, warum Sie der Wahrheit nicht ins Gesicht sehen wollen.«

»Ich sehe nichts, was nicht da ist.«

»In Anbetracht dessen, wie sehr Plant es haßt, Ardry End zu verlassen – er würde ja nicht mal hinausgehen, wenn jemand ›Feuer‹! schreit –, was ist dann mit dem Trip nach Italien, den er mit Trueblood gemacht hat? Da glauben Sie immer noch, ihm ist einerlei, was aus Ihnen wird?«

»Er haßt es, zu verreisen? Na, dann mimt er aber jemanden, der demnächst auf Tour in die Staaten geht, verdammt gut.« Vivians glühendes Gesicht glühte noch heller. »Irgendeine Amerikanerin, die ich angeblich schon einmal getroffen habe, hat ihn angerufen. Hat er Ihnen das erzählt?«

Jury war überrascht. »Nein. Wer?«

»Keine Ahnung. Agatha sagt, ich hätte sie in der Victoria Station gesehen. Ich habe in der Victoria Station nur gesehen, wie Marshall Trueblood eine Dracula-Ausschneidepuppe auf meinen Koffer geklebt hat.« Sie fing an zu lachen, verbiß es sich aber schnell und wurde wieder ernst. »Alles, was ich also sagen kann, mein lieber Richard, ist, daß so eine amerikanische Tussi ihn anruft und er lossaust wie ein geölter Blitz.«

»Ellen? Ellen Taylor?« Als er Vivians Gesichtsausdruck sah, bedauerte er, daß er den Namen genannt und damit verraten hatte, daß auch er sie kannte. »Ach, das ist eine Göre mit einem Akzent aus der Bronx. Liebe Güte, wahrscheinlich langweilt er sich nur, jetzt wo Sie wieder nach Venedig fahren. Vivian, nun mal los! Werfen Sie den Burschen über Bord, in den *canale* oder sonstwohin. Verflixt, heiraten Sie *mich.*«

Sie hörte auf zu kauen, hörte sogar auf, ihm böse zu sein. »Ist das ein Heiratsantrag?«

Jury betrachtete angelegentlich seine Kaffeetasse. Er lächelte. »Natürlich.«

»Natürlich.« Sie lachte. »Wissen Sie, was? Ich glaube wirklich, das würden Sie. Mich heiraten, meine ich. Nur um mich den Klauen des blutsaugenden Grafen zu entreißen.«

»Ich mag Sie sehr gern.«

»Na, da hätten wir ja wenigstens etwas geklärt.«

»Aber Sie lieben mich ja nicht.«

»Ach, jetzt seien Sie doch nicht so naiv.« Sie lächelte ihn trotzdem liebevoll an.

»Und ich behaupte immer noch, daß Sie dem Trip der beiden nach Venedig nicht genug Bedeutung beimessen.«

Vivian beugte sich vor und sagte sehr gedehnt: »Der beiden. Das maßgebliche Wort ist ›die beiden‹. Es ist alles nur ein Spiel. Dumme-Jungs-Streiche.« Ungeduldig klopfte sie mit dem Fuß gegen das elegant geschwungene Bein des Couchtischs. Vivians Haus war vollgestopft mit Antiquitäten, bei denen Trueblood immer der Mund wäßrig wurde. »Dem Himmel sei Dank, daß wenigstens Sie es ernst meinen.«

Schweigen. Jury betrachtete den Stuhl im Flur, auf dem sein Regenmantel lag.

»Und wozu das alberne Lächeln?«

Rasch ließ Jury das Lächeln aus seinem Gesicht verschwinden.

»Manchmal glaube ich, Sie sind genauso schlimm wie die beiden.«

Wieder lächelte Jury.

VII

»Dann können wir also zusammen fliegen«, sagte Jury, regelrecht kollabiert in dem bequemen Sessel am Kamin. Plants Köchin hatte ein Dinner aufgetischt, das sich mit dem Jenny Kenningtons durchaus messen konnte. Jury dachte an den vergangenen Abend.

Melrose dachte ans Fliegen. Einen Whisky in der Hand, saßen sie vor dem hellodernden Feuer, vor dem Melroses Promenadenmischung Mindy schlummerte. »Wenn es nicht so *anstrengend* wäre!«

»Soweit ich mich erinnere, mochten Sie sie.«

»Mochte sie? Natürlich mochte ich sie. Mindy mag ich auch.« Als der Hund seinen Namen hörte, gab er ein verschlafenes Schniefen von sich.

»Und Vivian?«

Melrose warf ihm einen finsteren Blick zu. »Vivian? Hm, natürlich. Sie gehört zu den Menschen, die ich am liebsten mag.«

»Und trotzdem fährt sie wieder nach Venedig. Warum, in drei Teufels Namen, halten Sie sie nicht davon ab?«

»Abhalten? Mein Gott, wir halten sie seit Jahren davon ab. Auf die eine oder andere Weise.« Er grinste. Er kicherte.

Jury seufzte. »Na gut, dann sollten Sie nach Amerika fliegen. Wir beide.«

»Sie wollen also wirklich fliegen?« Das ließ sich Melrose durch den Kopf gehen.

»Nach Philadelphia. Wie weit ist Philadelphia von Baltimore entfernt?«

»Weiß ich nicht. Ein paar tausend Meilen vermutlich. Das verflixte Land ist so groß.«

Jury schüttelte den Kopf. »So weit ist es nicht auseinander – ein-, zweihundert, schätze ich. Haben Sie hier keine Karte von den Staaten?«

»Doch, irgendwo ist ein Atlas.« Melrose wedelte mit der Hand in alle Himmelsrichtungen. Er gähnte. »Welcher Flughafen?«

»Keine Ahnung. Kennedy? LAX?«

»Gute Güte, das ist Los Angeles.«

Jury zuckte die Achseln. Er hatte Plant von seinem Gespräch mit Lady Cray erzählt. »Ich habe das Gefühl, daß ich ihr etwas schulde. Deshalb will ich hinfliegen, um den Tod von Frances Hamiltons Neffen zu untersuchen. Was soll's, es ist mal eine Abwechslung. Ich nehme Wiggins mit. Für seine Allergien ist es auch mal eine Abwechslung.«

»Sie war wunderbar, Lady Cray!« Melrose hatte sie in bester Erinnerung. »Sie war klug. Wenn sie meint, da stimmt was nicht, dann trifft das vermutlich zu.«

»Kann sein.«

Melrose fuhr fort: »Ich kann aber nicht lange wegbleiben. Wie lange dauert es?«

»Gewiß nicht mehr als ein paar Tage. Ich glaube nicht, daß ich etwas finde. Erzählen Sie mir noch etwas über diese Studentin von Ellen, Beverly –«

»Beverly Brown. Nach dem, was Ellen sagt, ist sie auf – auf einem Friedhof ermordet worden. Erst vor ein, zwei Tagen. Am neunzehnten Januar, sagt sie. Es hatte was mit Edgar Allan Poes Geburtstag zu tun. Merkwürdig. Auch egal, sie war ziemlich durcheinander, und ich habe auch nicht besonders gut aufgepaßt. War zu sehr bemüht, einen klugen Kommentar zu ihrem Buch abzusondern, das ich nicht einmal gelesen habe.«

Jury überlegte. »Was ist mit Sonntag? Wir könnten am Sonntag fliegen.«

Melrose zögerte und runzelte die Stirn. »Trueblood und ich sitzen an einer Art Projekt.«

»So? Stimmt, Sie kamen mir im Jack and Hammer reichlich beschäftigt vor. Sie haben was geschrieben, oder? Mir war, als hätte ich Sie mit einem Notizbuch gesehen.«

»Geschrieben? Ach, das ist bloß Truebloods Kontenbuch –, nein, sein Inventarbuch.« Melrose schaute reichlich selbstzufrieden drein. »Ja, ich helfe ihm, seine verborgenen Schätze zu inventarisieren.«

»Trueblood? Macht Inventur? Ich dachte, das macht er immer nur bei seiner Garderobe. Seit ich ihn kenne, ist sein Laden jedesmal voller gestopft. Sie brauchen Jahre, um das Gelumpe zu inventarisieren.«

»Wahrscheinlich. Aber ich habe es ihm versprochen.«

Sie schwiegen, dösten ein, und dann murmelte Melrose wieder etwas über Lady Cray. »Ich kann mich des unangenehmen Eindrucks nicht erwehren, daß sich der Kreis schließt. Wußten Sie, daß gemunkelt wird, der Man with a Load of Mischief sei verkauft worden? Oder verpachtet? An Leute aus London.«

Jury goß sich noch einen Whisky aus der Karaffe ein. Tief in Gedanken verloren, sagte er: »Das ist lange her, was?«

Melrose seufzte und nickte und fuhr sich mit seinen langen Fingern durchs Haar, das im Schein des Feuers wie ein goldenes Gespinst aussah. »Vielleicht sollte ich wirklich mal von hier verschwinden. Allmählich beschleicht mich das Gefühl, als finge alles noch mal von vorn an.«

VIII

Voll Essen, Trinken und Freundschaft lag Jury glücklich und zufrieden im Bett und las.

Er ließ sich das schwarzlederne Buch aufgeschlagen auf die Brust fallen und starrte an die Zimmerdecke. Wußte der Henker, was sie da zusammenschrieben! Er gähnte. Sonntag. Das war übermorgen. Der Besuch bei Pratt in Northampton konnte bis nach seiner Rückkehr warten. Dann konnten sie morgen abend nach London fahren.

Er schaute wieder in das Buch. Was führten die beiden im Schilde?

Bevor ihm eine Antwort auf diese Frage einfiel, schlief er ein.

ZWISCHENSPIEL

Mit schwarzem Hut, schwarzem Mantel und bleicher Miene sah Wiggins aus, als lungere er am Check-in in Heathrow einfach nur so herum. Er preßte seine Reisetasche an die Brust wie ein Brevier.

»Was schleppen Sie da mit an Bord?« Die Frage war zwar überflüssig, aber Jury wollte die Antwort trotzdem hören.

Wiggins zog den Reißverschluß der kleinen schwarzen Tasche auf. Der ehemalige Beutel für Rasierzeug tat jetzt Dienst als portables Medizinschränkchen: Die Utensilien zum Rasieren hatte der Sergeant ausgeräumt, und die Plastikbehälter (wie zum Beispiel die Seifenschale) mußten jetzt als Magazin für Halspastillen, Kohletabletten und eine grüne Flüssigkeit herhalten, die Jury unbekannt war. Zusätzlich hatte Wiggins einen Haftstreifen eingenäht, ein passendes Stück in Schlaufen gelegt, wie bei einem Klettverschluß dagegengepreßt und ein halbes Dutzend brauner Fläschchen darin verstaut: Medikamente, die er verschrieben bekommen hatte (die schwere Artillerie) oder solche, die seinem eigenen pharmazeutischen Arsenal entstammten. Jury identifizierte das tabakähnliche Kraut als Gartenraute. Wenigstens hatte Wiggins es sich diesmal nicht in die Nase gestopft.

»Was ist das für ein Zeug, Wiggins?« Obwohl Jury seit Jahren mitansehen mußte, wie Wiggins auf seinem Schreibtisch in Röhrchen und Teetassen einen Absud nach dem anderen braute, deutete er neugierig auf eine Plastikflasche, die mit etwas gefüllt war, das wie Matsch aussah.

War es offenbar auch. »Das? Ach, das ist nur zur äußerlichen Anwendung, Sir. Ich habe so einen lästigen Ausschlag an den Ellenbogen. Es ist eine Schlammpackung, mit Kräutern gemischt. Wirkt hervorragend.«

Ausschlag auf den Ellenbogen konnte sich auch nur Wiggins einfangen, dachte Jury. »Haben Sie Dramamine? Ich sehe keine.«

»Gegen Reisebeschwerden, meinen Sie? Nein. Das Beste dagegen ist sich vornüberzubeugen und die Fersen mit der jeweils gegenüberliegenden Hand fest zu umfassen. Ich finde, man sollte nicht mehr Medikamente nehmen als unbedingt nötig.«

Das hätte Jury gern ausführlich kommentiert, aber er hielt lieber den Mund. Wiggins war es peinlich ernst. »Da ist Plant«, sagte Jury und hob den Arm, damit Melrose Plant, der sich durch das Gewimmel der Fluggäste einen Weg bahnte, sie fand.

Melrose verteilte Lesestoff: »*Punch, Private Eye* und ein paar Taschenbücher – für den Fall, daß Sie das Neueste von Polly Pread lesen wollen.« Er hielt ein Buch mit einem knalligen Umschlag in die Höhe. Die Goldfolie glitzerte.

»Ausgezeichnet«, sagte Jury. »Ich habe seit Jahren kein Buch von Polly gelesen. Was noch?«

»Erinnern Sie sich an Heather Quick?«

»Joanna Lewes' Heroine? Die ewig und drei Tage durchs Moor latscht? Natürlich.« Jury betastete den nicht weniger schrillen Einband. »Was lesen Sie?«

»Eine neue Onions. Falls ich nicht einschlafen kann.«

In der Lounge, in der sie auf ihren Aufruf warteten, saß eine Frau mit üppiger Haarpracht, kaute Kaugummi und las einen Liebesroman, umgeben von ihren Lieben: einem Baby im Tragekorb und zwei Kleinkindern. Melrose ließ sich auf einen Starrwettbewerb mit den mondgesichtigen Knirpsen ein, einem Jungen und einem Mädchen mit eiskalten Augen. Schließlich streckte ihm das Mädchen die Zunge heraus. Die Mutter sah es und gab ihr postwendend einen Klaps.

»Die Bande sitzt garantiert vor uns, warten Sie's nur ab.«

»Hmm«, murmelte Jury und blätterte eine Seite in Joannas Buch um.

Wiggins achtete auch nicht weiter darauf, er verarztete sich gerade mit Nasentropfen. Er schniefte und ließ den Kopf nach hinten fallen. Melrose seufzte.

Während eine Bodenstewardeß die Erste-Klasse-Fluggäste zu Champagner und komfortablen Plätzen bat, fragte Jury Melrose: »Warum fliegen Sie eigentlich Touristenklasse? Aus Rücksicht auf Ihre bettelarmen Gefährten?« Lady Cray hatte ihm nahegelegt, Erster Klasse zu fliegen; Jury war losgezogen und hatte Touristenklasse gebucht.

»Nein, mir gefallen die Filme in der Ersten Klasse nicht. Ich plane meine Flugreisen immer nach den Filmen. Es ist eine der seltenen Gelegenheiten, daß ich ins Kino komme.«

Sie waren aufgestanden und zu den Sperren gegangen. »Immer?« fragte Jury. »Sie fliegen doch nie irgendwohin.«

»Wie bitte? Und wer ist bis nach Venedig geflogen?«

»Was gibt's denn für einen Film?«

»Lassen Sie sich überraschen.« Melrose wußte es nicht.

»Ich sitze nicht in der Mitte«, sagte Wiggins.

»Ich sitze nicht in der Mitte«, sagte Melrose.

»Aufhören zu streiten«, sagte Jury, als sie ihre Bordkarten zeigten.

Wiggins und Plant drehten sich zu Jury um und lächelten.

»Schon gut«, sagte Jury.

Sie gingen durch die Sperre.

Die Passagiere schwatzten und lachten aufgeregt und würden sich vermutlich schon an die Gurgel gehen, bevor das Abendessen serviert wurde. Melrose beobachtete die Stewardeß. Er empfand Mitleid mit ihr, wie sie ihre orangefarbene Schwimmweste anpries und so tat, als fiele eine Sauerstoffmaske von oben herab, die sie ihrem unaufmerksamen Publikum anempfahl. Wenigstens sah Wiggins der jungen Frau gespannt zu und ließ sie wissen, daß ihr Unterricht nicht vergebens war. Er tat es ihr sogar nach, las die gedruckten Anweisungen für den Fall eines Notausstiegs oder Sauerstoffverlustes, überprüfte umsichtig seine, Melroses und Jurys Papiertüte und nahm sie in sichere Verwahrung.

Jury saß am Fenster, Melrose am Gang, Wiggins in der Mitte. Melrose hatte ihn des langen und breiten mit Statistiken aus einem Bericht bombardiert, die unwiderleglich bewiesen, daß im Fall eines Unglücks der Fluggast am ehesten unverletzt blieb, der links in der Mitte saß. Der auf dem Fenstersitz würde am ehesten *nicht* überleben. Ein Blick aus vier Augen auf Jury, aber der las sein Buch und ließ sich nicht stören. Wiggins allerdings wollte von Plant wissen, warum die linke Seite sicherer sei als die rechte. Melrose überlegte einen Moment und erwiderte, es habe etwas mit der Windgeschwindigkeit zu tun.

Als die Maschine abhob und an Höhe gewann, kam Melrose seine prekäre Lage zu Bewußtsein und er umklammerte die Sitzlehnen. Dieses riesige Flugzeug mit seiner Ladung unschuldiger Opfer an Bord war im Begriff, die Gesetze der Schwerkraft herauszufordern. Keiner seiner Nachbarn schien sich darüber im klaren zu sein: Die alte Frau mit dem lieben Gesicht auf der anderen Seite des Gangs klapperte mit den Stricknadeln und vergrößerte langsam, aber stetig den Umfang eines weißen Kleidungsstücks – vermutlich eines Leichentuchs; ein Lederjackenpaar einige Sitze weiter lag schon schlafend in inniger Umarmung, der Bursche mit offenem Mund schnarchte leise. Wie in Gottes Namen konnte man jetzt schlafen? Und neben ihm hatte selbst Wiggins die Augen geschlossen, die Hände im Schoß gefaltet und den Kopf gesenkt, als meditiere er. Plötzlich durchbrach das Flugzeug die Wolkendecke und flog in blendende Helligkeit hinein.

Als die Stewardeß den Getränkewagen klappernd durch den Gang schob, schlug Melrose die Augen auf. Dem Herrn sei Dank. Jury nahm ein Bier, Wiggins eine Diätcola und er zwei Miniflaschen Whisky und eine Büchse Mineralwasser.

So ausgerüstet, schlug er die Onions auf. Es ging um einen Laden, der Jungvögel verkaufte. Das verhieß nichts Gutes, dachte er und blätterte weiter, um zu sehen, ob der Schauplatz noch einmal wechselte. Ja, in die Karibik. Dort trug jemand einen Vogel im Käfig in ein Hotel. Beim Zurückblättern fragte Melrose sich, wie lange er in dem Vogelgeschäft in London, EC1, würde ausharren müssen, bevor es nach Antigua ging. Auf Seite fünfzehn angelangt, war er sich hundertprozentig sicher, daß *Der Papagei und die Pepperoni* eines der Bücher war, das die Affen auf dem Wege, den *Hamlet* zu schreiben, weggeworfen hatten. Gott, warum waren Krimischreiber so grauenhaft? Selbst Polly Praed, die diese Onions allemal in die Tasche steckte, konnte wirklich grauenhaft sein.

Er steckte die Onions in seine Bordtasche, nahm Ellens Buch heraus und setzte sich wieder bequem hin. Zum Glück war Ellen nicht Onions. Natürlich war *Fenster* verwirrend, aber seine Qualitäten waren offenkundig. Trotz oder vielleicht gerade wegen des Stils, der die Einfachheit selbst war, fand er es so unglaublich rätselhaft. Das Wort »einfach« war indes nicht das passende Attribut, um weitere Stärken des Romans zu beschreiben: den Namen der Protagonistin, die merkwürdigen Zeitverschiebungen, die Beziehung – wenn man es denn so nennen konnte – zwischen den beiden Figuren (es schien nur zwei zu geben). Er seufzte, legte das Buch wieder weg und schaute sich noch einmal die Onions an. Entsetzlicher Umschlag. Machten sich Verleger eigentlich je Gedanken über etwas? Wenn die Onions veröffentlicht wurde, dann hatte Joanna recht, dann konnte jeder veröffentlicht werden, einschließlich ihm. Er nahm ein Schreibheft aus seiner kleinen Tasche. Er hatte niemandem erzählt, daß er mit dem Krimischreiben angefangen hatte, und hielt das Heft so, daß seine Reisegefährten nicht sehen konnten, was er schrieb. Zum dritten oder vierten Mal kroch Wiggins mit einer neuen Pillentasche über ihn hinweg und besorgte sich Wasser.

Melrose schlug den letzten Eintrag auf, wo Smithson und Nora auf dem Weg nach Bury St. Edmunds durch eine enge Straße rannten. Warum? Er zog die Stirn in Falten. Er konnte sich nicht erinnern, daß er eine Szene in Bury St. Edmunds geplant hatte.

»Was schreiben Sie?« fragte Jury.

Melrose seufzte. War es nicht immer dasselbe? Ein Mensch konnte SOS-Rufe aussenden oder ein riesiges Schild hochhalten, das verzweifelt »Rettet mich vor dem Meuchelmörder« forderte, und kein Schwein guckte; aber erlaubte sich ein Mensch ein paar Schreibübungen im geheimen, schon waren alle Blicke auf ihn gerichtet. »Nichts Besonderes.«

Jury zog das Taschenbuch aus dem Netz vor Melrose. »*Der Papagei und die Pepperoni?* Was für ein komischer Titel.«

»Ich kann es auch nicht empfehlen.« Melrose kaute an seinem Stift, konnte sich aber ums Verrecken nicht erinnern, was in Bury St. Edmunds passieren sollte. »Eine Figur darin wird vergiftet, weil sie eine mit Zyankali versetzte Pepperoni ißt. Wie Miss Onions es hinbekommen will, daß ausgerechnet diese Pepperoni im Mund der Figur landet, ist mir schleierhaft.«

»Scheußlicher Umschlag.« Ein farbenprächtig gefiedeter Vogel hockte auf einem Glas Pepperoni. »Ist es ein Kneipenname oder so was? Klingt wie eine Kneipe der Brauerei Bruce.«

»Nein. Das ergäbe ja wenigstens noch irgendeinen schrägen Sinn. Nein, es geht wirklich um einen Papagei und wirklich um eine Pepperoni. Und was das Marketing betrifft, muß ich auch sagen, der Umschlag ist nicht der verführerischste. Hier, lesen Sie Ellens Buch.«

Wiggins kam zurück und kroch auf seinen Sitz. Er sah weißer aus als sonst. »Mit Ihnen alles in Ordnung?« fragte Jury.

»Ein bißchen unwohl ist mir, Sir.«

»Was Falsches gegessen?«

»Angesichts des Wagens mit dem Essen, der gerade vorbeigerollt ist, würde ich sagen, er wird sehr bald was Falsches essen«, brummte Melrose.

Wiggins kramte in seiner Schultertasche. »Es sollte mich gar nicht wundern, wenn ich Flugangst hätte. Oder klaustrophobisch wäre.« Er schaute Jury an. »Haben Sie das je bei mir erlebt?«

Er betrachtete Jury als Hüter seiner Leidensgeschichte: Bin ich allergisch gegen Auberginen? Kriege ich von Gartenraute Ausschlag? »Nein«, sagte Jury und schlug Ellens Buch auf. »Und in Ihrer Tasche finden Sie sowieso kein Heilmittel gegen Klaustrophobie.«

»Das beste Mittel dagegen ist im Flugzeug herumzulaufen, Sergeant«, sagte Melrose. »Aber Sie müssen es... hm, rituell machen.« Wiggins liebte Rituale. »Sie müssen einen Kreis beschreiten – da hinunter, herum, den anderen Gang wieder hoch, durch die Sitze und zurück. Machen Sie das zweimal. Oder dreimal. Es wirkt jedesmal. Ich habe früher heftig an Klaustrophobie gelitten.«

»Wirklich, Sir?« Wiggins stand schon wieder auf.

Melrose nickte und zerbrach sich weiter den Kopf über den Trip nach Bury St. Edmunds. Hatte er im Schlaf geschrieben?

Und da fiel es ihm siedendheiß ein. Er hatte vergessen, Marshall Trueblood zu fragen, ob er ihr Notizbuch aus Mrs. Withersbys Eimer gerettet hatte. Er fing an, die Haut um seinen Daumennagel anzuknabbern. Hatte Trueblood sicherlich. Wenn diese Withersby es fand, würde sie es nämlich nur gegen Lösegeld abgeben. Na ja, von hier oben aus konnte er eh nichts machen.

Hatten sie vielleicht ein bißchen zu dick aufgetragen, fragte er sich, als Wiggins über seine Beine zurückkletterte.

TEIL II

NICKEL CITY

9

Ellen Taylor war noch ganz die alte. Vielleicht trug sie sogar dieselben Klamotten wie damals: Jeans, schwarze Lederjacke und den Kettenhemdschmuck. Ihr weißes T-Shirt zierte eine Comic-Kinderfigur mit Quadratschädel und stacheligen blonden Haaren, die »Yo Dude« sagte. Die Lederjacke hatte Ellen sich unter den Arm geklemmt, und als die drei näher kamen, schob sie sie vor lauter Vorfreude und Nervosität unentwegt mal unter den einen Arm, mal unter den anderen.

So aufgeregt sie war, so eindeutig versuchte sie, es zu verbergen. Sie setzte eine geistesabwesende Miene auf und schaute sich ausführlich im Terminal um, als wolle sie nicht nur Melrose, Jury und Wiggins, sondern einen ganzen Troß Leute abholen.

Während Melrose seinen Kalbslederkoffer vom Fließband zerrte, sagte sie: »Na, wenigstens schleppen Sie nicht tonnenweise Gepäck mit.«

Wenigstens? Welchen Verstoß gegen die Reiseetikette hatte er sich denn sonst noch schuldig gemacht?

Sie war entzückt, daß sie Sergeant Wiggins, den sie gar nicht kannte, und Richard Jury, den sie, wenn auch nur kurz, kennengelernt hatte, mit Aufmerksamkeit überschütten konnte. Sie wollte ja nicht den Eindruck erwecken, als sei sie sich der Mühen, derer sich andere ihretwegen unterzogen, nicht bewußt oder etwa nicht dankbar dafür. Melrose stand auf einem ganz anderen Blatt. *Er* war ein alter Freund (schien sie mit Freuden vorzugeben), den man behandeln konnte, als gehöre er zum Inventar.

Um so flattriger wurde sie, als Melrose seinen Koffer absetzte, sie rasch in die Arme nahm und herzlich und fest drückte und auf die Wange küßte, bevor er in aller Gemütsruhe zurücktrat und zusah, wie ihr die Röte ins Gesicht stieg. Um ihn nicht anschauen zu müssen, nahm sie das Gepäck ins Visier und fragte, ob der bordeauxrote Koffer und die dunkelblaue Leinentasche ihnen gehörten. In ungefähr dem Ton, in dem die Sicherheitsbeamten in London Heathrow Melrose und seine Reisegefährten ins Gebet genommen hatten.

»Wir haben sie nicht unbeaufsichtigt gelassen. Wir haben sie selbst gepackt. Niemand hat uns Päckchen zugesteckt, die wir außer Landes bringen sollten«, sagte Melrose.

Jury lachte. »Genau.«

»Wie bitte?« Langsam wichen die roten Flecken aus Ellens Gesicht. Make-up trug sie nicht, nur Lidschatten in Farbnuancen von dunkelbraun über khaki bis champagnerfarben. Aber all die kunstvolle Schminkerei war vergebliche Liebesmüh, größer konnten ihre großen braunen Augen gar nicht mehr werden. Melrose hatte Ellen immer sehr hübsch gefunden, ihr dreieckiges Gesicht, das freche Kinn, die klare Haut. Ihr Haar war weizenblond und so lang, daß es die schulterlangen Metallohrringe fast verdeckte, die klimpernd hin- und herschwangen, wenn sie den Kopf bewegte.

»Fahren wir mit Ihrem Motorrad?«

Das schien sie gar nicht witzig zu finden. »Es ist in der Werkstatt. Wir nehmen ein Taxi.«

»Oh, nein, den nehm ich schon, Miss«, sagte Wiggins, als sie einen Rucksack schulterte.

»Schon gut, ich trage gern was.«

Das bezweifelte Melrose. Er glaubte, daß sie sich das Ding auf den Rücken hievte, weil sie so aufgeregt und nervös war und um jeden Preis eine Ablenkung brauchte.

Während sie sich zum Ausgang vorarbeiteten, erkundigte sie sich, wie der Flug gewesen sei, und Wiggins tat ihr den Gefallen, die Einzelheiten zu schildern. Den ganzen Weg durch die weite

Eingangshalle redete er auf sie ein, die Rampe hinunter und durch die Tür hinaus in den kalten Wind eines Nachmittags in Maryland.

Jury saß vorn beim Fahrer, die anderen drei hinten, Ellen zwischen Plant und Wiggins. Letzterem widmete sie sich weit intensiver als Melrose, was der dahingehend interpretierte, daß sie ihn weit mehr brauchte, als sie zeigen wollte. Deswegen war sie so genervt. Sie hatte ihm regelrecht widerwillig ein Willkommensgeschenk, ein Buch, in die Hand gedrückt, und gesagt, vielleicht könne er es gebrauchen, wenn er in Baltimore herumliefe.

Dann sabbelte sie Wiggins die Ohren ab und zeigte in die vorbeifliegende Landschaft, die aber, soweit Melrose mitbekam, nichts Interessantes zu bieten hatte. Also blätterte er in seinem neuen Buch. Es war ein hochformatiger, dicker Band mit dem Titel *Zu Gast in Baltimore*. In allen vier Ecken des Hochglanzumschlags prangten kleine Zeichnungen historischer Stätten Baltimores, zu denen sich, wie auf dem Brett eines Gesellschaftsspiels, kleine schwarze Fußspuren schlängelten.

Melrose schwante etwas. Er warf einen kurzen Seitenblick auf Ellen, aber die nötigte Wiggins gerade Unmengen Pfefferminzbonbons auf und deutete aus dem Fenster auf wußte der liebe Gott was. Zu sehen gab es nicht viel. Die Fahrt zum Stadtzentrum hätte überall hinführen können, nach London, Baltimore, New York, außer vielleicht nach Kalkutta. Gigantische Reklamewände priesen Black Label, ein Bier mit überdimensionaler Schaumkrone, Johnnie Walker Red, Riesenportionen Brathähnchen. Unbefestigte Seitenstreifen, Betonpfeiler, Baumaschinen. Wie es in der Umgebung von Flughäfen eben aussah.

Sein Mißtrauen hinsichtlich Ellens Geschenk bestätigte sich, als er in das rote Buch schaute. Eine vierköpfige Familie, die Familie »Gast«, wollte zu einer Vergnügungspartie (so beliebten sich die Schwestern Lizzie und Lucie Bessie, die Autorinnen, auszudrükken) zum Inner Harbor aufbrechen, wo es kleine Läden und Restaurants gab und das Leben tobte – dem überkandidelten Lächeln der Kinder Gast nach zu urteilen, eine herrliche Gegend! Der Pfad, der sich hindurchschlängelte, erinnerte sehr an die gelbe Ziegelsteinstraße zum Zauberer von Oz. Der Leser kam in den Genuß eines ordentlichen Fußmarschs mit den Gasts, vorbei an Denkmälern und Stadien, durch Parks und verstopfte Straßen, wo man natürlich häufiger ein Erholungspäuschen einlegen und sich etwas Gutes gönnen mußte, ein Eis, Capuccino, Lunch oder Abendessen, zu welch letzteren Unmengen von aus dem Ozean Gefischtem ein Muß zu sein schienen. Das hier sah doch zum Beispiel aus wie Seesterne. Er betrachtete die Illustrationen von nahem; nein, das waren keine Seesterne – winzige Krabben vielleicht. Austern und Venusmuscheln tanzten mit glücklichen Mienen auf einer großen Servierplatte; an der Leine eines Anglers tollte ein grinsender Barsch; aus riesigen Töpfen winkten Hummer fröhlich mit den Zangen. Marylands Meeresfrüchte frönten ganz entschieden der Haltung der Todgeweihten, die ihren Mördern den letzten Gruß entboten. Deswegen hatten sie wahrscheinlich den Unabhängigkeitskrieg gewonnen, dachte Melrose. Daß englische Seezungen und Bücklinge sich so keck und unbekümmert in die Schußlinie stellten, war ihm jedenfalls nicht bekannt.

»Was *tun* Sie da?« fragte Ellen, dabei hatte sie ihm doch zu seiner gegenwärtigen Beschäftigung verholfen.

»Lesen, was sonst.« Melrose blätterte eine Seite um. Das Washington-Denkmal? Er hatte angenommen, das sei in Washington, D. C.

Ellen brummelte, Reiseführer *lese* man nicht, und beantwortete Jurys Frage nach der riesigen Anlage zu ihrer Rechten.

»Camden Yards, das Stadion der Orioles. Pfuschneu. Da haben die Orioles das erste Spiel der Saison gespielt.«

Melrose schloß das Buch und trommelte mit den Fingern darauf. Er konnte sich lebhaft vorstellen, wie Ellen es in der Kinderabteilung einer Buchhandlung durchgeblättert und in sich hineingekichert hatte. Er schaltete auf stur und starrte geradeaus, während der stumme Taxifahrer sie ins Zentrum von Baltimore kutschierte. Erlösung nahte! Zumindest für Sergeant Wiggins.

Denn bevor sie nach rechts in die Pratt Street einbogen, sahen sie einen Uhrenturm im florentinischen Stil, der eine Gruppe von Gebäuden überragte. Auf dem Zifferblatt stand »Bromo-Seltzer«.

Das Taxi hielt in Fells Point vor einem hübschen Backsteingebäude mit Namen Admiral Fell Inn. Auch dies war der Aufmerksamkeit der Schwestern Bessie nicht entgangen; *Zu Gast in Baltimore* wies darauf hin, daß es einmal eine Essigfabrik gewesen war. »Und ein Heim für Seeleute«, sagte Melrose, eifrig sein Buch studierend.

»Es ist ein Hotel, aber eher wie ein Bed-and-Breakfast. Ich dachte, das gefällt Ihnen. Ich dachte, da fühlen Sie sich wie zu Hause.«

»Ardry End ist kein Bed-and-Breakfast«, sagte Melrose.

»Doch, sehr schön«, sagte Jury.

»Ich bezahle«, sagte Ellen und zerrte Geldscheine aus einer abgewetzten Brieftasche. »Bis Sie zählen gelernt haben«, fügte sie hinzu, damit bloß niemand auf die Idee kam, sie sei immer in Spendierlaune. Die Bemerkung war natürlich nur auf Melrose gemünzt, Jury und Wiggins hielt sie offenbar für ausreichend intelligent, ohne große Übung das Dezimalsystem eines anderen Landes zu begreifen. Sie reichte dem Fahrer das Geld ins Auto.

Als sie die Treppe zu der Pension hochgingen, fragte Ellen (offenbar wieder nur Melrose): »So, was haben Sie jetzt vor? Ein Nickerchen machen?«

Melrose überhörte es. »Ich will, verdammt noch mal, rausfinden, was hier los ist, damit ich wieder nach Ardry End kann.«

Wiggins konzentrierte sich auf einen großen Hund, der neben dem Empfangstisch lag. Er machte Anstalten, sich zu erheben, besann sich aber eines besseren, ließ den Kopf wieder auf die Pfoten sinken und schaute sie aus trüben Augen kläglich an.

»Schlechte Laune, was?« Jury lächelte Melrose zu. »Ich muß ein paar Anrufe machen.«

»Ich muß zur Uni«, sagte Ellen. »Dauert eine, na, vielleicht eineinhalb Stunden. Vielleicht können wir uns um fünf treffen?«

»Gut. Wo?«

»Wir können ins Horse gehen. Es ist nur die Straße hinunter. In der Thames Street.« Sie zeigte zum Fenster hinaus.

»Was ist das Horse?«

»Eine Eckkneipe. Da geh ich immer hin. Vielleicht mögen Sie das Bier dort nicht. Aber sie haben Bass.«

»Einverstanden«, sagte Jury. Und zu Melrose: »Machen Sie erst Ihr Nickerchen?«

Oha, dachte Melrose. »Nein, ich mache einen Spaziergang.«

10

Fells Point (hatte ihm Ellen erzählt, als er mit seinem Stadtführer loszog) war der älteste Teil Baltimores, von hier aus war Baltimore gewachsen, und es war vermutlich das letzte intakte Hafenviertel im ganzen Land.

Es war ein historisches Kleinod, noch richtig urig, aber in Gefahr, in Schickimicki abzugleiten. Mehr als zweihundert Jahre sich selbst überlassen, wurde es jetzt offenbar trendy, wenn es auch immer noch so aussah wie im achtzehnten Jahrhundert. Es hatte etwas angenehm Vergammeltes, das die schicken Galerien und Läden bisher noch nicht verdrängt hatten. Enge Straßen, enge Bürgersteige und von Schieferdächern gekrönte schmale Reihenhäuser, zwischen denen Gehwege mit kleinen schmiedeeisernen Pforten verliefen, durch die man wohl einst das Vieh getrieben hatte.

Eine Stunde lang wanderte Melrose durch die Straßen und am Wasser entlang, dann ging er die Kneipe suchen, in der sie sich verabredet hatten. Er fand sie keine fünfzig Meter von der Pension entfernt.

Von dem Schild des Horse You Came In On bröckelte die weiße Farbe, wodurch das kreuzlahme Pferd noch mehr wie ein alter Klepper aussah, der der Schinderei einer irischen Kesselflickersippe entflohen war. Er schaute dümmlich zufrieden drein, als sei er froh, nun endlich das Gnadenbrot verzehren zu dürfen. Die Tür unter dem Schild war in diesem Jahrhundert bestimmt noch nicht gestrichen worden. Wenn man nicht wußte, was sich hinter einer solchen Tür verbarg, würde man zögern, hindurchzugehen. Sie sah regelrecht bedrohlich aus.

Melrose gefielen Tür und Straße. Die Straße hieß Thames Street, war gepflastert und erinnerte ihn mit ihren Lagerhäusern, Gebäudezeilen und Ziegelsteinbürgersteigen tatsächlich ein wenig an Whitechapel und die Docklands in London. An der Themse war jetzt tiefe Nacht, das wußte er, aber selbst hier setzte schon die nachmittägliche Dämmerung ein. Es hatte angefangen zu nieseln, und über dem Fluß Patapsco zog Nebel auf, der die hier vertäuten kleineren Schiffe bestimmt bald eingehüllt hatte.

Es war eine bescheidene kleine Kneipe ohne Firlefanz, der Tresen befand sich an der linken Wand und die Tische und Stühle an der rechten. Die Decke konnte er kaum sehen, weil eine Schicht Zigarren- und Zigarettendunst darunterhing, Bier – aus Kannen, Flaschen, Dosen – floß in Strömen und trieb den Feuchtigkeitspegel um ein Erkleckliches nach oben. Gegenüber dem viktorianischen Klimbim im Londoner West End war es eine Erholung. Die Kneipe war proppenvoll, die Leute, zum Teil wild gestikulierend, standen in Zweier- und Dreierreihen am Tresen und schauten auf einen großen Fernseher. Bei seinem Eintritt empfing ihn ein Schwall von Stimmen, und gleichzeitig hatte er das Gefühl, als ertränke er in einem Meer von Farben. Er bahnte sich einen Weg durch die Gäste, deren Blicke an der Massenkarambolage von Footballern oben auf dem Bildschirm hingen.

American Football überstieg seinen Horizont in etwa so wie eine Mondlandung. Außer Snooker kannte er ohnehin keine Wettkampfsportarten. Snooker mochte er, weil es dabei gemächlich und leise, in anderen Worten: zivilisiert, zuging. Pool war zu leicht und Billard zu versnobt. Snooker war der perfekte Sport. Man hörte nichts als ab und zu Bälle klicken und knallen und manchmal kurzen, plätschernden Applaus. Kricket, Polo und Tennis verabscheute er. Einmal war er in Wimbledon gewesen, hatte es aber alles andere als amüsant gefunden, ein paar Osteuropäer zu beobachten, die mit Tennisschlägern durch die Gegend fuhrwerkten und mehr Energie in eine einzige Rückhand legten, als Melrose in einer ganzen Woche im Jack and Hammer verbrauchte.

Er quetschte sich auf einen Hocker zwischen einem stämmigen Burschen mit farbverschmiertem blauen Hemd und verkehrt aufgesetzter weißer Malerkappe und einem großen Schwarzen in Leder und mit Dreadlocks. »Hau das Scheißding in die Endzone!« brüllte der Maler und stieg auf seinem Hocker hoch wie ein Jockey in den Steigbügeln. Eine Frau (die Bardame, vermutete Melrose) kam am Tresen entlang, boxte dem Maler spielerisch gegen die Schulter und nannte ihn »Elroy«. Ein schwergewichtiges Paar (garantiert Mann und Frau), von Kopf bis Fuß im Footballdreß – sogar die Ohrringe der Frau waren Miniaturballträger –, bemühte sich um ihre Aufmerksamkeit, aber vergebens.

»Was darf's sein?« fragte sie Melrose beziehungsweise brüllte ihn mit höchster Lautstärke an, damit er sie verstand.

Er hielt es für richtiger, auf sein Old Peculier (das sie wahrscheinlich nicht hatten) zu verzichten und etwas Amerikanisches zu bestellen. Nach einem Blick auf die Reihen Flaschen auf den Regalen hinter ihr sagte er: »Wie wär's mit einem Amstel Light?«

»Was?«

Er beugte sich über den Tresen. »Amstel Light.«

»Mit Glas, was?«

»Wird es nicht in Gläsern serviert?«

Das hielt sie für einen Scherz und schaute ihn an, als ob er nicht mehr ganz dicht wäre.

Er bemerkte, daß der Maler aus der Flasche und der Schwarze aus einer silbernen Dose tranken, und sagte: »Flasche.«

»Na also.«

Die beiden Männer neben ihm wurden durch seinen Akzent auf ihn aufmerksam. Er lächelte sie an und nickte in Richtung Fernseher. »Wer spielt – Baltimore?«

Die beiden wechselten über seinen Kopf hinweg einen Blick. »Baltimore hat kein Team, Mann«, sagte der Schwarze, aber als sich in Stadion und Kneipe zugleich ein Schrei erhob, wandte er sich wieder dem Bildschirm zu. »Skins und Eagles, Mann. Wo kommen Sie her?« Der Tonfall der Frage (auf die Melrose eine Antwort murmelte, die man getrost vergessen konnte) implizierte, daß es dieser Planet nicht sein konnte.

Nach einem Blick in die Runde konnte Melrose dem Mann die Frage gar nicht mehr verübeln. Ihm, Melrose, war zwar nicht entgangen, daß er sich in einem Meer aus Burgunderrot und Altgold einerseits und Grün andererseits befand, aber die auf die Trikots und Wollmützen aufgedruckten Embleme hatte er nicht registriert. Redskins und Eagles.

»Verzeihung«, sagte Melrose. Eine Pause, die er für eine Auszeit hielt, erlaubte ihm, in beinahe normaler Lautstärke zu sprechen. »Bei American Football kenne ich mich nicht so aus.« Er kannte sich aber gut genug aus, um die Frau hinter dem Tresen zu bitten, seine neuen Freunde mit Nachschub an Getränken zu versorgen.

Als die amerikanisch-britischen Beziehungen auf dem Wege der Besserung waren, sagte der große Schwarze: »Es ist ein Playoffspiel zwischen Washington und Philly.«

»Playoff*spiel?*« Melrose kam es vor wie blutiger Ernst.

»Zum Super Bowl, Mann«, sagte der Maler und lächelte breit, wobei er zwei Reihen reichlich angeknackster Zähne entblößte.

Ja, natürlich.

Innerlich verfluchte Melrose sich, weil er selbst Diane Demorneys rudimentäre Informationen über die Colts vergessen hatte. Vor seiner Abfahrt hatte er Diane besucht, um zu sehen, ob sie aus ihrem reichen Schatz an Geheimwissen irgend etwas sensationell Neues über Baltimore hervorkramen konnte. In Long Piddleton hielt zwar niemand Diane Demorney für intelligent, aber viele Leute glaubten doch, sie habe eine solche Allgemeinbildung. Im Grunde wußte Diane nichts; die Fetzen an Informationen waren zwar Legion – das mußte man ihr lassen –, aber sie trieben wie Treibholz im Meer. Den meisten ihrer Bekannten war nicht klar, daß Diane zwar Spitzen austeilen konnte, es sich dabei aber nicht um die Spitzen eines Eisberges an Wissen handelte.

»Die Orioles«, hatte sie gesagt, als Melrose sie nach Baltimore fragte. Er hatte in ihrem grellweißen Wohnzimmer gesessen und einen »Martini« getrunken. Diane rührte mit einem langen gläsernen Cocktailstab, in dem Sternchen in violettfarbenem Öl schwammen, in ihrer Karaffe Wodka, gegen den der Wermut heute wieder den kürzeren gezogen hatte. Als Preis für Dianes Hilfe hatte Melrose die Einladung, auf einen Drink vorbeizukommen, annehmen müssen. »Eine tolle Mannschaft«, sagte sie und klopfte mit dem Glasstab an den Krug. »Baltimore wimmelt von fanatischen Baseballfans.« Sie reichte Melrose eines ihrer sonnenschirmgroßen Gläser und nahm auf dem weißen Sofa neben ihrer fiesen weißen Katze Platz, die Melrose haßerfüllt anstarrte, seit er in den formlosen, grundlosen weißen Ledersessel gesunken war. »Zum Beispiel Orel Hershiser, wenn Sie sich dafür interessieren.«

»Er spielt bei den Orioles?« Melrose ließ die Katze nicht aus den Augen.

»Nein, nein. Bei den Los Angeles Dodgers. Ohne ihn hätten sie die Series 1988 nie gewonnen.«

»Ich dachte, die hießen *Brooklyn* Dodgers.« Die Katze kämpfte mit sich und reckte das Hinterteil, als wolle sie jeden Moment auf ihn losgehen.

»Hießen sie auch, aber das Team wurde nach L. A. verkauft. Da nehmen sie den Namen mit. Bei den Colts war es genauso. Baltimore Colts hießen sie früher.«

Er stellte ihr noch mehr Fragen, aber sie hatte ihren Fundus an Baseball-Football-Wissen deutlich erschöpft. Umstandslos ging sie zu Edgar Allan Poe über, den sie zwar nie gelesen hatte (wußte Melrose), über den sie aber ein Detail wußte, das sie für schlüpfrig hielt, daß er nämlich »seine Cousine geheiratet hat, die zu der Zeit erst vierzehn war«.

Dieser üblen Nachrede nahm Melrose mit dem Hinweis alle Süße, Mitte des neunzehnten Jahrhunderts seien Eheschließungen zwischen Cousins und Cousinen keineswegs unüblich gewesen und Mädchen hätten oft unter zwanzig, ja selbst als Dreizehn-, Vierzehnjährige geheiratet.

Aber da hatte Diane schon aalglatt zur Regierung Clinton übergeleitet, obwohl sie politisch noch unbedarfter war als literarisch. Nachdem sie Melrose darüber belehrt hatte, daß Perry Como der einzige Demokrat sei, der George Bush geschlagen hätte, trank er sein Glas aus, machte einen weiten Bogen um die Katze und ging.

Ein schwarzer Spieler fing einen Paß ab, Elroy stieg in die Steigbügel und brüllte: »Los, Art!«

»Sie sind wohl nicht von hier«, sagte der Schwarze während der nächsten Auszeit. Er hieß Conrad. Nach seinem Handschlag fühlte Melrose vorsichtig, ob seine zarten Knochen auch noch alle heil waren. Nein, er sei nicht von hier, gestand er, und dann folgte ein kurzes Gespräch über eher langweilige Themen wie Regierungschefs und Politik, wie Melrose Baltimore gefiele und ob er in die »Mords-Stadt« fahre.

»Wie bitte?«

Conrad gluckste: »D. C., Mann. Die Kapitale des Crack.«

Elroy, der den Blick nicht einmal während der Werbespots vom Bildschirm nahm, sagte: »Philly ist schlimmer.«

Darüber entstand eine Diskussion, die in regelmäßigen Abständen von Kraftausdrücken, Sticheleien und Beifallsrufen in Richtung Fernseher untermalt wurde.

»Schade, daß Baltimore keine Mannschaft hat. Haben die Colts nicht –«

Einen heiklen Moment lang drehten sich beide zu ihm um und schauten ihn böse an, aber dann sagte Elroy: »Na ja, vielleicht sind wir auch mal wieder am Ball.«

»Null Chance«, sagte Conrad (»Connie« für die junge Frau hinterm Tresen). »Scheiße, Elroy, hier sitzen wir eingekeilt zwischen die Skins und Eagles.«

Klang ungemütlich, dachte Melrose und stimmte vorsichtshalber in ihr bitteres Kopfschütteln ein. Er war froh, daß Jury und die anderen ihn nicht so sahen.

Das Spiel ging weiter, und am Tresen schwollen rhythmische Anfeuerungsrufe an: »De-fense! De-fense!« Dazu wurde mit Flaschen und Gläsern auf den Tresen gehauen; es klang wie Urwaldtrommeln.

Begeistert dabei war ein junger, hellhaariger Mann, der nicht nur wegen seines dynamischen Gesangs, sondern auch deshalb hervorstach, weil er überhaupt keine bunten Sachen trug, weder Redskins-Schal noch Eagles-Sweatshirt, kein Burgunderrot, kein Grün, sondern nur sehr teure, wenn auch legere Kleidung, wie Melrose bemerkte. Qualität erkannte Melrose, weil er selbst nur Qualität trug. Der Bursche sah aus wie ein abtrünniger Manager unter lauter Betriebsräten, wie Peter Sellers in einer der gewerkschaftsorientierten Komödien, die vor dreißig Jahren populär waren. Er sah reich aus, das war's; dafür hatte Melrose, der selber reich war, ein Gespür. Und außerdem glücklich, wie er sich im Takt zu den Sprechchören wiegte und mit den anderen erhob, um zu brüllen.

Ein Spieler hatte einen Paß abgefangen. Elroy knallte seine Flasche auf den Tresen. »Scheiße!« brüllte er, als eine Stimme Foul verkündete. Er riß sich die Mütze vom Kopf.

Melrose schielte zum Bildschirm und suchte den Ball.

»Wer hat gefoult? Wer? Wegen Haltens? Halten! Daß ich nicht lache!«

Wenn er nur wüßte, wo der Ball war – ah, dort! Mein Gott, konnte der Typ werfen! Der Quarterback war zurückgelaufen, hatte gezielt und dem Running-Back den Ball so butterweich in die Hand gespielt, als wären sie durch magnetische Ströme miteinander verbunden. Der Fänger hielt den Ball wie ein neugeborenes Kind an die Brust gedrückt. Während er Yard um Yard gewann, bis er von zwei Panzerschränken von Verteidigern zu Boden gerissen wurde, bestellte Melrose sein viertes Bier und noch eine Runde für seine Zechkumpane.

Langsam begriff er, was gespielt wurde, aber da spürte er, wie jemand ihn am Ellenbogen zog. Er versuchte, den Störenfried abzuschütteln. Ellen zerrte an ihm.

»Mensch, gib ab!« brüllte Elroy, wieder in den Steigbügeln.

»Wer spielt?«

Erneut kam Jubel in der Kneipe auf, aber am anderen Ende. Und diesmal wurde der Spieler Rypien mit »RYP – RYP – RYP – RYP!« angefeuert.

Jury, Wiggins und Ellen standen hinter Melrose. Ellen verrenkte sich fast den Hals, um zu sehen, was auf dem Bildschirm lief. »Ist wohl ein Playoffspiel, was?« Dann sagte sie zu Melrose: »Nicht zu laut für Sie?«

Gereizt fuhr Melrose herum. Er hatte es satt, der Alte Mann Melrose zu sein, der Nickerchen hielt und Lärm haßte. »Die Skins gegen die Eagles, verdammt.« Er kippte sich den Rest der Flasche hinter die Binde und stützte sich mit gekreuzten Armen auf den Tresen.

»Echt? Sie kennen sich da aus?«

»Ob ich mich auskenne? Ha!« Er fragte sie, was sie trinken wollte.

»Egal, nur nicht, was Sie trinken. Sie klingen ganz schön hinüber.«

»Amstel Light.« Er hob die Flasche.

»Bass«, sagte Ellen. »Wir könnten uns auch eine Kanne bestellen. Oder wollen Sie Flaschen?« fragte sie Jury und Wiggins.

Wiggins wollte natürlich eine Tasse Tee (die es nicht gab) und stand immer noch da und versuchte, sich für etwas anderes zu entscheiden, als die anderen längst ihre Kanne genommen und sich an einen Tisch gesetzt hatten.

Ellen winkte dem Burschen zu, der am Ende des Tresens stand und Melrose schon aufgefallen war. Jetzt fiel Melrose außerdem noch auf, daß der Typ ziemlich gut aussah, besonders, wenn er lächelte.

»Das ist Pat. Patrick Muldare. Er war mit Beverly Brown befreundet. Manche behaupten, na, Sie wissen schon, *sehr* befreundet.«

Jury sah sich Patrick Muldare etwas genauer an und sagte dann: »Die Frau war eine Studentin von Ihnen?«

Sie nickte.

»Was ist passiert?«

»Der neunzehnte Januar ist Poes Geburtstag.«

Alle schauten sie an. Jury fragte: »Poes Geburtstag? Was hat das damit zu tun?«

»So allerlei. Poe ist auf dem Friedhof der Westminster Church begraben. Jedes Jahr, wenn er Geburtstag hat, bringt jemand nachts Kognak und Blumen – Rosen – ans Grab. Man weiß nicht, wer, nur, daß es ein Mann ist. Seit Jahren ist das Tradition. Und nun versammeln sich manchmal auch ein paar Leute dort, weil sie neugierig sind und herausfinden wollen, wer der Betreffende ist. Das ist aber noch nie jemandem gelungen. Wie dem auch sei, Beverly verehrt – verehrte – Poe. Sie fand seine Geschichten wunderbar, und er sollte Thema ihrer Doktorarbeit werden. Sie ging einfach so aus Spaß immer zu der kleinen Geburtstagsparty. Diesmal auch. Und da wurde sie ermordet. Erstochen. Es muß passiert sein, kurz nachdem sich die Leute alle – na ja, so viel waren's auch wieder nicht – zerstreut hatten. Jedenfalls hat keiner etwas gesehen.«

»Und warum ging sie nicht mit den anderen weg?«

»Keine Ahnung. Vielleicht dachte sie, der Mann, der gekommen war, sei nicht der richtige. Der Kustos des Poe-Museums oder einer seiner Leute kommen nämlich jetzt immer vor dem Blumenspender und tun so, als seien sie dieser Mann, damit die Menge, die sich da versammelt, abzieht. Beverly hat vielleicht gemerkt, daß es der Falsche war, daß es ein Trick war. Sie hatte recht. Sie trieb sich noch ein bißchen dort herum. Und wurde umgebracht.«

Sergeant Wiggins bahnte sich mit einem Glas Sprudel den Weg zum Tisch. Er nahm Platz. Ellen erzählte weiter.

»Beverly hat ein paar Seminare bei mir gemacht. Drei, um genau zu sein.« Sie runzelte die Stirn. »Ich glaube, sie mochte mich – ich weiß nicht, warum. Sie war ihren Lehrern gegenüber entsetzlich kritisch eingestellt. Eines kann ich definitiv über sie sagen: Sie war sehr klug. Intelligent, und sie hatte viel Phantasie. Und war außerordentlich gut in der Forschung – sie hatte einen Blick und Sinn für Details. Sie war studentische Hilfskraft bei Owen Lamb, und er ist ziemlich anspruchsvoll. Dann fragte sie mich, ob sie diese Zeitungsberichte als Thema einer Hausarbeit verwenden könnte, die ich aufgegeben hatte.« Ellen wühlte in ihrer Tasche und brachte ein paar Zeitungsausschnitte zum Vorschein. »Ich sagte, ja, natürlich. Es klang interessant. Ich bin überzeugt, sie wollte sich, na ja, vielleicht nicht an der Lösung eines Falls versuchen, aber sie wollte so was Ähnliches wie Dupin machen – Sie kennen Poes Erzählung ›Das Geheimnis der Marie Rogêt‹?« Alle außer Wiggins nickten. Er rührte mit finsterem Blick in seinem Sprutzlerwasser. »Ich habe also sehr viele ihrer Notizen gesehen, weil sie in Abständen immer mal zu mir kam, um meine Meinung zu hören.« Ellen zog noch mehr Papiere aus ihrer Tasche mit dem Logo des alternativen Fernsehsenders Maryland Public Television. »Beverly ist an dem Tag, als sie umgebracht wurde, bei mir gewesen. Und dieses ganze Zeugs hat sie bei mir gelassen.« Ellen legte zwei Ausschnitte nebeneinander. »Ich weiß nicht genau, was sie an den Zeitungsberichten fand, aber sie muß gedacht haben, daß zwischen den beiden Morden eine Verbindung bestand.«

»Zwischen welchen beiden Morden?«

Ellen zeigte auf eine Meldung, einen kurzen Artikel aus der *Baltimore Sun.* »Ein alter Mann, ein Obdachloser, der John-Joy hieß, wurde tot in der Cider Alley gefunden. Das ist eine enge kleine Straße, die von der Lexington abgeht, nicht weit vom Markt. Er wurde von einem anderen Obdachlosen gefunden, auch einem alten Burschen, mit dem er immer zusammengesteckt hatte. Der andere heißt Milos, seinen Nachnamen scheint niemand zu kennen. Milos lungert meistens – zum Betteln, wissen Sie – vor einem Laden rum, der Patrick Muldares Bruder gehört. Seinem Halbbruder, Stiefbruder – ich weiß nicht genau. Milos ist blind und taub. Aber er ist nicht stumm. Er kann vollkommen deutlich sprechen. Vollkommen deutlich schreien, besser gesagt. Wie viele taube Menschen spricht er immer sehr laut. Der andere Mord, von dem Beverly anscheinend glaubte, er stehe damit in Zusammenhang, wird Sie überraschen.« Jetzt sprach sie Jury direkt an und schob ihm den zweiten Ausschnitt zu.

Jury sah von dem Ausschnitt zu ihr. »Philip Calvert? *Der* Philip Calvert?«

»Hm, zwei wird's wohl nicht geben, oder? In Philly?«

Dieser Artikel war länger als der andere und aus dem *Philadelphia Inquirer* ausgeschnitten. Jury überflog ihn und gab ihn Wiggins. Ellen fuhr fort: »Und dieses Papier hier steckte zwischen den ganzen Aufzeichnungen und Notizen – eigentlich nur Gekritzel, aber hier stehen drei Paar Initialen. Sehen Sie?« Sie fuhr mit dem

Finger über die Buchstabengruppe: P. C., J.-J., P. M. »Und hier steht ›Barnes Found‹.« Sie zeigte auf das schräg Hingeschriebene. »Das muß die Barnes Foundation sein, nicht weit von Philadelphia. Aber hier, P. C., P. M. und J.-J. – sehen Sie?«

Jury betrachtete die aus einem Notizbuch herausgerissene Seite, Wiggins schaute ihm über die Schulter.

»Ich hätte wahrscheinlich gar nicht weiter darüber nachgedacht, wenn das J.-J. nicht einen Bindestrich gehabt hätte. Ich meine, es kann sich nur auf John-Joy beziehen. Und die Barnes Foundation führt zu Philip Calvert.«

»Aber wer«, fragte Melrose, »ist P. M.?«

»Ellen meint, es bezieht sich auf mich.«

Die Stimme hinter Plants und Jurys Rücken gehörte dem gutaussehenden Mann vom anderen Ende des Tresens, dem Jury zugewinkt hatte.

»Patrick Muldare«, sagte Ellen und machte alle miteinander bekannt. »Er ist ein Kollege von mir, an der Hopkins.«

Muldare lachte. »Das würde ich kaum so sagen.«

Sein Alter war schwer zu schätzen, denn Patrick Muldare hatte ein Gesicht, das bestimmt ewig jungenhaft wirken würde, besonders wegen seines wehenden, widerspenstigen Haars, das er immer wieder zurückstreichen mußte. Er ließ eine Hand auf Ellens Schulter fallen und lächelte alle an. Auch Ellens Hand fiel automatisch auf seine und tätschelte sie freundschaftlich. Jury hielt beide Gesten für unbewußt; nichts schien sich zwischen Ellen und Muldare abzuspielen. Aber Plant, sah Jury, beobachtete das Manöver mit Argusaugen.

Ellen lud Muldare ein, sich zu ihnen zu setzen. Aber mit einem Feingefühl, das Jury ungewöhnlich fand, lehnte Muldare ab; er schien mitbekommen zu haben, daß sie eben erst angekommen waren und vermutlich keinen Fremden bei ihrem Wiedersehen gebrauchen konnten. Und vielleicht war ihm auch Plants Reaktion nicht entgangen. Er blieb stehen und trank einen Schluck Bier.

»Wir haben gerade über Beverly geredet«, sagte Ellen.

»Glauben Sie, daß es meine Initialen sind? Warum es ausgerechnet meine sein sollten, weiß Gott allein.«

Jury lächelte ihn an. »Die Frage ist, ob *Sie* glauben, daß diese beiden Anfangsbuchstaben für Ihren Namen stehen.«

Muldare zuckte die Achseln. »Na, das will ich doch nicht hoffen.« Er schaute in die Runde. »Angesichts dessen, was den beiden anderen passiert ist.« Trotz dieser Bemerkung strahlte er sie gänzlich unbekümmert an.

Ellen sah zu ihm auf, wollte etwas sagen, hielt inne und meinte dann: »Ich weiß nicht, warum sie mir das alles gegeben hat...«

»Sie hat dir vertraut, nehme ich an. Wer nicht?« Muldare lächelte alle noch einmal an und ging zurück zum Tresen.

»Er unterrichtet?« fragte Jury.

Ellen lachte. »Nur ein Seminar, nur aus Spaß. Er ist einer der reichsten Männer Baltimores. Schwimmt im Geld. In altem Geld. *Sehr* altem Geld. Und das alte Geld hat eine Menge neues Geld geheckt. Hauptsächlich im Baugewerbe. Angeblich ist er ein glänzender Geschäftsmann, aber er kommt ja auch aus einer alten Familie mit glänzenden Geschäftsleuten – Grundstücksgeschäfte, das Übliche. Und er ist kaum älter als dreißig. Zweiunddreißig, glaube ich. Er wohnt in Fells Point, drüben in der Shakespeare Street. Er lebt eigentlich sehr bescheiden. Man würde gar nicht merken, daß er soviel Geld hat, wenn er nicht den Tick mit dem Football hätte.«

»›Tick mit dem Football‹?« fragte Melrose im Brustton der Überzeugung, daß sie sich nun auf seinem Terrain bewegten.

Da schien Ellen anderer Meinung zu sein. Sie ignorierte die Frage. Jury schwieg eine Weile, dachte nach und beäugte die blubbernde Flüssigkeit im Glas seines Sergeant. Er zog die Stirn in Falten – angesichts des Glases und weil er etwas überlegte. »Und Sie meinen, Beverly Brown wurde wegen der Informationen, die sie gesammelt hatte, oder wegen etwas, das sie wußte, ermordet?«

»Nicht unbedingt.« Wie ein Zauberer aus seiner Tasche voll Zauberutensilien zog Ellen diesmal ein paar getippte Seiten und ein Stück Papier in einer Plastikhülle hervor. »Sie könnte auch deswegen ermordet worden sein.«

11

Jury betastete die vergilbte Seite in der schützenden Plastikhülle. Sie war tintenverkleckst und stockfleckig. Über das Papier hinweg schaute er Ellen ein paarmal fragend an, sagte aber nichts, sondern fing an vorzulesen:

Violette

Von Edgar Allan Poe

Madam,
ich kann Ihnen nicht mit Gewißheit sagen, wann ich die Bekanntschaft des Gentleman machte, den Sie als »William Quartermain« bezeichnen, denn ich kannte ihn nur als M. Hilaire P- und besuchte ihn ein einziges Mal in einem großen, verfallenden, düsteren Haus an der Seine. Die Begleitumstände unserer Begegnung und der darauf folgenden Bekanntschaft waren höchst ungewöhnlich.

M. P- erschien zum erstenmal vor mir – eine seltsame und unirdische Erscheinung, es war, als habe sich plötzlich aus dem wogenden Bodennebel ein Gespenst oder ein Geist gebildet und die Gestalt eines lebendigen Menschen angenommen.

Während Jury das schwer zu entziffernde, handgeschriebene Manuskript stockend vorlas, schob Ellen ihm noch ein paar Seiten hin. Sie waren mit der Schreibmaschine getippt. »Sie hat es abgetippt. Beverly, meine ich.«

Melrose schaute sich die Seite an, die Jury weggelegt hatte, und Jury fing wieder an zu lesen:

Madam,
ich kann Ihnen nicht mit Gewißheit sagen, wann ich die Bekanntschaft des Gentleman machte, den Sie als »William Quartermain« bezeichnen, denn ich kannte ihn nur als M. Hilaire P- und besuchte ihn ein einziges Mal in einem großen, verfallenden, düsteren Haus an der Seine. Die Begleitumstände unserer Begegnung und der darauf folgenden Bekanntschaft waren höchst ungewöhnlich.

M. P- erschien zum erstenmal vor mir – eine seltsame und unirdische Erscheinung, es war, als habe sich aus dem wogenden Bodennebel ein Gespenst oder ein Geist gebildet und die Gestalt eines lebendigen Menschen angenommen. Die Begegnung fand in den Tuilerien an einem Abend im November statt, einem Abend schier undurchdringlichen Nebels und Regens. Der Gentleman schien sich in einigem Ungemach zu befinden; ich vermochte nicht festzustellen, ob dies einem körperlichen Gebrechen oder dem Unbehagen geschuldet war, welches uns so oft übermannt, wenn das Wetter fast unerträglich trübe ist, wie es dieser abendliche Regen gewißlich war.

»Er spinnt«, sagte Melrose.

»Was?« sagte Ellen. »Unterbrechen Sie doch nicht.«

»Aber hören Sie nur, wie er redet.«

Ellen stieß Jury an. »Weiter.«

...wie es dieser abendliche Regen gewißlich war. Kurzum, der Mann stolperte, und vor dem Fallen konnte er sich nur bewahren, indem er sich auf eine Bank sinken ließ.

Ich wollte schon an ihm vorübergehen, doch in seinen Gesichtszügen und seiner Haltung lag etwas, das mich davon abhielt. Ich fragte ihn, ob ich ihm behilflich sein könne, ob er sich unwohl fühlte, und versuchte in jedweder Weise, mich zu seiner Verfügung zu stellen.

Er schaute zu mir empor mit Augen, die geradezu brannten; er lächelte, bemüht, die Ohnmacht, in die er beinahe geglitten wäre, als ein Geringes erscheinen zu lassen. Er erhob sich; ich indes wollte ihn in diesem Zustand nur ungern verlassen. Wir sprachen eine Weile miteinander, und als schließlich der Regen nachgelassen und der Nebel sich gelichtet hatte, bat er mich, ich möge die Güte haben, ihn zu seiner Wohnung in der Rue – zu begleiten und ein Glas Wein mit ihm einzunehmen.

Das tat ich nur allzugern; schon nach den wenigen Augenblikken, die ich in seiner Gesellschaft zugebracht hatte, empfand ich eine starke Neigung, an seiner Seite zu bleiben – so sehr zog er mich in seinen Bann.

Aber wie schlecht war ich auf den Reichtum, fast könnte ich sagen, den Luxus der Räumlichkeiten des M. P- vorbereitet. Das zarte Spitzengewebe der Gardinen, die üppigen Wandbehänge, die dichten Falten der Vorhänge, die schweren Sessel, deren hölzerne Lehnen und Beine zu abstoßenden Fratzen geschnitzt waren, sich in Seelenqualen windenden Mönchen ähnlich, die Wände mit goldgerahmten Gemälden so überladen, daß die blutrote Farbe der Tapeten dazwischen kaum sichtbar war. Und durch den Raum wehten die Düfte seltener Kräuter, einer sonderbaren, mit Öl gefüllten Glaskugel entströmend.

Wir nahmen in dieser außergewöhnlichen Umgebung Platz; der Wind vom Fluß hob die Gardinen und wehte die stechend süßen Wohlgerüche durch das Zimmer. Mein Gastgeber saß vollkommen schweigsam, den Kopf leicht nach vorn gebeugt, in einem der gespenstischen Sessel.

»Die Öle haben eine beruhigende Wirkung auf mich«, sagte er, »denn ich habe beständig das Empfinden, als würde ich entzweigerissen.«

Seine Stimme erreichte neue Tiefen der Melancholie, und ich

murmelte einige törichte Worte der Hoffnung und des Trostes der Art, die oft nur dazu dient, bei dem Leidenden die Gefühle der Bedrängnis zu verstärken, tritt dabei doch um so deutlicher zu Tage, daß der Redende den Schmerz des Leidenden nicht mitzuempfinden vermag.

Ich erinnere mich, daß beim Anblick eines so über die Maßen großen Jammers in der Miene eines Menschen, dem es doch offensichtlich an nichts gebrach, ein Schauder durch meinen Körper rann.

Als er die Augen schloß und den Duft des Öls einatmete, betrachtete ich das große Fenster hinter ihm. Durch dieses Fenster, das auf einen kleinen schmeideeisernen Balkon führte, konnte ich ein weiteres Fenster in der Fassade des gegenüberliegenden Hauses sehen, ein Fenster, das fast die gleichen Ausmaße wie dieses hier hatte; und durch jenes Fenster sah ich am anderen Ende eines recht großen Raumes noch ein Fenster. Mich dünkte, mein Blick werde durch das Fenster hinter M. P- eingerahmt in stetig sich verjüngender Perspektive, die man unmöglich erhält, wenn man lediglich auf einen entfernten niedrigen Horizont schaut, dessen einziges Maß die Erde darunter und der Himmel darüber sind.

Die Tage und Wochen, die auf meinen Besuch in M. P-s Wohnung folgten, lehrten mich, an diese PERSPEKTIVE zu glauben, den verkleinernden Blick, der sich mittels dieser seltsamen Abfolge von Fenstern herstellt, als blicke man in eine in sich zusammenstürzende Welt, lehrten mich den Glauben, daß es die *Perspektive* ist, die konstituiert, was wir von der Realität wissen, und nicht das, was sich uns gemeinhin bei unseren alltäglichen Verrichtungen präsentiert – Bäume, Fremde, Gärten, Häuser – diese lediglich dunklen Phantasien des Verstandes –

Denn diese Pforte, die auf *jene* Pforte schaut und wiederum auf *jene* und all die darauf folgenden, sich ins Endlose erstreckenden Abbilder – sie allein gestattet uns unser Wissen von der Realität, diesen alles auflösenden Blick auf die Welt.

Jury hörte auf zu lesen und schaute unter der Seite in seiner Hand nach, ob vielleicht noch eine darunter auftauchte wie die Fenster hinter den Fenstern.

»Das ist alles, Sir?« fragte Wiggins und hielt sein Glas in die Höhe, auf dem jetzt nur noch eine flache Schaumschicht schwamm.

In das kurze Schweigen, das über dem Tisch hing, ertönte lautes Stammesgeheul vom Tresen, und Jury mußte erst einmal ein Gefühl der Orientierungslosigkeit abschütteln, die flüchtige Vorstellung, daß er auf einen Vorposten der Welt geraten war. Er schaute auf den Fernseher: Die Fans feuerten ihre beiden Teams an.

»Das ist ja richtig faszinierend«, sagte Melrose und zündete sich ein Zigarillo an. »Da laufen vier Geschichten gleichzeitig ab – oder doch beinahe. Es gibt den Erzähler und seine Beziehung zu Monsieur P. Dann das, was Monsieur P. von sich erzählt. Dann die Briefe, die auf eine Beziehung zwischen Monsieur P. und einer Frau hinweisen. Und die Beziehung des Erzählers zu dieser Frau.«

»Haben Sie noch mehr?« fragte Wiggins Ellen. Er ließ sich offenbar für sein Leben gern vorlesen.

»Ja. Aber ich habe es in einem Aktenschrank eingeschlossen. In meinem Büro. Bei dem Gedanken, das Original herumzutragen, ist mir doch nicht so wohl. Stellen Sie sich vor, es *wäre*…«

»Von Poe selbst geschrieben?« fragte Jury. »Hat es schon jemand gelesen, der in der Lage ist, die Echtheit zu beurteilen?«

»Hm, Professor Irwin; er ist Poe-Experte. Und Vlasic, der hält sich dafür. Aber der hält sich für alles mögliche, besonders bei den Studenten. Und dann Owen Lamb, den ich schon erwähnt habe, der Professor, dessen Assistentin Beverly war. Er ist Genealoge, Historiker, Spezialist für alte Dokumente, so was in dem Dreh.«

»Und?« drängte Jury. »Was sagen sie dazu?«

»Sie sind sich nicht einig, glauben aber überwiegend, es sei gefälscht. Vlasic legt sich natürlich nicht fest, weil er keinen Fehler machen will. Lamb hält es nicht für echt, räumt aber ein, daß er nicht auf der Basis des Textbestandes urteilt. Er glaubt nämlich, daß der tatsächliche *Inhalt* eines fragwürdigen Manuskripts nicht ausschlaggebend ist. Im übrigen hat Poe seine Manuskripte nicht unter Verschluß gehalten.«

»Aber wenn es eine Geschichte von Poe ist – in den letzten hundert Jahren oder wie lange es her ist, kann doch alles mögliche passiert sein, das ihr Auftauchen erklärt. Wie ist Beverly darauf gestoßen? Was hat sie denn gesagt, wo sie sie gefunden hat?«

»Beverly hat behauptet, sie habe eine alte Truhe in einem Antiquitätenladen hier in der Nähe durchstöbert. Da sei das Manuskript drin gewesen.«

»In einer Truhe, große Güte«, lachte Melrose.

»In einem Laden in der Aliceanna Street.« Ellen deutete mit dem Kopf hinter sich.

»Und was ist mit der Handschrift?«

»Das ist wieder ein ganz anderes Problem. Darum kümmert sich ein Handschriftenexperte.«

Jury schüttelte den Kopf. »Ich finde das schiere Ausmaß einer solchen Fälschung verblüffend. Du lieber Himmel, man braucht ja schon einiges Talent, nur um eine Unterschrift nachzuahmen. Eine ganze Geschichte in der Handschrift eines anderen Menschen zu schreiben, scheint mir unvorstellbar. War sie zu einem solchen Unternehmen fähig?«

Ellen fummelte mit der Plastikhülle der Originalseite herum und überlegte einen Moment. »Ja.« Sie lehnte sich zurück und holte tief Luft. »Beverly war ehrgeizig. Sie war entschlossen, zu kriegen, was sie wollte. Und wenn sie ihren Doktor hatte, wollte sie in Harvard unterrichten. Nicht irgendwo, sondern in Harvard, und damit basta. So war sie eben: Sie wußte genau, was sie wollte.«

»Jobs in Harvard gibt's aber wahrscheinlich nicht im Dutzend billiger«, sagte Wiggins.

»Es sei denn«, sagte Melrose, »der Gegenstand der Dissertation ist die Analyse eines jüngst entdeckten Manuskripts, das allem Anschein nach das Werk keines Geringeren ist als Edgar Allan Poe. Damit müßte man sich überall einen Job an Land ziehen können. Sie war ja wohl eine gute Studentin.«

»O ja.«

Wiggins hatte sein bis auf weißlich flockige Rückstände fast leeres Glas abgesetzt. »Gut und schön, aber dauert es normalerweise nicht ewig lange, eine Doktorarbeit zu schreiben? Es nützt auch nichts, wenn jemand die eigenen Schlußfolgerungen schon vorwegnähme. Jemand anderes könnte beweisen, daß es sich um eine Fälschung handelt, bevor man die Arbeit fertig hat.«

Melrose sagte: »Dann schaltet man einfach um und arbeitet diese Ergebnisse mit ein. Das wäre zwar nicht halb so dramatisch, aber bedenken Sie doch das Aufsehen, das man bis dahin schon erregt hätte. Andererseits wüßte man, schon bevor man überhaupt anfinge, ob jemand daherkommen und die eigene Position in Stücke zerfetzen würde, denn schließlich wäre das gefundene Manuskript schon von Experten gründlich geprüft worden. Beverly hätte also die Chance gehabt, ihre Dissertation zu beenden, bevor ein ernsthafter Disput darüber entstanden wäre. Und sie hätte sich ja auch ganz simpel weigern können, das Manuskript jemand anderem zu zeigen. Es gehörte schließlich ihr. Aber folgendes wäre sehr gewieft: Für ihre Zwecke wäre es, abgesehen von dem Wert eines echten Manuskripts an sich, Jacke wie Hose, ob es echt ist oder nicht, denn genau das hätte sie ja in ihrer Dissertation zu diskutieren versucht. Sehr trickreich. Man fälscht ein Manuskript eben deshalb, weil man zeigen will, daß es gefälscht ist.«

»Ja, aber wenn das der Fall ist«, sagte Wiggins, »warum ermordet jemand einen Menschen, um ein Manuskript in die Hand zu bekommen, das nicht echt ist?«

»Stimmt.« Jury dachte einen Moment nach. »Wenn seine Echtheit in Frage steht... Warum an der Kirche?«

»Weil die Leute wußten, daß sie dorthin ging. Der neunzehnte

Januar ist Poes Geburtstag. Natürlich habe ich auch gedacht, daß das seltsam war, ausgerechnet dort. In aller Öffentlichkeit. Was meinen Sie dazu?«

Jury schaute sich in der Kneipe um; Patrick Muldare war gegangen. »Was ist mit Patrick Muldare? Das dritte Paar Anfangsbuchstaben. Warum glaubte sie, sie bezögen sich auf ihn?«

»Ich weiß nicht, warum. Sie waren sehr gute Freunde. Hm, vielleicht hatten sie sogar ein Liebesverhältnis. Und sie hat in dem Laden seines Bruders gearbeitet.«

Wiggins hatte das Notizbuch gezückt. »Und wo wäre das bitte, Miss?«

»Es ist ein ziemlich freakiger Antiquitätenladen... hm, wahrscheinlich sind es nicht mal Antiquitäten. Er heißt Nouveau Pauvre und ist drüben in der Howard, wo die ganzen Antiquitätenläden sind. Er ist total in. Jetzt gibt es auch noch ein Café dazu – Hard Knocks heißt es. Da hat Beverly stundenweise gearbeitet. Ich weiß nicht, ob sie in dem Laden oder in dem Café gearbeitet hat, neben diesem Job für Professor Lamb. Über sonstige Freunde weiß ich nichts.«

Jury las den Artikel aus dem *Inquirer* noch einmal und grübelte. »Philip Calvert.« Er schaute Ellen an. »Hat sie Philip Calvert Ihnen gegenüber einmal erwähnt?«

»Direkt nicht, nein. Aber hier sehen Sie, daß er bei der Barnes Foundation in Philadelphia war. Im letzten Semester hat Beverly dort einen Kursus über Kunstbetrachtung gemacht; die Barnes Foundation bietet eine Reihe Kurse an. Da wäre es schon ein Zufall, wenn es *keine* Verbindung gäbe.«

»Aber niemand ist in irgendeiner Weise auf die Idee gekommen, daß die Morde zusammenhängen, auch die Polizei nicht.« Melrose hatte die Artikel ausgebreitet und schaute beide noch einmal an. Dann sagte er zu Ellen: »Was für Informationen hatte Beverly Brown, die die Polizei nicht hatte?«

»Ich weiß nicht.«

Jury studierte immer noch das Blatt mit den Buchstabenpaaren. »Sie hat ganz sicher die Namen miteinander in Verbindung gebracht. Immer unter der Voraussetzung natürlich, daß die Initialen für diese drei Namen stehen.«

»Das müssen sie«, sagte Ellen. »Ich meine, es sind ja nicht nur die Zeitungsausschnitte. Welchen anderen JJ könnte sie mit dem Bindestrich zwischen den Js meinen? Es muß John-Joy sein.«

Jury lehnte sich zurück. »Morgen fahre ich in diese kleine Stadt in Pennsylvania. Nach Blaine, Pennsylvania. Vielleicht schaffe ich es, mit Calverts Freundin bei der Barnes Foundation zu sprechen.«

Wiggins fragte: »Brauchen Sie mich dabei, Sir?« Sein Tonfall besagte, daß es ihn nicht drängte, mitzufahren.

»Nein. Für Sie sind das hier Ferien, Wiggins.«

»Ich würde mir wirklich gern ein paar Sehenswürdigkeiten anschauen. Zum Beispiel die Johns Hopkins.«

»Kommen Sie mit mir«, sagte Ellen. »Morgen früh muß ich unterrichten.«

»Ich hatte eher an die Klinik gedacht.« Wiggins trank die letzten Reste seines weißlichen Gesöffs.

»Was zum Teufel ist das eigentlich?«

»Bromo-Seltzer, Sir. Schmeckt sogar ganz gut.«

Jury verdrehte die Augen und schüttelte den Kopf; dann sagte er zu Melrose: »Vielleicht könnten Sie dem Antiquitätenladen, wo Beverly die Truhe gefunden hat, mal einen Besuch abstatten. Wo war er noch gleich?« fragte er Ellen.

»In der Aliceanna Street. Ein paar Querstraßen entfernt von hier. Und ich bin mit dem Unterricht um zwei fertig, da können Sie mich hinterher in der Hopkins treffen. In der Gilman Hall.«

Das Footballspiel war von einer Rateshow abgelöst worden, und die Stammgäste am Tresen gafften mit halb offenem Mund. Das Geschehen auf dem Bildschirm interessierte sie zwar nicht die Bohne, aber in Ermangelung einer Alternative nahmen sie mit dem vorlieb, was geboten wurde. Die flackernden bläulichen

Schatten verliehen ihren Gesichtern einen blausüchtigen Anstrich. Hinten im Raum baute ein junger Gitarrist ein paar tragbare Verstärker und ein Mikrophon auf.

Jury schaute auf die Uhr. »Es ist nach ein Uhr nachts, Londoner Zeit, und wir haben noch nicht zu Abend gegessen. Ich verhungere. Was ist mit Ihnen?« Er trank sein Bier aus und erhob sich. Ellen zog ihn wieder herunter.

»Moment noch.« Jetzt buddelte sie in einer anderen Tasche, die voller Bücher war. »Und bevor ich esse, muß ich los und meine Katze füttern.«

Melrose warf einen Blick auf das sackähnliche Behältnis. »Ist sie da drin?«

Sie schaute ihn an. »Tun Sie nicht so dumm. Ich suche was.« Sie brachte ein Buch mit einem grellbunten Umschlag und noch mehr Manuskriptseiten zum Vorschein.

»Mein neues Buch«, sagte sie und zeigte auf das Manuskript.

»Welches? Das Saucen-Buch?«

Ellen schaute ihn böse an. »*Sauvage Savant* war nicht über Saucen!«

»Sie haben gesagt, es ginge um einen Delikatessenladen. Einen Deli irgendwo in Brooklyn, haben Sie selbst gesagt.«

»In Queens. Ist aber auch egal. Das hier ist *Türen.*«

»Türen?«

»So heißt es. Es ist das zweite in der Trilogie. Nach *Fenster*«, fügte sie hinzu.

Jury nahm das schreiend bunte Buch, das offenbar von einer Italienerin stammte, und fragte: »Was soll das nun wieder, Ellen?«

»Sie versucht, Sweetie zu stehlen.«

12

Sweetie.

»Ist das Ihre Katze, Miss?« fragte Wiggins und erhob sich, um noch ein Bromo-Seltzer am Tresen zu erstehen.

»Nein. Das ist meine Pro-ta-go-nis-tin, Sergeant Wiggins!« fauchte Ellen; ihr Gesicht wurde puterrot und dann traurig.

Wiggins schämte sich aber gar nicht, sondern schaute sich ihren Kummer besorgt an. Dann ging er los, um noch eine Runde zu bestellen.

Melrose hatte noch nie jemanden so betrübt gesehen wie Ellen. Sie zog ein abgegriffenes Bändchen aus der Tasche mit den Büchern: *Fenster.* Es war vielleicht nicht der geeignete Augenblick zu erwähnen, daß ihm eine Protagonistin namens »Sweetie« Probleme bereitete. Er nahm ein paar Seiten des Manuskripts, überflog sie kurz, kam zu dem Schluß, daß dieser Text nicht leichter zu verstehen war als der erste, und hoffte, daß nicht etwa ein kluger Kommentar von ihm erwartet wurde.

Seine mehr oder minder klugen Kommentare waren aber gar nicht gefragt. Ellen, die Gedankenleserin, betastete zärtlich *Fenster* und sagte: »Manchen Leuten fällt es nicht leicht, sich für eine Figur zu erwärmen, die Sweetie heißt, was verständlich ist. Konnten Sie sich dafür erwärmen?«

»Ich? Hm, ich habe überlegt, ob...«

»Ich sofort«, sagte Jury. »Ich finde den Namen großartig. Ich finde auch das Buch großartig, Ellen.«

Wann hatte er es...? Melrose schaute Jury groß an. Im Flugzeug! Jury hatte das ganze Buch – na ja, allzulang war es nicht – auf dem Flug hierher gelesen. Kein Wunder, daß Jury bei Frauen wie bei Zeugen immer so erfolgreich war.

»Ja, aber schauen Sie sich das hier an!« Sie hielt das andere Buch hoch, das mit dem schreiend bunten Umschlag und dem Picassoartigen Torso darauf. Es hieß *Lovey*. Das, dachte Melrose, ließ Übles ahnen.

»Hören Sie zu.« Ellen fing an, aus *Fenster* vorzulesen:

> Sweetie hob den weißen Briefumschlag vom Teppich auf. Er war feucht, weil der Morgen draußen so naßkalt war. Sweetie zog den dicken Packen Papier aus dem Umschlag, sah die vertraute Handschrift und spürte, wie sich ihr die Kehle zuschnürte. Sie las:
>
> »Lily, du mußt vorsichtig sein.«
>
> Vormittag, aber Sweetie ging hoch in ihr Schlafzimmer und blieb dort liegen, während der Morgen zum Abend wurde und der Abend zur Nacht und die Nacht wieder zum Morgen. Die ganze Zeit lag sie da und betrachtete die Decke. Sweetie hatte Mond und Sterne über sich gemalt. Über ihr trieb die Zimmerdecke mit silbernen Sternen und gespenstischem Mond.

»Und jetzt«, sagte Ellen, »hören Sie sich das an.« Sie nahm das andere Buch und öffnete es auf einer Seite, die sie mit einer Büroklammer gekennzeichnet hatte.

> Lovey öffnete die Tür und schaute die Straße hinauf und hinunter, um zu sehen, wer geklingelt hatte. Die Hitze schien sie wie eine warme Hand zurückzudrängen, sie erblühte auf ihrem Gesicht. Sie sah niemanden. Sie ging auf die Veranda hinaus und stolperte beinahe über die Holzbank, als sie das Päckchen sah. Es war das fünfte, das an ihre eigene fiktive Figur adressiert war, an Baby. Lovey hatte Angst, es anzufassen.

Ellen knallte das Buch auf den Tisch, daß die Gläser wackelten, was diverse Leute an angrenzenden Tischen veranlaßte, herüberzuschauen. »Sie versucht, Sweetie in Lovey zu verwandeln, und Lily in Baby. Mein Gott! ›Ihre eigene fiktive Figur, Baby‹ – sie hat doch keinen blassen Schimmer, was in *Fenster* passiert!«

»Das ist ja schrecklich, Ellen.« Melrose war wirklich erbost. »Und das ist *veröffentlicht* worden? Wie kann sich jemand einen so dreisten literarischen Diebstahl erlauben?«

»Das passiert doch dauernd. Wenn es nicht wortwörtlich geklaut ist, kann man es so gut wie nie beweisen.«

Melrose schaute sich das Titelbild noch einmal an. »Vittoria Della Salvina – ist sie Italienerin?«

»Aus Queens. In Wirklichkeit heißt sie Vicki Salva. Gott! Sie war ein absolutes Nichts.« Ellen griff sich ins Haar und riß es beinahe aus. »Eine komplette Null. Das hätte ich wissen müssen.«

Jury blätterte die Seiten durch. Hatte wahrscheinlich das ganze Ding intus und sich ein Urteil gebildet, noch ehe Wiggins zurückkam. Melrose seufzte. Warum hatte *er* nicht aufmerksamer gelesen? Von nun an würde er alles brav studieren, jawohl!

»Und Sie kennen diese Frau?« fragte Jury.

Ellen nickte. »O ja. *O* ja. Vor zwei Jahren habe ich an der New School unterrichtet, Sie wissen schon, in Manhattan. Es war ein Schreibseminar, gleich nachdem *Fenster* veröffentlicht worden war. Diese Vicki Salva saß immer in der ersten Reihe und leckte mir förmlich die Füße, Sie würden es nicht glauben. Vor und nach dem Seminar hing sie immer rum und redete in einer Tour über *Fenster* und wie wunderbar es sei. Redete und redete über meinen Stil, über Sweetie, über das Thema. Und sie *hatte* es gelesen, ganz offensichtlich; sie hat also das gehabt, was im Gesetz als ›Zugang‹ bezeichnet wird. Das ist ja immer am schwierigsten zu beweisen. Aber selbst mit einem solchen Beweis kann ich ihr nicht an den Karren fahren. Ich bin bei zwei Anwälten gewesen. Sie ahnen ja nicht, wie schwierig es ist, so etwas zu beweisen.«

»Aber, Herr im Himmel«, sagte Melrose, »es ist doch so verdammt offensichtlich. Sie gewinnen diesen angesehenen Preis, und diese – *Frau*... Zum Kuckuck, man darf gar nicht darüber nachdenken.« Dann fügte er hinzu: »Poe ist wenigstens tot. Er muß keine Vampire mehr erdulden, die ihn plagiieren.«

»Nicht nur das, sie schreibt entsetzlich«, sagte Jury. »›Die Hitze erblühte‹? Im Grunde geht es doch darum, daß sie so mies schreibt und Sie so gut – und deshalb merken es die Leute nicht.«

»Es stinkt. Das ganze Ding stinkt zum Himmel.« Ellen legte den Kopf auf den ausgestreckten Arm.

Aha! dachte Melrose. Deshalb hat sie mich angerufen und gebeten, in die Staaten zu kommen. »Nehmen Sie es nicht so tragisch. Niemand wird diesem Quatsch auch nur die geringste Beachtung schenken. Nur weil Ihr Buch so gut ist, ist ihres überhaupt veröffentlicht worden. Das verläuft alles im Sande.«

»Gar nicht wahr. Sie wird es wieder tun. Ich schreibe eine Trilogie über Sweetie.« Sie zeigte auf das Manuskript von *Türen*.

»Aber sie würde es doch sicher nicht noch einmal wagen, Miss«, sagte Wiggins und kippte die Hälfte seines Drinks.

»Warum nicht? Einmal hat sie es doch schon getan, oder?«

Melrose schaute Jury an. »Was wollen Sie in der Sache unternehmen?«

Jury lächelte. »Ich fürchte, ein Fall für die Mordkommission ist es nicht.«

»Aber spätestens dann, wenn ihr zweites Buch herauskommt«, sagte Ellen.

13

Links und rechts neben der Tür des Geschäfts in der Aliceanna Street standen Hohlziegel, die als Blumentöpfe für ein paar erfrorene Weihnachtssterne fungierten, traurigen Überbleibseln vom Feiertagstrubel. Falls in dem Etablissement Trubel jemals herrschte, dachte Melrose. Das Schaufenster war überladen mit allem möglichen Klimbim, ein blauer Neonhalbmond, der wie ein Pulsschlag an- und ausging, hing über einem mit kabbalistischen

Zeichen versehenen Gebilde. Man gewann eher den Eindruck, als betreibe hier ein Wahrsager seine Geschäfte, als daß mit Antiquitäten gehandelt würde. Vor dem Sammelsurium im Schaufenster stand ein Mädchen, sie hatte das Gesicht gegen das Glas gepreßt und schirmte es mit beiden Händen ab, um hineinsehen zu können. Als sie merkte, daß Melrose neben ihr stand, schaute sie sich unwirsch um. Sie war ziemlich jung, ihre Augen in dem teigigen Gesicht sahen wie Rosinen aus, ihr Ausdruck war alles andere als freundlich. Offenbar fühlte sie sich beim Betrachten der Schaufensterauslagen gestört, denn sie warf ihm einen garstigen Blick zu und spazierte von dannen.

Eine Glocke bimmelte über der Tür, als Melrose in den kühlen, dämmrigen Raum trat. Er sah niemanden, obwohl sich der Vorhang an der Tür hinten im Laden bewegt und die Metallringe geklimpert hatten. Von irgendwo hinter dem Vorhang meinte er Geschirrklappern zu hören, und in dem Halbdunkel erspähte er einen großen Vogelkäfig, aus dem ein Geräusch wie von Krallen auf Sandpapier kam.

Der Raum war nicht groß, aber vollgestopft mit kleinen, dunklen Möbelstücken, eher zweite Hand als antik; glitzernde Halsketten und Kameebroschen in mit schwarzem Samt ausgeschlagenen Schubkästen; Kleiderständer mit schönen alten Klamotten; kitschigbunte Gläser und ein ziemlich billig aussehendes Porzellanservice mit Weidenmuster; Bücher, stapelweise Illustrierte. Von einem großen Eichenregal nahm Melrose ein in Leder gebundenes dickes Buch, das die Farbe von isländischem Moos und einen Goldschnitt hatte. Die Seiten knisterten beim Durchblättern. Dunkle Symbole zur Geisterbeschwörung und dämonenhafte Figuren starrten ihm entgegen. Er stellte das Buch zurück und versuchte es mit einem anderen, nicht weniger deprimierenden, einer Geschichte in Holzschnitten, die den Aufstieg einer armen Kreatur mit einem Sack auf dem Rücken in einem felsigen Vorgebirge recht anschaulich darstellten.

Von den Wänden troffen geradezu Flüche und Segnungen: zwei Frauen (bestimmt Schwestern), die ihre Gebetbücher inbrünstig an die Brust drückten und Spitzenhandschuhe trugen, sandten tadelnde Blicke aus, abstoßende afrikanische Masken hingen zwischen alten Drucken bleicher Heiliger, deren Köpfe von wabernden Glorienscheinen umgeben waren. Eine Jungfrau Maria aus verblichenem blauen Plastik ignorierte ein paar fette Cherubime, die sie neckisch am Gewand zupften und von ihrer Morgenandacht ablenken wollten.

Auf einem Mahagonischreibtisch, von einer Bodenlampe mit grüner Glaskugel erhellt, befanden sich ein Stereoskop, ein paar Bilder zum Hineinschieben und eine dünne, von einem Band zusammengehaltene Broschüre. Ein Erinnerungsbüchlein – als solches bezeichnete es sich jedenfalls – an das St. James Hotel in der Charles Street. Auf dem Innentitel war ein Bild des Hotels.

Melrose las die von dem damaligen Direktor des St. James Hotel verfaßte Einleitung. Mr. Adams scheute keine Mühe, die vielen angenehmen Stunden, die den Gast erwarteten, in allen Einzelheiten zu schildern. Er befleißigte sich eines bedächtigen, in seiner Weitschweifigkeit beinahe britischen Stils, als habe er keineswegs Eile damit gehabt, einen Überblick über die vielen Vorteile eines Besuches in seinem Hotel zu geben.

Um den Gästen ihren Aufenthalt in Baltimore zu erleichtern, war Mr. Adams so aufmerksam gewesen, Fotos interessanter Sehenswürdigkeiten in der City beizufügen. Man konnte durch den Text und die Bilder des Büchleins flanieren, hier am Druid Hill Park haltmachen oder dort am Monument Square, seltsam unbelebten Orten, wenn man an die riesigen Menschenmengen dachte, die heutzutage in Harborplace zu sehen waren. Ein winziges Menschengrüppchen stand vor den Schneeverwehungen am Monument Square, an der Ecke spielte ein Kind mit einem Reifen. Es gab Fotos des Hotelfoyers und Speisesaals, in dem ein Dinner mit Wein einen Dollar kostete. Und ein Zimmer eineinhalb Dollar.

Melrose holte ein paar Münzen aus der Tasche. Er betrachtete die Quarters, Dimes und Nickels. Stelle sich das einer vor! Dafür hatte man sich weiland im St. James Hotel einquartieren können. Und eine komplette Mahlzeit mit Wein bekommen.

Er nahm das Stereoskop und wischte es ebenso wie die staubigen braunen Bilder mit dem Taschentuch ab. Dann steckte er eines vor die schaufelähnliche Linse. Ein Bahnhof, der alte Bahnhof »Baltimore and Ohio« erstand plötzlich vor ihm. Eine kleine Gruppe von vier – nein, fünf – Menschen war entweder gerade aus einem Zug gestiegen oder im Begriff einzusteigen.

Er schob ein neues Bild in den Apparat und sah eine zweirädrige Droschke mit mehreren Leuten – vielleicht sogar denselben – über die gepflasterte Straße fahren, der Bahnhof war jetzt weit entfernt.

Als nächstes der Anblick einer geräumigen Eingangshalle mit Palmen in Kübeln und Säulen und wieder ein paar Menschen. Das konnten sehr gut Gäste des St. James sein, dachte er; vielleicht kamen sie, angenehm satt, von ihrem Ein-Dollar-Menü.

Waren die alten Bilder so hintereinandergelegt worden, daß sie eine Geschichte erzählten? Oder lief die Geschichte zufällig so ab, in der Reihenfolge, die er den Bildern gegeben hatte? Das ist ein wichtiger Unterschied, dachte er, wenn er auch nicht wußte, warum.

Wie gern hätte er sich der kleinen Gruppe angeschlossen, seine Tasche genommen, die Droschke bestiegen und das ruckelnde Rollen der Räder gespürt. Dann würde er aus der Droschke in das warme Licht der Sonne steigen, das sich auf den Bürgersteig vor dem St. James Hotel ergoß. Alle sechs würden sie durch die kühle Lobby zur Rezeption gehen, wo Mr. Adams sie freundlich begrüßen und jedem ein Büchlein zum Andenken an das Hotel schenken würde.

Dann hinunter zum Speisesaal. Die Hälfte der Tische besetzt und alle mit weißen Tischtüchern, als Vorspeise eine Bouillon, dann einen Braten. Er genoß das Gespräch mit seinen neuen Gefährten, obwohl er nicht hören konnte, was sie miteinander redeten. In der Stille blähten sich Vorhänge, bewegten sich Lippen, flitzten Kellnerinnen umher –

Abrupt erwachte er aus seiner Tagträumerei. Er hielt zwar das Stereoskop noch in der Hand, hatte aber das letzte Bild nicht durch ein neues ersetzt, so daß er durch den Halter auf das Gesicht eines Mädchens blickte, das plötzlich ähnlich aufgetaucht war wie der Bahnhof, das Pferd, die Droschke und die Menschen. Ihr Gesicht war in dem Gittermuster aus Licht und Schatten gefangen, das von einem hellen Wandleuchter erzeugt wurde.

»Oh, guten Tag«, sagte er zu ihr, peinlich berührt, daß sie ihn beim Träumen ertappt hatte.

»Ich hab sie so hingelegt«, sagte sie.

Wovon redete sie? Ach, die Bilder. Damit war die Frage beantwortet; die Reihenfolge war nicht willkürlich.

Sie stand neben ihm und nahm die Bilder. »Die aus dem Zug gestiegen sind, sehen aus wie die in dem Hotel. Eine trägt denselben Hut.« Das Mädchen schob ein Bild in den Halter und hielt es Melrose zur Begutachtung hin.

Melrose runzelte die Stirn. Sollte er nun die Phantasien des Mädchens bestätigen? Stöhnend tat er ihr den Gefallen und schaute durch das Stereoskop. »Na ja, aber woher weißt du, daß sie *aus*gestiegen sind? Vielleicht *warten* sie auf einen Zug.« Du liebe Güte, warum fing er an herumzuargumentieren?

»Weil«, erklärte sie geduldig, »ihre Koffer schon auf dem Karren sind.«

Ärgerlich, weil er dieses Detail übersehen hatte, schaute er noch einmal in die idyllische Vergangenheit, weigerte sich aber, ihr zu sagen, daß sie recht habe. Sie war ohnehin unter einundzwanzig, gehörte somit in die Kategorie Kind, eine Altersgruppe, aus der man erst dann Informationen bekam, wenn zuvor Gummibärchen den Besitzer gewechselt hatten. Widerstrebend ließ er von dem

Stereoskop und damit der Vergangenheit ab, um sich der Gegenwart zuzuwenden und sich um seine Informationen zu bemühen. Da niemand anderes da war, mußte er sich eben mit diesem Kind begnügen.

Man hatte sie offenbar gebeten, im Laden zu bedienen, denn sie fragte ihn, ob er etwas Bestimmtes suche.

»Ja – Bücher«, sagte er. »Erstausgaben.«

Sie ging zu einem Bücherregal und blieb davor stehen. »Hier sind ein paar alte.« Sie hatte ein verhärmtes, kummervolles Gesicht, was angesichts solch grimmiger Mahner an die ewige Verdammnis und beinahe ebenso unattraktiver Himmelskandidaten in ihrer unmittelbaren Umgebung nicht verwunderlich war. Der fahle Heilige in dem angelaufenen Rahmen über dem Bücherregal sah jedenfalls nicht aus, als freue er sich auf den Ort jenseits der Zimmerdecke, in dessen Richtung er den Blick erhob.

»Die sehen ein bißchen neuer aus als das, was ich möchte«, sagte Melrose und strich über die brüchigen Buchrücken. »Ich handle mit alten Manuskripten. Aber ihr habt wohl keine?«

»Sind Sie Engländer?«

»Ja. Woran hast du das gemerkt?«

»Daran, wie Sie reden.«

»Damit verrät man sich doch immer wieder, stimmt's?«

»Ja.«

Wenn sie doch aufhörte, seine rhetorischen Fragen zu beantworten. Sie nahm wahrscheinlich alles furchtbar wörtlich. Er schlug ein Exemplar von *Peter Pan* mit den Illustrationen von Arthur Rackenham auf. Der Umschlag war abgegriffen, und die Vorsatzblätter waren verkleckst, aber die Bilder wunderhübsch. Durch die perlgraublaue Morgen- oder Abenddämmerung von Kensington Gardens huschten Elfen.

»Das ist mein Lieblingsbuch.«

»Es ist sehr hübsch. Aber ich interessiere mich mehr für amerikanische Autoren.«

»Ich war mal in England ... glaube ich«, fügte sie nachdenklich hinzu.

»Wie? Du weißt es nicht genau?« Er wünschte, sie bliebe beim Thema.

Sie stellte sich so hin, daß sie in das offene Buch in seiner Hand schauen konnte. »Das kommt mir bekannt vor.«

»Es ist eine Statue von Peter Pan.«

»Vielleicht habe ich mal davon geträumt.«

Diesen Augenblick suchte sich der Ara aus, um zu krächzen. Es klang wie »Im-meer.«

»Sei still«, sagte sie ziemlich streng zu ihm.

Der verdammte Vogel hatte kapiert, daß er lebendig war, und entschied sich, diese Tatsache zu feiern, indem er immer wieder »Im-meer« krächzte, worin sich offenbar sein Wortschatz erschöpfte. Er putzte sich, flatterte mit den Flügeln und tanzte zur Melodie von »Im-meerimmeerimmeerim-eer« auf seiner Stange herum. Meinte er, damit könne er jemanden dazu verleiten, ihm einen Keks zu geben? Nicht einmal der Kater war interessiert. Er schlummerte unter einer Tarnung von Lumpen und Kissen und ließ sich auch kaum stören, als das Mädchen ein großes blutrotes Stofftuch unter ihm wegzog und sich daran machte, es über den Käfig zu drapieren. »Wenn ich das nicht mache, schreit er immer weiter. Er soll eigentlich ›nimmermehr‹ sagen wie der Rabe in Poes Gedicht, aber er kriegt immer nur ›im-meer‹ zustande. Ein Freund von meiner Tante hat versucht, ihm das beizubringen. Hätte er ihn doch bloß in Ruhe gelassen!«

Melrose kam zu dem Schluß, daß das Mädchen doch ganz vernünftig war, wenn sie die alberne Angewohnheit, Vögel sprechen zu lehren, so beurteilte. »Dann gehört dieser Laden deiner Tante?«

»Ja, aber sie ist einkaufen gegangen.« Sie ging zu einer Truhe mit alten Jacken und längst aus der Mode gekommenen Roben und Gewändern. Ein altersschwaches, steifes weißes Hochzeitskleid raschelte. Sie nahm ein dunkelgrünes Samtkleid heraus, hielt es sich vor und begutachtete sich im Spiegel.

»Und weißt du, wann sie zurückkommt?«

»Erst in ein paar Stunden. Es ist ihr Einkaufstag. Ich muß den Laden machen.« Sie drehte sich, um zu sehen, wie der Rock wirbelte. »Seh ich aus wie Scarlett O'Hara?«

»Nicht besonders. Also, was ist, habt ihr alte Manuskripte?«

In ihrer *Vom Winde verweht*-Laune hatte sie kein Interesse an alten Manuskripten und verzog das Gesicht. Er hätte vielleicht sagen sollen, sie habe starke Ähnlichkeit mit Scarlett O'Hara. Es stimmte sogar, jetzt, da er sie wie durch das Stereoskop musterte, gab es eine gewisse Ähnlichkeit, denn sie hatte sehr dunkles Haar, eine leichte Stupsnase, und ihre Augen besaßen einen ungewöhnlichen Bernsteinton, wie die russische Bernsteinkette, die er auf einer Schmucklade gesehen hatte. Er nahm eine dunkelgrüne Haube und setzte sie ihr auf. »Jetzt aber. Jetzt siehst du aus wie Scarlett, meine ich. Wenn du das Band unter dem Kinn zusammenbindest.«

Der Hut war viel zu groß und verdeckte ihr halbes Gesicht, aber sie schien es für eine großartige Idee zu halten und knüpfte das Samtband zu einer Schleife.

Die diversen Standuhren begannen zu schlagen, eine immer den Bruchteil einer Sekunde nach der anderen, und sie sagte: »Zeit für den Tee. Vormittags trinken wir immer Tee. Sie wollen doch bestimmt auch welchen, wenn Sie Engländer sind. Ich setze nur den Kessel auf, bin in einer Minute zurück.«

Er benutzte die Minute, um die Kiste, die sie geöffnet hatte, zu inspizieren. Leider fand er kein weiteres Manuskript von Poe...

Sie war im Nu zurück, die Haube trug sie immer noch, und wühlte weiter in einer der vielen Truhen, die im Laden herumstanden. Über dem offenen Deckel hingen verschiedene weiße – das heißt einstmals weiße – Gewänder aus Leinen und Spitze. Sie holte eine Bluse heraus und probierte sie über ihrem T-Shirt an.

Warum in aller Welt, fragte er sich, ging er so behutsam zu Werke? Sie hatte ja keinerlei Veranlassung, mißtrauisch zu sein. Während sie eine grüne Jacke überzog, sagte er zu ihr: »Mir hat jemand erzählt, daß in einer Truhe hier ein sehr wichtiges Manuskript gefunden worden ist.«

Sie wurde mucksmäuschenstill, drehte sich von ihm weg und knöpfte die grüne Jacke zu.

»Sehr wertvoll«, fügte er hinzu. Er beobachtete sie im Spiegel. Ihr Gesicht war weiß und ausdruckslos. Das Gespräch hatte eine Wendung genommen, zu der sie betont gleichgültig die Achseln zuckte.

Die Gleichgültigkeit nahm er ihr nicht ab. »Hast du die Truhe zufällig gesehen?«

»Ja.« Schweigen. Dann sagte sie: »Sie ist tot.«

Der Kessel pfiff. Melrose zuckte zusammen.

»Ich hole den Tee«, rief sie und rannte weg.

Der Ara hatte beim Pfeifen des Kessels angefangen, aufgeregt herumzuflattern, wobei das Tuch vom Käfig rutschte. Als er sah, daß nur noch Melrose übrig war, der ihn hätte unterhalten können, döste er auf seiner Stange ein. Auf einem Blumenständer neben dem Käfig befand sich ein Teller mit kleinen weißen Keksen. Melrose schnappte sich einen und steckte ihn durch die offene Käfigtür. Der Vogel ignorierte beides, den Keks und das Tor zur Freiheit. Wenn außerhalb des Käfigs niemand anderes stand als Melrose Plant, blieb er lieber bei seiner Stange.

»Dann eben nicht«, sagte Melrose und wandte sich an den Kater, der erzitterte, einen Buckel machte und herzhaft gähnte. Er schnupperte an dem Keks und rollte sich wieder auf den Kissen zusammen.

Das Mädchen kam mit einem Tablett zurück, auf dem sie zwei Becher, Teekanne, Zuckerdose, Milchkrug sowie einen Teller mit Zitronenscheiben, Kuchen und einen Stoß Kekse balancierte. Bei letzteren handelte es sich um kugelrunde Köstlichkeiten mit einem dicken Guß aus Zucker und Kokosraspeln beziehungsweise Schokoladenkekse mit Cremefüllung.

»Wie heißt du?« begann Melrose im Plauderton.

»Jip«, antwortete sie lustlos, als hätte sie ihm lieber gar nicht geantwortet. Allgemeines Schweigen, während sie ihm Zucker anbot und er sich nahm. Zitrone wollte er nicht, statt dessen goß er sich ein wenig Milch ein.

»Hm. Ich heiße Melrose. Nett, dich kennenzulernen.« Mißmutig, fand er, trank sie ihren Tee und beobachtete ihn mit ihren goldbraunen Augen über den Becherrand hinweg. »Jip. Das ist ein interessanter Name. Wofür ist es ein Spitzname?« Es mußte ja wohl einer sein.

»Für nichts. Einfach nur Jip.«

Jetzt schaute sie ihn mit tiefem Ernst an, als wisse sie auch, daß es nicht wie ein Name klang, den man gemeinhin auf Geburtsurkunden findet. Wußte sie ihren richtigen Namen womöglich gar nicht? Ihr Gesicht unter den lächerlich weiten Flügeln der Haube war traurig. Sie zerrte sich den Hut vom Kopf. Die Zeit der Spielchen war vorbei. Irgend etwas jedenfalls war vorbei.

»Vielleicht ist es ein Patronym«, sagte Melrose und nahm in einem sehr niedrigen alten Sessel Platz, durch dessen Polsterung sich die Sprungfedern drückten.

Sie war dabei gewesen, die Füllung von einem Schokoladenkeks abzulecken, hielt aber inne und zog die Stirn kraus. »Ein was?«

»Ach, du weißt schon«, sagte er aufgekratzt, »so was Russisches. In russischen Romanen findet man die. Patronyme. Die Russen haben doch so eine liebevolle Art, wie sie sich gegenseitig nennen. Ich habe eines. Ein Patronym, meine ich.« Oh, was erzählte er da? Außer Melrose hatte er keinen Namen. Seine Eltern hatten ihm nicht einmal einen zweiten Namen gegeben. Aus unerfindlichen Gründen ärgerte ihn das. Warum hatten sie ihn nicht Melrose Fjodorowitsch genannt? Ein zweiter Name – mehrere Namen – wäre ihm in dieser Situation sehr zupaß gekommen.

»Und was für einen?«

»Melrowitsch.« Er räusperte sich. »Schau mal, im Prinzip ist es so wie Petrowitsch für Peter; oder sagen wir Anna Petrovna.« Er lächelte und widmete sich dem Keksteller. »Und dann gibt's noch die Diminutive. In meinem Fall Melja. Was sind das für welche?«

Eine Sekunde lang schien sie ihm gar nicht zuzuhören. Sie hielt die zwei Hälften ihres Kekses hoch, ein Stück in jeder Hand, und starrte ihn an. »Melja«, sagte sie. Dann beantwortete sie eine Frage: »Oreos und Schneebälle.«

»Hast du die gebacken?«

»Nein. Die sind gekauft.«

Melrose nahm sich eines der kugelrunden Dinger mit dem dikken, klebrigen weißen Guß und den Kokosnußraspeln. Ein Bissen langte. Er legte es auf den Rand eines Tellers mit alten Münzen.

»Erzählen Sie weiter. Von den Namen«, sagte sie.

Er kratzte sich am Kopf. »Russin bist du vermutlich nicht – oder etwa doch? Viele Leute sind keine Russen und haben trotzdem diese Patronyme und Abkürzungen. Obwohl man die meisten, wie ich schon gesagt habe, bei Tolstoi findet. Oder Dostojewski.«

Sie beobachtete ihn ganz genau, während sie die Creme von ihrem Oreo leckte.

Melrose war schon vor Urzeiten einmal zu dem Schluß gekommen, daß man, wenn man tief in der Patsche steckte, schnurstracks noch tiefer hineinwaten mußte. »Ich kannte mal – hm, eigentlich war es mein allerbester Freund – einen Russen, der hieß Alexej. Aber der Diminutiv war Aljoscha. Ich war bei seiner Hochzeit. Er war ziemlich wohlhabend; es war eine riesige Hochzeit. Ich bekam ein Stück weißen Kuchen in einer kleinen, mit weißem Satin ausgeschlagenen Schachtel –«

»Ich dachte, das kriegten nur Damen.«

»In Rußland nicht. In Rußland kriegen es die Männer. Die brauchen da eher schon mal Glücksbringer.«

Sie nickte und zerbrach noch einen Keks.

Gedankenverloren drehte Melrose den Teller mit den fremden Münzen. »Aber als ich die Schachtel aufmachte, fand ich kein Stück Hochzeitskuchen, sondern einen Rubel und einen kleinen zusammengefalteten Zettel. Der teilte mir mit... nein, er legte mir dringend nahe, Leningrad, sofort, hm, zu verlassen und nach –« Sein Blick fiel auf einen Stapel alter Postkarten; eine zeigte die Rockettes, die aus Leibeskräften die Beine schwenkten, alte Babies in Satinwindeln, und er mußte an die anmutigen Folkloretänzer aus Georgien denken. »– Georgien fahren. Ja, ich sollte Leningrad verlassen und nach Georgien fahren.« Er versuchte sich einen Grund auszudenken, warum der Rubel in der Schachtel war, aber ihm fiel nichts ein.

»Meinen Sie Georgia, sollten Sie vielleicht nach Atlanta fahren?«

»Was?«

»Ob Sie nach Atlanta fahren sollten?«

»Nein, nein, ich meine Georgien. Das *russische* Georgien.«

Sie nickte, legte den nackten Keks neben den anderen, auf dem auch keine Creme mehr war, und nahm einen dritten. Er betrachtete die Schneebälle und fuhr fort: »Es war Winter.« Jip kuschelte sich in die alten Kleider, die Stange geriet ins Schwanken. Hinter dem weißen Kleid hing ein räudiger alter Pelzmantel. »Man gab mir warme Kleidung und einen Schlitten. Wenn ich mich recht entsinne, war der Mantel, den ich erhielt, aus russischem Zobel.« Als er in ihre russisch-bernsteinfarbenen Augen schaute, überlegte er, ob eine Frau in dem Schlitten sitzen sollte oder nicht.

»Wer hat Ihnen den Schlitten und das andere Zeugs gegeben? Aljoscha?«

»Ja.« Ah, gut, sie steuerte den Hintergrund selbst bei. »Er war reich.«

»Das haben Sie schon gesagt.« Sie drückte die beiden Hälften des abgeleckten Kekses aufeinander, legte sie auf den Glasteller und nahm den nächsten Keks vom Stapel. »Weiter.«

»Du kannst dir nicht vorstellen, wie hoch der Schnee lag.« Melrose spürte die schweren, nassen Flocken förmlich im Gesicht. »Er fiel... zentimeterdick. Wir fuhren drei Tage und drei Nächte.« In Märchen passierten die Dinge immer dreimal.

»Wir?«

Er hatte vergessen, die Frau zu erwähnen.

»Eine Freundin von Aljoscha.«

»Die haben Sie bestimmt auf der Hochzeit kennengelernt. Wollen Sie noch Tee?«

»Ja, bitte.« Sie war eine exzellente Zuhörerin. Als der frische Teebeutel in seinen Becher plumpste und sie vom mittlerweile lauwarmen Wasser dazugoß, erzählte er weiter. »Sie war Aljoschas Schwester.«

»Wie hieß sie?«

»Julie.« Wo kam das nun wieder her? Julie klang nicht russisch.

Prompt wurde er darauf hingewiesen. »Das klingt aber nicht sehr russisch.«

»Ihre Mutter war Engländerin.«

»Aber sie war Aljoschas *Schwester*. Also muß sie auch Russin sein.«

»Ihre Halbschwester«, sagte Melrose mit frischem Mut. »Aber sie ist – ich meine, sie hatte ihr ganzes Leben in Rußland verbracht. Ist das wichtig? Sie war hinreißend schön. Ihr Haar war sehr dunkel, und ihre Augen hatten... eine Farbe wie Sand im Sonnenuntergang. In Arabien.« Seine Gedanken drifteten ab zu sanften, endlosen goldenen Dünen und der roten Sonne, die dahinter versank...

Erneut half sie ihm auf die Sprünge. »Sie und diese Julie – was passierte dann?«

Um sowohl Zeit zu schinden als auch sich ordentlich zu strekken, erhob sich Melrose von seiner unbequemen Sitzgelegenheit und begab sich zu den Regalen, die alle möglichen Accessoires enthielten – Schals, Handschuhe, zerdrückte Damenhüte.

»Und? Weiter!«

Melrose schob die Hand in einen weißen, unechten Pelzmuff und dachte an Julie. Julie Christie! Wie sie in *Doktor Schiwago* an der Seite dieses Schauspielers mit dem dicken Schnauzbart durch den Schnee fuhr. »Julie trug ein Cape mit einer in Hermelin eingefaßten Kapuze. Sie hatte einen Muff. Darin war ein Gewehr versteckt.« Aus den Augenwinkeln beobachtete er, wie diese Neuigkeit ankam.

Nicht übel, denn sie hatte aufgehört zu essen und wirkte beunruhigt.

»Julie war nämlich auf der Flucht vor dem KGB. Den KGB gab es ja damals noch. Jetzt ist es nicht mehr so schlimm«, fügte er aus irgendeinem Grund hinzu.

»Was hat Julie gemacht? Warum waren sie hinter ihr her?«

»Sie behaupteten, sie hätte jemanden umgebracht – das Telefon klingelt.«

Sie sah sich um. »Das ist nur für meine Tante.« Als folge sie ihren eigenen Gedankengängen, die nichts mit Melrose zu tun hatten, setzte sie hinzu: »Sie ist nicht meine richtige Tante.«

»Oh! Wie bist du denn dann an sie gekommen?«

Genug vom wirklichen Leben. »Wen hat Julie umgebracht?«

»Den Mann einer Frau, die einen hohen Regierungsposten innehatte. Den Mann von Madame Vronsky. Zumindest wurde sie beschuldigt, ihn getötet zu haben. Keiner wußte etwas Genaues. Aber mir hat sie so sehr vertraut, daß sie mir die Wahrheit gesagt hat. Es war natürlich ein tiefes Geheimnis. Doch sie wußte, sie konnte sich auf mich verlassen.« Er schaute an sich herunter, seine Hände steckten noch immer in dem Muff. Ein Glück, daß bisher niemand in den Laden gekommen war.

»Und haben sie sie gefangen?«

»Nein. Aber du greifst meiner Geschichte vor«, sagte er, ganz schön ungeduldig für jemanden, der so weit zurückhing, daß er nicht einmal wußte, was seine Russen im Schilde führten.

»Sie haben immer noch nicht erzählt, warum Aljoscha Ihnen gesagt hat, Sie sollten aus – wo war es?«

Wo? Ach ja. »Leningrad. Das wurde mir erst sehr viel später klar. Du greifst schon wieder vor.« Melrose rieb sich die Stirn. Vor seinem inneren Auge malte er es sich aus: das weite zugefrorene Land, eine Reihe schwarzer Bäume, die violetten Schatten. Dämmerte der Morgen oder der Abend? Ein blaßrosa Streifen hing wie ein Schleier über den Bäumen in der Ferne. Und während die Sonne allmählich aufging, sah er sich (und Julie) in dem Schlitten lautlos über den Schnee gleiten. Dann sah er die buntschillernden Lichtflecken der Schaufenstereinlagen und dachte: Wunderbar! Und ihm fiel ein, wie Johanna die Wahnsinnige immer im Jack and Hammer erzählte, die Schreiberei sei etwas völlig Mechanisches. Ach, sie irrte sich gewaltig! Phantasie hatte mit dem schwerfälligen Räderwerk des Lebens nicht das geringste zu tun. Es war wirklich Arbeit, die Arbeit, Tautropfen in einer Teetasse zu sammeln oder Sterne um den Mond zu heften.

»Ein dreifaches Hoch!« rief er aus.

»Wie bitte?«

Einen Moment lang hatte Melrose vergessen, wo er war. »Entschuldigung. Nur ein bißchen Alice im Wunderland. Ich habe mich verfranst.«

Er stand auf, reckte sich und ging zu einem Schränkchen mit kunterbunten geschnitzten Tierchen. Er nahm eines, das genauso farbenprächtig war wie der Ara und eine lange Schnauze und einen geschuppten Schwanz hatte. Ein Gürteltier? Ein Leguan?

»Ein paar Stunden, die uns wie Tage vorkamen, fuhren wir in dem Schlitten. Auf einmal wieherten die Pferde und blieben stehen. Etwas war über den Weg geglitten. Ich sah nur noch etwas Kleines davonhuschen. Es hatte einen Schwanz.«

»Eine Ratte? In Baltimore gibt es massenhaft Ratten.«

»Nein«, sagte Melrose. »Wir reden doch über Georgien in Rußland.«

»Aber in Rußland gibt es bestimmt auch Ratten.«

»Schau, ich habe gesagt, es war *keine* Ratte.«

Sie nickte.

Er setzte das Gürteltier oder den Leguan wieder ab. »Julie ergriff mich am Arm und sagte, vielleicht hätten wir gerade einen der sagenhaften *Trotzkitoskis* der russischen Steppe gesehen. Das sind Tiere, die so ähnlich wie kleine Füchse aussehen, und es heißt, sie bringen dem Glück, dessen Pfad sie kreuzen. Die Kurzform ist ›Trots‹.«

»Hat der Trot Ihnen Glück gebracht?«

Melrose feixte innerlich, weil er den Trot erfunden hatte. »Abwarten.«

»Ich muß ja auf alles und jeden warten.«

Er mußte zugeben, seine Geschichte war detailüberladen. Aber ging es nicht genau darum? Er zog die Brauen hoch. Er war sich nicht sicher. Ellens Geschichte enthielt praktisch überhaupt keine Details außer ein paar Möbelstücken und dieser Sweetie, die darauf wartete, daß ein Brief durch die Tür geworfen wurde. In Gedanken versunken, ließ er die alten Spitzen-, Satin- und Tüllkleider durch die Hände gleiten, die schwer von Perlenstickereien und winzigen eiszapfenähnlichen Glastropfen waren, und fragte sich, ob seine Geschichte auch zu schwer war von den vielen Verzierungen.

»Es war aber unmöglich, die schreckliche Madame Vronsky auf dem Ball zu erkennen.«

Sie riß die Augen auf. »Auf was für einem Ball?«

»Dem Maskenball.«

»Sie haben noch gar nicht gesagt, daß es einen Maskenball gab.«

In seiner Phantasie hatte der Schlitten vor einem riesigen Landsitz gehalten, aus dem Musik erklang. Balalaikas. Kristallklar. »Tut mir leid. Na ja, der hatte schon angefangen, als unser Schlitten vor dem Haus hielt. Einem großen Haus.«

»Sind Sie mittlerweile in Georgien?« Sie schien ihm zu verzeihen, daß er sie mit diesem Ball überrascht hatte. Dafür hatte er ihr ja auch eben den Trot präsentiert.

»Nein. Wir waren in der Nähe der Steppe.«

»Und das Haus steht in der Steppe?«

»Nein, nein. Aber du kennst doch die russischen Steppen.« Natürlich kannte sie die nicht. Er auch nicht. Die waren doch sowieso in Sibirien, oder?

»Das Haus war sehr vornehm. Es hatte Stallungen und sogar eine eigene Kapelle. Julie verließ unbemerkt den Ball, sie wollte Rudolf nicht begegnen – er war einer der Söhne dieser reichen Familie, und sie kam zu der Zeit überhaupt nicht mit ihm klar. Er war ein Graf, und sie war mit ihm verlobt. Aber sie wollte ihn nicht heiraten. Egal, sie erzählte mir, sie sei ihm weggelaufen und müßte jemanden draußen an der Kapelle treffen. Ich stand auf der Terrasse und beobachtete, wie sie in ihrem weißen Cape über den schmalen Pfad lief und hinter der Kapelle verschwand.« Melrose hörte die unzähligen Standuhren schlagen. Es war elf Uhr! Er war schon länger als eine Stunde hier. »Und da hörte ich den Schuß.«

Jip schreckte hoch. »Was für einen Schuß? Was war passiert?«

»Rudolf war ihr gefolgt. Er schoß auf Julie.«

»Nein!« Voller Verzweiflung kippte sie den Teller mit den Oreos um. Mit bitter enttäuschter Stimme sagte sie: »Das ist *ungerecht*.«

»Das Leben«, sagte Melrose salbungsvoll, »ist nicht gerecht. Nur in Büchern.« Aber ihr Gesicht war so bleich geworden und die bernsteinfarbenen Augen so traurig, daß er schnell hinzufügte: »Du lieber Himmel, sie ist ja nicht gestorben.«

Jip wandte den Kopf ab, und die Farben des Tiffany-Lampenschirms ergossen sich über ihr Haar. Sie setzte den Hut wieder auf, als wolle sie ihr Gesicht unter ihm verbergen. Dann senkte sie den Kopf und strich den Rock mit den Händen glatt. Als sie sprach, klang ihre Stimme sehr angespannt. »Ich dachte, es wäre so ähnlich wie mit dem Mädchen auf dem Friedhof.«

Die Stimmung war plötzlich umgeschlagen. Vielleicht erschreckten sie die unsichtbaren Gefahren, derer man auf Schritt und Tritt gewärtig sein mußte. »Das Mädchen auf dem Friedhof.« Er setzte sich wieder hin und fragte, ob er noch eine Tasse Tee haben könne. »Soviel ich weiß, besucht jemand jedes Jahr das Grab Edgar Allan Poes. Und bringt Kognak oder Sekt und Blumen mit.«

Sie nickte. Der große Hut wirkte zu schwer für ihren Kopf. »Meine Tante meint, er ist verrückt. Ich nicht. Ich finde es sehr nett, jemanden an seinem Grab zu besuchen und Sekt zu trinken. Es bedeutet, daß man nicht vergessen ist.« Tonfall und Blick deuteten an, daß genau das ihr selbst einmal passiert war.

»Ganz bestimmt«, sagte Melrose. »Ganz bestimmt. Aber Poe würde man sowieso nicht vergessen, oder? Wegen seiner Werke.«

»Das ist nicht dasselbe.« Sie nahm ihren Becher, trank aber nicht, sondern stellte ihn wieder hin. »Was wurde aus Julie?«

»Sie heiratete einen Korsaren. Sie wohnen in Minsk. Die Truhe, die die junge Frau erstanden hat – hast du da mal hineingeschaut, nachdem Beverly Brown sie gekauft hatte?«

»Sie wurde doch angeschossen!«

»Aber nicht tödlich getroffen. Hast du mal in die Truhe geschaut?«

Sie kaute an ihren Lippen und schien mit sich zu kämpfen, ob sie antworten sollte oder nicht. »Sagen Sie es auch niemandem weiter?« Sie war aufgestanden und hatte den Schal von dem Vogelkäfig genommen. *Kreisch!*

»Weitersagen? Nein. Ich kann schweigen wie ein Grab.« Melrose war sicher, daß sie etwas wußte.

»Nein, können Sie nicht.«

»Was?«

Sie setzte sich wieder hin und unterzog den kleinen Stapel ruinierter Oreo-Kekse einer hochnotpeinlichen Prüfung. »Sie sollten doch auch Julies Geheimnis niemandem weitererzählen.«

Julies Geheimnis? Was war – verflixt! Eilig suchte er eine Erklärung für den Verrat an Julie. »Solange sie lebte, sollte ich es nicht.«

»Sie lebt doch. Sie hat jemanden geheiratet und wohnt in Minsk.«

Melrose zermarterte sich das Hirn. Dann lächelte er. »Nein, nicht Julie – Madame Vronsky. Deren Mann Julie aus Versehen umgebracht hat. Julie hatte wahrscheinlich die ganze Zeit Angst, daß Madame Vronsky auf Rache sann.« Da sage noch einer, er könne keine Kastanien aus dem Feuer holen.

Jip schluckte diese erneute Wendung der Dinge, indem sie sich einen abgelegten Schokoladenkeks einverleibte.

Und Melrose kam auf das Geheimnis zurück, das zu bewahren er gerade feierlich geschworen hatte. »Erzähl mir von der Truhe.«

Das Mißtrauen gegen seine unorthodoxe Erzählweise und die Bewunderung für ihn, den romantischen Fremden, schienen miteinander zu kämpfen. »Ich durfte nicht hineinschauen, aber ich habe es doch getan. Sie war voller alter Kleider, Unterröcke und Blusen. Die waren fleckig, und viele zerrissen. Ich hab mich gefragt, warum die überhaupt einer haben will. Es waren nur eine Menge alter Kleider und ein paar Laken und so Zeug und ein paar Bücher drin.«

»Hast du die Geschichte darin gesehen, die angeblich von Poe ist?«

Sie runzelte die Stirn. »Ich kann mich nicht erinnern. Es waren beschriebene Seiten und alte Bücher, die so aussahen wie die, die wir für die Buchhaltung benutzen –« Sie schaute zur Ladentheke. »Aber an etwas anderes erinnere ich mich nicht.« Schulterzucken.

Jip schien es nicht befremdlich zu finden, daß er all diese Fragen nach Beverly Brown und dem verdächtigen Manuskript stellte. »Und sie hat die Truhe und alles, was drin war, mitgenommen?«

Sie nickte. »Und ich habe mich noch gewundert, warum sie den ganzen Plunder nicht aus der Truhe genommen hat, wenn sie nur die Truhe wollte. Die Taxifahrerin, sie und ich, wir mußten das

Ding zu dritt zum Auto tragen, so schwer war es. Warum hat sie die ganzen Klamotten dringelassen? Viele Leute kaufen Truhen und bitten darum, daß man die Sachen rausnimmt. Sie wollen ja nur die Truhe.«

»Das ist ein interessanter Aspekt.« Es sei denn, man wußte nicht genau, was für eine Geschichte über den Fundort des Manuskripts man auftischen wollte. Melrose erhob sich. »Ich muß gehen, Jip. Ich komme sonst zu spät zu meiner Verabredung.«

Auch sie stand auf und fragte: »Und was ist mit Julie? Sie haben es gar nicht zu Ende erzählt.«

»Ach so. Na, keine Bange. Ich komme wieder und erzähle die Geschichte zu Ende.«

»Morgen?«

»Ich versuche es, ja.«

»Sie vergessen Ihr Buch!« rief sie hinter ihm her.

Das alte Ding. Er ging zur Theke, nahm das Büchlein, das sie eingepackt hatte, und als er die Tür öffnete und das Glöckchen bimmelte, hörte er es »Im-meer« hinter sich schreien.

Er fragte sich, wie es um den Erfolg des armen Poe bestellt gewesen wäre, wenn er einen Ara statt eines schwarzen Raben gewählt hätte.

14

Melrose ging zum Admiral Fell Inn, holte seinen Stadtführer und *Fenster* und begab sich auf die Suche nach einem Taxi. Er war mit Ellen nicht vor zwei Uhr verabredet und fand, er könne sich bis dahin genausogut noch ein paar Sehenswürdigkeiten anschauen. Jury war in Philadelphia, und Wiggins machte sich einen schönen Tag im Johns Hopkins-Klinikum. Vielleicht ließ er sich ja eine Impfung verpassen.

Taxis kamen keine vorbei. Endlich stieß er auf ein schwarzes, das an einer Ecke stand. Der Fahrer las Zeitung und rauchte eine Zigarette. Melrose klopfte mit seinem Spazierstock an die Scheibe, der Fahrer kurbelte das Fenster ein wenig herunter, blinzelte ihn von der Seite an und öffnete es kurz.

»Jau.«

»Machen Sie gerade Pause?«

»Lese nur den Sportteil. Wo wolln Sie hin?«

»Also, eigentlich habe ich eine gute Stunde und würde gern ein wenig von Baltimore sehen. Ich dachte, ich könnte es mit dem Taxi machen. Haben Sie ein, zwei Stunden Zeit?« Melrose schaute auf die Uhr. »Ich muß nicht vor halb zwei, zwei am Ziel sein. Johns Hopkins. Da möchte ich aussteigen.«

»Alles klar. Dann wolln wir mal den ollen Taxameter anwerfen, und ab geht die Post.«

Melrose ließ sich auf dem Rücksitz nieder und sagte: »Sie kennen Baltimore gut, nehme ich an.«

Der Fahrer schnaubte verächtlich und fuhr los. »Seit dreißig Jahren bin ich im Geschäft, Kumpel. Was ich bis jetzt nicht kenne, lern ich auch nicht mehr kennen.« Er drehte den Kopf nach hinten, um Melrose über seinen ausgestreckten Arm anzusehen. »Sie sind nicht von hier. Das hör ich am Akzent.«

»Bin Engländer.«

»Hab ich mir schon gedacht. Bin nie in England gewesen. Wollte immer mal hin. Eine Cousine von mir wohnt da. In Cornwall. Warn Sie schon mal in Cornwall?«

»O ja. Es ist wunderschön.« Melrose zog Ellens Buch heraus und setzte sich zurück. Sein Vorhaben, doch noch ein bißchen in *Fenster* weiterzulesen, während sie durch die Gegend kutschierten, wurde im Keime erstickt, denn der Taxifahrer informierte ihn, er heiße Hugh – »aber alle nennen mich Hughie« –, und fing an, von sich zu erzählen.

Er war ein vierschrötiger, untersetzter Mann mit einem runden, blanken Gesicht, das halb unter einer karierten Stoffmütze mit Ohrenklappen verschwand. Sein gestepptes Hemd war aus ähnlichem Material. Im Handumdrehen wußte Melrose alles über Hughies Taxifahrerkarriere, die genaue Anzahl der Familienmitglieder und wo überall in den Vereinigten Staaten, von den Dakotas bis Wilmington, Delaware, sie lebten. Und eine Cousine wohnte sogar in England. Die Rundfahrt durch Baltimore wurde zur Rundfahrt um Hughie.

»Wohnt in so einem Flecken, der Mousehole heißt. Am Meer.«

»Es soll bezaubernd sein.«

»Hab mal Fotos gesehn. Wollte immer mal hin. Und Sie, woher?«

»Northamptonshire. Ungefähr hundertfünfzig Kilometer nordwestlich von London.«

»Hab ich, glaub ich, noch nie was von gehört. Nein, ich leb in Baltimore von Kindesbeinen an, seit neunundfünfzig Jahren.«

Melrose lächelte über Hughies Aussprache. Aber das war ja wohl überall dasselbe. Vom ständigen Gebrauch waren die scharfen Kanten der Silben verschliffen, »Bal-ti-more« schnurrte zusammen zu »Bawlmer« und »Mousehole« zu »Mowsel«.

»Ich hab's gut getroffen. Gut dreißig Jahre von den neunundfünfzig bin ich im Geschäft.« Dann schickte er sich an, Melrose über den Verlauf jedes einzelnen Jahres in Kenntnis zu setzen. Seine Frau war tot, seine Tochter wohnte in Towson.

»Was ist das für ein Denkmal?« Sie fuhren durch die Pratt Street, und Melrose verrenkte sich den Hals, um zu sehen, wie es an seinem Fenster vorbeiflog.

»Das? Na, das wolln Sie doch wohl nicht ansehen. In der Fayette Street gibt's viel bessere.«

»Kann sein, aber wir sind nicht in der Fayette Street«, sagte Melrose und blätterte schnell seinen Stadtführer durch. Woran auch immer sie gerade vorbeigefahren waren, er konnte es nicht finden.

»Wir ham unser Aquarium, Harbor Place, das H. L. Mencken Haus, das Geburtshaus von Babe Ruth – Babe ist ja wohl allseits bekannt. Der einzige Spieler in der Geschichte des Baseballs, der je einen Freilauf bekommen hat, und die Bases waren alle besetzt. Und dann Lexington Market. Und das neue Baseballstadion Camden Yards. Mann, was für ein Stadion! Ich hab gehört, es hat einhundert Millionen Mäuse gekostet. Da spielen die Orioles. Und ein neues Footballstadion kriegen wir, falls wir die Scheißlizenz kriegen. Entschuldigung, aber ich nehm nun mal kein Blatt vorn Mund. Eigentlich sind wir dran. He, und da ist das Aquarium. Da müssen Sie reingehen. Wollen Sie? Dann halten wir.«

Melrose lehnte vorsichtig ab, und Hughie zuckte die Achseln. Dann zeigte er auf das Schiff, das auf der anderen Seite des Hafens lag. »Also, das ist die USF *Constitution*. Das allererste Schiff der Kriegsmarine der Vereinigten Staaten! War in Aktion im Unabhängigkeitskrieg. Irgendwann sollten Sie mal an Bord gehen.«

Als sie in die Charles Street einbogen, zog Melrose ernsthaft seinen Stadtführer zu Rate. Das friedliche Schiff, an dem sie gerade vorbeigefahren waren, war nicht die *Constitution*, sondern die *Constellation*. Und es war nicht im Unabhängigkeitskrieg, sondern im Bürgerkrieg eingesetzt worden. Er wollte gerade etwas sagen, da war Hughie schon beim Thema der letzten Präsidentschaftswahlen.

Am Ende der Charles Street fuhr Hughie rechts ran und parkte an dem Platz, auf dem ein Denkmal stand, das er für sehenswert erachtete. »Bitte schön, der Monument Square.« Es war ein hübscher, gutgepflegter Platz, das Denkmal für George Washington stand in der Mitte. »Das erste Denkmal für George in den ganzen USA. Älter als das in D. C.« General Washington stand auf einer wunderschönen Marmorsäule. »Über zweihundert Stufen, aber ein großartiger Blick auf die Stadt. Wollen Sie hochgehen? Ich warte.«

Wieder lehnte Melrose ab; er war zu beschäftigt, Hughies Aussagen zu überprüfen. Sie waren korrekt – bisher. Er und Hughie schauten zu der Statue hoch. Der Künstler hatte Washington gestaltet, wie er etwas signierte oder übergab.

Regelrecht ehrfürchtig sagte Hughie: »Er unterzeichnet die Unabhängigkeitserklärung.« Dann stampfte er mit dem Fuß auf den Boden. »Hier auf diesen paar Quadratmetern sind ein paar hundert Soldaten aus dem Bürgerkrieg begraben.«

Melrose wühlte sich durch die Seiten. »Einen Moment. Sie verwechseln Washington und Jefferson, stimmt's? Und meinen Sie nicht vielleicht den Unabhängigkeitskrieg?«

Hughie grummelte was von Haarspalterei, und sie kletterten ins Taxi zurück.

»Aber das Denkmal«, sagte Melrose, entschlossen, diese Fehlinformationsquelle zu verstopfen, »ist für General *Washington.*«

»Wer sagt's denn«, meinte Hughie frohgemut und rammte den Schaltknüppel in den Gang. »Wo jetzt hin?«

»Zur Westminster Church«, seufzte Melrose.

Auf dem Weg dorthin fing Hughie an, über Napoleons Bruder zu reden. »Hat ein Mädchen aus Baltimore geheiratet, ehrlich.«

Napoleons Bruder. Melrose juckte es in den Fingern. Her mit einem Gewehr!

»Er ist mit einem Knopf in ihrem Spitzenkleid hängengeblieben. Ich frag mich« – Hughie kutschierte, lässig den Arm über den Sitz gelegt und zu Melrose umgewandt – »wo der Knopf wohl saß.« Er lachte lauthals los und schaffte es gerade noch, einem gewaltigen Sattelschlepper auszuweichen.

Der Fahrer des riesigen Gefährts, ein Schwarzer, vom Format eines Fängers der Redskins, drückte voll auf die Hupe, was Hughie veranlaßte, sein Fenster herunterzukurbeln und zu schreien: »Hast wohl nichts Besseres zu tun, Arschloch!« Was wiederum den LKW-Fahrer zu einem unüberhörbaren »Fick dich!« veranlaßte. Nachdem sich Hughie dergestalt um die Verbesserung der

Straßenverkehrs- und Rassenbeziehungen verdient gemacht hatte, stieg er aufs Gas, um eine gelbe Ampel, die gerade auf Rot umschaltete, zu überfahren.

Er mäkelte über die anderen Autofahrer und die verstopften Straßen Baltimores im allgemeinen und das Taxifahren im besonderen. »Was für ein Job!« empörte er sich und gestikulierte in Melroses Richtung, als habe er einen Streit mit ihm angezettelt. »Was machen Sie denn so?« fragte er.

»›Machen‹?«

»Ja. Um Ihre Brötchen zu verdienen? Es stört Sie doch nicht, wenn ich sage, daß Sie nicht so aussehen, als ob Sie am Hungertuch nagen.« Als das Taxi an der nächsten Ampel doch halten mußte, drehte er sich um und nahm Melroses Kaschmirmantel, Seidenschal und Hemd aus ägyptischer Baumwolle genauer in Augenschein.

»Ich bin ein reicher Müßiggänger.«

Hughie lachte. »Na, da ham Sie aber Schwein gehabt, was? Ham Sie son Herrenhaus, von denen mir meine Cousine immer erzählt? Da macht sie immer Besichtigungstouren hin.«

»Ja.« Melrose blätterte eine Seite in seinem Stadtführer um und folgte Familie Gast auf ihrem Spaziergang über den Monument Square. Viel Wissenswertes hatten sie aber auch nicht zu bieten.

»Sind Sie Lord oder Graf oder so was? Sind Sie von und zu?«

»Na ja, ›Lord‹ heißt ja nun nicht immer, daß man adlig ist. Es ist auch eine Form der Anrede. Doch ja, ich bin einer. Beziehungsweise war es.« Normalerweise vermied Melrose das Thema seiner verwaisten Adelstitel, aber jetzt dachte er, Hughie würde seinen Spaß daran haben.

»Nei-ein! Sie verkackeiern mich!«

»Nein. Earl of Caverness, das bin ich. Und Viscount Ardry und alles mögliche noch dazu. Aber ich habe die Adelstitel aufgegeben.« Er klappte das Buch zu und betrachtete die überfüllten kleinen Läden, die vorbeizogen.

»Im Ernst?« Ein kurzes Schweigen. Das mußte Hughie erst einmal verdauen. »Und wie kommt's, daß Sie die aufgegeben ham?«

»Hm. Wahrscheinlich, weil ich nicht adlig sein wollte.« Melrose bedauerte, daß er es angesprochen hatte.

Hughie kicherte. »Ham Sie Angst, die Verwandten machen Sie kalt?«

»Wie bitte?«

»Also, ich studier ja nun eigentlich auch Geschichte. Und bei den Delawares, da passiert also folgendes: Der Neffe ermordet einen von seinen Onkeln, um den Titel zu kriegen, und stellt sich raus, das Arschloch, verzeihen Sie meine Direktheit, bringt den falschen Onkel um. Schon mal so was Irres gehört?« Hughie brach in dröhnendes Gelächter aus. »Hm, so Sachen passieren doch bei Ihnen drüben wahrscheinlich alle Naselang.«

»Das glaube ich nicht. Wo ist nun die Westminster Church?«

»Nicht mehr weit. Aber wissen Sie, was da passiert ist – ich meine, an Poes Grab?« Melrose verneinte. »Vor einer Woche wurde da ein Mädchen ermordet. Ham Sie da noch Töne?«

»Ich glaube, ich habe davon gelesen.«

»Ne Schwarze. Hopkins-Studentin. Vermutlich vergewaltigt, aber die Polizei läßt ja nie was raus.«

Melrose fragte sich, ob Hughie vielleicht etwas wußte, das ihnen weiterhalf. »Was haben sie denn –?«

Aber Hughie, nie um ein Thema verlegen, war schon beim nächsten. Und wieder über die Schulter nach hinten sagte er: »Mir fällt gerade ein, ham Sie *Diner* gesehen?«

»Was?«

»Den Film. *Diner*. Wenn Sie was über Baltimore wissen wollen, gucken Sie sich den Film an. Der Typ, der Regisseur, is aus Baltimore, und er hat die ganzen Filme über Baltimore gemacht. *Tin Men* heißt der zweite. In *Diner* spielt Mickey Rourke mit. Und Danny DeVito in *Tin Men*. Es ist über diese Vetretertypen – wissen Sie, die Aluminiumverkleidungen verhökern und so.«

»Klingt spannend«, sagte Melrose und schlug eine Seite in *Fenster* um.

»Es ist eine Trilogie. Wie heißt noch gleich der dritte?« Mit einem herzhaften Schlag aufs Steuerrad versuchte Hughie seiner Erinnerung nachzuhelfen. »Mist, verdammter, der letzte? Egal, der Regisseur hat's nun mal mit Baltimore. Wie heißt er bloß?« murmelte er in sich hinein.

Melrose seufzte. Noch eine Trilogie. Das Leben nahm definitiv eine triadische Gestalt an.

Westminster Church war ein nicht sonderlich attraktiver brauner Ziegelsteinbau in der Nähe des riesigen Lexington Market. Auf dem kleinen Friedhof herrschte nicht die Atmosphäre von Vergänglichkeit, die man auf englischen Friedhöfen fand. Keine umgekippten Grabsteine, von wildem Wein und rankendem Efeu überwuchert, keine mit schwammigem Moos überzogenen Hügel.

Am Eingang gab es zwar ein schönes Denkmal von Edgar Allan Poe, aber das Grab selbst lag am Ende des Pfades im hinteren Teil. Melrose und Hughie betrachteten den leicht abgesunkenen Boden und das Grab, auf dem ein Bukett rosafarbener Plastikblumen lag. Wo waren die Rosen, dachte Melrose ein wenig traurig.

»*Avalon!*« sagte Hughie plötzlich und schnipste mit den Fingern.

»Was?«

»Der Filmtitel. Sie wissen schon, der dritte Film von dem Regisseur, an dessen Namen ich mich nicht erinnern kann. *Avalon* ist der dritte. Also, es ging um so eine Einwandererfamilie – ich nehme an, die Familie von dem Regisseur, seinen Großvater und so weiter.«

»Avalon war doch die Insel von König Artus«, sagte Melrose, »es waren die Gefilde der Seligen.«

»Ach, das isses bei Ihnen? Na ja, hier isses ein Film.«

Während Hughie ihn über die Geschichte der Einwandererfamilie ins Bild zu setzen versuchte, betrachtete Melrose das Grab des Dichters und dachte über Beverly Brown nach. Er drehte sich um und ging langsam über den Pfad zurück, der um die Kirche und zum Poe-Denkmal führte. Hughie folgte ihm und redete unaufhörlich. Kaum hatte er die Filmtrilogie fertigerzählt, verwöhnte er Melrose mit einer Kostprobe seiner trefflichen kriminalistischen Fähigkeiten. »Das Mädchen, das sie umgebracht haben, muß hier gelegen ham«, sagte Hughie und breitete die Arme aus, um ein Stück Gehsteig neben dem weißen Marmordenkmal zu bezeichnen. »Sehen Sie den Rinnstein da? Da ham sie die Leiche gefunden.« Er umklammerte seinen dicken Hals mit beiden Händen und demonstrierte, wie es ist, wenn man erdrosselt wird.

»Warum hier?« fragte Melrose, mehr sich selbst als Hughie.

»Vielleicht wollte sie einen Blick auf den komischen Kauz erhaschen, der immer mit den Blumen und dem Sekt antanzt. Jedes Jahr, wenn der Typ Geburtstag hat.« Er nickte in Richtung der Statue. »Am neunzehnten Januar. Wer weiß? Vielleicht hat der Spinner sie ins Jenseits befördert.« Er legte sich wieder die Hände um die Kehle.

»Das ist unwahrscheinlich. Was hätte er für ein Motiv?«

»Hm, ja.« Hughie kratzte sich am Hals. »Wolln Sie Lexington Market sehen? Der größte Markt hier im Osten.«

»Vielleicht ein anderes Mal.« Es war immer noch früh, noch nicht einmal eins, aber Melrose hatte für den heutigen Tag die Nase voll vom Besichtigen. »Ich muß jemanden in der Johns Hopkins treffen.«

Vor der Gilman Hall gab Melrose Hughie ein reichliches Trinkgeld. »Ich kann gar nicht sagen, wie gut es mir gefallen hat.«

»He, kein Problem. Egal, wo Sie hinwolln, solange Sie hier sind, brauchen Sie bei mir nur anklingeln.« Hughie kritzelte seine Nummer auf ein Stück Papier. »Ich häng aber eh in Fells Point rum, immer an derselben Stelle.«

»Wenn ich einen Führer brauche, weiß ich, wo ich einen finde.«

»Klaro. Und das Ding da können Sie wegschmeißen.« Hughie deutete mit dem Kopf auf Melroses Stadtführer.

»Recht haben Sie.« Melrose entdeckte ein paar Meter entfernt einen Papierkorb und warf das Buch hinein.

»So. Bis bald.« Hughie klemmte sich energisch hinters Steuer, schaltete in den Rückwärtsgang und ließ eimerweise Straßenschotter aufspritzen. Den Arm aus dem Fenster hängend, donnerte er die Auffahrt hinunter. Zwei Studenten retteten sich mit einem Hechtsprung zur Seite und ließen ihre Bücher fallen.

Melrose winkte und begab sich wieder zu dem Papierkorb. Ein Mädchen in einem indischen Gewand stand da und beobachtete, wie er in dem Abfall nach seinem Stadtführer wühlte. »Der ist mir hier reingefallen«, sagte er lächelnd.

Ein ungläubiger, verächtlicher Blick unter dunklen Augenbrauen hervor: Penner auf dem Campus...

15

»Philip?«

Die junge Frau riß die Augen auf. Die Brille war viel zu groß für ihr zartes, dreieckiges Gesicht. Im Licht der Wandleuchten sah ihr Haar wie durchscheinendes Gold aus.

Er hatte Glück gehabt. Nach dem Wachmann am Ende der Einfahrt und der Dame, die in dem Kabuff am Eingang die Eintrittskarten abriß und das sichtlich als Zumutung empfand, war sie die dritte gewesen, der er in der Barnes Foundation begegnete.

Sie schob einen Bücherstapel von einem Arm in den anderen und wiederholte: »Philip?«

Jury hatte außerdem Glück, daß diese junge Frau so freundlich war. Bisher hatte er nämlich den Eindruck gewonnen, daß die Barnes Foundation ihre Pforten dem allgemeinen Publikum nur auf äußersten Druck hin geöffnet hatte und sie mit Freuden wieder zugeknallt hätte, selbst Scotland Yard ins Gesicht. Feste Öffnungszeiten und eine strenge Hausordnung. Pfennigabsätze verboten! Was das wohl alles sollte?

»Philip.« Beim drittenmal war es keine Frage, sondern eine Feststellung, eine traurige; sie sagte den Namen langsam, versuchsweise, als bemühe sie sich um eine Erinnerung an den genauen Ort und die Zeit, um ihn einzupassen. Oder hatte er wieder einmal eine zu lebhafte Phantasie? Konnte man einen Namen so bedeutungsschwer aussprechen? Vielleicht lag es an ihrem Gesichtsausdruck – der war noch wehmütiger als ihre Stimme.

»Philip Calvert hat hier gearbeitet, soweit ich weiß«, sagte Jury.

Sie schaute auf die schweren Bücher hinunter. »Ja, stimmt. Hat er.« In dem »hat er« lag eine solch schmerzliche Endgültigkeit, daß Jury zögerte, ihr weitere Fragen zu stellen. Er war es einigermaßen gewöhnt, Menschen mit dem Ableben von Freunden und Angehörigen zu konfrontieren; aber bei dieser jungen Frau stockte er und fragte sich, ob sie auch auf andere eine solche Wirkung hatte – und ob man vor einem Menschen wie ihr nicht sogar zurückschreckte, weil man sich ihr gegenüber hilflos fühlte. Ja, er hatte Glück im Unglück, sofort auf jemanden zu stoßen, der Philip Calvert offenbar gut gekannt und sehr gemocht hatte.

»Sie sind nicht zufällig Heather?«

Das überraschte sie. »Ich bin Hester. Aber woher kennen Sie mich?«

»Durch eine Lady Cray. Lady Cray wohnte mit Philips Tante, Mrs. Hamilton, zusammen. Frances Hamilton.«

»Philip hat manchmal von ihr geredet – von beiden, ja. Aber ich kannte sie nicht.«

»Die Damen kannten Sie. Wußten von Ihnen. Philip hat nämlich von Ihnen erzählt.« Jury lächelte, er hoffte, sie würde sich darüber freuen.

Sie freute sich auch. Das blasse Gesicht leuchtete auf – die Wangen wurden rosiger, die Augen ein bißchen weniger blaßgrau, lebhafter. »Wir waren gute Freunde.« Als sie lächelte, schienen sogar ihre Lippen voller.

»Hester, würden Sie einen Kaffee mit mir trinken? Oder so kurz vor der Mittagspause nicht mehr?« Jury sah auf die Uhr; es war gerade erst elf. »Oder ist es überhaupt zu früh für Sie?«

Sie schüttelte den Kopf. »Ich bringe mir immer Brote mit. Ich habe zwei dabei; wollen Sie eines?«

Dieses Anerbieten empfand er als so spontan liebenswürdig – sie wußte ja gar nicht, wer er war, hatte nicht einmal gefragt –, daß sich ihm die Kehle zuschnürte. Er schaute schnell auf die hohe Wand hinter ihr, die mit Bildern überladen war, als sei derjenige, der sie angeschafft hatte, von jedem einzelnen so hingerissen gewesen, daß er es fieberhaft und ohne Rücksicht auf Konventionen aufgehängt hatte. Die Wirkung war überwältigend. Jury war natürlich gewöhnt, daß Bilder in Augenhöhe und wohlüberlegtem Abstand voneinander hingen und je nach Künstler oder Periode geordnet in den dafür vorgesehenen Räumen versammelt waren. Aber diese sechs Meter hohe Wand sprach solchen Gepflogenheiten Hohn. Goya lehnte sozusagen van Gogh über der Schulter; Renoir trat Cézanne fast auf die Füße; wie Kinder kämpften die Impressionisten um Beachtung. Die vier Wände quollen über von Gemälden. Jury riß den Blick los von diesem Aufruhr an Farben und sagte: »Die Sandwiches werden doch nicht schlecht? Ich würde wirklich gern über Philip Calvert mit Ihnen reden. Ich bin von Scotland Yard. Polizist.«

»Wirklich?« Ihre Augen wurden groß. Und dann sah sie traurig aus. »Ach, ich hoffe, Sie finden heraus, was passiert ist.«

»Die Absicht habe ich.« Sie gehörte zu den Frauen, denen man etwas versprach und dann wie verrückt hoffte, daß man es würde halten können.

Als sie zurückkam, trug sie ein wenig Lippenstift und einen für Januar viel zu leichten Mantel. Der schmale runde Kragen ließ sie noch mädchenhafter erscheinen, und Jury fragte sich, ob sie mit Philip Calvert befreundet gewesen war oder eine Liebesbeziehung mit ihm gehabt hatte, so jung und unschuldig wirkte sie.

Sie ging mit ihm in eines dieser deprimierend weißen Cafés voller Hängekörbe mit Farnen und Grünlilien, die aussahen, als fielen sie einem gleich in die Suppe. Sie tranken beide Kaffee, und Hester aß ein Stück Blätterteiggebäck.

»Nach dem Tod seiner Eltern ist er nach England gegangen, um bei seiner Tante zu leben – Mrs. Hamilton. Ich glaube, er hat mal gesagt, sie sei seine einzige Verwandte. Studiert hat er in Cambridge und dort seinen Abschluß gemacht – er hatte Kunstgeschichte belegt. Um den Job hier zu kriegen, durfte er Cambridge nicht erwähnen. Experten sind hier unerwünscht. Phil hat zehn Jahre in Großbritannien gelebt, und dann ist er nach Philadelphia zurückgekommen.«

»Warum?«

»Er wollte nicht in England leben. Aber seine Tante lebte dort. Sie liebt England.«

Jury wurde klar, daß Hester gar nicht wußte, daß die Tante gestorben war. Er erzählte es ihr.

Eine ganze Weile sagte sie nichts und drehte nur die Gabel in den Händen. »Ich frage mich, ob sie an gebrochenem Herzen gestorben ist.«

Jury war verblüfft. Ihre Stimme klang, als sei es nicht schwer, an gebrochenem Herzen zu sterben.

Sie erzählte Jury, was sie über Frances Hamilton wußte. »Sie hatte ihr Leben völlig auf ihn eingerichtet. Er war ihre ganze Hoffnung. Ob sie wohl enttäuscht war, daß er kein großer Künstler oder so etwas wurde? Sie hatte sehr viel Geld und sagte ihm, sie würde ihm liebend gern ein Jahr in Paris finanzieren. Glauben die Leute das immer noch? Daß man nach Paris gehen muß, um

Künstler zu werden?« Sie seufzte. »Phil machte sich aber nichts aus Geld – nur aus Malerei. Er *atmete* Kunst.«

Jury lächelte. »Dann hatte er aber hier das Richtige gefunden. So eine Gemäldegalerie habe ich noch nie gesehen. Barnes hatte wohl ein ziemlich exzentrisches Verhältnis zur Malerei.«

Sie lachte. »Vermutlich zu allem. Aber besonders zur Malerei. Man kann ja erst seit kurzem hier hinein und es sich ansehen; es war wahrscheinlich die größte Privatsammlung der Welt. Sie dürfen es auch nicht als ›Museum‹ bezeichnen. Es ist die Barnes Foundation, die Stiftung. Kunstexperten hätte er nie hineingelassen. Die hat er gehaßt wie die Pest, weil sie seiner Ansicht nach den Leuten vorschreiben, wie man mit Kunst umgehen soll. Und in seinem Testament hat er verfügt, daß keines der Bilder woanders hingehängt werden darf – jedes muß da bleiben, wo er es hingehängt hat. Er hat sie auch nicht einzeln verliehen oder für ganze Ausstellungen herausgegeben. Erst vor kurzem, nach vielen Streitereien unter den Erben, wurde die Ausstellung in Washington erlaubt. Daß die Barnes Foundation dazu ihre Einwilligung gegeben hat, war *das* Ereignis in der Kunstwelt.« Hester holte tief Luft. »Mir gefällt seine Sammlung wirklich gut. Sie ist so persönlich. Er konnte tun und lassen, was er wollte. Ich finde es gut, wenn man der Typ ist, der einfach ›Leck mich am Arsch‹ sagen kann.«

Sie biß in ihren Kuchen, und Jury war ein wenig verblüfft, diese Worte aus Hesters Mund zu hören, noch dazu so nüchtern und selbstverständlich ausgesprochen. »Das finde ich auch. Ich wünschte, ich könnte es.«

»Hm, das tun Sie vielleicht ja auch, nur anders.«

Jury lachte. Er fragte nach Philip. »Hat er gemalt?«

Sie schüttelte heftig den Kopf. Ihr Haar flog ihr über die Schulter. Es war dunkelblond, eine unscheinbare Farbe, wenn es nicht so hell geglänzt hätte. Wie poliert. »Philip war mit dem bloßen Anschauen zufrieden. Ich glaube, er kannte jedes einzelne Bild in der Sammlung und wußte alles darüber. Er hängte sie immer gerade. Wenn eines auch nur ein Millimeterchen schief hing, rückte er es zurecht. Wissen Sie, wenn ich ihn vor mir sehe, dann sehe ich meistens nicht sein Gesicht, sondern seinen Rücken, und einen Finger hat er oben auf einen Rahmen gelegt. Barnes hätte ihn geliebt.« Ihr Lächeln war weit weg, nicht für Jury bestimmt. Sie hob die Gabel und legte sie wieder hin, als verunsichere es sie zu essen. »Er hatte Glück, finde ich.«

»Glück?«

»Er war genau das, was er sein wollte – ich meine, er tat das, was er tun wollte.«

»Ja, das ist Glück. Das haben nicht viele.«

»Sie?« fragte sie.

Da hatte sie ihn wieder kalt erwischt. Aus der Fassung gebracht. Er empfand Hester wie sein eigenes Gewissen. »Ich weiß nicht. Man kann ja so in seiner Arbeit versacken, daß man gar nicht mehr innehält, um sich das zu fragen.«

»Sie sind aber bestimmt gut in Ihrer Arbeit.« Sie legte das kleine Stück Kuchen aus der Hand, als schmecke es ihr nicht mehr.

Jury lachte. »Hm, danke. Woher wollen Sie das wissen?«

»Na, hören Sie doch, wie ich die ganze Zeit rede.«

»Würden Sie mir auch erzählen, was Sie über seinen Tod wissen?« Hoffentlich war die Frage nicht zu barsch.

Aber sie reagierte sehr sachlich. »Er hatte eine Hütte, weiter nördlich. Nichts Großartiges, nur ein großer Raum mit Küche, Bett und Holzofen. Aber er brauchte nie viel. Nur das Lebensnotwendige, wie es so schön heißt. Ich hasse die Wendung, aber auf Phil paßte sie.«

Wahrscheinlich auch auf Hester, dachte Jury.

»Vielleicht mochte er mich deshalb«, überlegte sie unbefangen. »Wir fuhren oft am Wochenende mit seinem Jeep dorthin. Beim letzten Mal war ich natürlich nicht mit. Deshalb kann ich Ihnen auch nicht sagen, was passiert ist. Ich weiß nur, was die Polizei mir erzählt hat. Er sei erschossen worden. Es sei ein versuchter Einbruch gewesen.«

»Sie sehen aus, als ob Sie diese Meinung nicht teilen.«

Sie betrachtete die Ranke einer Grünlilie und antwortete: »Na ja, Sie müßten sich die Hütte ansehen, dann wüßten Sie Beschied. Haben Sie sie gesehen?«

Jury schüttelte den Kopf.

»Sie wissen, daß sie jetzt mir gehört?«

Jury war überrascht. »Nein. Hat er sie Ihnen vererbt?«

Sie nickte richtig froh. »Sehen Sie, er hatte nur noch die Tante. Zuerst war ich überrascht, daß Phil ein Testament gemacht hatte. Schließlich war er erst siebenundzwanzig. Aber er war ein sehr ordentlicher Mensch, nichts blieb unerledigt. Er hatte – so was Gesetztes. Und er war verantwortungsbewußt.«

»Ich würde die Hütte gern sehen. Ich muß dem Sheriff da oben sowieso einen Besuch abstatten.«

Daraufhin wühlte sie in ihrer Schultertasche und kramte einen Schlüssel hervor. Auf dem Aufhänger stand »Phil«. »Ich erkläre Ihnen, wie Sie hinkommen.«

»Ich dachte, Sie kämen vielleicht mit.«

Sie riß die Augen auf und schaute ihn verwundert an. »Oh!« Dann breitete sie die Arme aus, als sei die Idee sehr zu begrüßen. »Wann?«

»Hm, warum nicht gleich jetzt?« Was für eine ausgeflippte Idee!

»Aber ich muß arbeiten!«

»Ja, aber die Stiftung würde Sie doch sicher für einen Nachmittag gehen lassen.« Er zog seinen Ausweis heraus, hielt ihn zwischen Zeige- und Mittelfinger hoch und bewegte ihn hin und her. »In einer polizeilichen Angelegenheit. Teufel auch, wie viele solcher Anfragen kriegen sie wohl von Scotland Yard?«

Als habe der Ausweis eine hypnotische Wirkung, wandte sie den Blick nicht davon ab.

»Wann haben Sie das letzte Mal geschwänzt?«

»Geschwänzt?«

»Einfach etwas Schönes gemacht?«

Sie hielt den Finger an die Hängepflanze und berührte sie, als sei sie einer der Bilderrahmen, die Philip immer geradegerückt hatte. »Seit Phils Tod nicht mehr. So kann man's auch sagen. Wir haben geschwänzt.« Sie lächelte Jury an. »Geschwänzt.« Das Wort schien sie genauso zu verwirren wie Philips Name.

Bud Sinclair schaute Jury an und kaute an seinem Zigarrenende. In neonfarbener Weste, vermutlich seinem Jagddreß, saß er hinter dem Schreibtisch und wärmte sich die Hände in den Achselhöhlen. »Jetzt wird das Ding international? Ich war, gelinde gesagt, überrascht.«

Jury lächelte. »Hm, ich auch. Aber ich will einer Freundin einen Gefallen tun. Es ist nicht mein Fall, es ist Ihrer.«

Bud Sinclair lächelte breit. »Ach, Sie können ihn haben, Superintendent. Verdammt, mit dem Fall hab ich ne glatte Niete gezogen. Und mittlerweile ist die Spur eiskalt. Das muß aber eine mächtig gute Freundin sein, wenn Sie so einen langen Weg auf sich nehmen.«

»Ist sie auch. Seine Tante – aber mit ihr haben Sie ja gewiß gesprochen: Frances Hamilton? – ist vor kurzem in London gestorben. Für *deren* Freundin versuche ich, ein paar Informationen zu bekommen.« Jury berichtete ihm, was Lady Cray erzählt hatte.

»Ach, was für ein Jammer. So eine nette Dame, diese Mrs. Hamilton. Ließ sich aber immer sofort aus der Ruhe bringen.«

Ähnliches hätte Jury liebend gern auch über Bud Sinclair gesagt. Der richtete aber sein Augenmerk wieder auf die Illustrierte auf seinem Schreibtisch, *Guns and Ammo*, bei deren Lektüre Jury ihn gestört hatte. Jury schaute sich die Polizeifotos an, die Sinclair vor ihm auf dem Schreibtisch ausgebreitet hatte. »Sie sagen, die Hütte war völlig auseinandergenommen?«

»Wie bitte? Oh, ja, alles wie Kraut und Rüben durcheinandergeworfen. Aber verdammt, Sie haben ja selber Augen – sehen Sie, hier, und da.« Sinclair zeigte auf zwei Fotos. »Wir gehen davon aus, daß Calvert jemanden ertappt hat, wie er versuchte, die Bude auszurauben«, sagte er.

»Das Übliche.«

»Ja.« Sinclairs Blick klebte an der Illustrierten. Es juckte ihm in den Fingern, die Seite umzublättern.

»Und was glauben Sie, Sheriff?«

Der Sheriff faltete die Hände über seinem Schmerbauch und nahm eine nachdenkliche Haltung ein. »Na ja, was ich gesagt habe, das einzige, auf das wir gekommen sind, war Raubüberfall. Alles, was wir an Spuren gesichert haben, haben wir nach Philly geschickt.« Schulterzucken. »Keine Fingerabdrücke, keine Fußspuren; ein paar Fasern, aber womit sollen wir sie vergleichen?«

Er hatte eine tiefe, heisere Stimme. Vom Rauchen. Und einen offenen Blick, wenn er es denn schaffte, die Augen von dem verführerischen Bild eines Zwölfenders zu reißen. »Will sagen, wir haben Calvert auf Herz und Nieren überprüft, mit dem Ergebnis: Null.« Achselzucken. »Wenn es kein Dieb war, hm, was dann? Andererseits, verdammte Axt, was will ein Dieb in der kleinen alten Hütte da draußen im Wald? Soweit wir wissen, ist absolut nichts Wertvolles darin. Hm, ich habe mich einfach nur noch gewundert.«

»Gewundert?«

»Ich wundere mich immer noch. Bin über die Phase, mich zu wundern, nicht hinausgekommen.« Er nahm einen dünnen Holzstock, der in einer Art Pfote auslief, und fuhr sich damit über den Rücken, hinauf und hinunter. »Das Problem ist, ich hatte keinen, der sich *mit* mir wunderte.« Er strahlte Jury kurz an und kratzte sich weiter den Rücken. »Außer Ihnen jetzt.«

Die Luft duftete nach Kiefern, war frisch und kühl. Die Straße führte nicht ganz bis zur Hütte; zum Schluß bestand sie nur noch aus hartem, zerfurchtem Erdboden und einem abgefahrenen Karée, wo Philip immer seinen Jeep geparkt haben mußte. Jury sah kreuz- und querverlaufende Reifenspuren. Er und Hester stiegen ungefähr fünfzehn Meter vom Haus entfernt aus.

Es war ein Blockhaus mit einem Kamin und einer schmalen Veranda. Die Hütte erinnerte ihn an eine Kinderzeichnung – geduckt und massiv, zu beiden Seiten der Eingangstür ein niedriges Fenster und jeweils eins in den übrigen Wänden. Das einzige, was zu einer Kinderzeichnung fehlte, war aufsteigender Rauch aus dem Kamin.

Eine Menge Bäume, hauptsächlich Kiefern und vereinzelt Eichen und Walnußbäume, gruppierten sich um das Haus und zogen sich dahinter über ausgedörrtes braunes Feld. Das Grundstück erstreckte sich hügelaufwärts, und Jury war überrascht, wie weit entfernt Wald und Horizont schienen. Es war ein einsamer Ort.

Hester wollte entweder noch nicht hineingehen oder nicht ohne ihn hineingehen. Sie stand ein Stück abseits, die Hände tief in den Manteltaschen, mit dem Rücken zu ihm. Blätter schwebten zu Boden. Es raschelte – kleine Tiere, nahm Jury an, aber Vögel sangen nicht. Dafür war es schon zu spät am Tag, vermutete er. Dann flog ein Schwarm unter dem bleichen Himmel über sie hinweg. Irgendwoher kam das heisere Schreien von Gänsen.

Er ging zu Hester; in den Nadeln und abgefallenen Blättern machten seine Schuhe ein weiches, knackendes Geräusch. Kiefernzapfen plumpsten ihm vor die Füße.

Sie stand da und schaute auf einen schmalen Bach. Jury legte ihr die Hand auf die Schulter, sie drehte sich um, und zusammen gingen sie hinein.

Die Hütte war sehr einfach eingerichtet, die Möbel hatte Philip bestimmt gebraucht in einem der in Scheunen untergebrachten Trödelläden erstanden, an denen sie auf dem Weg hierher vorbeigekommen waren. Wie Hester gesagt hatte, gab es einen dickbäuchigen Ofen. An einer Wand stand ein großes Roßhaarsofa, der Bezug unter den Decken mit indianischem Muster war bestimmt abgesessen. Zwei weitere Decken hingen an den Wänden. Ein Schaukelstuhl stand neben dem Sofa, neben der Küche ein Drehstuhl und ein großer Holztisch, ein Allzwecktisch mit Büchern, Papieren und einer Bogenleuchte. An der hinteren Wand des Raumes befand sich ein Stockbett, auf dem ebenfalls indianische Dekken lagen. Die Wand war mit Bücherregalen vollgestellt. Es war alles sehr behaglich.

Hester schaute ein paar Schallplatten durch, die neben einem alten Grammophon aufgestapelt waren. Jury nahm vom Tisch etwas auf, das sicher einmal als Papierbeschwerer gedient hatte, und stellte fest, daß es eine kleine Spieluhr war. »Sie spielt die Titelmelodie aus *Doktor Schiwago*«, sagte Hester und schob eine Schallplatte in die Hülle.

Auf der Spieluhr befand sich eine Glashalbkugel mit einer Winterszene darin. Jury schüttelte sie und sah zu, wie der Schnee fiel. Er lächelte. Er hörte eine Uhr ticken, blickte in den dunklen hinteren Teil des Raumes und sah eine alte Standuhr. Er schaute Hester fragend an.

Sie antwortete mit einem kleinen Achselzucken. »Letzte Woche war ich hier und habe sie aufgezogen. Ich dachte, auch wenn die Hütte mir offiziell noch nicht gehört, tue ich ja nichts Unrechtes.« Dann setzte sie sich in den Schaukelstuhl, als sei sie erschöpft, legte die Hände auf die Armlehnen und fing an zu schaukeln.

Jury blieb stehen und schaute sich im Zimmer um, spürte seiner Atmosphäre nach. Im Laufe seiner Arbeit war er in vielen Räumen gewesen, aber so verschieden sie auch waren, sie hatten immer eines gemeinsam: Sie schienen auf etwas zu warten. So empfand er es zumindest. Sie schienen darauf zu warten, daß ihr Bewohner wiederkommen würde. Es drückte sich in den kleinen Dingen aus

– der Tasse und Untertasse auf der Küchenablage, dem Geschirrtuch und dem Spülmittel, dem Buch, das aufgeschlagen auf dem Regal lag, der Spieluhr, die auf ein paar Blättern Papier lag. Nichts war weggeräumt worden; es schien, als laste auf den Dingen noch der Druck der Finger, die sie zuletzt berührt hatten. Er war so jung, dachte Jury. Zu jung, um nie mehr zurückzukommen, das Buch zu lesen oder Tasse und Untertasse abzuwaschen.

In einer schwarzen Kohlenschütte waren ein paar Kohlen; Jury machte Feuer, und Hester schob ihren Stuhl dichter an den Ofen. Jury begann, die Hütte genau zu untersuchen. Natürlich sinnlos, nach all den Wochen. Trotzdem. Er zog die Schreibtischschubladen auf, blätterte die Bücher im Bücherregal durch, überprüfte die Fenster, die Tür.

»Ich mag nicht mehr nach Hause gehen.«

»Was?« Ihre Stimme riß ihn aus seinen Gedanken an Philip Calvert.

»Ich gehe nicht mehr gern nach Hause. Vorher gab es immer den Gedanken, daß Phil vielleicht anrufen würde und wir miteinander reden würden. Oder uns im Café treffen. Manchmal sind wir ins Kino gegangen. Wenn ich jetzt in meine Wohnung gehe – es ist nur ein Apartment mit Kochnische –, kann ich einfach nicht dort bleiben. Ich gehe raus und esse ein Eis oder trinke eine Tasse Kaffee. Ich laufe viel herum. Ich warte, daß es spät genug wird, um ins Bett zu gehen. Man darf nicht zu früh gehen; sonst fühlt man sich alt. Also gehe ich spazieren oder bleibe in einem Café sitzen, bis ich wieder zurück und ins Bett gehen kann.«

Er setzte sich auf den Stuhl an dem Tisch, schaute sie an, und dachte an die Worte auf dem Gemälde von Holman Hunt in der Tate. Wenn man jemandem, der ein gebrochenes Herz hatte, Lieder sang, war das, als würde man ihm in der Kälte den Mantel fortnehmen. So ähnlich. Tröstende Worte spendeten dem Leidenden oft gar keinen Trost, sondern verschafften nur dem Tröstenden Erleichterung. Jury sagte nichts.

Sie saßen im Mantel da und schwiegen, bis Jury sie nach Ellens Studentin fragte. »Nein. Phil hat nie jemanden erwähnt, der Beverly heißt. Wer ist das?«

Jury erzählte es ihr. »Eine Freundin von Beverly Brown meint, sie hätte ihn bei einem Kursus kennengelernt, den die Stiftung gesponsort hat. Hat er unterrichtet?«

»Nein. Aber vielleicht ist er selbst – einen Moment. Eine Schwarze? Sieht wirklich gut aus? Ich habe ein paarmal gesehen, wie er sich mit einer schwarzen Studentin unterhalten hat. Gesprochen hat er mit mir aber nie über sie; ich glaube nicht, daß er sie gut gekannt hat.«

Wieder schwiegen sie einen Augenblick lang, sie schaukelte, Jury drehte den Papierbeschwerer in seinen Händen. »Sie wüßten nicht, daß er Feinde hatte?«

Sie seufzte. »Feinde. Das klingt so melodramatisch.«

»Ja, ich weiß. Ist außer Ihnen schon mal irgend jemand von seinen Freunden hier oben zu Besuch gewesen?«

Sie schüttelte den Kopf. »Nein. Das hat der Kriminalbeamte auch gefragt. Ich glaube wirklich nicht, sonst hätte Phil es erwähnt.«

»Vielleicht nicht, wenn es sich um eine Frau gehandelt hätte.«

Hester warf ihm einen ungeduldigen Blick zu. »Doch, hätte er. Wir waren Freunde. Das habe ich Ihnen gesagt. Wenn er ein Verhältnis gehabt hätte oder verliebt gewesen wäre oder mit jemandem geschlafen hätte – das hätte er mir erzählt. Er war sehr offen.«

»Aber es war allgemein bekannt, daß er diese Hütte besaß und regelmäßig hierherfuhr.« Sie nickte, und er redete weiter. »So daß jemand hier hätte aufkreuzen können, während Philip hier war.« Wieder nickte sie. »Hm, ich bin auch der Meinung, daß ein Überfall sehr unwahrscheinlich ist, Hester. Wie wäre überhaupt jemand durch Zufall auf die kleine Hütte hier gestoßen? Vielleicht ging es doch um ihn persönlich, um Philip? Vielleicht wollte ihn jemand aus dem Weg haben.«

»Aus dem Weg? Ich habe Ihnen doch gesagt, daß er keine Feinde hatte – Phil nicht.«

»Ich weiß, was Sie gesagt haben. Aber auf diese Hütte hier, wo sich Fuchs und Hase Gute Nacht sagen, stößt niemand durch Zufall.«

»Jemand könnte ihm gefolgt sein, ohne zu wissen, wer er war, einfach nur gefolgt sein, um zu sehen, wohin er ging.«

»Das stimmt; ich glaube auch, daß es so passiert ist. Ich glaube allerdings darüber hinaus, daß es jemand war, der ihn kannte oder wußte, wer er war. Ich glaube, er wurde aus einem Grund umgebracht, der nichts mit der Hütte zu tun hat. Wenn es ein Dieb war, warum hat er nicht gewartet, bis Philip wieder weggefahren war?«

»Ich weiß.« Sie seufzte. »Aber *was*? *Warum?*«

Jury schüttelte den Kopf. Er drehte den Papierbeschwerer um, schüttelte ihn, und sah zu, wie der Schnee auf den Schneemann, die Schlittschuhläufer, das Pferd und die Kutsche fiel und sich dann in kleinen Haufen setzte. Er zog die Spieluhr auf und beobachtete, wie die Schlittschuhläufer auf dem Spiegelteich in eine Richtung glitten und das Pferd und die Kutsche in die entgegengesetzte loshoppelten, während die Melodie aus *Doktor Schiwago* vor sich hindudelte. Jury stützte das Kinn auf die gefalteten Hände und versank in den Anblick der winzigen Zinnschlittschuhläufer, die ruckartig über den künstlichen See glitten. In der Kutsche saßen zwei Zinnfrauen und winkten. Er hatte die Hand am Kinn, hob einen Finger, ließ ihn sinken.

Dann bemerkte er die Stille und richtete sich auf. »Mucksmäuschenstill hier, was?«

Hester hatte das Lied mit geschlossenen Augen mitgesummt, sie schaukelte. »Ja. Die Stille ist wie dünnes Eis. Sogar ein Vogelzwitschern zerbricht es. Es ist so friedlich.«

Gemeinsam genossen sie die Stille.

Sie sah von seinem Gesicht zu dem Durcheinander auf dem Tisch. »Sie können Phils Zeug durchsehen – ich glaube nicht, daß er was dagegen gehabt hätte. Und dieser Sheriff –« Sie suchte nach dem Namen.

»Sinclair.«

»Ja. Er ist hier gewesen. Ich habe die Polizei im Ort angerufen, als Phil nicht zurückkam. Danach hat er mir ein paar Fragen gestellt; dann habe ich nie wieder etwas von ihm gehört.«

Jury zog einen dünnen Stoß Papiere zu sich heran und blätterte sie durch. Rechnungen, ein paar Briefe.

Ich gehe nicht mehr gern nach Hause. Er sah Hester an, die wieder tief in ihren Träumereien versunken war, dachte an ihre Worte und ihre Traurigkeit und sagte: »Ich finde es schön, daß Sie dieses Haus bekommen haben, Hester.« Er lehnte sich zurück. »Ich habe das Gefühl, daß es so seine Richtigkeit hat.«

»Danke.« Ihre Stimme war ganz leise. Sie holte ein Taschentuch aus ihrem Ärmel, betupfte sich mit einer altmodischen Geste die Augen und schneuzte sich dann sehr geräuschvoll die Nase.

»Jemand, der so jung ist, denkt eigentlich nicht an ein Testament –«

Oder Gräber und Grabinschriften, fügte er nicht hinzu.

»– und daran, was er seinen Freunden oder der Familie hinterläßt.«

Aus irgendeinem Grunde kriegte Jury den Jüngling Chatterton nicht aus dem Kopf. »Wahrscheinlich glauben wir in dem Alter, daß wir ewig leben. Wissen Sie, was mir an Philip Calvert am meisten auffällt? Wie vernünftig er war. Mit siebenundzwanzig ist man bestenfalls charmant, aber selten vernünftig.«

Sie schaukelte, den schönen, hellen Kopf auf die Rückenlehne des Stuhls gelegt. »Ist er aber. War er.« Sie wandte das Gesicht vom Ofen ab. Jury wußte nicht, ob sie wegen der Hitze rosiger aussah oder weil sie unglücklich war. Sie sagte: »Er hat mir sehr geholfen, weil er so ruhig war. Ich rege mich immer so leicht auf und handle zu impulsiv.«

Jury ließ von dem Papierbeschwerer ab; er mußte ein Lächeln

verbergen, als er sagte: »Ja, stimmt. Sie sind mit mir hergefahren.«

Aber sie kriegte seine scherzhafte kleine Bemerkung gar nicht mit. »Es war für mich gut, jemanden – Sie wissen schon – Festes zu haben.«

Der Schnee fiel auf die stille Szene in der Glashalbkugel. Nach ein paar Augenblicken des Schweigens erhob er sich. »Wir sollten besser losfahren.«

Sie schlang den Mantel um sich und stand auf. Der Stuhl schaukelte weiter.

Es war später Nachmittag. Auf dem Rückweg hielten sie an einem Diner, den Hester mochte und in dem sie und Philip oft gegessen hatten.

»Ich gehe gern in diese Lokale«, sagte sie, als sie in einer Nische mit grünen Kunstlederbänken Platz genommen hatten. Jurys Sitz war mit grauem Isolierband geflickt. »Und wenn die Bänke nicht mit Klebestreifen geflickt sind, ist es nicht das Richtige.«

»Sonst noch Vorschriften?«

»Jede Menge. Die Speisekarten müssen verkleckert und die Spezialitäten mit der Hand und vorzugsweise mit Bleistift und Rechtschreibfehlern geschrieben sein. Wenn nichts falsch geschrieben ist, ist man verarscht worden. Mal sehen, gibt's in England Roastbeefsandwiches mit Kartoffelbrei und Soße?« Jury verneinte. »Und als Beilage Krautsalat?«

Die Kellnerin kam, nahm ihre Bestellung auf und servierte das Ganze mit einer Geschwindigkeit, die Jury atemberaubend fand. In wohligem Schweigen verzehrten sie ihre Sandwiches.

Hester griff noch einmal zur Speisekarte: »Pie, am besten mit Vanilleeis und Apfel – hier ist es richtig gut.«

»Ich kann nicht mehr«, stöhnte Jury.

»Ach, du meine Güte – jetzt jammern Sie nicht!« Hester bestellte. Die Kellnerin kam zurück, eine Kugel Vanilleeiskrem zerschmolz auf dem dicken Stück. Die knusprige braune Kruste wölbte sich über der Füllung, man sah die Apfelstückchen hervorquellen. Es dampfte. Kein Wunder, daß dies das große amerikanische Dessert war.

Hester beobachtete ihn mit einem Lächeln.

Jury machte der Kellnerin ein Zeichen, daß er auch ein Stück wollte.

Sie stürzten sich darauf.

Süß, sauer; heiß, kalt; weich, hart – der Geschmack war unglaublich.

»Hester, was wollen wir mehr?«

16

Mit seinem Band französischer Romantiker, dem Stadtführer und Ellens Buch ging er über den Campus, seine Gedanken schweiften zwischen den Rätseln »Beverly Brown und das Poe-Manuskript« und »Sweetie und Maxim« hin und her. Er dachte an das Fenster in Monsieur P–s Zimmer, von dem aus man in das Gebäude auf der anderen Seite des Hofes schaute und dort durch ein weiteres Fenster durch einen weitläufigen Raum zu noch einem Fenster. Maxims Zimmer waren riesig, die Böden mit luxuriösen Orientteppichen belegt, die Möblierung spartanisch. Ein Raum war leer bis auf einen Flügel, über den ein blauer Schal drapiert war. An diese Einzelheiten erinnerte sich Melrose; die Beschreibung war eindrucksvoll. Und im Eßzimmer saß Maxim auf dem einzigen Stuhl am unteren Ende des Tisches...

Melrose blieb stehen, setzte sich auf eine Bank vor einem stattlichen weißen Gebäude und las:

Sweetie sah Maxim wie durch eine Kolonnade von Türen, jede öffnete sich auf den Raum dahinter, und am Ende befand sich das Eßzimmer, in dem Maxim an dem langen Mahagonitisch beim Frühstück saß.

Sie ging durch die Türen in den Raum, blieb stehen und schaute von dem Tisch zu der Reihe hoher Fenster, die auf die weiten Rasenflächen führten. Der Springbrunnen war trocken; der Bronzeknabe ritt den Fisch durch dunkelgefleckten Zement.

Was lief hier ab? Es war doch völlig widersinnig. Vor einem Dutzend Seiten waren die Gärten jenseits der Fenster noch in Blumen erstickt, die an diesem warmen Frühlingstag blühten und gediehen. Der Teich war voll Wasser gewesen.

Und nun lag Maxim in einer Blutlache auf dem Eßzimmerfußboden. Was lief hier ab? Ärgerlich, weil er sich von dieser schrägen Geschichte hatte einfangen lassen, klappte er *Fenster* zu. Aber auch unfähig, sich dagegen zu wehren, langte er in seine Ledermappe, holte die Kapitel des neuen Buches heraus, die Ellen ihm gegeben hatte, und fing an zu lesen.

Sweetie stand mit dem Bratenwender in der Hand in der Küche, pochierte ein Ei und versuchte, sich ihren Tod vorzustellen. Sie beobachtete, wie das klare Eiweiß milchig-opak wurde, wie die Briefumschläge unter dem Briefschlitz. In einer anderen Pfanne brutzelten Würstchen, das Fett spritze. Sie hob das Ei heraus, ließ es abtropfen und legte es behutsam auf eine Scheibe Toast.

Sie setzte sich an den Tisch, aß kleine Bissen Wurst und überlegte während des Kauens, wie es sich anfühlte zu sterben oder wahnsinnig zu werden. Wie wurde man »wahnsinnig«? Wie um alles in der Welt würde es sein? Verdunkelte sich der Verstand wie der Mond bei einer Mondfinsternis? Ihre Küche befand sich im Souterrain, vom Bürgersteig schien Sonnenlicht durch das Fenstergitter und malte Streifen auf das weiße Linoleum. Sweetie dachte daran hinauszugehen. Hinauszugehen und zu laufen, ein bißchen frische Luft zu schnappen, diese Gedanken aus ihrem Kopf zu verscheuchen – würde sie es schaffen? Würde das Sonnenlicht sie nicht blenden und wieder hineintreiben?

Was für eine Erklärung konnte es für die Briefe an Lily geben, außer der, daß sie wahnsinnig wurde? Und dennoch hatte sie das Gefühl, daß ihr Verhältnis zu den Dingen dieser Welt sich nicht verändert hatte. Sie blickte auf das kleine Zifferblatt ihrer Armbanduhr und sah, daß der Sekundenzeiger genauso eilfertig vorruckte und der Minutenzeiger die Zeit genauso ordentlich einteilte wie immer. Aber wie sonst war zu erklären, was passierte? Als sie aus der Porzellandose mit dem Blumenmuster Zucker löffelte, fühlte sie sich zwischen den vertrauten Gegenständen der Küche durchaus wohl. Zuckerdose, weißes Milchkännchen, Teetasse. Sie konnte sie so leicht und selbstverständlich wie immer benennen. Aber was, wenn sie die Namen vergaß? Vergaß man die Namen gewöhnlicher Dinge, wenn man wahnsinnig wurde?

Sorgfältig riß sie eine Ecke von der Serviette ab, nahm einen Bleistift aus dem Marmeladenglas, schrieb das Wort Z U K - K E R darauf und legte das Papier in die Zuckerdose. Sie schaute es sich an, lächelte ein wenig, schrieb auf einen anderen Fetzen Papier S A L Z und legte ihn unter das Salzfaß. Ein weiteres Stück Papier – G L A S – leckte sie mit der Zunge ein wenig an und drückte es an das Glas Milch.

Das Telefon klingelte. Sweetie blieb vollkommen still sitzen. Sie war sicher, daß, wenn sie den Hörer abnahm, in der Leitung nichts sein würde als Schweigen. Oder wenn sie etwas hörte, würde eine Stimme sagen: »Hallo, hallo, hallo? Lily?«

Beim neunten Klingeln dachte sie, es könnte vielleicht doch Bill sein oder Jane oder sonstwer. Sie aß ihr Ei, wischte mit dem letzten Stück Toast in dem Eigelb herum und hörte dem Klingeln zu. Dreizehnmal. Als es aufhörte, dachte sie, es war bestimmt für mich, und wenn es noch einmal klingelt, gehe ich dran.

Es klingelte noch einmal. Sie ging nicht dran.

Du kannst, sagte sie zu sich, folgendes tun: Du kannst dich auf den Polsterstuhl vor die Tür setzen und den Briefschlitz beobachten, und wenn wieder ein Umschlag durchrutscht, schnell die Tür aufmachen. Sie setzte sich hin; sie bemerkte nicht, wie die Zeit verstrich. Letztendlich, das wußte sie, war es sinnlos; wer immer es war, er war gewappnet und verschwunden, ohne daß sie ihn zu Gesicht bekam. Ihn oder sie. Die Person würde sich in Luft auflösen, bevor sie sie zur Rede stellen konnte.

Du kannst aber auch etwas anderes tun, sagte sie sich. Sie zog einen Umschlag aus der Banderole, faltete ein Blatt Briefpapier und steckte es hinein. Sie leckte die Lasche an und drückte sie fest. Dann drehte sie den Brief um und schrieb in Druckbuchstaben darauf:

M A X I M.

Sweetie ging zur Tür und schob den Umschlag durch den Briefschlitz. Die Dunkelheit war hereingebrochen. Nachdem sie das schmutzige Geschirr ins Becken gestellt hatte, ging sie nach oben ins Bett.

Melrose saß zusammengesunken auf der Bank, die Manuskriptseiten in der Hand, und dachte nach. Aus den Gebäuden kamen die Studenten, in Pausenstimmung. Auf dem Pfad, an dem er saß, herrschte eiliges Kommen und Gehen.

»Er ist tot. Er ist tot.« Er schaute auf, zwei Studenten starrten ihn an. Sie hielten ihn vermutlich für verrückt, wie er hier auf einer Campus-Bank vor sich hinbrabbelte. Sie lächelten unsicher und machten einen weiten Bogen um die Bank.

17

I

Sweetie.

Sie schaute den Namen an und hoffte, um das Wort würde sich ein Magnetfeld ausbreiten, das weitere Worte in seinen Kreis ziehen würde. Sie tippte es noch einmal in Großbuchstaben: S W E E T I E. Der Name pochte hinter ihren geschlossenen Augenlidern, ging langsam an und aus wie eine Neonschrift über einem Diner: L E C K E R – L E C K E R – L E K - K E R.

An einen Diner zu denken war ein Fehler gewesen; sie wurde hungrig. Wenn die Kette nicht wäre, würde sie wie der Blitz aus dem Büro flitzen, *wutsch*, hoch in den zweiten Stock, und sich einen Kaffee und einen Doughnut genehmigen. Besser noch, in die Cafeteria gehen zu einem Kaffee in einer richtigen Porzellantasse und einer Zimtschnecke. Aber es war noch nicht soweit; sie hatte noch gut fünfundvierzig Minuten zu schreiben. Sie schaute auf die Uhr an der Wand; zu sehen gab's da nichts, denn sie hatte das Zifferblatt mit einem Schal verhangen. Sie warf immer etwas darüber; sonst würde sie die ganze Zeit über hinschauen und ausrechnen, wie lange sie sich noch quälen mußte. Es gab natürlich auch einen Wecker; der stand im Aktenschrank und tickte gedämpft vor sich hin. Aber rasseln konnte er so laut, daß Glas zersprang. Er war auf zwei Uhr gestellt.

Herr im Himmel, wenn jemand, der ihre Bücher las, sie jetzt hätte sehen können! Sie stellte sich einen Schriftsteller vor, zumindest so, wie sie annahm, daß der Leser sich den Autor bei der Arbeit vorstellte (wenn Leser überhaupt je an Autoren dachten), und sah sich selbst in einem mit Büchern vollgestopften, mahagonigetäfelten Arbeitszimmer. Der Fußboden war aus unregelmäßig breiten Kiefernholzbrettern und mit dicken Orientteppichen belegt, die Fenster schauten auf neblige Felder (Schriftsteller stehen ja immer im Morgengrauen auf), die Worte waren schwungvoll in Schönschrift mit einem Montblanc-Füllfederhalter in ein Kalbsleder-Notizbuch geschrieben. Alles schön mit einem Füllfederhalter auszuschreiben (Ellen grübelte, warum Füllfederhalter immer noch Füllfederhalter hießen), das atmete doch den reinen Geist der Schriftstellerei; das war die wahre Kunst des Schreibens. Und viel schwerer als Tippen; und noch viel schwerer als mit Computer und Textverarbeitungsprogramm zu schreiben. Denn das war genau, wie es klang: Man verarbeitete Worte, wie man Sahne buttert, und heraus kam eine ölige Substanz. Die Worte flutschten hervor, mit Kunst hatte das nichts mehr zu tun; aus dem Nichts sprangen die Buchstaben wie durch Zauber auf den Bildschirm. Es sah aus, als gelangten sie durch Vermittlung einer übermenschlichen Instanz dorthin.

Ellen knirschte mit den Zähnen und schrieb mit ihrem Filzschreiber:

SWEet i e

Sweetie blieb mit der Schachtel Pralinen im Schoß sitzen, bis die Abenddämmerung sich in Dunkelheit verwandelte.

Ellen stand auf, schleppte sich zum Fenster und überlegte: Wer versuchte, Sweetie umzubringen? Versuchte überhaupt jemand, sie umzubringen? Denn an Lily, nicht an Sweetie, waren die Briefe adressiert. Es war ein Mysterium. Manchmal flatterte Ellen der Hauch einer Antwort durch den Kopf und machte das Hirn wieder etwas freier.

Die Kette zog an ihrem Knöchel. In ihrer Sorge um Sweetie war sie vom Fenster zum Aktenschrank gewandert, mit den Fingern tastete sie über dessen glatte Oberfläche, um den Schlüssel zu finden. Den beschwerlichen Treck hatte sie, ohne sich dessen recht bewußt zu sein, schon öfter unternommen und deshalb den Fahrradkettenschlüssel dort oben außerhalb ihrer Reichweite hinlegen müssen. (Der Wecker war in der untersten Schublade, da konnte sie so eben noch selbst hinlangen. Einmal hatte sie den bösen Fehler begangen, auch den Wecker außerhalb ihrer Reichweite zu deponieren, und als dann das ohrenbetäubende Rasseln ertönte, waren etliche Fakultätsmitglieder unter »Feuer! Feuer!«-Rufen aus dem Gilman-Gebäude geflüchtet.) Ursprünglich hatte sie den Schlüssel oben auf den Schrank gelegt, damit sie ihn immer noch erreichen konnte, wenn sie sich langmachte und streckte. Aber das war Quatsch, denn als sie sich eines Tages mit einem beherzten Sprung darauf gestürzt hatte, hatte sie sich das Kinn am Metallgriff aufgeschlagen. Also legte sie nun zuerst den Schlüssel außerhalb ihrer Reichweite und schob dann das Schloß durch die Kette.

Es entbehrte allerdings nicht einer gewissen Peinlichkeit, wenn sie am Ende ihrer zwei- bis dreistündigen Schreibschicht jemanden bitten mußte, ihr den Schlüssel zu holen, und sie war immer baß erstaunt, daß ihr derjenige auch noch abnahm, sie habe »sich irgendwie mit dem Fuß in der verdammten Fahrradkette verfangen« oder spiele gerade ein dämliches Spielchen oder wolle eine Wette mit einem Kollegen gewinnen.

In einem Anfall von Panik ließ sie sich schwerfällig wieder auf dem Drehstuhl nieder und fragte sich, ob er nicht doch eine Idee zu bequem für sie sei, ob er sich den Konturen ihres Rückens nicht ein wenig zu gut anpaßte. Die Bemerkung eines Autors kam ihr in den Kopf, vielleicht eines Sportjournalisten oder eines Kolumnisten, die einen festen Redaktionsschluß hatten. Nur wenn einem jemand das Gewehr auf die Brust setzt, schreibt man. Ellen schloß die Augen und stellte sich vor, daß ihr jemand ein Gewehr auf die Brust setzte, aber es nützte nichts. Es müßte natürlich ein echtes Gewehr sein. Punktum.

Sie glitt tiefer in den Stuhl, zog ihren schweren Schafswollpullover hoch und drapierte ihn sich um den Kopf. Saß da und dachte über den Mann mit der eisernen Maske nach. Wenn er Schriftsteller gewesen wäre, unter welchen Bedingungen hätte er geschrieben? Was hätte das arme Herzchen gemacht, wenn er wie sie dabei an den Nägeln hätte kauen müssen? Mit dem Kopf im Pullover erhob sie sich, fand, die Arme nach möglichen Hindernissen ausgestreckt, blind den Weg zum Fenster, spürte die kalten Fensterscheiben an den Fingern und blieb dort stehen. Konnte jemand sie von unten auf dem Gehweg sehen? Sie holte tief Luft, zog den Pullover herunter und kaute an ihrem Daumennagel. Den Rücken an die Wand gepreßt, tat sie dann so, als sei sie Fortunato aus Poes Erzählung *Das Faß Amontillado* und werde gleich eingemauert. Wenn Fortunato Schriftsteller gewesen wäre, was für ein Arrangement hätte Montresor mit ihm zu treffen versucht? *Kein ganzer Absatz, Fortunato? Was? Aber doch gewißlich einen Satz! Nein?* Ellen hob den Arm und zog ihn zurück: *Rumms!* Noch ein Ziegelstein draufgeklatscht!

Sie schleppte sich zurück zum Stuhl, sank darauf zusammen und nahm den Filzer. Legte ihn wieder hin. Sie hatte einen Bärenhunger.

Sie hatte versucht, sich auch in ihrer Wohnung die Kette ans Bein zu binden, aber es funktionierte nicht, weil sie nichts zum Festmachen finden konnte, das schwer genug war, um als Gegengewicht zu funktionieren. Sie fühlte sich an jemanden erinnert, der Selbstmord verüben will und einen kräftigen Balken oder einen starken Haken sucht, um den Gürtel oder das Seil darumzuwinden. Ein paarmal war es soweit gekommen, daß sie Möbelstücke am Fuß durch die Gegend gezerrt hatte – den schweren Ohrensessel, sogar eine dunkle, vierhundert Jahre alte Kommode, von der sie gedacht hatte, die würden keine zehn Pferde wegbringen –, und alles nur, weil sie den Schlüssel erreichen und ins Horse oder den Pizza Palace gehen wollte. Als sie die Kette schließlich am Herd verankert hatte, hatte diese soviel Spielraum, daß sie ans Telefon langen und sich eine Pizza ins Haus bestellen konnte. Und dann hatte die Kette wahrhaftig noch bis zur Tür gereicht. Der Lieferjunge war fasziniert. Sie erzählte ihm, sie hätte die Hauptrolle in *Les Miserables*. Er glaubte ihr aufs Wort.

Der Grund, warum sie nicht schreiben konnte, war nicht, daß sie Sweetie nicht mochte. Sie liebte Sweetie. Sie mochte ihre unaufwendigen Kleider, die Faltenröcke und pastellfarbenen Strickjacken, ihre einfache Frisur, ihr klares Gesicht.

Warum versuchte jemand, sie in den Wahnsinn zu treiben? Doch Ellen war gar nicht so sicher, daß jemand es versuchte. Sie legte den Kopf nach hinten über den Stuhl zurück und sann darüber nach, wie weit sie sich zurücklehnen konnte, bis sie fiel.

Sie starrte die Neonröhren an, die dunklen Leichname der Motten, die sich darin verfangen hatten. Dann beugte sie sich vor und schrieb:

Sweetie beugte sich über die weiße Pralinenschachtel.

Das Problem war folgendes: In dieser zweiten Geschichte, die sie jetzt gerade schrieb, erhielt *Lily* Briefe von jemandem, den sie nicht kannte, und gestern hatte sie sogar eine Schachtel Pralinen bekommen. Ellen schloß die Augen. Und ließ Lily erst einmal einen Moment außer acht.

Sweetie wußte nicht, was für Pralinen es waren.

Sie hatte Angst, die Schachtel zu öffnen.

Ellen hielt inne und lehnte sich zurück. Etwas an der Schachtel Pralinen war nicht geheuer. Sie legte den Kopf auf die Hände, rieb sich die Schläfen wie eine alte Frau, die in geistiger Umnachtung lebt. Was ihr mißfiel. Nein, beschloß sie. Die Schachtel Pralinen ist, was sie ist. Nicht geheuer daran ist nur, wie Sweetie sie sieht.

Die arme Sweetie. Ellen biß sich auf die Lippen, drückte die Handballen gegen die Augen, preßte sie in die Höhlen. Etwas Entsetzliches würde geschehen, etwas wirklich Entsetzliches. *War* schon passiert. Und entfaltete nun seine Wirkung. Es war am Ende von *Fenster* passiert, aber Sweetie wußte nicht, was für eine Rolle ihr künftig beschieden sein würde. Darin lag die Ursache für ihre Angst.

Die Schachtel war in seidenweiches weißes Papier gehüllt und mit einem purpurnen Samtband zugebunden, nicht mit einem simplen Stückchen Schnur. Sweetie zog an einem Ende. Die große Schleife öffnete sich beinahe lasziv.

Ellen rieb Daumen und Zeigefinger, spürte die Luft, spürte den Samt. Rot mußte er sein. Nicht purpurfarben. Rot. Warum? Rot, weil purpurrot zu bedeutungsschwanger war, das Band bedeutete aber nichts als sich selbst.

Sie sah zu, wie Sweetie den Deckel abnahm. In der Schachtel befanden sich zwei Lagen kleiner geriffelter Papierhüllen, in ordentlichen Reihen arrangiert. Pralinen waren keine darin. Sweetie nahm eine Hülle und untersuchte sie sorgfältig. Ellen schrieb:

Es waren auch nie welche darin gewesen.

Sie legte die geriffelte Hülle wieder an ihren Platz und betrachtete die adretten Reihen der Hüllen, die keine Pralinen enthielten. Sweetie schloß die Schachtel und erinnerte sich daran, wie Maxim gesagt hatte: »Sie hinterließen Zettel auf meinem Teller, neben meinem Glas, in der Schüssel auf dem Tisch. Darauf stand: Käse, Wein, Obst. Weil ich Schriftsteller war und fähig sein sollte, die leere Luft zu speisen und die Erinnerung an den Wein zu trinken. Sie hielten es für einen Scherz. Sie wußten es nicht, aber sie konnten sehr gut recht haben. Die Welt der Dinge zerbricht. Hör zu: Was, wenn das, was passiert, genau das ist, was nicht passiert? Zum Beispiel: Man schneidet eine Papierpuppe aus dem sie umgebenden Papier und erhält einen leeren Raum, die Umrißli-

nien der Puppe. Es paßt vollkommen – vollkommen. Was ist dann was, und was ist wirklich?«

»Ach, das ist Sophisterei. Ich hasse solches Gerede.«

»Nein. Sie sind nicht voneinander getrennt. Der Umriß gehört zu der Puppe. Es scheint nur so, als sei die Puppe von ihrem Platz gerissen worden. Zieh der Papierpuppe ihre Papierkleider an. Es spielt keine Rolle. Sie äfft nur ihr wahres Selbst nach; eine schäbige Imitation; verschandelt, ein statisches Echo. Verstehst du?«

Ellen legte den Stift weg und starrte an die Wand. Sie dachte an die schreckliche Vicki Salva. Die verschandelte Sweetie. Den Mord an Sweetie. Nein, Maxim behauptete ja, ein Mord sei unmöglich. Unmöglich. Dann dachte sie an Beverly Browns Poe-Geschichte. Jeder, der versuchte, Poe zu kopieren, würde Fingerabdrücke hinterlassen – geistige Fingerabdrücke, seitenweise. Das war unvermeidbar. Um wie Poe zu schreiben, mußte man Poe sein.

II

Ein Gesicht hinter der Milchglasscheibe der Tür.

Bevor sie sich den Schlüssel schnappen konnte, ging die Tür auf, und der Schatten hinter der Scheibe verwandelte sich in Melrose Plant.

»Hm, hm«, murmelte er, als er die Kette an ihrem Knöchel entdeckte.

Ungerührt bat sie ihn: »Würde es Ihnen etwas ausmachen, mir den Schlüssel zu geben?« und deutete mit dem Kopf in Richtung des Aktenschranks. »Da oben.«

Er sah von ihr zum Aktenschrank und wieder zu ihr. Sie schauten sich ein paar Sekunden an. Mal sehen, wer zuerst wegschaute.

»Den Schlüssel, bitte.« Ihr Ton war so arrogant, als warte sie seit Ewigkeiten, daß ihr Page, ihr Bote, ihr Schlosser, ihr Lakai Melrose Plant erschiene.

Er fand den Schlüssel, gab ihn ihr und wartete auf eine Erklärung. Als sie sich schließlich über das Schloß an ihrem Knöchel bückte, sagte sie: »Ich mußte ja wohl sehen, wie es sich anfühlt, oder?«

»Es?«

»Wie es sich für die Figur in meinem Buch angefühlt hat. Er war mal Kettensträfling. In Louisiana.« Die Kette ging auf. Sie lehnte sich zurück und starrte in die Luft. »Er war einer von David Dukes Typen. Ein Neonazi.« Sie schaute zur Decke hinauf. »Er hat jemanden... ermordet«, sagte sie nachdenklich.

»Warum haben Sie eine Kette am Fuß?«

»Das habe ich Ihnen doch gerade gesagt.«

»Nein, haben Sie nicht.«

Sie versuchte, das Ende der Kette auseinanderzuklamüsern. »Statt daß wir hier Rätselraten spielen, könnte ich ein bißchen Hilfe gebrauchen.«

Melrose genoß die Situation. Er rührte keinen Finger. »Eine Sträflingsgang in Louisiana erscheint mir nicht gerade als der rechte Umgang für Sweetie und Maxim.«

»Es kann doch noch nicht zwei Uhr sein.« Ellen hatte die Kette endlich abgewickelt, neben die Schreibmaschine geworfen und schnitt geschickt ein neues Thema an.

»Nach meiner Uhr ist es genau zwei. Zu meinem Bedauern ist es mir jedoch unmöglich, das durch die offizielle Universitätszeit zu verifizieren, weil die Uhr an der Wand verdeckt ist.« Auf eine Reaktion wartete er nicht, weil er wußte, daß er ohnehin keine bekommen würde.

»Dann hab ich's geschafft!« sagte sie fröhlich. »Das Schreiben, meine ich.«

»Aha! Geschrieben haben Sie – was zum Teufel!«

Der Krach war ohrenbetäubend. Melrose ließ seine Bücher fallen, Ellen hechtete zum Aktenschrank, riß die Schublade auf und zerrte den altmodischen Wecker mit den zwei Glocken heraus. Sie schlug auf den Knopf und warf die Uhr wieder in die Schublade. Dann nahm sie ihre Jacke. »Es ist zwei Uhr.«

»Warum...? Na ja, einerlei.« Er half ihr in die Lederjacke und fragte: »Wie geht es Sweetie?«

»So gut, wie man es eben erwarten kann, vermute ich.« Sie warf ihre alte Ledertasche über die Schulter. »In Anbetracht ihrer Situation.« Sie nahm die Türschlüssel vom Schreibtisch.

»Hoffentlich ist ihre nicht so hoffnungslos wie die von Maxim.«

Auf dem Weg zur Cafeteria beantwortete Ellen nicht eine seiner Fragen nach *Fenster* oder dem Manuskript, weil sie Fragen als den Rahmen des Buches sprengend und damit überflüssig erachtete. Statt dessen redete sie über Vicki Salva: »Die verdient eine gehörige Abreibung. Vicki Salva! Wick-VapoRub! Die Ähnlichkeit zwischen beiden Büchern sehen Sie doch auch?«

»Die sieht ja wohl ein Blinder mit Krückstock. Es handelt sich eindeutig um ein Plagiat.«

Ellen zog ihn aufgeregt am Ärmel. »Ist Ihnen schon etwas eingefallen, wie man ihr einen Schlag versetzen könnte?«

Melrose lächelte. »Ich habe eine Idee. Eine exzellente Idee.«

»Was?«

»Ich habe sie noch nicht zu Ende durchdacht.«

Sie ging rückwärts neben ihm her und schaute ihn flehentlich an. Trotz all ihrer Probleme sah sie wunderbar unbeschwert aus, fand Melrose – kindlich fast, unverdorben. Ein paar Studenten lagen auf Bänken und sogar auf dem Rasen und genossen die Sonne, obwohl es so kalt war.

»Ich muß es noch ein wenig bebrüten.« Er hielt *Fenster* hoch. »Warum beantworten Sie denn nicht wenigstens eine meiner Fragen? Wer hat Maxim ermordet? Sweetie war es nicht, oder?«

»Was bringt Sie auf den Gedanken, er wäre tot?« Sie gingen durch die Doppeltür in die Cafeteria. »Hoffentlich gibt es noch Zimtschnecken.«

»Was mich auf den – na, immerhin liegt er zusammengekrümmt auf dem Boden, das Blut fließt ihm in Strömen aus dem Körper und in der Nähe befindet sich ein Messer. Da habe ich Verdacht geschöpft.« Durch die Tische und ein paar späte Mittagsgäste folgte er ihr zur Theke.

Ellen enthielt sich eines Kommentars; mit dem Kinn fast auf der Glasvitrine, inspizierte sie die Reihen Doughnuts, Teilchen und Pies. »Ich sehe keine Schnecken. Dann nehme ich ein Stück Quark-Blätterteig.« Auf der Vitrine standen mehrere kleine Pralinenschachteln, im Preis herabgesetzt. Sie runzelte die Stirn.

Die Schwarze hinter der Theke hievte ein großes Stück Blätterteiggebäck auf den Teller und schaute Melrose an.

»Für mich nur einen Kaffee.«

»Wollen Sie keinen Kirsch-Blätterteig? Die sind wirklich gut hier.« Ellen zeigte auf ein Stück Kirsch-Blätterteig, die Frau legte auch das auf einen Teller und schob es Melrose hin.

In das Klirren von Tassen und Untertassen hinein sagte er: »Wollen Sie mir weismachen, daß Maxim nicht tot ist?«

Ellen drückte ihren Kuchenteller an die Brust und ließ den Blick auf der Suche nach einem Tisch durch den Raum schweifen. »Nicht unbedingt. Au, verdammt, da ist Vlasic. Beachten Sie ihn gar nicht.«

»Das dürfte mir nicht schwerfallen, weil ich gar nicht weiß, über wen Sie reden.«

Er folgte ihr, zwängte sich zwischen Stühlen und rucksackbeladenen Tischen hindurch und überlegte, wie jemand in einer Blutlache liegen und »nicht unbedingt« tot sein konnte. Hm, es war sinnlos. *Fenster* war eindeutig kein Krimi à la Onions.

Ellen nickte einem Mann mittleren Alters zu. Spärliches Haar, spitze Nase und dünner, sehniger Körper wie ein Tänzer. »Er ist ein Arsch.«

»Ein erfolgreicher Arsch? Ihr Fachbereich ist doch erfolgsverwöhnt.«

»Da müßten Sie ihn aber mal hören. Wir sind nicht im selben Fachbereich. Er lehrt Englisch; ich unterrichte in dem Programm für Hörer aller Fachbereiche. Er hat, glaube ich, ein paar kleinere Bändchen veröffentlicht, vielleicht ein Buch, nichts Weltbewegendes. Obskure Gedichte.«

»Wie heißt er, haben Sie gesagt?«

»Vlasic. Alejandro, will er die Leute glauben machen. Ich nenne ihn Alex. Da wird er immer stinkwütend.«

Vlasic machte nicht den Eindruck, als sei er allzu versessen darauf, das Rampenlicht mit einer Schriftstellerkollegin zu teilen, schon gar nicht mit einer unendlich viel erfolgreicheren, aber tapfer stellte er sich der Herausforderung, lächelte breit und rief lauthals ihren Namen. Melrose war überrascht. Der Mann hatte eine Stimme wie ein Opernsänger. Melrose hatte etwas eher Piepsiges erwartet.

»Hallo, Alex.«

Vlasic zuckte merklich zusammen, als Ellen Melrose als Experten auf dem Gebiet der französischen Romantik vorstellte, was dieser in aller Bescheidenheit dementierte. Woraufhin Ellen das Dementi dementierte.

Die beiden Mädchen, die an Vlasics Tisch saßen, drehten synchron die Köpfe. Sie trugen Bauernröcke und formlose Blusen. Eine trug Ohrringe, so groß wie Autoreifen, die andere hatte sich einen langen Schal um den Kopf geschlungen. Sie waren dunkel und sahen aus wie Zigeunerinnen.

»Was macht das neue Buch?« Vlasics Lächeln war so unaufrichtig, wie ein Lächeln nur sein kann.

Ellens Kiefermuskeln spannten sich an, aber sie zuckte mit keiner Wimper. »Ganz gut.« Sie schnitt ihre Quarktasche in gleich große Häppchen.

»Wächst und gedeiht, hm?«

Der Mann hatte etwas aufreizend Glattes. Melrose dachte, er würde sich jeden Moment zusammenrollen und schnurren.

»Keine Probleme.«

»Wir haben gerade über den schöpferischen Prozeß diskutiert.«

»Den was?« sagte sie mit unbeweglicher Miene.

Eine der Zigeunerinnen beugte sich zu Ellen vor und sagte im Ton dunkler Prophezeiungen: »Ich habe eigentlich weniger die Angst, daß ich das Talent nicht habe, als die, daß ich solche Opfer nicht bringen könnte.« In einer hübschen Geste nahm sie mit den beringten Fingern einer Hand das Ende des Schals und zog es über die Wange. »Um ehrlich zu sein, ich weiß nicht, ob ich den Nerv hätte, mich so zu entblößen.« Sie flötete ein dünnes hohes Lachen. »Und ich weiß nicht, ob ich es schaffen würde, mich so hineinzuwerfen, wie es nötig wäre. Das bereitet mir Kopfzerbrechen.«

»Würde es mir auch.« Ellen kaute ihren Kuchen, zog einen leeren Stuhl zu sich heran und pflanzte die Füße darauf.

Die Zigeunerin warf Vlasic einen unsicheren Blick zu und versuchte es mit einer anderen Taktik. »Es muß aber doch sehr befriedigend sein, für etwas, woran man so lange und so hart gearbeitet hat, Anerkennung zu finden. Es muß wundervoll sein, seine Gefühle zu formen und zu behauen, einen Teil der Psyche herauszukristallisieren und so darzustellen, daß andere daran teilhaben können.«

»So? Keine Ahnung. Jeder Blödian kann schreiben«, sagte Ellen.

Melrose war begeistert; ihm fiel auf, wie gut Ellen und Johanna die Wahnsinnige sich verstanden hätten.

»Ha!« blaffte Vlasic mit überschnappender Stimme. Er schlug mit der Hand auf den Tisch, daß die Tassen klapperten. »Ha!«

Ellen betrachtete ihn ungerührt. »Es stimmt. Selbst er könnte es, wenn er es versuchte.« Sie zeigte mit dem Daumen auf Melrose.

Verbannt in die Zunft schreibender Idioten, fühlte Melrose sich nicht bemüßigt, seinen Senf dazuzugeben, und deutete nur eine Verbeugung an. An den kläglichen Schreibversuchen dieses spezifischen Idioten schien aber ohnehin keiner interessiert zu sein; ihre Blicke bezogen ihn nicht ins Gespräch mit ein.

Die zweite Zigeunerin war offenbar todunglücklich bei der Vorstellung, daß die erste Ansichten über etwas geäußert haben könnte, das jeder Blödian konnte. »Sie sind zu bescheiden.« Ihre Stimme war rauher und viel tiefer als die ihrer Freundin. Als Ellen ihrem Urteil weder widersprach noch es bestätigte, fuhr sie fort: »Ich habe *Fenster* gelesen.« Eine klitzekleine Pause entstand, als warte sie darauf, daß man ihr zu ihren Mühen gratulierte. Wieder reagierte Ellen nicht, und die Dame kämpfte sich redlich weiter. »Unglaublich, soviel erzählerische Kraft in einem Text, in dem ein so reduktiver Gebrauch vom Symbolismus gemacht und die Sprache bis auf die Knochen entblößt wird.«

Ellen zündete sich eine Zigarette an.

Jetzt übernahm wieder die mit dem Schal und ließ sich weiter über ihre Ängste und Unsicherheiten aus. »Sich zu motivieren, jeden Morgen aufzustehen und sich vor die leere Seite zu setzen ...«

»Sie könnten ja auch ausschlafen.«

Den Einwand verwarf das Mädchen mit einem kurzen Lachen. »Es ist die Fähigkeit, dabei zu bleiben, an einem Text dranzubleiben, der vielleicht nie zu jemand anderem sprechen wird –« Sie hielt inne und rätselte herum, welche Opfer vielleicht noch vonnöten waren. »Jahrelang zu arbeiten und am Ende doch nur kommerzielle Literatur geschrieben zu haben. Ich weiß nicht, wie der Lohn beschaffen sein müßte, damit ich bei der Stange bliebe.«

»Geld.« Ellen erwog, die Kruste von Melroses Kirsch-Blätterteig zu verzehren. Sie ließ sie wieder auf den Teller fallen.

Erneut stieß Vlasic ein höhnisches Lachen aus. »Kennen Sie den Prozentsatz der Schriftsteller, die von dem, was sie verdienen, leben können?« Als keiner antwortete, verriet er es ihnen. »Weniger als zwei Prozent.«

Woraufhin Melrose erwog, seine Schriftstellerkarriere zu beenden.

Wieder draußen, sagte Melrose: »Wie konnten Sie sich diesen Quatsch anhören?« Sie gingen gegen den Strom der Studenten, die aus den Seminarräumen in die aromatischeren, dem leiblichen Wohl dienenden Gefilde der Cafeteria entfleuchten.

»Vlasics Studenten reden alle so. Sie können nicht anders. Es sind alles Mini-Vlasics.«

Schweigend liefen sie eine Weile weiter. Plötzlich blieb Ellen stehen und sagte: »Wissen Sie, was Maxim Sweetie gerade erzählt hat?«

»Was? Nein, weiß ich nicht. Als ich Maxim das letzte Mal gesehen habe, wälzte er sich in einer Blutlache. Wie kann er also Sweetie gerade etwas erzählt haben?«

»Maxim hat zu Sweetie gesagt, wenn man eine Papierpuppe ausschneidet, wozu gehört dann der leere Raum, der Umriß? Und existiert die Puppe auch ohne ihren Umriß?«

»Das ist metaphysischer Sch –«

Ellen nickte und unterbrach ihn. »Sophisterei. Genau das hat Sweetie auch gerade gesagt.«

»Metaphysischer Scheiß ist es, und sonst nichts. Und würden Sie aufhören, über Maxim und Sweetie zu reden, als säßen sie da hinten in der Cafeteria und tränken Kaffee?«

»Ach, jetzt seien Sie mal nicht so einfältig.«

Ellen zog eine Schnute, als habe er gerade ihre besten Freunde beleidigt. Gut möglich, dachte er, daß sie das auch waren. Er hielt den Mund. Was nicht einfach war.

»Ich denke über literarischen Diebstahl nach.«

»Über die fürchterliche Wick-VapoRub?«

»Damit fing es an. Dann, nachdem Maxim das gesagt hatte –«

Melrose seufzte tief auf, hoffte, daß das nicht unbemerkt blieb, aber Ellen ignorierte es.

»– habe ich angefangen, über dieses Poe-Manuskript nachzudenken. Ein Mensch kann den Stil eines anderen nicht kopieren, das wäre, als versuchte man, die echten Farben eines Regenbogens zu malen. Die Atmosphäre und die Luft, die nötig sind, einen Regenbogen zu produzieren, sind von viel zu vielen Variablen bestimmt. Genauso ist es mit dem Stil. Das Ganze würde etwas merkwürdig Stockendes kriegen. Beverly Brown würde auf jeder Seite ihre geistigen Fingerabdrücke hinterlassen.«

Melrose dachte darüber nach. »Da ist was dran. Also müßte man Miss Browns Gedanken kennen und darauf streuen, damit die Abdrücke sichtbar würden, um im Bild zu bleiben.«

»Vielleicht sind sie weniger schwer aufzuspüren, als das zu ergründen, was sie sich bei all dem gedacht hat. Vielleicht sind die Fingerabdrücke in den Einzelheiten der Geschichte. Einzelheiten, die nur Beverly hineingebracht haben könnte, Poe aber nicht.« Ellen beförderte ihre Tasche von einer Schulter zur anderen. »Zum Beispiel: Vorhin hat Sweetie eine weiße Pralinenschachtel aufgemacht, aber erst, als wir uns den Kaffee geholt haben, habe ich gemerkt, daß seit Tagen ein Haufen weißer Schachteln mit Pralinen neben der Kassiererin auf der Theke steht. Unbewußt habe ich es registriert, und als ich jetzt durch mein Unterbewußtsein gestromert bin, habe ich wahrscheinlich die weiße Schachtel Pralinen dort aufgetan.« Ellen schwieg und schaute in den schiefergrauen Himmel. »Hm, was, wenn so etwas quasi unvermeidlich wäre? Was, wenn in Beverlys Geschichte solche Dinge stecken?«

»Schwer zu bestimmen, was es ist.«

»Vielleicht sogar unmöglich. Aber trotzdem, was, wenn in ihrer Wohnung ein Keramiktopf mit Ingwer steht? Nur als Beispiel. Was, wenn es etwas gibt, das sie jeden Tag angeschaut hat, ohne sich darüber klar zu sein, und es hat sich in die Geschichte hineingeschmuggelt?« Melrose hielt ihr die Tür zur Gilman Hall auf; die Studenten kamen herausgerannt wie die Lemminge. »Ich überlege, wie wir in ihre Wohnung hineinkämen«, sinnierte Ellen. Dann fügte sie mit einem Seufzer hinzu: »Aber selbst, wenn das Manuskript echt ist, hilft das immer noch nicht, ihren Mörder zu finden.«

Melrose grübelte. »Vielleicht doch. Vielleicht gibt es in irgendeiner Weise einen Hinweis auf ein Motiv. Übrigens, wir waren so damit beschäftigt, Sie aus der Kette zu befreien und dann über reduktiven Symbolismus zu disputieren, daß ich vergessen habe, Ihnen zu erzählen: Ich habe das kleine Mädchen, Jip – Sie wissen, das kleine Mädchen in dem Antiquitätenladen, kennengelernt. Sie war da, als Beverly Brown die Truhe gekauft hat. Die Truhe hat noch einen Tag danach im Laden gestanden. Jip hat hineingeschaut.« Melrose hielt inne und runzelte die Stirn. War das eines der Geheimnisse, die er nicht bewahren konnte? Er schämte sich, was ihm ausgesprochen unangenehm war.

»Wirklich? Und?«

»Sie kann sich nicht genau erinnern. Aber ich habe den Eindruck, sie weiß etwas. Ich bin sicher.« Melrose runzelte wieder die Stirn und schüttelte den Kopf. »Auch einerlei, wir haben lange miteinander geplauscht.«

»Worüber?«

Melrose wechselte das Thema. »Was ist mit dem Rest des sogenannten Poe-Manuskripts? Kriegen wir es zu sehen?«

»Ich bringe es heute abend mit.«

»Soweit ich weiß, trifft Richard Jury sich mit diesem Professor Lamb, wenn er aus Philadelphia zurückkommt. Übrigens, wie läuft's mit Ihrem Buch denn nun wirklich?«

Sie zuckte zusammen. Sie haßte die Frage. »Ziemlich schlecht.«

Sie gingen durch den Korridor, und Melrose sagte: »Was ich nicht verstehe« – wie so vieles nicht – »ist, warum Sweetie ihm einen Brief schreibt, kurz nachdem sie ihn am Ende von *Fenster* in einer Blutlache erblickt hat.«

»Wer sagt, daß es Blut ist?« Ellen blieb vor dem Seminarraum stehen und nickte ein paar Studenten zu, die sich eher wie zufällig hierher verirrt zu haben schienen.

Es war hoffnungslos, Ellen zum Reden zu bringen. »Wie soll das neue heißen?« Das gab ihm vielleicht einen Anhaltspunkt.

»Das habe ich Ihnen schon gesagt. *Türen.*«

Fehlanzeige. »Was ist mit dem dritten? Haben Sie dafür schon einen Titel?«

»Nein.«

»*Flure? Veranden?*«

Ellen warf ihm einen bitterbösen Blick zu.

Immer noch begierig, Maxims fragwürdiges Ende zu begreifen, sagte Melrose wie nebenbei: »Dann beginnen Sie *Türen* wahrscheinlich mit dem, was Maxim passiert ist?«

»Warum? Alle wissen doch, was Maxim passiert ist.« Ellen segelte in den Seminarraum.

18

Krampfhaftes Schluchzen hinter einer Tür; durch eine andere sah man offenbar in ein Labor. Drei Leute wieselten zwischen Apparaturen und blutverschmierter, auf einem Tisch ausgebreiteter Kleidung hin und her. Jury ging durch den Flur, verblichener Anstrich an den Wänden, auf dem Boden brüchiges Linoleum, an Sekretärinnen vorbei, die Nummern auf leere Ordner stempelten. Die Nummern hatten bis zu fünf oder sechs Ziffern. Jury fand es sehr verstörend, daß die Ordner leer waren. Als trete das Schicksal gleich hinaus auf die Straße, unterbreche das alltägliche Tun eines Mannes, einer Frau oder eines Kindes und überantworte diesen Menschen einem der leeren Ordner, die sich allmählich wieder mit Polizeiberichten und Fotos aus dem Leichenschauhaus füllen würden.

Er kam an einem großen Glasfenster vorbei, hinter dem eine Gruppe Zeugen saß (zumindest hielt er sie dafür). Auf einer Kunstledercouch pafften ein paar Frauen angestrengt um die Wette und stießen heftige Qualmwolken aus, als sendeten sie

Rauchzeichen. Etliche schwarze Jugendliche mit an der Seite kahl und oben millimeterkurz geschorenen Köpfen schauten entweder gelassen oder ängstlich drein, je nachdem, welchen von ihnen ein Beamter auswählte und hinausbegleitete. Ein weiteres halbes Dutzend Schwarzer mit Basketballstiefeln tänzelte cool zur Seite, als würden sie gerade auf dem Spielfeld bedrängt; ein ältlicher Mann fuchtelte mit den Armen und verlangte sein gutes Recht, unzählige weitere Besucher verstärkten die allgemeine Geräuschkulisse. Eine hübsche junge Frau kam, begleitet von einem Polizisten, heraus; eine weniger hübsche ging, ebenfalls mit einem Beamten, hinein. Die Zeugen waren in ständiger Bewegung, keiner schien glücklich darüber. Ihre Eskorten sahen noch weniger glücklich aus. Fahles Licht, müde Kriminalbeamte, keifende Zeugen – alles vertraut. Vertraut auch der Klang der lauten Stimme eines Beamten von irgendwoher, Jury konnte nicht sehen, woher. Er schrie wahrscheinlich eine der Insassinnen des Aquariums an, an dem Jury gerade vorbeigekommen war: »Verkaufen Sie mich hier nicht für blöd, meine Dame!« Dieser Satz kam in wenigstens sechs Varianten – die Worte wurden unterschiedlich betont, der Kraftausdruck war mal am Anfang, mal am Ende –, aber der Schreiende gab klar zu verstehen, was hier Sache war. Die Verhörraum-Inszenierung, dachte Jury lächelnd: ein Theaterstück, bisweilen so üppig ausgestattet wie ein West-End-Musical. Die Beamten spielten ihre Rolle, kannten ihren Text, der Zeuge oder Verdächtige spielte auch, allerdings ohne Textvorlage.

Dann stürmte aus einer Tür hinter Jury auf einmal ein größerer, drahtiger Beamter heraus, flitzte an ihm vorbei, wie von allen Furien gehetzt, und schrie: »Hängt ihr Mord an! Vorsätzlichen!« Er hastete vorbei, drehte sich wieder um und rief: »Macht ihr Feuer unterm Arsch, wenn sie den Mund nicht aufkriegt!« Dann bog er direkt vor Jury ab und ging durch die Tür, die Jury gerade hatte öffnen wollen. Ausgestanzte Buchstaben verkündeten den Namen: PRYCE.

»Jack Pryce?«

Der Beamte drehte sich um und sagte: »Oh – hallo« in einem so wunderbar angenehmen Ton, daß Jury am liebsten gelacht hätte; nie wäre er auf die Idee gekommen, daß dieser Mann Zeugen, die es vorzogen zu schweigen, wilde Drohungen entgegenschleuderte. »Sie sind der Beamte von Scotland Yard? Kommen Sie herein.«

Jury, der selbst ein bißchen »Feuer unterm Arsch« erwartet hatte, war erleichtert, daß er es offenbar doch nicht mit einem egozentrischen Ignoranten zu tun hatte, der weder Fotos noch einen Fetzen der sichergestellten Beweise herausrücken würde.

»Sie arbeiten an einem Fall in Philly, stimmt's?« Jack Pryce nahm ein paar Faxe, überflog sie und murmelte sich etwas über Scheiß-Florida in den Bart, noch ein paar Morde in Florida und der mutmaßliche Täter zuletzt in D.C. gesichtet worden. »Ist hier D.C.?« fragte er Jury, der Form halber.

Dann legte er die Papiere beiseite, nahm einen Stift und knabberte daran entlang wie an einem Maiskolben. Pryces Büro war übersät mit Landkarten, Stadtplänen, Fotos, Luftaufnahmen. Sie waren ans Nachrichtenbrett gepinnt und auf seinem Schreibtisch und allen sonstigen verfügbaren Tischen ausgebreitet. Schwarzweißfotos von einem toten Mädchen. Nicht von Beverly Brown – der Fall war viel zu alt, als daß im Büro jetzt noch etwas davon zu sehen sein durfte. Diese Fotos waren von einem Mädchen, kaum älter als ein Kind.

»Um genau zu sein, nicht *in* Philly.« Jury berichtete ihm über den Tod von Philip Calvert, über seine Gespräche mit Hester und dem Sheriff. Auf Pryces Frage nach der Verbindung konnte Jury nur den Kopf schütteln. »Die sehe ich leider auch nicht.« Er erzählte ihm von den Notizen, der Reihe Initialen, die Ellen Taylor in Beverly Browns Papieren gefunden hatte.

»Ja, mit der haben wir gesprochen. Lehrt an der Hopkins?« Er zerrte Hefter aus dem Gemüll auf seinem Schreibtisch, blätterte

Memos durch und fand, was er suchte. »Hab mit einer ganzen Blase an der Hopkins gesprochen, aber niemand schien wirklich eng mit ihr befreundet zu sein. Ich hatte den Eindruck, daß sie kaum gute Freunde hatte.« Pryce machte sich eine Notiz. »Ich rede noch mal mit Sinclair.«

»Mit wem genau haben Sie gesprochen?«

Pryce kaute am Bleistift, warf ihn hin, nahm einen anderen. »Hm, hier haben wir einen, der mit Vorsicht zu behandeln ist, meinen alle – er ist reich, hat Einfluß.« Worauf Pryce natürlich pfiff. »Er hat mit ihr geschlafen. Da er dort Teilzeit unterrichtet und sie Studentin war, weiß ich nicht, wie das höheren Ortes ankam, aber he, wen juckt's? Er heißt Patrick Muldare. Dann der Professor an der Hopkins – Owen Lamb –, mit dem sie zusammengearbeitet hat oder dessen Assistentin sie war; dann so ein Dummbeutel namens Vlasic – Alejandro Vlasic. Der war ihr Doktorvater; ist auch Professor. Dann der Bursche in diesem ausgeflippten Laden in der Howard, wo sie gearbeitet hat und der Muldares Halbbruder... nein, Stiefbruder gehört. Alan Loser.« Pryce biß in den gelben Bleistift und starrte nachdenklich an die Zimmerdecke. »Eine Verbindung gibt es da schon.«

»Was für eine?«

»Ein Obdachloser – früher haben wir die ›Penner‹ genannt – lungert immer vor dem Laden rum; da hat er so was wie eine permanente Bleibe. Heißt Milos. Vorname? Nachname? Wer weiß? Dieser Typ behauptet, er hätte den Toten in der Cider Alley gefunden...« Er machte eine Pause und schaute auf den Hefter.

»John-Joy?«

»Genau. Egal, er ist taub und blind. Großartiger Zeuge, was? Eines schönen Tages kriegen wir noch die Order, den Leuten ihre Rechte in Blindenschrift vorzulegen. Aber dieser Milos ist nicht dumm. Ich meine, er kann sprechen. Meine Güte, wie der schreien konnte! Er sagt also, er hätte da in der Cider Alley rumgehangen, bis die Cops gekommen sind. Stimmt aber nicht. *Niemand* war da, als die beiden Uniformierten über die Leiche gestolpert sind. Wir haben das ganze Eck von Tür zu Tür abgeklappert, aber da ist niemand mehr, den man fragen kann. Das ist kein Wohngebiet mehr.«

»Merkwürdig. Wie haben Sie denn Ihre Informationen von Milos bekommen, wenn er blind und taub ist?«

Pryces kurzes Lachen war eher ein Grunzen. »Das ist es ja. Es dauert Ewigkeiten, weil man in seine Scheißhand schreiben muß. Ich muß zwar sagen, er ist ziemlich geübt darin, aber Herr im Himmel! Er hat also ausgesagt, daß jemand in seine Hand geschrieben hat, er – dieser Jemand – sei von der Polizei. Von wegen! Die Jungs von der Streife, die die Leiche gefunden haben, haben Milos nämlich nicht in die Hand geschrieben. Er war nicht mal mehr da. Wir haben ihn erst ein paar Tage später gefunden, weil er die ganze Zeit die Leute vollquatschte, er habe die Leiche gefunden. Also haben wir ihn befragt. Recht und schlecht.«

»Sie meinen, der Mörder hat ihm in die Hand geschrieben?«

»Hm. Ich meine, Milos muß ihn überrascht haben, bevor er Gelegenheit hatte, sich aus dem Staub zu machen. Dann fing Milos an, nach der Polizei zu schreien. Warum sich der Mörder nicht einfach verpißt hat, ist mir schleierhaft. Muß Nerven wie Drahtseile gehabt haben.« Pryce zuckte die Achseln. »Aber begreife das, wer will. Wenn es kein Cop war und dieser Penner nicht lügt, wer war es dann?«

»Ja, wer?« Jury dachte einen Moment nach, bevor er fragte: »Sind Sie einverstanden, wenn ich mit ein paar von den Leuten rede? Ich will nicht in Ihren Fall reinpfuschen. Wenn Sie was dagegen haben –«

Jack Price sagte: »Hören Sie, wenn Sie's drauf haben, schließen Sie den Fall ab, bedienen Sie sich. Bei Beverly Brown stehen wir mit absolut leeren Händen da. Auf der ganzen Linie nichts! Ich hatte Zeugen, die hätten ihr eigenes Gesicht im Spiegel nicht identifizieren können.« Er schob Jury einen Hefter zu.

Der war voll hintereinandergehefteter Farbfotos. Jury schaute in das tote Gesicht Beverly Browns. Sie war wunderschön. Wunderschön gewesen. Sie war erdrosselt worden, die Spur verlief um ihren Hals und genau an der Basis der Schädeldecke einmal überkreuz.

»Nichts. Nicht mal Hautfetzen unter den Fingernägeln, um DNA-Profil oder Blutgruppen festzustellen. Ob es einen Kampf gegeben hat? Keine Ahnung. Ein paar Haare, von einem Weißen, haben wir auf ihrem Mantel gefunden. Spuren vom Tatort? Ja, aber ob die Spuren von der Tat selbst sind, weiß der Henker. Schauen Sie.« Er ging in die Defensive, als setze er voraus, daß Scotland Yard natürlich nie Beweise zerstörte. »Die Bedingungen in der Pathologie sind zum Gotterbarmen, verstehen Sie? Da stapeln sich die Leichen wie die Ölsardinen. Von den Tatortspuren könnten welche von den Untersuchungen der Pathologen stammen, von den Sanitätern – verflucht...«

»Das Problem haben wir auch. Wie war es bei dem Mann in der Cider Alley?«

»Der Pathologe sagt, vermutlich ein Bleirohr auf den Schädel. Schnitte, Hautabschürfungen, Quetschungen. Jede Menge Blutergüsse.«

»Also ein anderer Modus operandi.«

»Ja. Das heißt aber nicht notwendigerweise ein anderer Täter.«

»Warum war Beverly Brown auf diesem Friedhof?«

»Dazu lautet die These: Vermutlich ist sie wie etliche andere auch an Poes Geburtstag zum Friedhof gegangen, um nach dem Boten mit den Blumen Ausschau zu halten. Davon haben Sie gehört?«

Jury nickte. »Merkwürdiger Ort für einen Mord. So öffentlich. Und noch dazu mit all den Leuten, die zu dem ausdrücklichen Zweck da sind, nach jemandem Ausschau zu halten...«

»Begreife das, wer will.« Pryce zuckte wieder mit den Achseln. »Ich glaube, es ist jemand, der sich einen Mordsspaß daraus macht, es jemand anderem anzuhängen. Er oder sie hatte einen schlauen kleinen Plan. Im Grunde kam ihm die Tatsache zugute, daß es so öffentlich war, meine ich. Da hatte er den zusätzlichen Vorteil, daß niemand mit so etwas rechnet. Und wenn er mit Fingerabdrücken und so weiter vorsichtig ist, bringt man ihn mit dem Tatort auch absolut nicht in Verbindung. Murksen Sie jemanden bei sich oder ihm zu Hause ab, und alles mögliche kann schiefgehen. Der hier mußte sich nicht einmal mit ihr verabreden. Er wußte, daß sie da sein würde. Er oder sie, meine ich. Kann auch eine Frau gewesen sein.«

»Kein Motiv?«

»Muldare hätte vielleicht eines haben können. Eifersüchtiger Liebhaber, so was in dem Dreh. Natürlich kann der Schicki-micki-Stiefbruder von ihm dasselbe Motiv haben. Sonst nichts. Sonst haben wir null Hinweise.«

»Was ist mit diesem angeblichen Poe-Manuskript?«

Pryce machte eine abwägende Handbewegung. »Nichts Halbes und nichts Ganzes. Wertvoll, wenn es echt ist; aber ist es echt?«

Wiggins' Argument.

»Und sie hatte es nicht dabei, also...«

»Nein, aber... Wer hätte was von dem Forschungsergebnis?«

»Vlasic. Alejandro. Alejandro, ach, du meine Scheiße – wenn ich den Namen schon höre. Auf den würde ich tippen. Oder vielleicht jemand von der Hopkins. Er soll ja nur der Doktorvater sein.«

»Und was haben Sie bei dem Obdachlosen herausgefunden, John-Joy?«

»Auch nichts. Da ist sogar noch weniger zu holen, das ist alles wie ein Vakuum. Er hatte zwar Kumpel in der Straße, aber... Cider Alley!« Pryce verzog das Gesicht. »Zu nah an Harborplace für meinen Geschmack. In Harborplace murkst man tunlichst niemanden ab.«

»Warum?«

»Das mag der Bürgermeister nicht.« Pryce grinste und kaute an seinem Bleistift.

Jury erhob sich. »Danke. Ich bin Ihnen wirklich dankbar für Ihre Hilfe.«

»Meine Hilfe? Ich will Ihnen mal was erzählen: Die Anzahl der Morde in dieser Stadt liegt zwischen zweihundert und dreihundert im Jahr. Die Aufklärungsquote in meiner Abteilung beträgt ein Drittel, dreiunddreißig Prozent.« Pryce schnipste mit dem Finger gegen einen Aktenstapel. »Zweiundsiebzig Fälle. Fünfundfünfzig offene Akten. Schlimm.«

Er sah so verzweifelt aus, daß Jury sagte: »Lügen – verdammte Lügen und Statistiken, Detective. Was für Morde? Drogen? In der Familie? Das ist ein gewaltiger Unterschied.«

»Hauptsächlich Drogen. Klar macht es einen Unterschied. In der Familie, da weiß man, wer der Typ mit dem Messer oder der Knarre ist – sitzt da und ißt Abendbrot. Aber wie ich gesagt habe – mit den Statistiken, Lügen oder nicht, damit kriegen sie unsereins an den Kanthaken. Wenn der Täter verurteilt wird, ist der Mordfall abgeschlossen, korrekt? Schnurzpiepe, ob der Täter eine Woche später frei rumläuft; trotzdem erledigt.« Pryce seufzte und warf den angekauten Bleistift auf den Schreibtisch. »Himmel, da beschwere ich mich. Wenigstens ist es nicht D.C. D.C. ist unglaublich. Manchmal werden wir dahin abkommandiert. Aber wir holen auf; Baltimore wird allmählich genauso schlimm. Jamaikanische Drogenkriege. Der Südosten und Nordosten von D.C. ist Kriegsgebiet, glauben Sie mir. Wenn der Teufel durch die Tür spaziert käme und mich vor die Wahl stellte, nach D.C. oder in die Hölle abkommandiert zu werden –«

»Wählten Sie die Hölle.«

»Worauf Sie sich verlassen können.«

19

Der Laden hieß Nouveau Pauvre.

Der Name war in schwarzer Kursivschrift auf ein weißes Schild gemalt, das auf die rote Ziegelwand geschraubt war. Die Buchstaben sahen aus wie ein zerrissenes Spinnennetz. Unter der gußeisernen Treppe, die einen Baldachin bildete, saß ein bärtiger Mann unbestimmbaren Alters, in einen schweren Mantel gewickelt, um die Taille hatte er ein Seil befestigt. Die Hände in den Ärmeln vergraben, döste er vor sich hin. Auch über ihm hing ein handgemaltes Schild: »Milos Platz. Untersteht euch!«

»Was das wohl soll?« sagte Wiggins.

Ein Hund mit ebenfalls fraglichem Stammbaum lag neben einem weißen Plastikbecher mit dem obligatorischen Kleingeld. Das Vieh hatte den Kopf auf die Pfoten gelegt, ein kummervolles Gesicht und lange Ohren wie ein Basset, und döste auch.

Als Jury und Wiggins auf dem Bürgersteig stehenblieben, sprangen Mann und Hund hellwach auf, der Hund winselte und schlug mit dem Schwanz, der Mann fuchtelte blind mit dem Becher und stieß ihn in ihre Richtung. »Einen Quarter! Haben Sie Kleingeld? Einen Quarter!« Es klang wie eine Forderung, nicht wie eine Bitte. Und die sprach er nicht aus, sondern brüllte sie ihnen entgegen.

»Sind Sie Milos?« fragte Jury.

Keine Antwort.

Jury hatte einen Moment lang vergessen, daß der Mann taub war, weil er so gebrüllt hatte.

Milos' Hand schoß vor, er befahl: »Schreiben Sie es auf!« und zeigte auf seine Handfläche. Er fuhr darüber, als schreibe er.

Jury malte »Milos« darauf – mit Fragezeichen.

»Nein, Madonna!« Mit dem Ausdruck heller Empörung zeigte der Mann mit Hand und Becher auf das Schild hinter sich.

Jury nahm die Hand erneut und versuchte, einen einfachen Weg zu finden, wie er sich ausweisen konnte, aber ihm fiel nichts ein. Sorgfältig schrieb er seinen Namen; Milos runzelte die Stirn. Jury schrieb »COP«.

Rasch zog Milos seine Hand zurück. Dann versank er wieder in seinen buddhareifen Dämmerzustand, die Hände in die ausgefransten Ärmel gesteckt, den Kopf gesenkt.

Sogar der Hund knurrte, als wolle er sehen, ob sie sich auch mit bissigen Hunden einen Scherz erlaubten. Dann steckte er die Schnauze zwischen die Pfoten.

Ohne große Hoffnung auf Erfolg berührte Jury Milos am Arm.

»Verpissen Sie sich!«

»Es würde ihnen nichts schaden«, sagte Wiggins, als er und Jury die Treppenstufen hochkletterten, »wenn sie sich ein paar Manieren zulegten.«

Der junge Mann legte das Buch, das er gelesen hatte, umgekehrt aufgeschlagen auf die Ladentheke. Er mußte sich keine Manieren zulegen, und was sein Outfit anbelangte, hätte er Marshall Trueblood Konkurrenz machen können, wenn er auch weit weniger blendende Farben bevorzugte. Seine an den Aufschlägen enger werdenden Bundfaltenhosen waren austernfarben; sein rosabeigefarbenes Baumwolljackett war ausreichend dekonstruiert für Trueblood und Armani; und ebenso wie Trueblood trug er einen Seidenschal, aber hübsch ordentlich in den offenen Kragen seines Hemdes gesteckt, und blaß, blaß gelb.

Angesichts der Vorherrschaft blauen Glases, prismageschliffener Spiegel mit Einlegearbeiten und wohlgerundeter Jungfrauen auf Zehenspitzen, die weiße Kugeln als Lampenschirme hielten, dachte Jury zuerst, der Laden handele mit Jugendstilsachen. Aber dann wurde ihm klar, daß es sich dabei um die Ausstattung des Ladens und nicht um die Waren handelte.

Diese waren, wenn man nach der auf Pappe aufgezogenen Donald-Trump-Ausschneidefigur urteilte, ein ziemlich bunt zusammengewürfeltes Sammelsurium von Dingen, die von Pechsträhnen und schlechten Zeiten kündeten. Eine Schale mit Äpfeln war als »Trump-Gelump« ausgezeichnet, und ein Schild warnte den Kunden: »Achtung, Würmer!« Wiggins kicherte.

Der Laden war für Wiggins wie geschaffen, definitiv das Milieu des Sergeant, eine Atmosphäre, in die er sich hineinfallen lassen konnte: Wiggins war immer auf seiten der Pechvögel dieser Welt. Für den Sergeant war ein Becher halb leer, auf Sonnenschein folgte Regen, und falls morgen auch noch ein Tag war, ging Wiggins jedenfalls davon aus, daß sich genauso viele Bakterien herumtummeln würden wie heute.

Nouveau Pauvre schien den Ruin zu zelebrieren, ein Loblied auf die Armut, einen Schwanengesang anzustimmen. Kleine Schilder zierten die grell weißen Wände:

Im Eimer?
In Sack und Asche?
In der Bredouille?
Im Regen?

fragten sie, als sei sonnenklar, daß Kunden des Nouveau Pauvre diesen Zustand leicht überwinden könnten, wenn sie das eine oder andere aus seinen reichen Beständen käuflich erwarben.

Als der junge Mann wie ein überdimensionales Blütenblatt auf sie zudriftete, begutachtete Jury einen wunderschönen Eßtisch aus Rosenholz mitten im Raum. Er war mit einem Tischtuch aus irischem Leinen und goldgerändertem Porzellan gedeckt. Auf dem Porzellan und den Stielgläsern prangten winzige Kronen, das Emblem eines Hotels, und die Servietten zierten gestickte, ineinander verschlungene Initialen.

»Helmsley Palace«, informierte der hübsche Knabe sie. »Ich muß aber dazu sagen, daß es sich noch um die alten Servietten handelt. Jetzt haben sie schlicht roséfarbene.« Als Wiggins ihn verwirrt anschaute, fügte er hinzu: »Das Helmsley Palace kennen

Sie – Leonas Hotel? Das arme Ding. Am fünfzehnten April vor einem Jahr ist sie eingefahren.«

»Eingefahren?« fragte Wiggins. »Wo eingefahren?«

»Ach, Sie sind Engländer. Nicht auf dem neuesten Stand, was den lokalen Klatsch anbelangt. Sie haben Leona wegen Steuerhinterziehung drangekriegt. Und in eine gepolsterte, rosafarbene Gefängniszelle gesteckt, die sie für Millionäre reservieren. Suchen Sie etwas Bestimmtes?« Er hatte einen winzigen goldenen Ring im Ohr und schulterlanges Haar im Stil der sechziger Jahre, aber sehr gepflegt. »Ein Geschenk für einen Freund? Den Job verloren? Die Aktien gefallen?« Er lächelte, als würden solche Ereignisse erst vollkommen, wenn man sie mit einer Flasche Champagner begoß.

»Nein, nicht direkt. Wir suchen Alan Loser.«

»Dann bin ich Ihr Mann. Aber kein, wie der Name sagen könnte, Verlierer. Wenngleich das auch wie angegossen passen würde – das heißt, zu diesem Geschäft.«

Jurys Blick schweifte durch den Raum und blieb an einem großen Foto von Maggie Thatcher hängen. Den Koffer in der Hand, verließ sie Downing Street Nummer 10. »Wohl wahr, Sie arbeiten nicht gerade in der Glücksindustrie, Mr. Loser.«

»Nennen Sie mich Alan«, zwinkerte Loser, schaute von Jurys Ausweis zu Wiggins' und schnappte, sichtlich entzückt, nach Luft. »Scotland Yard? Warum, um alles in der Welt? Das verstehe ich nicht.«

»Wir interessieren uns für eine ehemalige Angestellte von Ihnen. Beverly Brown.«

»Beverly. O Gott.« Er seufzte tief auf, schaute weg und sah nun seinerseits aus, als sei er im Eimer. »Entsetzlich. Aber ich habe mit einem der Sheriffs in der Stadt gesprochen –«

»Ich weiß. Er hat gesagt, wir dürften ein paar Leute, die etwas wissen könnten, befragen.«

»Setzen wir uns.« Er zog die Stühle unter dem Rosenholztisch hervor, und sie nahmen Platz. Wiggins zückte sein Notizbuch.

»Wir halten Sie nicht lange auf.« Jury schaute sich noch einmal im Raum um. »Also, ich könnte mir vorstellen, daß man eine Menge Geld braucht, um das unternehmerische Risiko eines solchen Ladens zu tragen, so originell er auch ist.«

»Weil ich Unglück vermarkte, meinen Sie? Weil ich in den kläglichen Resten herumstöbere, wenn einer meiner Mitmenschen pleite geht?« Als Jury nickte, lachte Loser nur. »Sie wären überrascht, wie populär das ist. Allmählich komme ich zu der Auffassung, daß sich nichts besser verkauft als das Elend anderer. Mein Lieblingsspruch ist ein Aphorismus von Gore Vidal: ›Nicht genug, daß ich gewinne, sondern daß du verlierst.‹ Vermutlich hat er recht; das ist einer der unangenehmeren Züge der Menschheit. Wollen Sie keinen Ross-Perot-Becher mit zurück nach England nehmen?« Alan strahlte sie an und ergriff einen weißen Becher an den großen Henkelohren. »Eines der Überbleibsel vom letzten November.«

»Beverly Brown hat hier gearbeitet, stimmt das?«

»Ja, aber nur ein paar Stunden die Woche. Drüben im Hard Knocks.« Als Jury fragend die Brauen hochzog, sagte Alan: »Das ist unser Café. Nouveau lief so gut, daß Patrick sich sofort entschloß, das Reihenhaus nebenan zu kaufen, als es auf den Markt kam, und ein Restaurant daraus gemacht hat. Geöffnet nur bis fünf – es schließt eine Stunde früher als der Laden. Wir bieten Mittagessen und nachmittags Tees an. Wir hören mit dem Lunch-Service um halb drei auf und decken um halb vier für die Tees. Sie sind besonders beliebt. Der Name ist mir wegen des berühmten Hard Rock Cafés in London eingefallen; der letzte Schrei. Und weil er natürlich auch wie angegossen paßt. Das Leben versetzt einem eben harte Schläge. Möchten Sie einen Tee?«

Jury lehnte dankend ab und ignorierte Wiggins' Blick, der dem von Milos' Hund stark ähnelte. »Wann hat Miss Brown zum letzten Mal hier gearbeitet?«

»Das habe ich der Polizei schon gesagt. Es war der neunzehnte

Januar. Sie machte ungefähr um halb sechs im Café Feierabend, steckte den Kopf durch die Tür«, er deutete auf eine Tür zu seiner Linken, an der das Schild zum Hard Knocks Café hing, »und verabschiedete sich. War wie immer.« Er zuckte die Schultern.

»Haben Sie sie gut gekannt? Ich meine, mehr als nur geschäftlich?«

»Oh, ja. Patrick kannte sie allerdings besser als ich.«

»Patrick?«

»Mein Stiefbruder und Geschäftspartner. Meine Idee, sein Geld. Für ihn ist es aber nur ein Hobby.«

»Wieviel besser kannte er sie denn?«

Alan Loser schien zu überlegen. »Hm, ich glaube, es war ein offenes Geheimnis, daß sie ein Verhältnis hatten. Aber auf dem Hopkins-Campus hat man es wohl weniger gern gesehen.« Er nahm einen Aluminiumbecher mit einem merkwürdigen Henkel vom Tisch. »Beliebtes Teil für den aufstrebenden Jungmanager. Der Henkel ist ein tragbares Telefon, damit man auch dann seine Kontakte nicht verliert, wenn man den Job verliert und auf der Straße sitzt.« Alan lächelte. »Milos hat einen.«

Wiggins zog die Stirn in Falten. »Er ist doch taub, Sir.«

»Er kann aber immer noch anrufen. Und das tut er auch.«

»Was, meinen Sie, hat Beverly in der Nacht auf dem Friedhof gemacht?« fragte Jury.

Achselzucken. »Ich würde mal sagen, es war wegen dieser Hysterie zu Poes Geburtstag. Deshalb kann ich mir das Datum merken, der neunzehnte. Die Leute gehen zur Westminster Church, um einen Blick auf den Burschen zu erhaschen, der die Blumen ans Grab bringt. Beverly wollte ihre Dissertation über Poe schreiben.«

»Und das Manuskript, von dem sie behauptet, sie habe es gefunden – hat sie es erwähnt?«

»Ja, sie war unglaublich aufgeregt deswegen. Wenn Sie mich fragen, sie hat Gott und der Welt davon erzählt.« Er rückte das Tischgedeck aus dem Helmsly Palace zurecht, schob den Löffel ein wenig nach rechts. »Soweit mir bekannt ist, gab sie das Original einer Professorin zur Aufbewahrung. Sie heißt Ellen Taylor – sie lehrt in dem Studienprogramm mit den Schreibseminaren.«

»Dann kennen Sie Ellen Taylor?«

»Oh, ja, Ellen kommt ab und zu her. Sie war erst neulich hier, wollte ein kleines Geschenk für einen Freund. Tolle Frau, sehr gute Schriftstellerin – wenn ich mir auch kein Urteil über gutes Schreiben anmaßen kann«, sagte er mit einer Bescheidenheit, die er Jurys Eindruck nach nicht unbedingt empfand.

»Es wäre doch«, sagte Jury, »ein sehr wertvolles Dokument, dieses Manuskript. Immer unter der Voraussetzung, daß es echt ist. Glauben Sie, daß es echt ist?«

»Hm, ich bin völlig außerstande, das zu beurteilen.«

»War sie ehrlich?«

Loser öffnete den Mund zu einem tonlosen Lachen. »Meinen Sie das im Hamletschen Sinne? Wenn ja, dann glaube ich, nein – Beverly nicht, nein.«

Wiggins schaute von seinem Notizbuch auf.

Jury lächelte. »Eigentlich habe ich es so gemeint, wie ich es gesagt habe.«

Alan Loser zuckte wieder die Achseln. »Nicht besonders. Aber ich glaube, bei ihrem Aussehen und ihrem Verstand wäre es ohnehin übertrieben gewesen, von ihr auch noch moralische Integrität zu verlangen.«

»Könnte sie jemand wegen ihres Aussehens oder ihres Mangels an Moral umgebracht haben?«

»Teufel auch, überraschen würde mich das nicht. Patrick –« Er hielt inne.

»Sie meinen Patrick Muldare.«

Alan Loser nickte.

»Wo ist er?«

»Könnte an der Hopkins sein. Ab und zu hält er dort Seminare ab. Könnte überall und nirgends sein. Patrick hat überall seine

Finger drin, der hat eine Menge Eisen im Feuer. Er ist stinkreich.«

Obwohl Loser das so forsch-fröhlich dahinsagte, hörte Jury Bitterkeit heraus. »Wie ist er so geworden? Stinkreich, meine ich?« Jury lächelte.

»Durch die Familie, hauptsächlich. Patrick kommt aus einer uralten Unternehmerfamilie, Vater, Großvater, Ur- und Ururgroßvater. Wie bei Midas, was sie anfaßten, wurde zu Gold, und sie hatten das dazugehörige Temperament. Na ja, ich glaube, im Geschäftsleben kommt man eh nicht weit, wenn man nicht auch mal mit der Faust auf den Tisch hauen kann, was? Der Urururgroßvater ärgerte sich so sehr über seine Verwandten, daß er nicht nur sein Testament änderte, sondern auch seinen Namen. Nur damit sie wußten, wo er stand.«

»Ist Mr. Muldare auch jähzornig?«

»Hm, ja-a, könnte man so sagen. Auf alle Fälle verfolgt er das, was er sich in den Kopf gesetzt hat, mit einer gewissen Hartnäckigkeit. Manche Dinge jedenfalls. Wie Football. Da wird er sogar regelrecht kindisch. Jetzt hat er sich einen Floh ins Ohr setzen lassen und will die Football Lizenz für Baltimore kaufen. Das weiß man aber nur, wenn man aus Baltimore oder aus einer der anderen Städte ist, die scharf darauf sind. Dieses oder nächstes Jahr gibt die National Football League neue Lizenzen aus. Patrick kann sich wirklich kolossal in eine Leidenschaft hineinsteigern – halt, Moment mal.« Loser lächelte, wenn auch etwas verlegen. »Damit will ich nicht andeuten ...« Er zögerte.

»Was?« fragte Jury freundlich.

»Nichts.«

Jury schaute ihn an.

»Vielleicht war Patrick in sie verliebt, mehr aber auch nicht.«

»Und was, glauben Sie, empfand sie für ihn?«

»Ach, ich glaube, sie sah ihn als Trittbrett zu etwas anderem. Geld, Macht, Reputation.« Er lächelte, aber seine Stimme hatte einen veränderten Unterton, und er nahm eine aggressive Haltung ein, als er sich vorbeugte und eine Zigarette von Jury nahm. Jury zündete ein Streichholz an. »All das hat Patrick.«

Etwas in Losers Tonfall ließ Jury in Versuchung geraten, zu sagen: »Und Sie nicht.« Aber er schwieg.

20

I

Jurys Erfahrungen mit Oxford und Cambridge hielten sich in Grenzen, aber der Unterschied zwischen diesem offenen, weiten amerikanischen Campus, über dessen lange Auffahrt sie fuhren, und den Turmspitzen und verträumten kleinen Innenhöfen alter englischer Universitäten war frappierend. In Gedanken sah Jury wunderschöne alte Gebäude vor sich und Lehrende und Lernende in schwarzen Talaren über die windigen Plätze eilen.

Hier an der Hopkins schienen die Lernenden alles etwas langsamer angehen zu lassen, sie schlenderten über die Gehwege, die kreuz und quer durch das schneebedeckte Gras zwischen den klassizistischen Gebäuden mit weißen Säulen und den eher modernen Glas-Stahl-Konstruktionen verliefen, und strebten in Jeans und Daunenjacken mit ihren Büchertaschen zu den Seminarräumen und Parkplätzen. Meilenweit Autos, fiel Jury auf. Er war überrascht, daß die Studenten, die doch sicher immer knapp bei Kasse waren, so viele Autos besaßen. Und nicht genügend Parkplätze. Wiggins kutschierte das Mietauto einige Male im Kreis herum und entschied sich schließlich für einen Parkplatz, der für nichts weniger als einen Dekan vorgesehen war. Ohne mit der Wimper zu zucken, nahm er eine »Polizei«-Kennungsmarke heraus und legte sie hinter die Windschutzscheibe.

Aus dem Gebäude zu ihrer Linken strömten Studenten mit Plastikbechern, Sandwiches, Pizzastücken. Die nahrhaften Dinge waren wohl dort drin erhältlich, folgerte Wiggins messerscharf und fragte, ob er rasch einen Tee trinken könne, nicht ohne daran zu erinnern, daß er ja Mr. Losers Anerbieten, einen Tee in seinem Café zu trinken, abgelehnt habe. »Ich bin völlig ausgedörrt.«

Jury sagte: »Nur zu. Ich rede mit Vlasic und Muldare, wenn er da ist, hole Sie dann hier wieder ab, und wir gehen zusammen zu Professor Lamb. Da haben Sie genügend Zeit. Nehmen Sie einen Tisch an der Tür.«

Wiggins, die Dankbarkeit in Person, begab sich von dannen.

II

Trotz seines Namens sah Alejandro Vlasic weder mittelamerikanisch noch mitteleuropäisch, sondern wie ein Yankee aus. Aber er verwandte einige Mühe darauf, sich sowohl im Aussehen als auch in der Sprache einen britischen Anstrich zu geben. Jury stand an der Tür zu seinem Büro und hörte ihn sofort heraus, als er Studenten begrüßte und verabschiedete. Vlasic rauchte Pfeife (was sonst), trug ein grünes Cordjackett mit Lederflecken an den Ellenbogen und das Haar lang, damit er wie ein Bohemien wirkte, der auf die Dienste eines Friseurs keinen Wert legt.

Schließlich mußte Jury ihn doch bei seinem Gespräch mit einem Studenten unterbrechen. Der allerdings sah aus, als habe er eine Harley Davidson, wenn nicht eine ganze Rockerbande draußen stehen.

Professor Vlasic kam Jurys Besuch keineswegs ungelegen; er schien sogar erfreut, daß ihn ein Beamter der Mordkommission von Scotland Yard beehrte. Wie Ellen lehrte er kreatives Schreiben und amerikanische Literatur. Aber im Gegensatz zu ihr, einer nicht unbekannten Romanautorin mit zwei kommerziell erfolgreichen Büchern und einem Literaturpreis hatte Vlasic es bisher nur zu einem dünnen Bändchen Gedichte gebracht. Es hieß *Ungesäuerte Krisen*, wie Jury unschwer erkannte, denn drei Exemplare waren an strategisch wichtigen Stellen im Raum verteilt (Schreibtisch, Bücherbord, Couchtisch). Brauner Einband, der Titel in Goldprägung, damit es wie ein Ledereinband wirkte, Goldschnitt und wie von Hand beschnittene Seiten – prächtig, ein Prunkstück. Unter dem Schreibtisch standen Kästen mit schmalen braunen Büchern; als Jury den Kopf leicht zur Seite neigte, sah er, daß es sich um weitere Prachtausgaben der Gedichte handelte.

Vlasics Büro war wie Vlasic: gelehrt. Eine Wand war komplett mit Walnußregalen bedeckt, die nächste zur Hälfte ebenfalls; Couch, Kretonnesessel und Couchtisch schlossen sich an. Es gab schlanke Vasen mit üppigen Blumenarrangements und Vorhängen an den Fenstern. Ramponierte Fichte und Büroaktenschränke aus Metall suchte man hier vergebens. Nein, alles wirkte wie ein zweites Heim und war topmoderner Edelschick.

Bevor Jury sagen konnte, warum er hier war, begann Vlasic – Doktorvater, Poet und Poe-Experte von eigenen Gnaden – mit Namen um sich zu werfen: Edward Albee, John (»Jack«) Barth, Doris Grumbach und andere Größen der Universität. Allerdings nannte er keine Lyriker, obwohl, da war Jury ziemlich sicher, die Johns Hopkins Lyriker hervorgebracht haben mußte, deren Ruhm dem ihrer Prosaisten und Dramatiker in nichts nachstand. Aber deren Namen aufzufahren, hatte Tücken: Einerseits hielt sich der Professor gern für ein Mitglied dieser erlauchten Szene, andererseits rangierte sein Name ziemlich weit unten auf der Liste.

Mitten in das Staraufgebot berühmter Namen ließ Jury den Namen Beverly Brown fallen.

»Sehr traurig«, sagte Professor Vlasic. »Tragisch. Sie war eine blitzgescheite Frau.« Er seufzte und drehte den Kopf so, daß das Licht vom Fenster auf seine hohe Stirn und die Hakennase fiel. Jury vermutete, daß er seinem rechten Profil den Vorzug gab. Wenn er das Kinn noch ein winziges Millimeterchen vorgestreckt hätte, wäre ihm eine byroneske Pose gelungen. Zu dumm, daß er nicht die geringste Ähnlichkeit mit dem englischen Dichterfürsten hatte.

»Sie waren Beverly Browns Doktorvater?«

»Ja. Sie war eine außergewöhnliche Studentin. Dennoch mußte ich ihrer Phantasie manches Mal Einhalt gebieten; meine eigene Interpretation Poes –«

Jury wollte verhindern, daß er nunmehr seine eigene Interpretation vom Stapel ließ. »Irgendeine Ahnung, warum sie jemand umgebracht hat, Professor Vlasic?«

»Absolut keine. Man darf gar nicht daran denken.«

»Aber jemand hat daran gedacht.«

Vlasic zuckte zusammen, als zeuge Jurys Bemerkung von einigermaßen schlechtem Geschmack.

»Sie mochten sie auch sehr gern, oder?«

»Aber natürlich. Warum nicht?« fuhr Vlasic empört auf.

»Noch einmal zurück zu ihrer Doktorarbeit – was halten Sie von dieser Poe-Geschichte?«

»Der Geschichte, die angeblich von Poe ist, Superintendent. Angeblich.«

»Sie glauben, es ist eine Fälschung?«

Vlasic entschloß sich zu wohlwollender Neutralität. »Hm, einen Großteil davon könnte man für authentisch halten. Das Textkorpus Poes kommt zur Anwendung.«

»Das verstehe ich nicht.«

»Poe neigte dazu, in seinen Werken bestimmte Worte und Phrasen häufig zu wiederholen. Wissen Sie, wie ein Schauspieler, der einen Vorrat an Monologen hat, mit denen er sein Publikum unterhält. Wenn Sie Poes Werk durchforsten, finden Sie immer wieder dieselbe Idiomatik – ›undurchdringliche Düsternis‹, und dergleichen mehr.«

»Soweit ich weiß, wollte Miss Brown die Erzählung als Grundlage für ihre Dissertation benutzen.«

»Darüber hatten wir noch keine Einigung erzielt.«

»Was hat Sie zögern lassen?« Jury lächelte. »Die Arbeit wäre doch eine Sensation gewesen.«

»Aber das ist doch das Problem! Wir wollen Wissenschaftlichkeit, keine Sensationen!«

»Ich meine das Wort nicht im abwertenden Sinn.«

Aber Vlasic wollte nicht Jury, sondern sich selbst hören. »Und die Frage der Authentizität...« Er legte das Kinn auf die Brust und kaute am Ende des Pfeifenstiels. »Sie hat sich geweigert, uns den gesamten Text zur Prüfung auszuhändigen. Ein Fragment! Das allein war schon verdächtig.«

»Vielleicht hatte sie Angst, daß es ihr jemand stehlen würde.«

»Sie hat es aber einer Professorin zur Aufbewahrung gegeben.«

Die Professorin lag Vlasic im Magen, vermutete Jury. Patrick Muldares Worte kamen ihm in den Sinn. »Vielleicht vertraute sie Ellen Taylor.«

Vlasic war überrascht. »Sie kennen sie?«

Jury nickte.

»Heute nachmittag erst habe ich mit Ellen einen Kaffee getrunken. Ein paar meiner Studentinnen waren anwesend. Wissen Sie, es ist schlechterdings unmöglich, Ellen in irgendeine Art wissenschaftlichen Diskurses zu verwickeln. Ich will ja nicht schlecht über Kollegen reden –«

Hm, hm, dachte Jury.

»– aber Ellen Taylor ist nicht eine der verantwortlichsten, weder in der Lehre noch in der Forschung.« Vlasic klopfte die Pfeife aus. Jetzt würde er erst einmal aus dem Nähkästchen plaudern. »Wie Sie wissen, lehren Ellen und ich beide Schreiben, aber unsere Methodik unterscheidet sich wie Tag und Nacht.« Er zückte den Pfeifenreiniger. »Ich verwende das halbe Semester auf die Methodologie. Zwei Wochen lang ausschließlich Vorlesungen über Struktur; weitere zwei über die Dekonstruktion des poetischen Symbols –«

Jury zog die Augenbrauen hoch.

»Sie entschuldigen, wenn ich nicht versuche, Ihnen die Begrifflichkeit zu erläutern.« Vlasic musterte Jury von oben bis unten, als überlege er, ob er ihm ein Almosen geben sollte. »Ich weigere mich, *weigere* mich erst einmal acht Wochen lang, sie ein Wort zu Papier bringen zu lassen. Nicht *ein Wort*. Das habe ich mir in meiner Lehre zur eisernen Regel gemacht.«

»Vielleicht schreiben sie heimlich.«

Diese Unterstellung wehrte Vlasic mit einer Handbewegung ab. »Ellen Taylor dagegen glaubt an nichts anderes als an Stift und Papier. Ellen *lehrt* nicht; Ellen läßt sie vom ersten Tage an schreiben. Ellen hat –«

»– es durchaus schon zu etwas gebracht.«

»Ich bin mir nicht sicher, was Sie über Semiotik wissen, Superintendent –«

»Herzlich wenig.« Jury nahm das braune Buch vom Schreibtisch.

»Ellens Problem ist, sie glaubt an *Worte* –«

»Angesichts ihres Berufs überrascht mich das nicht.«

»– und die Crux mit den Lesern ist genau die: Sie versuchen, die Matrix zu finden, die Schlüsselworte zur Bedeutung. Der Dekonstruktivismus ist die einzig adäquate –«

»Ihres?« unterbrach Jury ihn und winkte mit *Ungesäuerte Krisen*, damit er zum Ende kam.

Vlasic schaute extrem selbstzufrieden drein. »Sie kennen die Redewendung: Der Prosaist verbeugt sich, wenn der Lyriker vorübergeht?« Er steckte die Pfeife wieder in den Mund und zielte mit einem flammenwerfenden Feuerzeug darauf.

»Ja«, sagte Jury und verzog keine Miene. »Sagen Sie, kennen Sie einen Mann namens Patrick Muldare? Er unterrichtet doch auch hier.«

»Ha! Wenn einer ein Dilettant ist, dann er! Ihm wird nur deshalb gestattet, hier zu lehren, weil er der Universität eine beträchtliche Summe Geld gestiftet hat.« Vlasic zog ein Taschenbuch aus dem Regal, blätterte es kurz durch und übergab es Jury. »Können Sie sich das vorstellen? Ein Seminar über Football!«

Jury nahm das Vorlesungsverzeichnis, las den Titel und lächelte. »Sehr unterhaltsam. Wo kriege ich so eines?« Er hielt es hoch.

»Behalten Sie es nur.«

Den Blick auf die beiden Bücherkartons unter dem Schreibtisch gerichtet, fragte Jury: »Ist es unverschämt, wenn ich Sie um ein Exemplar Ihres Gedichtbandes bitte, Dr. Vlasic?«

»Nein, nein – es ist mir ein Vergnügen.« Er zog eins aus dem Karton.

»Mit Autogramm?«

Mit einer überaus schwungvollen Armbewegung – er entrollte den Arm regelrecht – signierte Vlasic mit »VLASIC«.

»Allerherzlichsten Dank, danke schön«, sagte Jury in aller Bescheidenheit. »Übrigens, ob das Poe-Manuskript nun echt ist oder nicht, das machte den Wert für Beverly Brown nicht aus. Oder für jemanden in einer ähnlichen Situation«, fügte er hinzu.

»Da kann ich Ihnen nicht folgen.«

»Na ja, es wäre doch für jeden Wissenschaftler wertvoll. Selbst wenn es nicht echt ist, kann man eine Dissertation darüber schreiben, es auseinandernehmen, es in Stücke zerreißen, etcetera. Zu beweisen, daß es unecht ist, wäre doch genauso ein Bombending, wie zu beweisen, daß es echt ist.« Jury nahm *Ungesäuerte Krisen* zur Hand und blätterte es durch. »Ich meine, für jemanden, der gern ein Buch darüber schriebe, wie man eine Fälschung entlarvt. Und außerdem ein Schritt nach oben auf der Karriereleiter, oder?«

Dazu äußerte Vlasic sich nicht.

21

»Beverly, Beverly, Bever – hmmm.«

Owen Lamb schien bei Eigennamen automatisch Beschwörungsformeln anzustimmen, als leiere er ein Mantra herunter.

Inmitten endloser Bücherreihen, die auf dem Schreibtisch, auf den Regalen, überall, wo Platz war (vorzugsweise auf dem Boden), verteilt waren und seine zarte Gestalt schier erdrückten, saß er in seinem Büro in der Johns Hopkins. Sein ohnehin schon kurzer Oberkörper wirkte durch rote Hosenträger noch kürzer, es sah aus, als zögen sie seine Taille bis zum Brustkorb hoch. Er hatte zarte, beinahe durchscheinend weiße Haut wie altes Reispapier, von einem Netz feiner Adern durchzogen.

»Eine furchtbare Sache – ja, furchtbar.« Er schüttelte den Kopf und kratzte sich gedankenverloren am Ohrläppchen. »Haben Sie denn schon etwas herausgefunden?«

»Detective Pryce untersucht den Fall noch. Kannten Sie Miss Brown gut?«

Die Frage amüsierte Lamb. »Ich kenne niemanden gut. Ich halte mich weitgehend an meine Bücher. Beverly hat ab und zu für mich gearbeitet. Sie war ein nettes Mädchen, äußerst intelligent. Äußerst.« Er runzelte die Stirn und überdachte sein Urteil. Dann lehnte er sich zurück und schaute zur Decke. »Was allerdings dieses angebliche Poe-Manuskript betrifft, erachte ich es als höchst unwahrscheinlich, daß sie es geschrieben hat.«

»Sie glauben, es ist echt?«

»Das habe ich nicht gesagt. Ganz im Gegenteil, ich halte es nicht für echt. Das ganze Ding riecht doch nach Fälschung, oder etwa nicht? Es ist schon schwer genug, Poes Unterschrift zu fälschen, ganz zu schweigen von einer vollständigen Erzählung.«

Jury zog die Stirn in Falten. »Aber widersprechen Sie sich da nicht selbst, Professor?«

»Hm! Wird wohl so sein. Ich meine lediglich, es kann einfach nicht echt sein.«

»Ich bin mit Poes Werken nicht sonderlich gut vertraut, aber es klingt doch sehr nach ihm.«

»Ja, aber den Inhalt zu imitieren wäre doch recht simpel. Verglichen mit anderen Schriftstellern, meine ich. Ich will Ihnen eines über Fälschungen sagen, meine Herren: Der Inhalt ist unwichtig, wichtig ist der Schreibstil. Der Unterschied zwischen einem gefälschten und einem echten Dokument liegt fast immer in der äußeren Form. Angefangen mit der Handschrift.«

»Was ist mit der hier?«

»Die überzeugt nicht. Aber ich sage Ihnen noch etwas.« Er brach ab und lächelte, als freue er sich über einen gelungenen Zaubertrick. »Wer auch immer das Skript geschrieben hat, ist sich bewußt, daß eines eminent wichtig ist: Jede Schrift hat einen bestimmten Rhythmus. Ein Amateur zerstört den Rhythmus fast immer, weil er ständig auf die Vorlage schauen muß. Dabei kommt dann so ein stockendes Schriftbild heraus, bei dem die Bögen und Schwünge nicht flüssig sind.«

Wiggins war verwirrt. »Könnten Sie das genauer erklären, Sir?«

»Natürlich, aber ich möchte vorausschicken, daß ich wirklich kein Handschriftenexperte bin. Wenn ich überhaupt etwas darüber weiß, dann nur, weil mir als Genealoge häufig Dokumente zum Überprüfen auf den Schreibtisch flattern. Ich habe manch eine Fälschung gesehen. Wenn Sie sich in eine Handschrift wirklich hineinfinden wollen, müssen Sie etwas von Anatomie verstehen, von der Knochenstruktur, der Anordnung der Handwurzel-, der Mittelhand- und Fingerhandknochen. Sie müssen etwas über Kugelgelenke wissen, wie sich das Handgelenk dreht, und dergleichen mehr. Aber um auf den Fluß der Bögen zurückzukommen – Bewegung und Stärke der Linien sind von Bedeutung. Normalerweise sieht man ja den natürlichen, das heißt, den glatten, ununterbrochenen Verlauf der Bögen. Nun, je langsamer sich der Stift bewegt, desto mehr Unregelmäßigkeiten erhält man in der Linienführung. Probieren Sie es selbst aus, schreiben Sie einmal langsam, und schon haben Sie ein Zittern, ein Zögern, ein leichtes Stocken im Schriftbild. Man schreibt die Buchstaben nämlich nicht getrennt voneinander. Das tut man nur als Kind, wenn man schreiben lernt. Aber wenn man einmal schreiben kann, folgt die Schrift einem bestimmten Rhythmus. Der Rhythmus bestimmt den Verlauf der Bögen. Und dann das ständige Überprüfen – das macht sich bei gefälschten Dokumenten oder Unterschriften bemerkbar. Sie können Ihren Namen leicht mit geschlossenen Augen schreiben, nicht wahr? Aber eine Unterschrift, die Sie fälschen wollen, beileibe nicht. Sie müssen die Buchstaben immer wieder überprüfen – Sie schauen vor und zurück, vor und zurück.« Owen zuckte bescheiden mit den Schultern. »Wie dem auch sei, über dieses Dokument muß jemand viel Gelehrteres als ich ein Urteil fällen. Meine Sachkenntnis erstreckt sich mehr auf den Bereich von Dokumenten, die irgendein Scharlatan fälscht, um einem albernen Laffen, der mit Napoleon verwandt sein will, einen aristokratischen Stammbaum zu verscherbeln. Bei Unterschriften bin ich, glaube ich, ziemlich gut«, er hielt inne und zuckte wieder mit den Schultern, »und gelegentlich bekomme ich echte Dokumente, die nicht ganz so schwachsinnig sind.« Wieder machte er eine Pause und runzelte die Stirn. »Sogar neulich erst, aus Ihrem Land.«

»Auf dem Manuskript war eine Unterschrift«, sagte Wiggins.

»Da muß ich einräumen, daß ich sie geprüft und für gut befunden habe. Die Unterschrift von Poe wirkte eher wie ein Muster, nicht wie lediglich aneinandergefügte Buchstaben. Daran, wie die Buchstaben aneinandergereiht sind, erkennt man eine gefälschte Unterschrift. Ich konnte die üblichen Pausen, das Hochheben des Stifts, all diese Dinge, nicht feststellen. Doch ich bin sicher, einer genauen Überprüfung durch einen Experten wird sie nicht standhalten.« Er lachte. »Sie glauben doch nicht, ein Haufen erfahrener alter Hasen läßt eine Miss Brown mit solch einem himmelschreienden Unterfangen durchkommen? Ein Schulmädchen, das die Herren Akademiker an der Nase herumführen will!«

»Chatterton hat es geschafft.« Jury sah sich wieder in der Tate, und das Bild vor seinem inneren Auge stimmte ihn traurig. »Oder hätte es geschafft?«

»Da haben Sie recht. Aber Walpoles Reaktion, als er feststellte, daß er auf den Arm genommen worden war, ist Ihnen ja bekannt.«

»Ein Schulmädchen war sie ja nun nicht gerade, Professor Lamb. Sie war achtundzwanzig und arbeitete an ihrer Dissertation.« So leichtfertig sollte man Beverly Brown nicht abtun, fand Jury. »Und wenn das Dokument Ihrer Prüfung standgehalten hat, warum sind Sie so sicher, daß es eine Fälschung ist?«

»Oh, das bin ich ja gar nicht. Ich bin nur voreingenommen und meine, daß es nicht echt sein kann, weil es mir so unwahrscheinlich erscheint. Dr. Vlasic, der es mir vorlegte, behauptete, Beverly Brown habe es in einer *Truhe* gefunden. Also, ich bitte Sie.« Er schüttelte den Kopf.

Jury lächelte. Das hatte Melrose Plant auch gesagt.

»Was ist mit dem Papier, der Tinte, diesen Dingen? Ist es nicht schwierig, Papier aus der Zeit zu finden?«

»Ja, aber nicht unmöglich. Fälscher benutzen manchmal Vorsatzblätter aus alten Büchern.«

»Aber wir reden doch hier über mehr als eine einzelne Seite. Man bräuchte eine ganze Anzahl Bücher, alle aus demselben Papier.«

Owen Lamb dachte einen Moment nach. »Möglich ist ja, daß sie auf das Lager einer Papiermühle gestoßen ist, die zu der Zeit betrieben wurde. Vielleicht in England. Die Tinte, die sie benutzt hat – jetzt nehme ich selbstverständlich an, sie hatte das Manuskript geschrieben –, sieht mir allerdings nicht danach aus, als sei's das gute alte Zeug. Sie hat diesen Stich ins schmuddelig Purpurne, der auf gefälschten Dokumenten gang und gäbe ist. Und Tinte, die vor der Mitte des letzten Jahrhunderts hergestellt worden ist, würde Anzeichen von Rost zeigen. Weil Eisen darin war. Davon sieht man in dem angeblichen Poe-Manuskript jedoch nichts. Andererseits hätte jemand so Erfindungsreiches wie Beverly Brown«, er lächelte ein wenig, »doch wohl keine Mühen und Wege gescheut, um die richtigen Zutaten zu finden. Wer weiß?« Er zuckte die Achseln. »Vielleicht hat sie einen Stapel altes Papier gefunden und ist auf dumme Gedanken gekommen.«

»Hat sie mit Ihnen je über ihre Freunde gesprochen?«

»Kann schon sein. Aber ich habe nicht zugehört.« Er schaute sie an. Seine Augen schwammen, durch die dicken Brillengläser sahen sie wie Eulenaugen aus. Er wischte sich mit der Hand durchs Gesicht und setzte die Brille zurecht.

»Was für eine Arbeit hat Beverly Brown für Sie gemacht, Professor Lamb?«

Sein Stuhl bewegte sich knirschend nach vorn und stiftete einige Unordnung in einem Stapel Bücher neben einem Stuhlbein. Staub flog auf und setzte sich wieder. »Sie hat mir bei dem Index für mein Buch geholfen«, erklärte er, kniff sich in den Nasenrükken und rückte die Brille wieder an ihren Platz. Mit dem Arm deutete er auf ein Regal zu seiner Rechten. »Indizes sind langweilig. Sie ist vermutlich der einzige Mensch weit und breit, der außer mir in die tiefsten Tiefen einer Jahrhunderte alten Familie getaucht ist. Sie hat Geschichte und Literatur studiert.« Er kratzte sich auf seinem kahl werdenden Kopf und fragte Jury: »Wer ist heutzutage Fachbereichsvorsitzender?«

Jury lächelte. »Das weiß ich leider nicht, Professor. Ich bin von Scotland Yard.«

Owen Lamb fing an, in seinem Drehstuhl zu kippeln und die Daumen umeinander zu drehen. »Beverly schwatzte die ganze Zeit über Edgar Allan Poe. Irgendwelchen Unsinn, der mit den Geheimnissen zu tun hat, die Poe umgeben – vielleicht mit seiner

Familie, ich weiß es nicht. Ich mache mir nicht allzuviel aus Poe, Sie? Dieses ganze Gruselzeugs. Aber Beverly mochte es. Einerlei, sie wollte, daß ich ihr bei der Familiengeschichte von jemandem half – Sie wissen schon, dieser Unfug mit dem Familienstammbaum. Heutzutage schick. Ich habe ihr gesagt, ich sei Genealoge, kein Familienhistoriker. Ich kriege jede Menge Anfragen von diesen stockpatriotischen Damen, die wissen wollen, ob ihre Groß-Groß-Groß-Tanten mit George Washington verkehrten.«

»Wissen Sie noch, wer das war? An wessen Herkunft Beverly Brown interessiert war?«

Lamb machte eine wegwerfende Handbewegung. »Beverly kramte die ganze Zeit in Poes Vorfahren. Sie hatte eine Ader für Genealogie – sehr ungewöhnlich für eine Geisteswissenschaftlerin. Vielleicht ist sie über jemanden gestolpert, den sie wichtig fand – was weiß ich. Vielleicht einen von den Clemms, der Familie seiner Frau.«

Wiggins wandte den Kopf von einem Schaubild an der Wand ab, einer komplizierten Darstellung von Verwandtschaftsbeziehungen. »Das ist interessant, Sir. Mark Twain ist ein entfernter Verwandter des Prinzen von Wales.«

»Wir sind alle mit dem Prinzen von Wales verwandt. Vermutlich sogar der Penner, der tot in der Cider Alley gefunden worden ist.« Owen Lamb warf einen Blick auf das Schaubild. »Cousin um dreizehn Ecken ist ja wohl keine dolle Verwandtschaft, was?«

Wiggins konnte sich immer so wunderbar in das Arbeitsleben von Zeugen hineinversetzen; er wirkte entweder, als habe er schon immer tun wollen, was sie taten, oder aber, als meine er, sie seien im Besitz einer Macht und einer Weisheit, die ihn vor zukünftigem Unheil bewahren könne. Nun stand er vor dem Schaubild, das an das Nachrichtenbrett gepiekst war, wiegte sich auf den Absätzen und sagte: »Einer meiner Vorfahren war Genealoge und Soziologe, fällt mir dabei ein.«

»Wirklich?« fragte Lamb.

»Ja, Sir. Wenn ich es recht überlege, war er sogar adlig. Der Familienname wurde aber anders geschrieben. W-I-G-H-A-N oder so ähnlich. Wenn ich mich richtig erinnere, hat er auch eine Chronik über die Pest verfaßt. Wie Defoe. Er war... Viscount. Nein, Baron. Genau. Baron Tweedears. Das hatte ich doch beinahe alles vergessen!« Wiggins lächelte breit, offenbar glücklich, daß es ihm wenigstens jetzt eingefallen war.

Jury riß die Augen auf. Tweedears? Es überraschte ihn immer wieder, wenn ein Verwandter seines Sergeant auftauchte, meistens einfach so aus Nichts, bei Gesprächen wie diesem. Wiggins gehörte zu den Menschen, von denen man immer annahm, sie hätten keinen Anhang und keine Familie. Jury wußte, daß er eine Schwester in Manchester hatte, aber das war auch schon mehr oder weniger alles. Nicht ganz so überraschend war Wiggins' entfernte Verwandtschaft mit dem Schwarzen Tod.

Wenn Wiggins Interesse an dem Arbeitsgebiet eines Zeugen zeigte, tat er das zwar nie in der Absicht, Informationen aus ihm herauszuholen, aber genau das gelang ihm dabei glücklicherweise oft. Die Leute vergaßen, daß Wiggins Polizist war, weil der Sergeant es anscheinend selbst vergaß.

Owen Lamb fuhr mit dem Finger über eine Reihe Bücher auf dem Regal. »Tweedears, Tweedears.« Kein Fachmann, nicht einmal ein so bescheidener und wenig arroganter wie Owen Lamb, läßt sich gern dabei ertappen, daß er in seinem Bereich etwas nicht weiß, und schon gar nicht von einem Laien. Lamb zog ein verstaubtes Buch herunter, feuchtete sich den Finger an und blätterte die Seiten durch. »Ah! Da haben wir's!« Er übergab es Wiggins.

»›Tweedears – Sir Eustace Wickens aus Ranesley, Grafschaft Mayo, Sohn des Avery D. und der Mary, To. –‹« Wiggins schaute Owen Lamb fragend an.

»Tochter«, sagte Lamb.

»›... Tochter des Fitz-Hugh aus Aintree, Neffe und m. E.‹ – m. E.?«

»Männlicher Erbe«, sagte Lamb. »Lassen Sie mich mal. ›Neffe und männlicher Erbe von Eustace Lord Leith, geboren ca. 1545, einziger Erbe der Familiengüter besagten Onkels, 9. April 1570, zum Baronet erhoben, Grafschaft Banff, und am 21. Mai 1579, zum Baron Tweedears –‹ etcetera. Mal sehen, was es sonst noch Interessantes – aha! ›Schloß sich 1580 Verschwörung an, um die Königin von Schottland auf engl. u. irisch. Thron zu bringen, und wurde – in Acht und Bann getan –‹« Unwillkürlich trat Wiggins einen Schritt zurück. »– ›verwirkte seinen Titel‹. Offenbar nahmen seine Brüder auch an der Rebellion teil, gingen ihrer Ehren und Ländereien verlustig und wurden zum Tode verurteilt. Dann haben wir eine Menge de-jure-Barone – dritter Baron de jure, vierter Baron de jure, fünfter, sechster, siebenter, achter ... Hier ist ein ›James Arundel Wickens, Kammerherr, starb nach Begegnung mit Prostituierter –‹ nicht das glücklichste Zusammentreffen von Umständen, was? – ›nach seinem Tod Ländereien erneut verliehen, mit Patenturkunde vom 1. Oktober 1790‹, an Aubrey, ›Titel und Land erhalten durch Patentbrief 1790, starb 1804 nach Begegnung mit Prostituierter und nachfolgendem Duell.‹ Na, so was! Wieder wird der Titel aberkannt, gute Güte, nur wegen einer Prostituierten und eines Duells? Hat man dem Burschen aber ganz schön übel mitgespielt. ›Ihm folgt Sohn –‹ da haben wir doch den, den Sie meinen, was? – ›Elphinstone Fitz-Hugh Wickens, Schreibweise geändert in Wiggins, hervorragender Genealoge und Autor von Werken über Heraldik, neunter Baron de jure‹!« Owen schlug das Buch zu. »Na, was sagen Sie jetzt, Sergeant?«

Wiggins war sprachlos. »Verzeihung, aber heißt das ...?«

»Daß Sie Baron Tweedears sind? Möglicherweise de jure. Bisher sind wir ja erst bis zum neunten Baron vorgedrungen, und wer weiß, vielleicht ist der Titel zwischen dem neunten und Ihnen – dem wievielten Baron? – wieder verwirkt, oder er ruht, und es ist strittig, wem er zusteht. Ich muß das nachprüfen. Haben Sie noch nie einen Blick in *Burke's Peerage* geworfen, Mr. Wiggins?«

Wiggins warf nur Blicke auf den Fotokopierer in der Ecke unter einem Fenster. »Könnte ich wohl – Sir, könnte ich mir die Seite wohl rasch kopieren?«

»Aber gern. Was ist denn mit Ihrem Vater, Sergeant?«

»Wie, was ist mit ihm?«

Lamb schnaubte die Luft aus den Nasenlöchern wie ein feuerspeiender Drachen. »Das frage ich Sie! Hat er Ihnen nie etwas über Ihre Herkunft erzählt?«

»Nein, Sir. Hat er nicht. Wußte wahrscheinlich gar nichts davon.« Im Fotokopierer blitzte es auf, die Seite wurde abgelichtet.

»Geben Sie mir das Buch, wenn Sie fertig sind.«

Wiggins gab es ihm, und Lamb blätterte die Seiten wieder durch. Er lächelte. »Ich habe Ihr Wappen vergessen: Hier ist es. ›Aufgerichteter Bär auf silbernem Grund, liegender Löwe auf rotem. Helmzier: Brennender Dornbusch in den natürlichen Farben; Schildhalter: dexter, ein Schwan; sinister, ein Fisch mit Schuppen.‹«

Wiggins strahlte. Jury seufzte. Alfred Edward Wiggins, Baron Tweedears. Großer Gott.

Ein Mordstitel!

22

»Es ist natürlich lächerlich«, sagte Wiggins, aber die affektierte Geste, mit der er seine Krawatte richtete und sein Glas hob, als bringe er einen Toast auf seine Ahnen aus, strafte seine Worte Lügen.

Die vier hatten bei Bertha's ein vorzügliches, weitgehend aus Miesmuscheln (»mit Sand«, mäkelte Melrose) bestehendes Essen genossen und sich im Horse You Came In On an eben dem Tisch eingefunden, an dem sie auch am Abend zuvor gesessen hatten.

»Ein Peer! Mitglied des Oberhauses! Stell sich das einer vor!« sagte Melrose.

»Da wird Chief Superintendent Racer Augen machen, was, Sir?« sagte Wiggins zu Jury. »Es würde mich gar nicht überraschen, wenn der die Wände hochgeht.«

»Und ob!« sagte Jury und dachte, wenn einer hier die Wände hochgehen sollte, dann ich. Baron Tweedears – Allmächtiger! »Ihr Boß gibt sich die Kugel. Und wir wären ihn endlich los.« Sorgsam ordnete Jury die Manuskriptseiten, die Ellen ihm gegeben hatte.

Melrose hatte sich beschwert, er sei an der Reihe zu lesen; woraufhin Ellen gesagt hatte, nein, dem sei nicht so, der Superintendent habe noch nicht zu Ende gelesen, was er gestern angefangen habe. Dagegen hatte Melrose eingewendet, es sei aber ein frischer Stoß Seiten. Und Wiggins hatte sich bei Melrose eingehend nach dem Familienwappen der Ardry-Plant erkundigt... und so weiter und so fort.

Jury ließ sie eine Zeitlang streiten, brachte sie dann mit einem Blick und Papierrascheln zur Ruhe und sagte: »Noch ein Brief.«

»Madam,
nicht lange befand ich mich an jenem Abend in Gesellschaft Monsieur P-s, als er mir seine seltsame Geschichte erzählte und ich seines heftigen Seelenschmerzes gewahr wurde. In die Betrachtung der merkwürdigen Perspektive versunken und erregt (wie ich meinte) von den aromatischen Essenzen, hieß ich ihn fortfahren.

»Dieses Unwohlsein – denn Krankheit vermag ich es nicht zu nennen –«

»Ich frage mich, ob dieser Hilaire P. mit den Ölen zündelt, die wir heute Duftöle nennen«, unterbrach Wiggins.

Jury setzte seinen Spekulationen über eine neue Wunderkur für alle seine gegenwärtigen und zukünftigen Zipperlein ein abruptes Ende. »Ich nenne es gar nichts, Wiggins. Hören Sie doch zu.«

»Dieses Unwohlsein – denn Krankheit vermag ich es nicht zu nennen – bestand aus einer Schwäche, einer Kurzatmigkeit, welche mich gleichwohl so beeinträchtigte, daß ich mich alsbald zu Bett begab, um dort zu verweilen, bis sie mich aus ihren Fängen entlassen würde. Und so lag ich denn in unruhigem, immer wieder unterbrochenem Schlummer bis in die frühen Morgenstunden – und erwachte endlich von einem lauten, durchdringenden Schrei, der von unterhalb meines Fensters zu kommen schien. Immer noch schlaftrunken von der Wirkung des kräftigenden Tranks, den ich zu mir genommen, um den Schwindel, der mich so rasch übermannt hatte, zu lindern, und von dem ich gehofft hatte, er werde mir zu nächtlicher Ruhe verhelfen, erhob ich mich, um die Ursache des Tumults zu erforschen.

Als ich in den Hof hinabblickte, entdeckte ich zwei Gestalten in dunklen Umhängen, die, ihren raschen Bewegungen nach zu urteilen, ein Duell miteinander auszufechten schienen. Ich hörte das Klirren, das Aufschlagen von Metall auf Metall und das Scharren der, wie ich annahm, Schwerter oder Rapiere.

Wer sie waren, wie sie hierhergelangt waren, welches die Ursache ihres Streites war – auf diese Fragen war mir keine Antwort beschieden.

Darüber hinaus, wie Sie sich selbst überzeugen mögen –«

Hier wies er zum Fenster, ich beeilte mich, der Aufforderung Folge zu leisten, und trat an selbiges –

»– ist der Hof von allen Seiten umschlossen.«

Und in der Tat: Die beiden Häuser – Monsieur P-s und das gegenüberliegende – wurden durch den gepflasterten Hof getrennt und zugleich rechts und links durch hohe Mauern miteinander verbunden. Einen Zugang boten nur die Türen zu den jeweiligen Gebäuden oder ein hohes Gittertor, mit Schloß und Riegel versehen, das, wie er mir versicherte, nie benutzt wurde. Einstmals mochte das Tor geöffnet worden sein, um Kutschen hereinzulassen, aber dem war nicht mehr so. Ich hielt die schweren Samtvorhänge zur

Seite und schaute vom Hof hinauf zum Fenster, das wie ein Spiegelbild des unsrigen wirkte, und mir war, als sähe ich auch in diesem Spiegel eine Hand, die einen Vorhang zur Seite hielt, und ich wich zurück vor einer Nacht, die gleichfalls von dunklen Wohlgerüchen durchtränkt zu sein schien.

Aber das bedeutendste Geheimnis, das diese unerhörte Angelegenheit umgab, bestand nicht in der Frage, auf welche Weise sich die Duellanten Eintritt verschafft hatten, denn selbst wenn man davon ausging, daß sie durch die eine oder andere Tür in den verschlossenen Hof gelangt waren, blieb doch die Frage: Warum waren sie gekommen?

In diesem Sinne äußerte sich auch M. P-. Ich selbst schrieb diese seltsame Geschichte dem kombinierten Effekt der durchzechten Nacht, dem Fieber, das er sich anscheinend zugezogen hatte, und den Essenzen zu, die die Öle fortwährend in seinem Salon und höchstwahrscheinlich auch in seinem Schlafgemach verströmten. Denn auch ich spürte ja den Effekt, den die Atmosphäre des Raumes auf mich ausübte, eine Atmosphäre, die noch verstärkt wurde durch den Schein der Flammen, welcher die bemerkenswerten Bildwerke mit Purpurrot übergoß, und das perlende Licht, das der Kronleuchter warf – und ich fragte mich zusehends, ob diese Öle tatsächlich aus solch harmlosen Blumen und Kräutern gewonnen waren, wie er mich glauben gemacht hatte, oder ob es sich nicht doch um ein Opiat handelte, das aus den sonderbaren kleinen Glasschalen stieg.

Ich muß gestehen, ich fühlte mich wie in Trance, verzückt von der Stimme meines Gastgebers und seinen fiebrig glänzenden Augen. Dem leichten Wein, den er kredenzt hatte, hatte ich reichlich zugesprochen, doch die Trunkenheit, die meine Gefühle ängstlicher Beklemmung vielleicht abgemildert hätte, diente nun nurmehr dazu, diese Gefühle zu verstärken. Ich betrachtete meinen Gastgeber, der, die hohe Stirn in die schöne Hand gestützt, einigermaßen gefaßt dasaß. Hielt man mich zum Narren? War ich unter einem Vorwande hierhergelockt worden, über den ich nichts in Erfahrung bringen konnte? Er fuhr mit seiner Geschichte fort:

»Es folgte ein Schrei, das Aufblitzen eines Schwertes, als habe einer der Duellanten dem anderen einen Gegenstand aus der Hand geschlagen und durch die Luft gewirbelt. Der Gegenstand flog hoch und fiel dann herunter – etwas kleines Weißes oder Silbernes wie ein Blitz oder eine Scheibe des Mondes. Und dann ein Wort, auch das hochgeworfen wie eine silberne Scheibe – ein Name – Violette! – wurde regelrecht gegen mein Fenster geschleudert.« Er schwieg. »Dann – nichts mehr! Nichts! Der Nebel, der durch den Hof und um die Füße der Duellanten geweht war, stieg an und bedeckte das Ganze wie mit einem Leichentuch. Weder vermochten meine Augen diese weiße Düsternis zu ergründen, noch meine Ohren die schwere Stille zu durchdringen, die sich im Gefolge dieses einzigen hervorgestoßenen Wortes herabsenkte: Violette!

Sie mögen sich fragen«, fuhr mein Gastgeber fort, »warum ich nicht umgehend in den Hof hinabgestiegen bin, um nachzuschauen; aber ich glaubte, die Erscheinung sei gewiß das Resultat des Fiebers oder dessen, was immer mich peinigte, und der Schlaf werde mir diese seltsamen Bilder und Töne aus dem Kopf verscheuchen.

Als ich des Morgens erwachte, die Fensterflügel aufschlug und das frische Grün des Grases und der Blumen in den Rabatten roch und das reine Blau des Himmels darüber sah, konnte ich die Vision der vergangenen Nacht an den ihr gebührenden Platz verweisen – was war es gewesen, wenn nicht ein Traum?«

»Ja«, erwiderte ich, »nur das könnte die Erklärung sein ... Dennoch ...?«

»Ah, dennoch.« Er lächelte mich an, seine Miene hingegen wurde nicht heiterer, sondern verzweifelter. »In der zweiten Nacht war das Fieber von mir gewichen, und ich schlief fester. Und dennoch, dieselbe Szene – die Duellanten, der schrille Schrei, der weiße Gegenstand, der durch die Luft wirbelte, das Hervorstoßen des Namens Violette! Es wiederholte sich, alles vollzog sich wiederum vor meinem Kammerfenster.«

Ein heftiges Schaudern drohte ihn schier zu zerreißen; ich beugte mich vor: »Träume wiederholen sich oft –« Aber er winkte mich in meinen Sessel zurück.

»Am nächsten Morgen ging ich tatsächlich in den Hof hinunter. Spuren der Szene, deren Zeuge ich geworden war, konnte ich indes nicht entdecken, und ich kehrte in meine Wohnung zurück. Ich schrieb die ganze Angelegenheit einer erschöpften und überreizten Einbildungskraft zu. Und in der Nacht, der dritten Nacht –« Er hielt inne und schüttelte den Kopf. »Sie werden sich fragen, warum ich nicht sofort nach dem ersten Schrei hinunterging. Ich kann nur sagen, ich war wie mesmerisiert, ich fühlte mich gezwungen, die Pantomime anzuschauen und den Namen zu hören, der mittlerweile von den kalten Steinen des Hofes widerhallte – »*Violette, Violette, Violette* –«

Melrose schüttelte heftig den Kopf. Was war das?

Sprechchöre ertönten vom Tresen: »De-fense! De-fense! Defense!« Jury hatte innegehalten, und Melrose blinzelte ein paarmal in Richtung der flimmernden Bilder auf dem großen Bildschirm. Auf den Gesichtern der Footballfans und den Tischen spiegelte sich das Licht wie blaue Flammen.

»Weiter!« kommandierte Wiggins.

»Was, zum Teufel, machen wir hier eigentlich?« Ungehalten, daß er sich überhaupt in diese Geschichte hatte hineinziehen lassen, stand Jury auf, sammelte die Gläser ein und verschwand in dem Getümmel am Tresen.

Wiggins rief hinter Jurys Rücken her: »Aber das war's doch noch nicht, Sir, oder? Wer ist diese«, da Jury nun unerreichbar war, richtete er die Frage an Ellen, »diese Violette? Finden wir das nicht heraus?«

»Nein«, sagte Melrose, der Jurys Weggehen und die Tatsache, daß dieser nun mit etwas anderem beschäftigt war, ausgenutzt, die Seite genommen und zu Ende gelesen hatte. Wie Jury war er eigenartig vergrätzt, daß sie sich von dieser höchst windigen Geschichte alle hatten einfangen, ja, fesseln lassen. Würden ihn in Zukunft nicht nur Maxim und Sweetie verfolgen, sondern auch Monsieur P- und Violette? Wie lästig! Verstohlen zog er den schmalen Stoß Manuskriptseiten an sich. Vielleicht –

»Legen Sie die wieder hin«, sagte Ellen.

Jury kam mit den Gläsern zurück. »Ob das Manuskript nun echt ist oder gefälscht, es bringt uns keinen Deut weiter, was?«

»Schaden kann es ja nicht«, sagte Wiggins, »wenn wir es zu Ende lesen.«

»Es ist ja gar nicht vollständig«, sagte Melrose gereizt. »Fortsetzung folgt.«

»Ich habe Ihnen doch gesagt, daß ich nicht mehr als ein paar Seiten auf einmal mit mir herumtragen will. Es sei denn, sie wollen mich auch hingemeuchelt auf dem Friedhof sehen.«

»Warum hätte sie jemand angreifen sollen, wo sie doch das Manuskript gar nicht bei sich hatte?« fragte Jury.

»Lesen Sie den Rest«, sagte Ellen, warf sich in Zuhörerpose und stützte das Kinn auf die Hände.

Jury las:

> Wie gebannt heftete sich sein Blick auch jetzt auf das Flügelfenster, auf den sich bauschenden Samtvorhang, als erwarte er jeden Moment zu hören, daß der Name unten wieder hervorgestoßen wurde.
>
> »Nach der dritten Nacht begab ich mich wiederum in den Hof, ohne ein Zeichen des Duells zu finden, und als ich hineinging und mich an meiner Tür umdrehte, sah ich –«

»Das Taschentuch«, sagte Melrose.

»Was? Woher wollen Sie das denn wissen?« keifte Ellen.

»Ich habe den Film gesehen – autsch!« Er rieb sich das Schienbein.

Jurys Mundwinkel zuckten, aber es gelang ihm, sich das Lachen zu verbeißen.

Wiggins beklagte sich bitterlich: »Mr. Plant, Sie verderben uns den ganzen Spaß.«

»Tut mir leid, aber das mußte doch so kommen! Was um Himmels willen hätte er denn sonst im Hof finden sollen? Vermutlich war auch noch ihr Name drauf.« Er stopfte sich eine Handvoll Popcorn in den Mund. Mit einem Blick auf Jury, der aber auf die Manuskriptseite schaute, fragte er lächelnd: »Stimmt's, habe ich recht?«

Jury fuhr fort zu lesen:

»– sah ich in dem den Brunnen umgebenden Gebüsch das hier –!«

Aus dem silbernen Reliquienschrein nahm er ein kleines Tuch aus Linnen oder Seide und hielt es mir entgegen. Es war mir zutiefst zuwider, es zu berühren, denn ich wußte, was es war: das, was von der Spitze des Schwertes in die Dunkelheit geworfen und der handgreifliche Beweis dessen war, daß sich diese seltsamen Begebenheiten wirklich ereignet hatten. Und in eine Ecke des Taschentuchs war in so winzigen Stichen, daß sie mit bloßem Auge kaum sichtbar waren –

Wieder erschollen Jubelrufe vom Tresen, und Melrose sagte: »V?«

»Ach, seien Sie still«, sagte Ellen.

– *HP* eingestickt, die Initialen von M. P-.

Ellen und Wiggins warfen Melrose tadelnde Blicke zu. Er futterte Popcorn und behielt den Fernseher im Blick. »Wieder falsch.«

»Ich bedaure, Madam, daß ich zu niedergeschlagen bin, als daß ich diesen Brief weiterschreiben könnte.«

»Ein Abend im Horse würde ihm neue Lebenskräfte geben. Ja! *Ja!*« Melrose sprang auf, boxte mit der Faust in die Luft und stimmte in das Anfeuerungsgeschrei der Fans am Tresen ein.

Ellen zerrte an seinem Jackett. »Hinsetzen!«

Er fiel zurück auf den Stuhl. »Das war's schon?«

Ellen wollte oder konnte nicht antworten. Sie kehrte Melrose den Rücken zu.

»Was hat sie denn?« fragte Melrose die beiden anderen.

Jury lachte. Er legte die Manuskriptseiten sehr sorgfältig in ihre Plastikhüllen zurück.

Wiggins sagte: »Sie haben uns die Geschichte verdorben.«

»Ach du liebe Zeit. Ich setz mich an die Bar.«

»Ich gehe ins Bett«, sagte Jury und steckte die letzte Seite in die Hülle. Dann drehte er sie um.

Nein, dachte Melrose und betrachtete Ellens Sturkopf. Nein, es ist nicht die Poe-Geschichte – es ist Sweetie, die ihr Kummer macht. Er legte ihr die Hand auf die Schulter, doch sie schüttelte sie ab. »Und Sie, Tweedears, gehen Sie auch?«

Wiggins, an seinen Adelstitel gemahnt, antwortete nicht direkt, sondern sagte: »So ein Pech, Sir, aber der Titel ist vakant. Eine schlimme Geschichte.«

»›Vakant‹? Klingt unwahrscheinlich. Lassen Sie mich mal sehen.«

Wiggins schob ihm die Fotokopie zu.

»›Aberkannt‹, Sergeant Wiggins. Das bedeutet lediglich ... hm, gelöscht oder abgenommen. Das wird parlamentarisch verfügt. Sehen Sie«, Melrose zeigte auf die Stelle mit dem im sechzehnten

Jahrhundert und folgenden parlamentarisch verfügten Mord an dem Tweedearschen Titel. »Klar, wenn Eustace und Gebrüder –«

Ellen würgte.

»– und Gebrüder«, wiederholte Melrose, »durch die Gegend rannten und einen auf Revoluzzer machten und Mary Königin der Schotten auf den Thron setzen wollten, war Elizabeth natürlich nicht so angetan, was? Aber eine Aberkennung kann revidiert werden. Was ja auch im achtzehnten Jahrhundert geschehen ist.«

»Aber wieder verwirkt«, sagte Wiggins seufzend.

»Gut, aber vermutlich ist der Titel nicht erloschen, Sergeant Wiggins. Nur Mut. Sie befinden sich in guter Gesellschaft. Der Duke of Monmouth, der Earl of Westmoreland – die Titel sind alle durch Parlamentsbeschluß und nicht durch Gerichtsurteil aberkannt, vergessen Sie das nicht.«

In der Gefahr war Wiggins auch nicht; er schaute Melrose vielsagend an und blinzelte ihm sogar zu.

»Plantagenet, Sydney, Beaufort – die Titel sind alle erloschen. Bedenken Sie doch, von wieviel Ruhm und Ehre diese Namen einstmals Zeugnis gaben! Nun erloschen, ungekrönt in den Urnen der Sterblichkeit...«

Ellen würgte weiter und legte den Kopf auf die Knie.

Melrose fuhr fort: »Und denken Sie auch an die Tudors! An den dritten Sohn Heinrichs VII. – und wer dessen Bruderherz war, wissen wir ja nun alle, was, Wiggins?«

Ellen wand sich und lag bald unter dem Tisch.

»Heinrich der *Achte*! Sein Bruder Edmund wurde zum Duke of Somerset gemacht und starb, noch ehe er fünf war, und damit erlosch auch dieser Grafentitel.«

»Tweedears existiert vielleicht nur, hm, de jure?«

»Ja, aber vielleicht noch kerngesund und munter.« Melrose schlug ihm auf den Rücken. »Schauen wir uns doch mal Ihr Familienwappen an, Sergeant. Haben wir das hier?«

Wiggins zeigte es ihm. »Professor Lamb hat es erklärt. Das

ganze Zeug mit dem Dexter und Sinister habe ich nicht so recht verstanden. Das ist alles Neuland für mich.« Er strotzte vor Selbstgefälligkeit.

»Macht nichts. Ah, das Motto gefällt mir.«

Wiggins las es. »*Sans* was?«

»›Sans Malaise‹.«

Wer sagt's denn? dachte Jury.

23

»Aquarium? Nein. Was soll ich im Aquarium?« fragte Melrose Hughie, als er am nächsten Morgen ins Taxi stieg. »Ins Poe-Haus! Edgar Allan Poe, in dessen Haus.«

Hughie seufzte, das war ja nun alles zu öde. Er ließ den Motor an, aber im Leerlauf. »Sie müssen sich das Aquarium ansehn, bevor Sie wieder fahrn. Und was ist mit dem neuen Stadion?«

»In die Amity Street. Das Poe-Haus. Sie sind noch nie drin gewesen, hab ich recht?«

Als der Wagen anfuhr – »losschoß« wäre ein treffenderer Begriff für die stromstoßartige Vorwärtsbewegung gewesen, die Melrose gegen den Rücksitz warf –, sagte Hughie: »War Schriftsteller, stimmt's? Was ist das Interessante daran? Riesenstechrochen hat er ja wohl nicht gehalten.« Das fand Hughie wunderbar witzig und schlug mit der Hand aufs Steuerrad. Sie brausten über den Broadway. »Im Aquarium gibt es 'nen ganzen Pulk Rochen – jemand hat mir gesagt, die größten in Nordamerika.«

»Woher nehmen Sie denn die Zeit, dahin zu gehen? Gurken Sie nicht tagaus, tagein durch Baltimore?«

Hughie suchte Melroses Blick im Rückspiegel. Er schien schmerzlich berührt. »Hörn Sie, ich mach das jetzt wahrhaftig lange genug. Ich hab Ihnen doch gesagt – dreißig Jahre und ein paar Gequetschte. Hab ich da nich auch mal 'n bißchen Freizeit verdient?«

Melrose antwortete nicht; über mangelnde Freizeit konnte Hughie sich doch eigentlich nicht beklagen.

Als sie die Lombard Street entlangfuhren, erspähte Melrose das kleine Schild zur Cider Alley. Durch das hintere Fenster sah er, wie es vorbeiflog, und beschloß, sich auf der Rückfahrt dort von Hughie absetzen zu lassen. Er fragte: »Werden in Baltimore häufiger Obdachlose ermordet?«

»Ach, ich glaub schon. Es kommt einem so dumm vor, was? Ich meine, bei denen gibt's doch gar nichts zu holen. Aber die Drogenkriege, Kokain, wissen Sie. Herr im Himmel, kein Mensch blickt noch durch, was zum Teufel hier abgeht. Wir werden langsam wie D.C. Eins muß ich aber sagen zu D.C. – sie haben die Skins. Sie haben Art Monk – Mann, Art Monk ist der helle Wahn. Ich hab Ihnen doch erzählt, daß Baltimore vielleicht eine von den zusätzlichen Lizenzen kriegt. Hab ich oder hab ich nich?« Hughie rutschte herum und verrenkte sich den Hals, um Melrose bei dieser wichtigen Angelegenheit Auge in Auge sehen zu können.

»Sie haben es erwähnt, ja – und jetzt fahren Sie in einen Lastwagen rein.«

»He, Mann!« Hughie riß das Steuer herum, schnitt einen anderen Wagen und hupte laut und ärgerlich. Es trötete wie eine Herde Kanadagänse.

»Egal, hab ich Ihnen erzählt, daß Barry – Barry – verflucht, wie heißt er noch? – *Levinson*! Genau, Barry Levinson! Egal, der hat die Baltimore-Filme gemacht, von denen ich Ihnen erzählt hab. Er ist in einer der Gruppen. Also, ich behaupte, wenn Barry soviel Geld wie bei der Filmerei zusammenbringt, wacht die NFL vielleicht auf und kapiert was. Er hat *Bugsy* gemacht, stimmt's? Mit Warren Beatty. Und seiner Frau. Annette Bening – kennen Sie die?«

Hughie hielt zwar an einer Ampel an, aber nicht in seinem

Wortschwall inne, um die Antwort abzuwarten. Dann beschleunigte er Auto und Rede. »Und diese Bande, die gar nich aus der Stadt ist. Die Grundstückshaie und Industriebonzen, die ich nich gerade koscher finde, die wolln die Lizenz haben. Wie in dem Danny DeVito-Film über diesen Typen, der immer marode Firmen aufkauft. Ham Sie den gesehen? Egal, er wollte Gregory Pecks Firma übernehmen, hat's aber nich geschafft. Es gibt schon so was wie den American Way, obwohl man das nicht glauben würde, wenn man die Japaner anguckt.« Auch das fand Hughie sehr witzig. »Ich meine, so viele wolln sich die Lizenz untern Nagel reißen. Der Hühnchen-Typ, wie heißt er gleich, der mit der piepsigen Stimme? Perdue! Es hieß, er würde die Sache auch unterstützen, hat er aber doch nich. Ich tippe trotzdem auf Barry Levinson und seine Leutchen, die haben die meisten Chancen. Aber der große Macker in der Gruppe ist er auch nich, zu dumm. Die Besitzer der NFL, die würden doch liebend gern mit ihm oder zum Beispiel Tom Clancy ins Geschäft kommen.«

»Aber gewiß doch«, sagte Melrose, der Hughie nur halb zuhörte. Er war über Annette Bening gestolpert, von der er immer noch nicht wußte, wo er sie hinstecken sollte. Gleichzeitig durchforstete er seinen Stadtführer. Die Gasts gingen anscheinend nicht ins Poe-Haus. Er blätterte eine Seite weiter. Hughie bog links ein.

»Der über die Aluminiumverkleidungs-Typen, der hieß *Tin Men* –«

»Das haben Sie mir schon erzählt.« Melrose studierte die Planquadrate auf der Karte.

»– und Danny DeVito – zum Schreien –, der spielt auch mit. Und Richard Dreyfuss. Ja, Levinson ist aus Baltimore, und dem sollte auch der Football-Club gehörn, meinen Sie nicht? Einem aus Baltimore, jawohl, Baltimore! Verdammt, wir sind schließlich auch wer, was?« Um zu zeigen, daß er es ernst meinte, fuhr er wieder einmal freihändig und klatschte sich auf die Oberschenkel.

An der Kreuzung Howard/Baltimore Street erzählte Hughie

Melrose, daß man vor langer Zeit, am Ende des letzten Jahrhunderts, eine Hundertjahr-Feier abgehalten und hier einen großen geschmückten Triumphbogen aufgestellt habe. »Den hat Barry Levinson auch in *Avalon* verwendet«, sagte Hughie, »und ein Riesenfeuerwerk veranstaltet. Den müssen Sie sich anschauen. Und *Diner*. Sie müssen *Diner* sehen.«

»Mit Mickey Rourke.« Melrose blätterte weiter.

»Ja, mit Mickey Rourke.«

Melrose kam sich vor, als führe er durch Beverly Hills.

Hughie, passionierter Cineast, erklärte Melrose, er werde ein bißchen durch die Gegend fahren und ihn später wieder abholen. Er könne auch im Auto warten und Zeitung lesen. Null Problemo.

Amity Street lag in einer eher ärmlichen Gegend im Nordwesten Baltimores, aber Melrose gefiel das kleine Haus mit dem winzigen Garten auf Anhieb. Nichts an dem bescheidenen Äußeren und Inneren deutete darauf hin, daß der frühere Bewohner des Hauses in den Jahren, während derer er hier gelebt hatte, solch schöpferische Kraft und traumartige Phantasien gehabt hatte. Zu Poe hätte ein schauriges Haus gepaßt – von wild wachsenden Bäumen umstanden und rankenüberwuchert, hier ein Giebel, dort ein Türmchen. Melrose kam plötzlich der Gedanke, daß Poe in Ardry End hätte leben sollen, wenn auch in Ardry End (außer Tante Agatha) nichts wild wucherte. Trotzdem, manchmal hatte es auch eine gruselige Atmosphäre, und aus einem der Gebäudeflügel hinten bot sich die Aussicht auf zerbrochene Zweige und vom Sturm gefällte Bäume. Und im Winter sah der Teich mit dem Fisch aus Blei wie ein dunkler Gebirgssee aus.

Der Kustos ließ Melrose ein. Er war groß und freundlich, sagte aber gleich, er müsse sich leider erst um die Handwerker, den Maler und den Tischler, kümmern. Melrose stand in einem kleinen Zimmer, das der vordere Salon gewesen sein mußte und jetzt noch kleiner wirkte, weil alles unordentlich war. Sie seien beim Renovieren, hatte der Kustos ihm schon am Telefon gesagt, wie jedes Jahr. Das Haus sei für den Publikumsverkehr geschlossen. Bei Melrose mache er eine Ausnahme.

Die Möbel waren zum Schutz gegen Farbspritzer abgedeckt; Stühle standen umgekehrt auf einem großen Tisch; Porträts waren von der Wand genommen und an einen Tisch gelehnt worden. Die nackten, rechteckigen Stellen, an denen sie gehangen hatten, wirkten auf Melrose wie vage Vorwürfe, als würden dem Zimmer Geheimnisse entrissen.

Die provisorische Atmosphäre, der Anblick, als seien die Dinge im Wandel, berührte Melrose fast schmerzlich. Je älter er wurde, desto mehr versuchte er, sich gegen Veränderungen zu wappnen. Für ihn bedeutete jeder Wechsel ein Abbröckeln, ein Zusammenbrechen der existierenden Ordnung, und er wehrte sich heftig dagegen: Es verdroß ihn schon, wenn Dick Scroggs aquamarinblaue Farbe auf das Holzwerk des Jack and Hammer klatschte.

Er betrachtete das berühmte Porträt Poes. Ohne den dunklen Schnurrbart hätte das Gesicht zerbrechlich gewirkt, der Ausdruck der Augen (was für Augen!) wurde durch die buschigen Brauen sozusagen auf den Erdboden zurückgeholt. Während er das Bild noch studierte, kam der Kustos mit einem Becher Kaffee zurück und zeigte ihm die anderen Zimmer.

Sie waren alle winzig; Melrose war erstaunt, daß Poe, seine Frau Virginia und Mrs. Clemm, ihre Mutter, hier offenbar friedlich und freundlich zusammengelebt hatten. Es bezeugte nur, wie sehr sie einander in Liebe zugetan gewesen waren, ja wirklich. Auch der Tonfall, in dem der Kustos erzählte, verriet dessen Zuneigung für die Familie.

Er stand in dem kleinen Zimmer, das Glasvitrinen, Bilder und Drucke beherbergte, den Becher in der Hand, trank aber nicht, sondern gestikulierte damit herum und redete über Poes Leben. In vieler Hinsicht war es erschreckend – immer war das Leben dieses Mannes von Armut, erbärmlicher Armut, überschattet gewesen, als habe sein eigener schwarzer Schatten darüber gelegen. Sie schauten sich die aus alten Zeitungen herausgeschnittenen Nachrufe in der Vitrine an, und der Kustos sprach mit einer, wie Melrose fand, anrührenden Bitterkeit über Poes Widersacher.

»Dieser Griswold«, sagte er, »hat es sogar geschafft, Dickens gegen Poe aufzuhetzen, ganz zu schweigen von Hunderten anderer. Wenn ich schon höre, daß die Leute Poe beschuldigten, er habe Alkoholorgien gefeiert. Dabei vertrug er kaum was, weil er vermutlich allergisch gegen das Zeug war. Oder wie sie ihn später stigmatisierten, weil er seine vierzehnjährige Cousine geheiratet hat, und ganz vergaßen, daß es damals absolut üblich war, sehr jung und auch unter Cousins und Cousinen zu heiraten. Ein Buschmann würde uns auch für unzivilisierte Barbaren halten, weil wir keine Bumerangs werfen können, nicht wahr? Andere Zeiten, andere Sitten.«

Ja, fuhr er fort, die Polizei habe sie hier natürlich des langen und breiten befragt, denn er und seine Leute hätten wie jedes Jahr in der Nacht von Poes Geburtstag Wache gehalten. Das sei fast ein Ritual, diese Wache auf dem Friedhof, bei der sie auf den Herrn warteten, der die Rosen und den Kognak brachte. Er selbst sei, sie alle seien, sehr intensiv verhört worden, unangenehm intensiv. Der Kustos lächelte. Aber diese Brown habe sehr wohl gewußt, es sei ihr durchaus bekannt gewesen, daß das Ganze eine Scharlatanerie sei – eine Maskerade, bei der einer seiner Leute sich als der Überbringer der Blumen verkleidete, um sich mit den Leuten, die sich auf dem Bürgersteig neben der Kirche versammelten, einen Scherz zu erlauben. Wenn sie nämlich meinten, sie hätten den Mann im Cape mit den Blumen und der Flasche gesehen, gingen sie fort. Immer. Warum diese Brown nicht auch weggegangen sei... Er zuckte die Achseln.

Melrose und der Kustos standen zu beiden Seiten einer Glasvitrine, in der Zeitungsausschnitte und Briefe lagen, und der Kustos schwang seinen Becher und sprach darüber, wie absurd die These der jungen Frau über das vermeintliche Manuskript sei. Poe habe sich nie mit seinen Arbeiten geziert, er habe sie nicht in Schubladen verborgen oder in Truhen versteckt. Herr im Himmel, er habe das Geld gebraucht! Daß eine vollständige oder beinahe vollständige Geschichte jetzt ans Tageslicht komme – das sei zu grotesk, als daß man auch nur einen Gedanken daran verschwenden könne. Das Manuskript habe er nicht gesehen, nein. Er sei nicht objektiv – das könne man von ihm wirklich nicht verlangen, lachte er.

Er war ein liebenswürdiger Kerl, und lachte, weil er sich so ereiferte. Aber das Manuskript, dieser sogenannte »Fund«, bereitete ihm doch Kopfschmerzen. Melrose fand, daß er es sehr persönlich nahm. Poe war eben sein Schützling. Und so formulierte er es auch: Ein Künstler hatte Schwächen und Widersacher, infolgedessen aber auch Menschen, die ihn protegierten. Und es lag in der Natur der Sache, daß bei einem Genie wie Poe, noch dazu einem berühmten, die Zahl der Gegner größer und die der Beschützer geringer wurde.

Poe, meinte Melrose, hätte über das »Manuskript« doch wahrscheinlich nur gelacht.

Gelacht? Nein, garantiert nicht! Und es wäre auch falsch gewesen. Warum sollte ein Autor doppelt bezahlen, nämlich ruhig zusehen, wie ein Stümper seine Arbeit stahl, und dann auch noch so tun, als sei es unerheblich? Es sei schlimm genug, wenn man das einem lebenden Autor antue, aber diese Frau – das sei doch wie Grabschändung, als zöge man alte, zerbrechliche Knochen, die in einem bestimmten, filigranen Muster in der Erde lägen, heraus und ordne sie neu zu einem groben, plumpen Gebilde. Schlimmer als Mord. Jeder, der die Arbeit eines anderen stahl und sie als eigene ausgab, würde auch vor einem Mord nicht zurückschrecken.

Und während sie so redeten, nahmen die Dinge einen immer mehr allegorischen Charakter an: Die junge Frau, die Öffentlichkeit, die Widersacher. Und zwar proportional zu der Wut des Kustos' über das Eindringen eines Menschen mit unlauteren Absichten in das Leben, das (in gewissem Sinne) seiner Obhut überantwortet war. Das alles sagte er nicht explizit, aber Melrose spürte es. Und empfand es als durchaus angemessen, daß der Kustos die Situation so empfand. Es war erfrischend zu hören, wie ein Künstler so verteidigt wurde.

Der arme Poe, die arme Ellen. Er schämte sich, daß er ihr Problem derart auf die leichte Schulter genommen hatte. An der Tür schlug Melrose seinen Mantelkragen hoch, schaute zum Himmel hinauf, der zuvor mit Regen gedroht, dessen trübe Farbe sich aber nun in ein dunstiges Blau verwandelt hatte. Er deutete darauf.

»Ach ja«, sagte der Kustos und schaute himmelwärts, »›Und die Wolke, die da trieb/(während rings der Himmel rein)/Schien ein Dämon mir zu sein‹.« Ein vielsagendes Lächeln, er schloß die Tür.

24

Das Büro sah aus, als gehöre es einem Rugbylehrer an einer höheren Schule. Das hohe schmale Fenster war von einer verglasten Vitrine voller Football-Memorabilia verstellt. Weitere mehr oder weniger kunstsinnige Gerätschaften und Football-Souvenirs zierten die Bücherregale und den Schreibtisch in dem kleinen Büro. Im Grund war das Zimmer selbst ein mit Büchern vollgestopfter Schrank: rechts und links Bücherwände, Schreibtisch, Drehstuhl und ein paar Polsterstühle an der Wand dazwischen. Das war alles. Neben dem Schreibtisch befand sich eine große chinesische Vase, die Jury in ihrer altehrwürdigen, leicht angeschlagenen Eleganz sehr an eine Vase in der Tate erinnerte, die an einer Tür im Raum der Präraffaeliten stand. Hier war allerdings ein Football in die Öffnung gesteckt.

Muldare hörte ungläubig Jurys Erklärung an, er sei hier, weil zwischen den Morden an Beverly Brown und einem Mann in Philadelphia vermutlich ein Zusammenhang bestehe. »Das klingt sehr weit hergeholt, wenn ich das mal so sagen darf.«

»Ich weiß. Aber trotzdem schadet es ja nichts, wenn ich Ihnen ein paar Fragen stelle.« Was Jury tat.

Patrick Muldare ertrug Fragen und Bemerkungen mit Fassung. Er hatte sich nach hinten zurückgelehnt, das Buch, das er gerade gelesen hatte, an die Brust gedrückt, einen Fuß auf einen Klappstuhl gelegt. Er gehörte zu den Menschen, die immer jünger aussahen, als sie waren. Jury schätzte ihn auf Mitte dreißig. Cordjacke (teuer, bemerkte Jury) und Turnschuhe trugen zu seinem jugendlichen Image bei. Das weizenblonde, unordentlich lange Haar schob er sich immer wieder aus der Stirn. Auch die getönten Brillengläser mit Metallrahmen konnten einen Ausdruck ständigen Überraschtseins und Erstaunens in seinen Augen nicht verbergen. Er wirkte wie ein verwundertes Kind.

Jury begann mit einem Thema, das er für nicht gar so brisant hielt: dem Manuskript.

»Ob ich glaube, daß es getürkt ist?«

»Glauben Sie, um etwas genauer zu sein, daß *sie* es getürkt hat?«

»So wie ich sie kenne, ja, wahrscheinlich. Kann ich eine Zigarette haben? Ich versuche gerade aufzuhören.«

Jury reichte Muldare die Schachtel. »Klingt nicht, als hätten Sie sie sehr gemocht.«

Muldare zündete ein Streichholz an, zog den Rauch tief ein und entspannte sich. »Stimmt. Aber... hm... wissen Sie.«

Aber. Hm. Wissen Sie... Das war Muldares Kommentar zu seiner Affäre mit Beverly Brown. Man mußte eine Frau ja nicht unbedingt mögen, um mit ihr ins Bett zu gehen. Jury hatte den Eindruck, er simplifiziere die Angelegenheit. »Gab's Ärger?«

»Mit Beverly hätte jeder Ärger gehabt. Sie wollte zuviel.«

»Heiraten?«

»Mich?«

Jury mußte lächeln, weil Muldare von dieser Idee wirklich überrascht zu sein schien. Seine Augen schauten noch erstaunter drein, als könne er nicht glauben, daß ihn jemand heiraten wolle. »Na ja, Mr. Muldare, es tut mir leid, wenn ich das so klischeehaft ausdrücke, aber ich habe den Eindruck, Sie sind ein guter Fang.«

»Hm, ja. Ich bin reich, das stimmt. Aber ich weiß nicht. Beverly hatte Pläne, da war ein Ehemann nicht eingeschlossen.«

»Hat sie mit Ihnen über dieses angebliche Poe-Manuskript gesprochen?«

»Jawohl, der kleine Leckerbissen sollte ihre Karriere in Gang setzen. Sie hätte ja auch einen todsicheren Coup damit gelandet. Beverly hatte so eine Zuschlag-Mentalität, wenn Sie verstehen, was ich meine. Unter anderen Bedingungen hätte sie eine Topguerillera abgegeben.« Sein Lächeln war so schnell gekommen und verschwunden wie eine Schwalbe, die in den Himmel schießt. Er wandte den Kopf zum Fenster, in das Licht, das neben der Vitrine hereinfiel. »Der Vergleich klingt vielleicht ein bißchen hart. Aber Beverly versuchte wirklich, das, was sie wollte, mit allen Mitteln durchzusetzen.« Er nahm den Football aus der Öffnung der chinesischen Vase, drehte ihn in den Händen und wurde dabei immer gesprächiger, immer ernster. »Sie war verdammt clever. Davon kann Ellen ein Lied singen; Bev war in einigen ihrer Seminare. Sie wissen ja, selbst wenn diese Geschichte nicht echt ist – hm, aber was für ein Spitzenthema für eine Dissertation, was? Beverly brannte darauf, an einer Ivy League-Universität zu arbeiten. Unsere Version, nehme ich an, von Oxbridge.«

»Aha? Das finde ich nicht besonders aufregend für eine Frau, die so ehrgeizig ist.«

Muldare lachte. »Gut, aber Sie sind keine Frau, und allemal keine schwarze Frau. Und es ist tausendmal besser, wenn Sie diesen Job aufgrund Ihrer eigenen Verdienste und nicht als Vorzeigeobjekt für eine Quotenregelung kriegen.«

»Glauben Sie denn, sie ist echt?«

»Die Poe-Geschichte? Nein. Wie die Chancen stehen, wie könnte sie?«

»Ich weiß nicht, wie die Chancen stehen. Aber wie beurteilen Sie die Tatsache, daß sie sie gefunden hat?«

»Sie meinen, ob sie sie gefunden hat?«

»Nein, eigentlich eher, ob sie die Fähigkeiten hatte, ein solches Manuskript zu fälschen?«

»Fähigkeiten?« Muldare zuckte mit den Achseln. »Den Nerv?« Er lächelte. »Ja. Mut hat Bev immer gehabt. Aber für so etwas braucht man mehr als starke Nerven. Sie müssen verdammt intelligent sein, um so ein Ding durchzuziehen.«

»Was noch die Frage ist. Clever müßte man sein, ja. Aber intelligent...?«

Patrick Muldare lachte wieder. »Alle Wetter, Sie werfen nicht gerade mit Lob um sich. Ich könnte so was nie.«

»Sie sind kein Poe-Spezialist. Sie sind kein ehrgeiziger, junger schwarzer Student. Und ich frage mich, ob die pure Dreistigkeit einer solchen Fälschung uns nicht zu dem Glauben verleitet, daß sie echt ist – ob wir es nicht einfach deshalb glauben, weil es so dreist und scheinbar undenkbar ist, daß einer sich eine komplette Erzählung aus den Fingern saugt. Angenommen, das Manuskript hält ein paar Prüfungen stand. Strengen Prüfungen, davon gehe ich aus. Trotzdem...«

»Jetzt komme ich nicht mehr mit. Was hat das mit dem Fall zu tun, den Scotland Yard untersucht?«

»Vielleicht nichts, was das Manuskript selbst anbelangt. Aber Miss Brown war der Auffassung, daß zwischen dem Obdachlosen, der in Baltimore erstochen, und Philip Calvert, der in Philadelphia ermordet wurde, eine Beziehung bestand. Sie meinte, die beiden Morde hätten etwas miteinander zu tun.«

Muldare, der sich ständig bewegen zu müssen schien, warf den Football hoch, fing ihn auf, warf ihn wieder hoch. »Sie reden über die Initialen. Einschließlich – unter Umständen – meiner?«

Jury nickte. Als Muldare schwieg und nur noch den Ball drehte, fragte Jury: »Glauben Sie, daß Ihr Bruder irgend etwas darüber weiß, was sie in der fraglichen Nacht gemacht hat? Ich weiß, er hat mit der Polizei gesprochen, aber –«

»Mein Stiefbruder. Alan ist mein Stiefbruder. Ich habe keine Ahnung, was in der Nacht passiert ist, aber natürlich kannte er sie.« Er drehte den Kopf und rieb sich den Hals. »Seine Mutter hat meinen Vater geheiratet. Es war – schwierig. Für Alan, meine ich. Alle waren ein Herz und eine Seele. Nur Alan nicht. Er mag mich nicht besonders. Zum einen habe ich das Geld.«

»Verstehe.«

»Nichts verstehen Sie. Ich meine viel Geld. Altes Geld. Sehr altes Geld. Eine Menge –« Er malte ein Dollarzeichen in die Luft. Schien sich zu entschuldigen, sich schuldig zu fühlen.

»Aber trotzdem unterrichten Sie.«

»Na, das tue ich, weil es mir gefällt. Und viel tue ich auch nicht.« Er grinste. »Fragen Sie meine Studenten, die werden es Ihnen bestätigen.« Das Grinsen verschwand. »Alan wurde ein bestimmtes Vermögen zur Verfügung gestellt, aber das hatte er bald verpulvert. Er hat keine Ader fürs Geschäftliche. Er ist nicht dumm, das sicher nicht. Nouveau Pauvre war seine Idee. Aber anscheinend benutzt er seinen Verstand nicht dazu, sich etwas Dauerhaftes aufzubauen. Er bräuchte unerschöpfliche Geldquellen, um seine Phantasien auszuleben. Das Problem ist, er hat sie nicht, und ich habe sie, womit ich ihm nicht gerade sympathischer werde.«

»Und Beverly Brown?«

»Wie meinen Sie das?«

»War er auf Ihre Beziehung mit ihr eifersüchtig?«

»Ja.« Eine Silbe, kurz und knapp. Das war's an Hilfestellung.

Das Schweigen zog sich in die Länge. Jury wartete.

Muldare studierte den Ball und sagte dann: »Ich muß gestehen, verübeln kann ich es ihm nicht. Er hatte sie schließlich zuerst gesehen.«

Jury lachte, er konnte nicht anders – der Satz erinnerte ihn zu sehr daran, wie er sich als Kind, als Jugendlicher mit seinen Schulkameraden und anderen Jungs gekabbelt hatte: *He! Ich hab sie zuerst gesehen!*

Patrick Muldare grinste, als erinnere auch er sich und höre in seinen Worten ein Echo aus seiner Jugend, die für ihn immer noch sehr lebendig war. Daß sie nun über ihn lachten, schien ihm nichts auszumachen. »Na ja, Sie wissen doch, was ich meine.«

Jury nickte. »Gehe ich richtig in der Annahme, daß er ziemlich heftig eifersüchtig war?«

»Nicht *so* heftig, Superintendent!« sagte Muldare jetzt sehr ernst. »Der Typ ist Alan nicht.«

»Ich weiß nicht, ob es den Typ überhaupt gibt.«

»Wissen Sie, er war ja nicht einfach nur wegen einer Frau oder eines Mädchens eifersüchtig. Er hatte einfach ein weiteres Mal gegen mich verloren, in einer langen Serie von Niederlagen. Selbst seine Mutter schien mich lieber zu mögen. Er ist kein glücklicher Mensch. Schade.«

Ein weiteres langes Schweigen. Jury blickte sich im Zimmer um. »Mögen Sie Football?«

Patrick Muldare warf den Kopf zurück und lachte lauthals los. »Wie haben Sie das erraten? Ich dachte, ich hätte meine Spuren gut verwischt.« Nun sah er völlig verändert aus.

»Ellen Taylor hat von Ihnen erzählt. Und dann habe ich noch ein bißchen getüftelt. Schließlich bin ich Kriminalist.«

»Na großartig.« Er warf Jury den Ball zu, der auch noch fast ein bißchen gefummelt hätte, bevor er ihn zurückwarf. Muldare grinste. »Ich mag Ellen. Sie quatscht nicht groß und spielt sich nicht auf, wie manch anderer. Haben Sie ihr Buch gelesen?« In einer geradezu akrobatischen Bewegung, als müsse er einen Paß fangen, zog er ein Buch von einem Regal hinter sich. »Es heißt *Fenster*.« Er zeigte Jury das Titelbild, öffnete das Buch, stöhnte, schlug es zu, hielt es sich zusammen mit dem Ball an die Brust wie ein Kind zwei Teddybären und betrachtete die Zimmerdecke. »Merkwürdig fesselnd.«

»Ich glaube, so richtig verstanden habe ich es nicht.«

»Ach, verstehen ... Ich auch nicht, aber ich habe immer weitergelesen, und darum geht es doch, meinen Sie nicht?« Mit aufgerissenen unschuldigen Augen schaute er Jury an. »Hören Sie, erzählen Sie ihr aber bitte nicht, ich hätte es nicht verstanden.«

Woher Jury Ellen kannte, fragte Muldare nicht. Er schien ohnehin kaum etwas zu hinterfragen, sondern die Dinge so zu akzeptieren, wie sie in sein Leben traten, als sei das Leben selbst ein einziger langer Paß nach vorn.

»Um Gottes willen«, sagte Jury lächelnd. »Ich habe ihr ja nicht mal erzählt, daß *ich* es nicht verstanden habe. Im Falle eines Falles sage ich einfach, daß Sie immer weitergelesen haben.« Er zog das Vorlesungsverzeichnis aus der Tasche, öffnete es an der Stelle, die er gekennzeichnet hatte, und las: »›Die psychosoziale Bedeutung der NFL im späten zwanzigsten Jahrhundert.‹ Da wir schon vom Nichtverstehen reden – was soll denn das sein?«

Patrick Muldare schaute zur Decke, und seine Lippen bewegten sich, als suche er nach Worten, um sich für einen Laien verständlich auszudrücken. »Nichts.« Wieder grinste er Jury an.

»Nichts?«

»Es soll akademisch klingen und gleichzeitig die Jungs abturnen, die meinen, ich rede nur über Football.«

»Über was reden Sie denn dann?«

»Über Football.« Jetzt ging das Grinsen von Ohr zu Ohr.

»Wenn sich das aber erst einmal herumspricht, rennen sie Ihnen die Bude ein.«

»Darauf können Sie wetten.« Fröhlich ließ er den Ball auf der Spitze seines Zeigefingers kreiseln und dann in die Hand fallen. »Wir hoffen, daß Baltimore die Lizenz bekommt.«

»Das hat Ihr Stiefbruder auch erwähnt.«

»Für eines der zusätzlichen Teams.«

Jury nickte in Richtung des Bücherschranks. »Sie hatten eins –«

Muldares Arm schoß in die Luft, die Hand zur Faust geballt, als stünde er auf den Zuschauerrängen. »Ja! Die Colts.«

»Da muß die Stadt einen ganz schönen Papierkrieg führen, um wieder eine Lizenz zu bekommen.«

»Mehr als bloß einen Papierkrieg. Die NFL vergibt nur eine bestimmte Anzahl von Lizenzen; wir müssen beweisen, daß wir sie verdienen. Daß wir die Colts hatten, nützt schon was. Aber St. Louis hatte die Patriots. Die NFL hat sich seit 76 nicht vergrößert. Jetzt scheint sie geneigt zu sein, zwei neue Lizenzen auszugeben. Nur zwei. Aber selbst das könnten sie jederzeit abblasen, wenn sie wollten, denn sie haben sich gesetzliche Hintertürchen offengelassen. Aber sagen wir, sie vergeben sie – in ein paar Monaten, im März gibt es eine Bewerberliste. Und die umfaßt dann«, diesmal schossen drei Finger in die Luft, »*drei* mögliche Kandidaten. Im Oktober geben sie bekannt, wer die zwei von den dreien sind.« Er kniff die Augen zusammen und schaute so verzweifelt, als sehe er Baltimore schon auf dem dritten Platz. »Die Sache mit den zusätzlichen Mannschaften läuft jetzt schon seit sieben, acht Jahren, seit Isray – der Besitzer der Colts – 1984 die Helme und Trikots in ein paar Umzugswagen geworfen hat und, wie die Jungs sich ausdrücken würden, in einer Nacht- und Nebelaktion verschwunden ist. Er hatte Angst, die Stadt würde eine gerichtliche Verfügung erwirken, um die Mannschaft hierzubehalten. Arschloch.«

»Wie gut stehen Baltimores Chancen?«

»Sehr gut. So gut, wie einige Leute glauben wollen, allerdings auch wieder nicht. Es ist wirklich kompliziert. Da steckt viel Geld drin, und die Stadt muß natürlich ein Stadion vorweisen.«

»Sie haben doch ein neues.«

»Camden Yards ist für die Orioles. Nur für Baseball. Was für ein Stadion! Manchmal setze ich mich einfach nur dorthin und schaue es mir an. Außerdem haben wir noch das Memorial Stadium, da gibt es also keine Probleme. Baltimore wird schon eine von den dreien sein, aber nur die ersten beiden zählen, und ich gehe jede Wette ein, daß Charlotte an erster Stelle kommt. Das ist in North Carolina«, fügte er zu Jurys Information hinzu. »Und dann die verzwickten Beziehungen: die verschiedensten Leute und Gruppen, die ein Team kaufen und managen wollen und die NFL überzeugen müssen, daß sie das auch können. Seit Jahren tauchen hier welche mit Geld und durchaus der nötigen Schlagkraft auf, verschwinden in der Versenkung und bilden sich wieder neu. Finanziers, Hoteliers – sogar Schriftsteller. Wie zum Beispiel Tom Clancy.«

»Der Romanautor?« Als Muldare nickte, sagte Jury: »Aber Sie reden doch gewiß von Millionen.«

»Mehreren Millionen. Clancy hat Geld, aber nicht so viel. Er ist als Aushängeschild gut. Wie Barry Levinson. Sie wissen schon, der Filmer. Der Regisseur. Da besteht das Problem darin, daß Levinson in seiner Gruppe nicht das Sagen hat. Dann ich«, Muldare tat so, als beglückwünsche er sich selbst, und verneigte sich lächelnd, »der ich auch einhunderttausend hingeblättert habe, um den Fuß in die Tür zu kriegen.«

Ellen hatte gesagt, Muldare sei reich. So reich? Jury stand die Überraschung ins Gesicht geschrieben.

»Hm, ich habe auch Hintermänner. Ja, ich könnte schon ein- oder zweihundert Millionen zusammenbringen, man braucht Geld, um die Spieler und so weiter zu kaufen. Im Moment versuche ich gerade, den Namen zurückzukaufen. Den Namen der Colts. Wenn Isray ihn verkauft. Ich muß was, hm«, er verdrehte die Augen und trillerte den Football unablässig in Händen, »etwas Spektakuläres machen, eine dramatische Geste – was Hollywoodmäßiges. Kapiert?« Er ließ den Football sanft in den Schoß gleiten und bewegte die Arme, als schwenke er ein Spruchband.

Jury lächelte. »Da brauchen Sie Aushängeschilder.«

»Worauf Sie Gift nehmen können«, sagte Muldare. »Die Sache

ist doch die, wenn Sie sich an einem Team beteiligen würden und mit den anderen Anteilseignern am Tisch säßen, mit wem würden Sie dann ein gepflegtes Plauderstündchen halten wollen? Mit Clancy, Hollywood oder irgendso einem grundsoliden Lehrertyp – einem Typ, der alles für die Colts tut, klar, aber...?« Er zuckte mit den Achseln, warf den Ball hoch, fing ihn auf.

Darüber zerbrach er sich die ganze Zeit den Kopf, dachte Jury. Über Aushängeschilder. Nachdenklich betrachtete Jury die Regale, die überquollen von Andenken an alte Spiele, Miniaturhelmen, ein paar gammeligen Lederbällen – richtigen Pillen –, Kugelschreibern, Kartenabrissen, Fotos.

Und er fragte sich, ob Edgar Allan Poe als Aushängeschild wohl tauglich wäre. Da traf ihn Muldares Football genau im Magen. »Au!«

»Die Reflexe – die Reflexe, Superintendent.« Patrick Muldare grinste.

25

Es bedurfte schon einiger Überzeugungskraft, bis Hughie Melrose in der Cider Alley aussteigen ließ, nicht weil sich ihnen ein trüber und mehr als schmuddeliger Anblick bot, sondern weil sie so nah am neuen Baseballstadion lag. Camden Yard, die Spielstätte der Baltimore Orioles, war ein Muß auf Hughies Liste der Sehenswürdigkeiten, gleich an zweiter Stelle nach dem Aquarium. Daß Melrose nur einen Katzensprung von dem funkelnagelneuen Stadion entfernt den Fuß zwar aus dem Taxi, nicht aber auf diese ruhmreiche Stätte setzte, verschlug Hughie die Sprache – und das wollte etwas heißen. Das Taxi brauste los, aber erst nach Melroses Versprechen, daß die Tour später fortgesetzt würde.

Die Cider Alley war, wie ihr Name andeutete, eine kurze, enge

Gasse, kaum mehr als ein Durchgang, der Eutaw und Paca Street verband. Geschäfte gab es hier keine, Melrose sah nur, wie aus einer Bar oder einem Club Leute durch eine Glastür kamen und gingen. Ein paar dunkle Eingänge weiter unten stand eine Gruppe Menschen, bei denen es sich offenbar um Anwohner handelte. Drei Männer rauchten und hielten sich Flaschen in braunen Tüten an die Lippen, ein vierter wärmte sich die Hände über den niedrigen Flammen eines Ölfasses. Als Melrose auf sie zuging, rief er einen Durst auf milde Gaben hervor, der dem Durst auf harte Drinks in nichts nachstand. Einer wie der andere baten sie um ein Scherflein, vom obligatorischen Quarter bis zum Dollar, denn nachdem sie Gelegenheit gehabt hatten, seine Kleidung zu inspizieren, meinten sie, den Einsatz erhöhen zu müssen. Melrose zeigte sich mit Freuden erkenntlich und bot im Austausch gegen Informationen sogar mehr. Wie oft hatte er feststellen müssen, daß Geld Münder, Augen und bisweilen sogar Herzen öffnete.

»Ey, Ma-ann!« pöbelte ihn der Schwarze mit der verspiegelten Sonnenbrille an. »Schmiere sind Sie aber nicht, oder? Von den Scheißbullen ham wir die Schnauze gestrichen voll.«

»Soweit ich weiß, wird man von der Polizei für Informationen nicht bezahlt, sondern gleich erschossen.«

Rundum dreckiges Gelächter, und ein fetter Typ sagte: »Sie sind wegen John-Joy hier, stimmt's oder hab ich recht? Die ganze Zeit tanzen sie hier an, jetzt wo John-Joy sich eins hat überbraten lassen.«

»Ja. Aber es geht um etwas Persönliches und nicht um eine Polizeiangelegenheit.«

»Wohl Familje, was? Er hat immer gesagt, er hätt Familje«, sagte das Lumpenbündel an dem Ölfaß, das Melrose für einen Mann gehalten hatte und das sich nun als weiblich entpuppte. Sicher war sich Melrose aber nicht.

»Und, hatte er?« Hatte nicht jeder Familie, mehr oder weniger?

»John-Joy, der hat in einer Tour über seine Leute gelabert«, sagte ein anderer Schwarzer, der an der Mauer lehnte. »›Ich hab den Kram!‹ hat John-Joy immer rumposaunt. ›Ich hab den Kram!‹« Dabei schlug er sich auf die Herzgegend.

Melrose runzelte die Stirn. »Den Kram? Und was glauben Sie, hat er damit gemeint?«

Der Schwarze zuckte die Achseln, hob seine Bierflasche, sah, daß der Pegel gefährlich niedrig war, und schüttelte sie ein wenig, damit es auch dem Besucher nicht entging. Melrose sagte, mit Vergnügen spendiere er ihm noch ein Bier, und drückte ihm einen Geldschein in die Hand. »Das da«, sagte der Mann und zeigte mit dem Daumen über die Schulter auf etwas, das aussah wie ein Einkaufswagen. Die karrte man wohl durch die riesigen Supermärkte dieses Landes, die alle das Ausmaß von Kleinstädten hatten, dachte Melrose. In dem Wagen türmte sich der Müll des Lebens auf der Straße.

Der Schwarze nickte und sagte: »Das ist der Kram, nehmen wir jedenfalls an.« Er grinste breit.

Der »Kram« bestand aus ein paar Decken, einem Bündel alter Kleider, Einkaufstüten voll vermutlich aus Mülltonnen gehamsterter Sachen. Bücher waren auch dabei, was Melrose angesichts der Lebensumstände des Mannes reichlich merkwürdig fand. Und Papiere. »Warum hat die Polizei die Sachen nicht mitgenommen?«

»Hatten doch keinen blassen Dunst, Ma-nn. Wäre denen auch egal gewesen, wenn sie gewußt hätten, was es ist. John-Joy war 'n Typ auf Trebe, Mann.«

»Aber verhört haben sie euch, was?« Melrose nahm ein schmuddeliges, mit Stockflecken übersätes Buch heraus – ein Bericht über den Bürgerkrieg. Weiter gab es Broschüren, Notizbücher, alte Verzeichnisse, eins sah aus wie ein altes Gästebuch vom St. James Hotel.

Der Schwarze schnaubte verächtlich. »Wir sind denen doch scheißegal, Mann. Ham uns gefragt, ob wir was gesehn oder gehört hätten. Sag ich: ›Ja, Mann, den Mond sehn wir, den Regen hörn wir.‹«

Melrose lächelte. »Gute Antwort. Wie heißen Sie, wenn ich fragen darf?«

»Dürfen Sie. Estes. Easy werde ich genannt. Ich bin aus Jamaika, Mann.«

»Und, außer dem Mond und dem Regen, haben Sie was gesehn, Estes? Oder einer von den anderen?«

»Nur ich und Carl warn hier. Twyla war nich da.« Er nickte in Richtung der Frau. »Bernard auch nich.« Ein Nicken in Richtung des fetten Mannes im Poncho. Estes schüttelte den Kopf. »Nicht das kleinste bißchen.«

»Hm. Wo ist er denn gefunden worden?« Melrose schaute die Gasse entlang.

»Am andern Ende«, sagte Estes. »Soll ich's Ihnen zeigen?«

Da wurden die anderen aber hellhörig. In der Hoffnung, daß noch mehr Bares den Besitzer wechseln würde, fingen sie an, mit Easy zu schimpfen, sie wüßten genausoviel über John-Joy wie er und hätten auch noch ein Wörtchen mitzureden. Gemeinsam trotteten sie zum anderen Ende der Gasse.

In lebhaften Farben beschrieb Estes die Szene, wie er sie vor seinem inneren Auge sah. Da klapperte John-Joy mit seinem Karren entlang, eine Gestalt kroch aus dem Schatten, und dann – Estes kreuzte die Hände vor dem Hals und machte eine Ziehbewegung.

Die Frau wurde so wütend, daß sie dazwischenschrie: »Verdammt, du weißt auch nicht mehr darüber als ich. Du warst ja gar nicht dabei – du spinnst dir das alles nur aus.« Sie wußte es besser und wandte sich an Melrose. »Fragen Sie Milos – Milos sagt, er hat ihn gefunden.«

»Das ist absolut hirnrissig, Twyla. Milos ist blind und taub, wie kann er was mitgekriegt haben?«

»Milos?« Melrose tat, als sei er völlig unbeleckt.

»Der is blind, der hängt immer in der Howard Street vor einem

Laden rum, der heißt ... Ich weiß nicht mehr genau.« Estes drehte sich zu Twyla um und fuhr fort: »Die Bullen haben die Leiche gefunden.«

Twyla war sauer und fing an zu keifen, aber sie konnte nicht leugnen, daß das stimmte.

Melrose streute noch eine Runde Scheine unters Volk, und alle miteinander trollten sie sich zurück zum Ölfaß. Melrose wollte den Einkaufswagen.

In einem heftigen Anflug von Kameraderie wärmte auch er sich die Hände über dem Faß. »Wem gehört der Kram jetzt – allen?« Er sah von einem zum anderen, sah ihre nackten oder in fingerlosen Handschuhen steckenden Hände; die Wangen der Frau waren im Schein der Flammen sogar rosig.

Estes schaute sich auch in der Runde um. Zu Melroses Verblüffung erhob keiner Anspruch auf den Kram. Er hatte angenommen, sie würden sich um den Karren streiten. Aber vielleicht sagte ihnen ihr Instinkt, daß dieser Typ ganz in Ordnung war. Er hatte sich ihnen gegenüber sehr anständig verhalten und würde sie mit seinen gediegenen britischen Manieren und natürlich seinem Bargeld vielleicht aus dem Dilemma befreien, sich um den rechtmäßigen Besitzer des Karrens Gedanken machen zu müssen.

In dieser Rolle hätte Melrose sich jedenfalls gern gesehen. »Würdet ihr den Karren verkaufen?« Er deutete mit dem Kopf darauf. »Für, sagen wir, hundert Dollar?«

Sie sperrten Mund und Nase auf.

Da sie nicht sofort auf sein Angebot eingingen, erhöhte er wohl besser die Summe. Er hatte den Wagen schließlich noch nicht mal bis auf den Boden durchwühlt. Vielleicht war noch ein Baby drin. »Zweihundert?«

Da wurde Estes mißtrauisch. »Verdammt, wofür wolln Sie den Mist? Is da vielleicht was Wertvolles drin?«

»Nicht, daß ich wüßte. Wenn ihr wollt, könnt ihr ihn durchsuchen, bevor ich ihn mitnehme. Das heißt, natürlich nur, wenn ihr ihn alle verkaufen wollt. Ich sage euch, warum ich ihn haben will: Unter Umständen enthält er einen Hinweis darauf, warum der Mann ermordet worden ist, deshalb.«

»Zweihundert? Hm, zweihundert?« Der Dicke war emsig bemüht, ein Problem der höheren Mathematik zu lösen, das ihn augenscheinlich überforderte. Vor lauter Anstrengung kratzte er seinen grauen Schopf und zog an seinem zerfransten Ohr.

»Für jeden fünfzig«, eilte Melrose zu Hilfe.

Der Handel wurde beschlossen, und zu ihrem Entzücken blätterte Melrose vier Fünfziger hin, damit auch ja kein Streit entstand, wer das Geld in Verwahrung nehmen und die Scheine wechseln sollte.

»Noch eines: Hatte John-Joy irgendwelche speziellen Freunde – ich meine, außer diesem Milos und euch –, denen er vielleicht etwas anvertraut hätte?«

»Was denn anvertraut? John-Joy lief die ganze Zeit nur rum und jubilierte, Mister. Der lief nur durch die Gegend und jubilierte schlimmer als ein Haufen Demokraten mit ihren überzogenen Kongreßbankschecks. Er tönte immer rum, eines Tages wär er reich, wirklich reich, er müßte sich nur einen Anwalt besorgen. ›Ich hab den Kram! Ich hab den Kram!‹ Herrgott, der Mann konnte einem auf'n Geist gehn.«

»Hat er denn nie erklärt, was er damit meinte?«

Estes gab Melrose einen Tip: »Passen Sie auf, Mann. Er hat mal gesagt, er hätt in der Obdachlosenunterkunft einen Freund, der hieß Wes, hinten in der Unterkunft Cloudcover auf der Fayette. Kann ja sein, daß er da noch mehr Freunde hatte. Wenn John-Joy Geld hatte, hat er da übernachtet.«

»Gut, vielen Dank. Vielleicht komme ich noch mal wieder auf einen Plausch, wenn ihr nichts dagegen habt.«

Hatten sie nicht, woher denn auch.

Melrose war quer durch Harborplace gepilgert und zog seinen Stadtführer heraus. Sein Cider-Alley-Hilfstrupp hatte behauptet, sehr weit sei es nicht entfernt, und er hoffte nur, daß ihre Wegbeschreibung nicht war wie die der Briten: Ach, gehen Sie einfach nur die Straße bis zum Ende, Wertester, dann ein bißchen weiter, und nach einer kleinen Weile sehen Sie Acacia Cottage (oder was auch immer man suchte und wahrscheinlich nie finden würde), und dann tigerte man die Straße hoch und immer weiter (tagelang)... Und ehe man sich versah, war man in Edinburgh.

Er zockelte nun schon mehrere Blocks mit seinem Karren entlang und bereute zutiefst, daß er Hughie weggeschickt hatte. Andererseits wollte er nicht mit seinem Einkaufswagen in ein fremdes Taxi springen und darum bitten, in ein Obdachlosenheim gefahren zu werden.

Dafür war er nämlich nicht angezogen.

Er warf einen skeptischen Blick auf seinen Kaschmirmantel und den Seidenschal und zog die Stirn in Falten. Auf dem Haufen in dem Wagen lag ein schwerer alter Mantel aus graumelierter Wolle mit großen schwarzen Knöpfen, der ihm natürlich nicht passen würde, aber das war ja wohl nicht das Entscheidende. Er entledigte sich seines Mantels, faltete ihn zusammen und zog den dunkelgrauen an. Die Ärmel waren zu kurz, die Schultern hingen über, und er fragte sich, für was für einen Gorilla er ursprünglich geschneidert worden war.

Er zog auch seine Kalbslederhandschuhe aus und wühlte nach den dunkelbraunen Fausthandschuhen und einer Mütze mit Ohrenklappen, die er zuvor gesehen hatte. Dann inspizierte er das Innere einer wie eine Mickymaus geformten Plastiktasse. Hinter der Mülltonne aus Blech, auf der er seinen Stadtführer abgelegt hatte, leckten zwei Kinder Eis und starrten ihn an.

Die Mutter war einfach ohne sie weitergegangen, als brauche sie sie nicht mehr (»Ach, wissen Sie, zu Hause hab ich noch genug...«), bemerkte ihren Irrtum, lief zurück und schob sie, die

Hände auf ihre Schultern gelegt, mit sich fort. Dann sah sie, wen die Kinder angestarrt hatten (Melrose Plant), und fing an, in einer Tasche zu wühlen, die sie vor dem Bauch hängen hatte.

Sie kam und legte ihm zwei Quarter in die Mickymaus-Tasse.

Dabei sah sie gar nicht so viel anders aus als er, fand er. Mit ihrer übergroßen urwaldgrünen Jacke, etlichen Pullovern, dicken Handschuhen und kilometerlangem Schal, den sie sich ein paarmal um den Hals und dann über den Mund geschlungen hatte, wirkte sie selbst wie ein Grottenolm.

Trotzdem bedankte er sich, und die kleine Familie zog weiter. Das Mädchen ließ es sich allerdings nicht nehmen, zurückzuschauen und ihm die Zunge herauszustrecken.

Melrose seufzte und konsultierte den Stadtführer. Er konnte nicht einmal Fells Point finden. Unseligerweise hatten sich die Gasts für ein Mittagessen in Little Italy entschieden und wollten dann zurück nach Harborplace, was ihm ja nun überhaupt nicht weiterhalf.

Er überquerte die Farragut, spazierte mit seinem Karren an dampfenden Kanaldeckeln vorbei, aus denen feine Nebelschwaden in die Luft wehten und sich zerteilten. Er mußte an das viktorianische London denken, warum, wußte er nicht – vielleicht wegen des Bodennebels und des Dunstes. Er wanderte weiter und wünschte, er hätte einen detaillierteren Stadtplan gekauft, als er noch die Möglichkeit dazu gehabt hatte. Er bog um eine Ecke, die ihm bekannt vorkam, schob vier Straßen weiter und merkte endlich, daß sie ihm keineswegs bekannt war. Sein Ortssinn war verheerend. Wenn man ihn anwies, nach Osten oder Süden zu gehen, konnte man ihn genausogut anweisen, schnurstracks in den Himmel zu marschieren. Hier waren die Häuser eine Idee schäbiger, an den Ecken waren Tante-Emma-Läden, die bis in die Puppen aufhatten, Juweliergeschäfte hinter wehrhaften schwarzen Gittern und Billig-Billig-Läden: Billig-Billig-Schuhe, Billig-Billig-Eisenwaren, Billig-Billig-Drogerien, Reisen, Matratzen.

Und dann blieb er stehen.

Da war's, ein riesiges altes Gebäude mit einem kleinen Messingschild, CLOUDCOVER HOUSE.

26

Melrose wurde auf der Treppe zwar nicht mit lautem Hallo empfangen, aber geprüft und mit einem Kopfnicken hier, einer Handbewegung dort stumm begrüßt. Vor dem Haus hingen jede Menge Leute herum – schwarz, weiß, möglicherweise Puertoricaner (auch Melrose lebte ja auf einer Insel) –, die Hände in den Hosentaschen vergraben; Atem stieg wie Nebelschwaden in die Luft. Als er mit seiner Last Lumpen und Bücher unschlüssig stehenblieb, unterbrachen zwei Männer ihr Gespräch und schenkten ihm ein, wie er es interpretierte, Willkommenslächeln. Zum Kuckuck, warum denn auch nicht? Er stieg die Treppe hoch, und da er nicht den Eindruck erwecken wollte, daß er nicht wußte, wie man sich hier verhielt, schob er unter erheblichen Schwierigkeiten seinen Drahtkarren einfach ein paar Stufen hinauf, hielt an, um ihn vorne hochzuheben, schob, hielt an und so immer weiter, bis einer der beiden sich bequemte und das Heben übernahm. Als sie oben angekommen waren, bedankte sich Melrose höflich und stieß die große Tür auf.

Er betrat einen langen Flur. Gleich am Anfang befand sich ein Empfangstisch, der mit Gattern wie für eine Viehauktion versehen war. Eine kräftige Frau mit groben Gesichtszügen und herunterhängenden Mundwinkeln schaute ihn demonstrativ gleichgültig an, als kümmere sie sich schon zu lange um Obdachlose und sei dabei immer weniger menschenfreundlich geworden. Vielleicht eine freiwillige Hilfskraft, unbesoldet oder sehr schlecht, aber sie hätten doch wirklich jemanden mit etwas mehr Pepp anheuern können, der Leute wie ihn aufmunterte. Völlig erledigt trug er sich in das Gästebuch ein, und als sie ihn um zwei Dollar bat, fragte er sich, wie zum Teufel er unauffällig zwei Scheine aus seiner prallgefüllten Geldbörse ziehen sollte. Er murmelte etwas absichtlich Unverständliches und fing an, in seinem Abfallhaufen zu wühlen. Er brummelte und grummelte, bis sie die Geduld verlor und sich wieder ihrem Arbeitsplatz zuwandte. Da endlich gelang es ihm, zwei Scheine hervorzukramen, in der Hoffnung, daß es sich um zwei Ein-Dollar-Scheine und nicht zwei Hunderter handelte, und den Rest zurück in die Taschen seines Kaschmirmantels zu stopfen. Das Geld in diesem Land war wirklich eine teuflische Angelegenheit; alle Scheine gleich groß. Lächelnd wartete er darauf, daß die Frau sich ihm wieder widmete, und dachte daran, was Alex Holdsworth alles anstellen mußte, um seine Pokerfreunde zu betrügen, denn zu dem Trick waren gleich große Geldscheine erforderlich. Er kicherte. Dieser Junge hatte ihm wahrlich Spaß gemacht. Er fragte sich, ob er ihn noch einmal sehen würde, da Lady Cray –

»... den ganzen Tag!«

Er kapierte, daß er mit einem dümmlichen Lächeln im Gesicht dastand, und händigte ihr unverzüglich die zwei Dollar aus. Sie wies ihm den Weg zu einem Zimmer und erklärte ihm, daß er es nicht vor sieben Uhr abends benutzen könne. Melrose setzte seinen Karren in Bewegung, blieb noch einmal stehen und fragte: »Verzeihung, aber kennen Sie hier jemanden, der Wes heißt?«

»Ich bin kein Auskunftsbüro.«

»Nein. Entschuldigung.« Er schob los.

Vier Betten mit dünner, aber pieksauberer Bettwäsche und grauer, am Fußende aufgerollter Decke. Auf einem saß ein älterer, ausgemergelter Mann und starrte an die Wand. Seine Lippen waren ständig in Bewegung. Vielleicht betete er, dachte Melrose.

Ein sehr viel jüngerer Mann saß auf dem Nachbarbett, eine Gitarre an der Brust. Sein Haar war schulterlang, sehr dunkel und glänzte wie Mahagoni; er hatte einen dichten Schnurrbart und humorvolle Augen. Er nickte Melrose zu und klampfte weiter, keine richtige Melodie, sondern nur ein paar sanfte Töne.

Melrose schaute sich um und überlegte, was hier angesagt war. Den Karren konnte er nicht unbeaufsichtigt lassen.

»Du kannst nehmen, welches du willst. Hau dich ruhig hin. Kümmer dich nicht darum, was sie dir draußen erzählen, von wegen, den Raum nicht vor abends benutzen. Jerry heiß ich.« Er hob zwei Finger an die Stirn, als ob er salutierte.

»Aha. Mel. Angenehm.« Melrose ging zu Jerrys Bett und bot ihm die Hand. Der Bursche hatte einen angenehmen, weichen Südstaatenakzent, und Melrose beschloß, ihn in ein Gespräch zu ziehen. »Du bist aber nicht aus der Gegend hier. Nach Baltimore klingst du nicht. Wo kommst du her?«

»Baton Rouge.« Die schwarzen Augen nahmen Melrose ins Visier. »Und du?«

Melrose atmete tief durch. »Ich bin Engländer.« Er klang zu steif, fand er. »Na ja, Brite.«

»Im Ernst?« Ausdruckslose Stimme, der Unterton gelinder Überraschung war nicht echt. Jerry konnte gerade noch ein Lächeln unterdrücken. »Hättest mich ja auch verarschen können, Mel.«

»Ja. Hmm. Also, da lief einfach nichts mehr –«

»Bei so einem Akzent glaub ich dir das auf Anhieb.«

Wie bitte? Melrose hatte seinen Akzent immer für ganz passabel gehalten. Was meinte dieser Jerry? Er lag da, hielt die Gitarre im Arm wie ein Baby und blies Melrose Rauch ins Gesicht.

»Aus Newcastle komm ich. Nordengland.« Er bezweifelte, daß Jerry allzu vertraut mit den lokalen Akzenten war. »Da oben wird's immer schlimmer. Da gibt's die meisten Probleme mit der Arbeitslosigkeit in ganz England. Die Arbeitsämter sind ein Witz.« Melrose begann, sich für sein Thema zu erwärmen und ärgerte sich sogar ein bißchen, als Jerry ihn unterbrach.

»Rauchst du?« Jerry hielt ihm die Schachtel entgegen und schlug ein paar Marlboros heraus.

»Oh, danke.« Melroses silbernes Zigarettenetui lag neben der Geldbörse friedlich in der Tasche seines Kaschmirmantels. »Vielen Dank«, fügte er, so rauh und herzlich er konnte, hinzu.

»Alles klar.« Um Haaresbreite hätte Jerry wieder gezwinkert.

Ach, du lieber Himmel, wie hatte er erwarten können, daß ihm die Posse einer abnahm? Zuerst hatte er sich gegenüber der schwergewichtigen Lady am Eingang verhalten, als sei sie die Empfangsdame im Dorchester, und jetzt versuchte er diesem Menschen zu verkaufen, er käme aus den Kohlegruben vom Tyne und Wear.

Jerry fragte: »Bist du Schauspieler oder so was?«

Damit hatte Melrose nun nicht gerechnet. »Schauspieler?«

»Ja. Beim Rollenstudium. Tust so, als wärst du ein Penner.«

Melrose konzentrierte sich auf die Glut seiner Zigarette und erwog die ungeahnten Möglichkeiten, die sich hier ergaben.

Jerry fuhr fort: »Wie heißt der Streifen? *Obdachlos aber glücklich?*« Er nahm es von der scherzhaften Seite und grinste.

Melrose lachte. »Du blickst ja voll durch. Womit habe ich mich verraten?«

»Ach, Scheiße...« Jerry verlor das Wort mehr oder weniger in Spuckespritzern und wischte sich mit der Hand über den Mund. »Um ehrlich zu sein, Mel, durchblicken tu ich absolut nicht. Ganz im Gegenteil, ich bin ziemlich dämlich, sonst wäre ich nicht hier. Ich will dich ja nicht beleidigen, aber warum haben sie keinen echten Engländer für die Rolle genommen? Wie zum Beispiel Michael Caine?«

»Um dir die Wahrheit zu sagen, Caine hat nicht den richtigen Akzent. Er spricht so, als käme er aus London, aus dem East End.«

»He, astrein. Er hat nicht den richtigen Akzent, aber du?«

»Ich sehe so aus, wie die Rolle es erfordert.«

»Und wie geht die Geschichte? Die Filmgeschichte?«

»Hm... Sie handelt von so einem Engländer, der versucht, den Mord an einem Obdachlosen aufzuklären.«

Jerry ließ sich auf sein Kissen fallen und legte den Arm übers Gesicht. »Schwachsinn, Mann. Echt schwachsinnig. Aber das ist Hollywood.«

Melrose verbiß sich ein Lachen. »Du sagst es.«

»Den Akzent kannst du dir schenken, Kumpel.«

»Lieber nicht. Es ist eine gute Übung.«

»Und wer macht ihn?«

»Was?«

»Den Streifen, Mann – den Film.«

Melrose rollte die Zigarette im Mund hin und her. »Barry Levinson.«

Jerry kratzte sich an der Brust und betrachtete die Zimmerdecke. »Kommt mir bekannt vor, der Name.«

»Du hast bestimmt *Diner* gesehen, was? Da spielt Mickey Rourke mit.«

Jerry schnipste mit den Fingern. »Scheiße, ja. Toller Film. Und wer spielt in dem mit, in dem du spielst?«

Melrose zupfte an einem lockeren schwarzen Knopf des alten Mantels und sagte: »Annette Bening.«

Jerry setzte sich mit einem Ruck auf. »Wahnsinn! Was hast du für ein verdammtes Schwein, Mann. Die Frau ist irre.«

Diese Annette Bening mußte ja eine echte Wucht sein. Grinsend sagte Melrose: »In La-La-Land sind alle irre.«

»Stimmt.«

»Wie lange bist du schon hier? In Baltimore, meine ich.«

Jerry zuckte mit den Schultern und klampfte wieder auf der Gitarre: »Sechs, sieben Monate.«

Melrose hielt es für nicht sehr angebracht, zu fragen, ob es ihm gefiel. Jerry erzählte weiter:

»Ich hatte einen hübschen kleinen Laden. Eine Werkstatt, Auspuffreparaturen und so. Aber dann wurde die Situation beschissen, wie überall. Keine Arbeit mehr ... Dann ist mir die Frau abgehauen.« Wieder zuckte er mit den Schultern. Die alte Geschichte.

»Tut mir leid.«

Darauf erwiderte Jerry nichts. Er saß da und schaute in den Einkaufswagen. »Und wo hast du den Krempel her? Requisiten?«

»Der gehörte einem Obdachlosen namens John-Joy.« Er wartete darauf, daß Jerry auf den Namen reagierte, aber der runzelte die Stirn über einem Buch, das er herausgenommen hatte. Melrose schob nach: »Soweit ich weiß, ist er früher oft hier gewesen.«

»Früher?«

»Er ist tot.«

Jerry schaute von dem Buch hoch, guckte in die Luft. »John-Joy. Ja, warte mal – ich glaube, ich hab ihn hier ein- oder zweimal mitgekriegt. War'n bißchen abgedreht.«

»Er hatte einen Freund hier, der Wes heißt. Kennst du einen Wes?«

Offenbar gab es so wenig Abwechslung im Heim, daß Jerry gar nicht auf die Idee kam, Melrose zu fragen, warum er so an John-Joy interessiert war. »Scheiße, Wes kennt hier jeder. Er arbeitet jetzt hier. Komm, ich weiß, wo er normalerweise zu finden ist.«

»Das war mal das Haus von irgendso einem Industriemagnaten«, sagte Jerry, als sie durch den Eingangsflur gingen; Melrose schob den quietschenden Karren vor sich her. Das eine Rad stellte sich dauernd quer, und er mußte immer dagegentreten.

»Der wohnte hier«, sagte Jerry. »So um die Jahrhundertwende. Hier unten war ein Ballsaal. Vielleicht steht ja in einem von den Büchern in dem Wagen was darüber.« Er lachte.

Der Raum am Ende des Flurs war riesig. Wie Jerry gesagt hatte: so groß wie ein Ballsaal. Ein paar Männer lungerten herum, lehnten an der Wand und beobachteten einen Schwarzen in der Mitte des Raumes. Er tippte, das heißt, er versuchte, einen abgenutzten Basketball über den viel zu unebenen Boden zu tippen.

»Wes«, sagte Jerry und deutete auf den Schwarzen, »Wes war Profi. Vor zehn, fünfzehn Jahren. Dann hat er mit Drogen angefangen – Kokain, Crack, diese ganze Scheiße. Mit dem Mist hab ich nie angefangen, das kann ich dir sagen. Wes war ein toller Spieler. Er hat immer noch alle Tricks drauf.«

Ja, dachte Melrose, hat er. Von der Mitte des Zimmers aus bewegte er sich mit dem Ball vor, zurück, Hand, Boden, zur gegenüberliegenden Wand – an der ein alter Papierkorb mit ausgeschnittenem Boden an einem Brett angebracht war. Wes' Arm schoß hoch, dunkte den Ball hinein, der verfing sich einen Moment lang in dem ausgefransten Boden und fiel wieder in die Hände des Schwarzen. Dann traten ein paar Männer wie bewegliche Hindernisse aus dem Dunkel in sein Spielfeld, sie taten, als wollten sie ihm den Ball wegschlagen. Wes tänzelte um sie herum. Als ob er auf einem Magnetfeld spielte; der Ball schien sich von seinen Händen gar nicht trennen zu wollen. Die Hand schoß vor, rief den Ball zurück. Fingerspitzen wie ein Magier.

»He, Wes!« rief Jerry. Mit einem Täuschungsmanöver zog der Schwarze links an den beiden vorbei und tippte den Ball weiter. Ohne jede Anstrengung.

»Jer«, sagte er. »Neuen Freund? Tolle Mütze, Mann.«

»Das ist Mel. Er möchte mit dir reden.«

»Über einen Freund«, sagte Melrose. »John-Joy.«

Wes runzelte die Stirn. »Scheiße, wo bist du her, Mann?«

Jerry lachte. »Von der Westküste. Hörst du das nicht?«

»Klingt nach keiner Westküste, an der ich mal gewesen bin.«

»Scheiße, Wes, er ist Schauspieler!«

»Aber ja doch. Und ich bin Scheiß-Kevin Costner.«

»Ach, leck mich, Wes.« Jerry mißfiel es gewaltig, daß seine Neuerrungenschaft nicht mit offenen Armen aufgenommen wurde.

»Leck dich selbst, Mann. Verdammte Scheiße, warum will er was über John-Joy wissen, wenn er kein Cop ist?«

»Scheiße, Mann, er kennt Annette Bening!«

Melrose wartete geduldig auf das Ende des verbalen Schlagabtauschs, um dann zur Sache zu kommen. Sie versetzten sich noch ein paar spielerische Boxhiebe, ließen dann voneinander ab und drehten sich zu Melrose um. Also, was wollte er?

Melrose schaute von einem zum andern und sagte endlich: »Hört mal, ich bin kein Cop; ich bin auch kein Schauspieler. Tut mir leid«, sagte er zu Jerry. »Ich kenne Miss Bening nicht. Ich habe nur die Rolle gespielt, die du mir auf den Leib geschrieben hast, weil du ja nicht glauben wolltest, daß ich bin, wer ich bin. Ich bin Engländer, wie ich gesagt habe.«

»Der Akzent ist *echt*?«

Melrose war sich nicht sicher, ob ihm der erstaunte Blick behagte, aber er sagte: »Ja, waschecht. Die Schwachsinnsgeschichte, die ich dir erzählt habe, auch. Ich bin hier, um einen Mord aufzuklären. Und die Geschichte stimmt wirklich. Ich weiß, wenn es ein Film wäre, würde es mir niemand abnehmen, aber ein Freund von mir ist bei Scotland Yard. Ich bin mit ihm hierhergekommen. Die Geschichte«, Melrose legte die Hand aufs Herz, »ist verdammt und zugenäht wahr. Wirklich.«

»Hi-hi«, sagte Wes. »Du siehst auch genauso aus wie er, wie John-Joy.« Wes schlug sich mit der Hand auf die muskulöse Brust und sagte: »›Ich hab den Kram! Ich hab den Kram!‹«

»Was hat er damit gemeint? Worüber hat er da geredet?«

Sie verließen den Ballsaal und gingen durch den Flur zurück zu Jerrys Zimmer, Wes tänzelte und dribbelte mit dem Ball mal vorwärts, mal rückwärts. »Dachte, eines schönen Tages wär er berühmt.«

»Berühmt«, sagte Melrose. Da er nun nicht länger sein Hab und Gut verbergen mußte, langte er in die Tasche seines vergrabenen Mantels, brachte das ziselierte silberne Zigarettenetui zum Vorschein und reichte es herum. »Wieso meinte John-Joy, er würde berühmt?«

»Null Ahnung. Ist das sein Kram? Sieht so aus. Das ganze Gemüll hat er immer durch die Gegend geschleift.« Wes fuhr mit der Hand hinein, zog ein Buch heraus. »Er hat immer nur über diesen Mist geredet. ›Ich hab den Kram, ich hab den Kram!‹«

»Aber er hat nie erklärt, was es war?«

»Nein, nie. Nur wenn er auf Alk war, hat er totalen Stuß über seine Familie gelabert.«

»Wie hieß er denn? Mit Familiennamen?«

»Keine Ahnung. Einer seiner Namen war allerdings ›Joiner‹. John-Joy war ein Spitzname.« Wes inspizierte Melroses Lederhandschuhe, drehte sie um und um. »Warum, zum Teufel, interessiert sich ein Cop von Scotland Yard für John-Joy?«

»Ein Superintendent von der Mordkommission. Wegen John-Joy ist er aber gar nicht hier, sondern wegen eines anderen Falles. Es besteht Grund zu der Annahme, daß der Mord an John-Joy mit dem anderen in Verbindung steht.«

»Welchem anderen?«

»Dem Mord an einem Mann in Philadelphia.«

»Hm, ich hab nie gehört, daß er von Philadelphia geredet hat. Was ist in Philly passiert?«

»Ein Mann namens Philip Calvert ist ermordet worden. Erschossen. Nicht weit von hier. Vielleicht habt ihr darüber gelesen.«

»Kann mich absolut nicht erinnern.« Wes hatte sich den Schal um den Hals geschlungen und strich prüfend mit den Händen darüber.

»Und warum kümmert sich Scotland Yard um den Mord in Philly?« fragte Jerry und betastete Melroses Kaschmirmantel.

»Der Junge war der Neffe einer Frau, die in London gelebt hat. Aber das ist eine lange Geschichte. Probier ihn doch an, wenn du möchtest.«

»Wenn du nichts dagegen hast.« Jerry breitete den Mantel aus und fuhr mit den Armen hinein.

Wes probierte die Handschuhe an. »Und du meinst, jemand hatte ein Motiv, John-Joy umzubringen? Und es ist gar nicht so ein sinnloses, willkürliches Töten ohne Motiv – wie die Zeitungen behaupten?«

Melrose zuckte mit den Schultern. »Ja, vielleicht gab es ein Motiv. Ihr seht beide großartig aus.« Er sah auf die Uhr, sowohl um zu sehen, wie spät es war, als auch, um zu sehen, ob sie noch da war. »Ich wär euch dankbar, wenn ihr mir eventuell noch einmal weiterhelfen könntet, aber jetzt muß ich gehen.«

»Da willst du ja wohl deine Klamotten zurück«, sagte Wes, seufzte tief auf und ließ den Schal vom Hals gleiten.

»Ach, das sind nicht meine Klamotten. Sondern John-Joys. Könnt ihr behalten.«

»Alles klar, Mann.«

Sie hoben die Hand und wechselten einen brüderlichen Schlag mit Melrose.

27

Der Vogel kreischte, als Melrose den Laden in der Aliceanna Street betrat. »Im-meer... Im-meer«, krächzte er, wobei er Poes Gedicht offenbar nur als Mittel zu dem profanen Zweck ansah, noch einen Cracker abzustauben.

Umgehend entledigte Melrose sich des greulichen Mantels und der zerrissenen Fausthandschuhe und begab sich auf die Suche nach etwas Passenderem. Unter den alten Klamotten hatte er ein paar Stücke erspäht, die seiner Meinung nach zumindest verhindern mußten, daß die Empfangsdame im Admiral Fell Inn ihn mit einem Stadtstreicher verwechselte und ihm den Zutritt verwehrte.

Während er eine samtene Smokingjacke anprobierte und verwarf, studierte er den Vogel und seine Umgebung. Der Ara hüpfte im Käfig herum. Was, wenn er ein solches Federvieh – natürlich eines mit grellerem Gefieder – in Ardry End heimisch machte? Konnte er ihm beibringen, »Agatha! Agatha!« zu zetern und seine Tante in den Wahnsinn oder zumindest aus seinem Haus zu treiben? War es voreilig gewesen, sie nicht mitzunehmen, damit sie ihre Verwandten in Wisconsin besuchen konnte? Aber sie wäre ja doch nie in Amerika geblieben. Vielleicht konnte er einen Vogel darauf trainieren, Vivian »Vampir! Vampir!« entgegenzukreischen. Es wäre auch nett, wenn im Jack and Hammer ein Papagei Mrs. Withersby »Gin! Gin!« ins Ohr quäkte. So bewegte Melrose den Vogel in Gedanken durch Long Piddleton, bis er bemerkte, daß ein Mädchen durchs Schaufenster lugte. Die hatte er gestern doch schon einmal kurz gesehen. Sie war plump, hatte grobe Gesichtszüge und betrachtete nicht einfach die Schaufensterauslagen, sondern starrte in den hinteren Teil des Ladens, als suche sie jemanden.

Er beobachtete sie nun seinerseits. Sie war dreizehn oder vierzehn, jedenfalls ein paar Jahre älter als Jip, und hatte etwas unangenehm Aggressives. Da kam plötzlich eine Stimme aus der Finsternis und fragte ihn, was er wünsche.

Das mußte die Tante sein, dachte er, als er in der dunklen Ecke den noch dunkleren Schatten gewahrte. Eine wie eine Mumie in ein schwarzes Gewand gewickelte Frau saß da und rauchte eine Zigarette; auf dem Kopf trug sie einen schwarzen Turban. Beim Näherkommen bemerkte er die einzige andere Farbe ihres Ensembles: den blutroten Nagellack. Der großzügig draufgeklatschte Lippenstift war bräunlichrot. Sie hatte einen riesigen Schal mehrfach um die Schultern geschlungen und sich die Oberarme damit an den Körper gepreßt. Unter dem schwarzen Turban war ihr Gesicht so blaß wie Mondstein. Eine wahrhaft freudlose Gefährtin für ein kleines Mädchen. Was er wünschte, fragte sie ihn wieder, als habe er sie in der Kaffeepause gestört.

»Ach, ich suche ein paar alte Klamotten«, murmelte er und bewegte sich durch die Kleiderständer, in die sich Jip so gern gekuschelt hatte.

»Wie zum Beispiel?« fragte sie.

Melrose seufzte und nahm ein capeähnliches Teil zur Hand. Er haßte es, einkaufen zu gehen, und ließ sich seine Kleidung immer schneidern, weil er der nervtötenden Fragerei der Verkäufer entgehen wollte. Wenn man auf die erste Frage antwortete und ihnen damit einen Einstieg bot, hörten sie gar nicht mehr auf.

Er nahm einen Chapeau claque zur Hand. Leeres Gerede verabscheute er. Darum fanden andere Menschen ihn wahrscheinlich so unerträglich, dachte er und schlang sich das seidengefütterte Cape um die Schultern, aber es scherte ihn einen feuchten Kehricht, ob man ihn für unerträglich hielt. Besser das, als sich auf verbale Verbeugungen und Kratzfüße einzulassen, um die Götter des sinnlosen gesellschaftlichen Verkehrs gnädig zu stimmen. Er betrachtete sich in dem großen Wandspiegel und rückte den Zylinder schräg. Richtig schurkisch sah er aus. Dann streifte er weiße Fingerhandschuhe über, zog einen Ebenholzstock aus der chinesischen Vase, die mit zerschlissenen Sonnenschirmen vollgestopft war, und ließ ihn herumtrillern. Nun sah er aus wie eine Kreuzung zwischen Fred Astaire und Graf Dracula. Da mußte er wieder an Vivian denken und ihre Reise nach Venedig. Er stöhnte und legte Zylinder und Cape ab.

»Das sah aber sehr elegant aus«, sagte Die Schwarze Tante aus den Schatten.

Er nahm eine schwarze Jacke mit glänzendem Revers vom Kleiderbügel. Was hatte Jury über Vivian gefaselt? Er wurstelte sich in die Jacke und schlang sich einen mottenzerfressenen Schal um den Hals. Ob das paßte? Seine Gedanken wanderten Jahre zurück zu Vivians Verlobten Simon Matchett, dem damaligen Pächter des Man With a Load of Mischief (den Pub hätte er kaufen sollen, um zu verhindern, daß er in fremde Hände geriet – Pech gehabt). Herr im Himmel, hatte die Frau denn keinen Funken Verstand? Mit einer schwarzen Melone auf dem Haupt und der schwarzen Jacke, die an den Ärmeln viel zu kurz war, sah er aus wie Charlie Chaplin.

»Das steht Ihnen nicht, finde ich.«

Ach, Klappe, dachte er, zog die Jacke aus und nahm etwas anderes von der Stange. Natürlich war allen sonnenklar, daß Vivian Franco Giopinno nicht heiraten wollte und nur nicht wußte, wie sie sich anständig aus der Affäre ziehen sollte – auf einmal mußte er wieder an das Notizbuch denken. Wo war es? Sicher hatte Trueblood es aus dem Putzeimer gerettet. Er schlug sich mit einer Reitgerte ans Bein, die er ganz in Gedanken ergriffen hatte.

»Jagen Sie? Hier in der Gegend werden häufig Treibjagden veranstaltet.«

Im Spiegel sah er, daß er sich in eine rosafarbene Jacke gequält hatte, ohne es überhaupt zu bemerken. Er pellte sich wieder heraus und nahm einen bodenlangen braunen Mantel von der Stange, während seine Gedanken zu Polly Praed in Littlebourne wanderten. Er hatte Polly seit Jahren nicht gesehen; Polly mit den amethystfarbenen Augen. Und der spitzen Zunge, ermahnte er sich. Einerlei, Polly war immer in Richard Jury verliebt gewesen. Das glaubte er, Melrose, wenigstens. Er zog den Mantel aus und nahm ein anderes Kleidungsstück von der Stange. Ja, aber waren das nicht die meisten Frauen? Sein Blick wurde entschieden düsterer, er setzte sich eine neue Kopfbedeckung auf. Nur Ellen Taylor bekam nie weiche Knie, wenn Jury auftauchte. Sie schien ihn zu mögen, aber sie schmachtete ihn nicht an. Nicht uninteressant, sinnierte er vor sich hin, als er sich wieder etwas um den Hals schlang, mittlerweile so in die Gedanken an die Damen seiner Bekanntschaft versunken, daß er sein Spiegelbild gar nicht mehr wahrnahm. Warum zog er überhaupt Bilanz? Das hatte Jury verbrochen; war Jury nicht in Long Piddleton erschienen und hatte so ekelhaft mit sich und der Welt zufrieden ausgesehen?

O Gott, war Jury etwa in diese Lady Kennington verliebt? War er schon wieder dabei, sich in ein romantisches Abenteuer mit ungewissem Ausgang zu stürzen? Melrose fummelte mit einem Jabot herum, das er sich umgeknöpft hatte, und dachte über Ellen nach. Ellen gegenüber hatte er immer das Gefühl, er müsse sie beschützen. Und eines mußte er zugeben, sie verlor keine unnützen Worte – in ihren Büchern schon gar nicht. Bestand darin der Reiz von Sweeties Geschichte? Daß sie so karg war? Die arme Ellen. Arm? Wie konnte jemand mit einem solchen Verstand überhaupt arm sein? Aber er nun wieder, wie männlich-überheblich er sein konnte! Er trug den Haufen Klamotten zu dem Tisch mit dem Stereoskop, sein Unterbewußtsein hatte registriert, daß die Stimme aus der Finsternis verstummt war. Er erinnerte sich vage, ein Rascheln und Knirschen und leises Klimpern des Perlenvorhangs gehört zu haben. Vielleicht hatte Die Schwarze Tante den Raum verlassen.

Er mußte an eine Passage aus *Fenster* denken, schob ein Bild des St. James Hotel in den Halter, und fragte sich beim Anschauen, ob das Hotel wohl schon zu Poes Zeiten existiert hatte. Wie überladen Poes Stil im Vergleich zu Ellens war, dachte er. Du liebe Güte, Violette. Und dennoch... so unglaublich es schien und so sehr er mit dem Kustos des Poe-Hauses übereinstimmte, es war trotzdem möglich, oder? Möglich ja, aber höchst unwahrscheinlich. Melrose ließ das Stereoskop sinken.

Er schaute sich um, fragte sich, was seinen Verstand wohl so kitzelte wie das, was ihn am Kinn kitzelte. Er wischte es weg. Der Vogel krächzte »Im-meer!«... und Melrose ließ noch ein Bild vor die Linse gleiten. Die kleine Gruppe am Bahnhof. Dieselben Leute im nächsten Bild, sie stiegen aus der Pferdedroschke... und da mußte Melrose daran denken, was Edgar Allan Poe in jener Nacht passiert war, als er halbtot aus einer ähnlichen Droschke gestiegen war. Niemand wußte ja so richtig Bescheid darüber. Ein paar Tage später war er gestorben. Das Foyer des St. James Hotel, die Palmen in den Kübeln, die persischen Läufer, der Speisesaal stimmten Melrose merkwürdig nostalgisch. Er seufzte. »Ich hab den Kram! Ich hab den Kram!« Melrose sah Estes vor sich, wie er John-Joy imitierte und sich die Hand aufs Herz legte. War vielleicht in der Tasche etwas gewesen? In der Brusttasche des Hemdes oder der Jacke?

Gedankenverloren drehte Melrose an dem Holzgriff des Stereoskops und dachte an John-Joys Mantel. Was hatte die Polizei mit der Kleidung gemacht, die er getragen hatte? Ob sie wirklich alles gründlich untersucht hatten? In alle Taschen geschaut?

»Allerliebst sehen Sie aus!«

Melrose wirbelte herum. Er hatte nicht gehört, wie die Tür aufging.

Jury und Wiggins standen da und betrachteten ihn. Er befreite sich aus seinem Dämmerzustand und mußte sich dabei ertappen, daß er mit einer Federboa herumfuchtelte. Ein rascher Blick in den Wandspiegel enthüllte ihm, daß er sich nicht nur mit der Boa herausgeputzt hatte, sondern auch noch mit einer Mantilla aus roter Seide und einem hohen, juwelenbesetzten Turban aus Goldstoff. Ei verflixt!

»Hier in der Gegend gibt's ein paar Bars, da könnten Sie hingehen«, sagte Jury. »Nicht gerade ins Horse, wenn Sie verstehen, was ich meine.«

Melrose warf Turban, Schal und Boa von sich, so schnell er konnte, und sagte so lässig er konnte: »Ich kaufe mir ein paar schicke alte Klamotten.« Und zog das Abendcape wieder vom Bügel.

»Ausgerechnet Sie«, sagte Jury.

»Das war unabdingbar, um von den Leuten in der Cider Alley Informationen zu bekommen. Für den Fall, daß Sie sich wundern.«

»In der Cider Alley waren Sie? Haben Sie was Wichtiges erfahren?«

»Das eine oder andere. Was wollen Sie hier?«

»Ich wollte mit dem kleinen Mädchen sprechen.«

»Jip. Sie ist wahrscheinlich hinten. Die Tante war eben hier.«

Melrose betätigte die Klingel auf dem Ladentisch.

»Was ist aus Ihrem Mantel geworden? Oder sollte ich das nicht fragen?«

»Den habe ich verschenkt. Da ist Jip.«

Jury sah, wie ein kleines Mädchen den Perlenvorhang auseinanderschob. Sie war sehr hübsch, sogar schön, mit rosiger Haut, die im Licht der Tiffanylampe wie Perlmutt schimmerte. Sie hatte rötlichbraunes Haar. Hinter ihr klingelte der Vorhang wie eine Äolsharfe. »Kann ich Ihnen – oh, hallo!« Sie lächelte Melrose an. »Ich hab Sie gar nicht erkannt.«

»Nein, aber deine Tante findet, ich sehe ziemlich elegant aus. Ich glaube, ich nehme es.« Melrose schielte auf das Preisschild. »Es kostet fünfundsiebzig Dollar. Was mein Freund möchte, weiß ich nicht.« Melrose begab sich zu seinem Karren, den er zwischen die Kleiderständer geschoben hatte.

»Ein Geschenk«, sagte Jury und lächelte Jip an. »Für eine Freundin, eine junge Dame.«

Jip sagte nichts und nickte nur.

»Etwas richtig Buntes. Aber ich weiß nicht, was. Kleider? Schmuck?« Er beugte sich über die Glasvitrine und schaute sich die Ringe und Halsketten aus Halbedelsteinen lange an. Er schüttelte den Kopf. »Ich weiß nicht. Hast du eine Idee?« Auf einem Regal hinter ihr thronte eine Reihe Puppen, die alle ein bißchen abgenudelt und staubig aussahen, ein recht internationales Grüppchen, sie steckten in aufwendigen Trachten. »Die Puppen sind schön.«

Jip kratzte sich am Ellenbogen und schaute mit ihm zusammen hoch. Sie hatte eine Idee. »Mag sie Puppen?«

»Ich glaube schon.« Das Mädchen war so eifrig bei der Sache, daß er um nichts in der Welt gesagt hätte, nein, sie ist zu alt.

»Ich bin nur daraufgekommen, weil ich eine Barbie habe, die ich echt billig verkaufen würde. Und die ist echt amerikanisch. Und ich will sie verkaufen, weil ich für eine neue spare.«

»Okay, laß mal sehen.«

Im Nu war sie durch den Vorhang gehuscht und in weniger als einer Minute wieder zurück mit der Puppe. Die hatte kupferrotes Haar und trug Western-Outfit – riesigen Stetson, besticktes Hemd, sogar ein Lasso.

»Die neuen können ganz viele Sachen. Ich will entweder die Rock-Star-Barbie oder die Mermaid-Barbie. Das Haar von der Mermaid-Barbie kriegt eine andere Farbe, wenn man es naß macht.«

»Unglaublich. Aber die hier sitzt einfach nur so da.«

Ihre traurige Miene verriet, daß sie dem nur zustimmen konnte. »Aber sie ist in einwandfreiem Zustand.«

Jury lächelte. Die Wendung hatte sie bestimmt von ihrer Tante im Geschäft gelernt. »Wieviel willst du dafür?«

»Sind fünf Dollar zuviel?« fragte sie vorsichtig.

»Das glaube ich nicht. Paß auf, wenn du noch andere Kleider für sie hast, gebe ich dir zehn.«

Traurig schüttelte sie den Kopf, das Leuchten in ihren Augen erlosch. War der Handel schon geplatzt?

»Keine Bange«, sagte Jury und ließ seinen Blick über die Puppen auf dem Regal schweifen. Er entdeckte eine männliche Puppe, die offenbar einem arabischen Prinzen ähneln sollte, denn sie trug Pluderhosen und eine scharlachrote Weste und schwang ein Krummschwert. »Siehst du den da? Hol ihn doch mal runter.«

Nebeneinander sahen die Puppen fast gleich groß aus. »Meinst du, seine Klamotten passen ihr?«

Begeistert und nicht im geringsten verlegen streifte Jip Barbie das bestickte Hemd vom Busen und tauschte die Jeans gegen die glänzenden Hosen. »Abgemacht.«

Sie schauten die neu ausstaffierten Puppen an. Jury gefiel der

Araber mit der olivfarbenen Haut und dem kecken Schnurrbart im Wildwestkostüm sogar. Die blauäugige Barbie mit der roten Mähne war wie Carole-anne in einwandfreiem Zustand. »Jetzt braucht sie aber noch was auf den Kopf.« Er zog die Schachtel mit den Taschentüchern, Halstüchern und Haarbändern heran und nahm einen Goldlamékragen heraus, der wohl einmal ein schickes Abendkleid geziert hatte. »Wenn wir den hier ein bißchen abschneiden würden – Moment mal.« Er ging durch den Raum, wo Melrose inmitten des Plunders aus seinem Einkaufswagen saß und eine braune Anzugjacke mit glänzenden Aufschlägen inspizierte. Auf dem Boden lagen eine alte Armeedecke, noch eine Decke mit einem indischen Muster, ein Paar Nadelstreifenhosen (die aber nicht zu der Jacke gehörten), etliche T-Shirts, Bücher, Schuhe ohne Absätze.

Jury hob den juwelengeschmückten Turban von dem Hutständer und sagte: »Wenn Sie den mal eine Sekunde entbehren können...?«

Ha ha, dachte Melrose, schnitt hinter Jurys Rücken eine Fratze und machte sich wieder an die Inspektion der braunen Jacke. In der Brusttasche nichts. In den Hosentaschen und in dem karierten Hemd auch nichts. Melrose hob ein Buch nach dem anderen hoch, hielt es am Rücken fest und schüttelte es einmal gründlich. Nichts flatterte heraus. Schließlich stieß er auf ein großformatiges, dünnes Buch, das wie ein altes Hotelgästebuch aussah, die Daten gingen zurück bis ins achtzehnte Jahrhundert. Wie war der Mann in den Besitz dieses Buchs geraten? Es war aber kein Gästebuch, es sah eher wie ein altes Kirchenbuch aus. Er legte es beiseite, um es sich später anzusehen, und öffnete das nächste.

»So einen wie den hier«, sagte Jury und legte den Turban auf die Ladentheke. »Ich zahle dir gern noch fünf Dollar mehr, wenn du ihr einen Turban machst. Das sind dann zusammen fünfzehn Dollar.«

Jip sagte, sie sei sehr gut in Handarbeit und könne den Turban sofort heute abend zuschneiden und nähen. »Aber die Barbiepuppe können Sie jetzt schon mitnehmen.« Sie langte hinter den Ladentisch und holte Einschlagpapier.

»Ach, ich warte, bis alles fertig ist.«

Jip schaute sich ängstlich nach dem Perlenvorhang um. »Ich meine, Sie sollten sie besser doch mitnehmen.«

Natürlich, der Kleiderwechsel war ohne den Segen der Tante vonstatten gegangen, und er fragte, ob er beide Puppen kaufen sollte, damit es keinen Ärger gab.

Aber sie sagte, das sei schon in Ordnung. Wenn ihre Tante es merke und nicht einverstanden sei, dann habe sie ja immer noch die fünf Dollar extra, die er ihr für die Kleider bezahlt habe. Sie wickelte die Puppe in Seidenpapier und sagte: »Früher habe ich in England gewohnt.«

»So? Weißt du, du hast auch ein bißchen so einen Akzent.«

Darauf erwiderte sie nichts, sondern klebte das Einschlagpapier mit Tesafilm zusammen.

»Wie lange ist das her?«

Jip dachte einen Moment nach. »Fünf Jahre, glaube ich. Ich war fünf. Oder vielleicht sechs. Vielleicht ist es sechs Jahre her.«

»Als ich sechs war, war Krieg. Das ist natürlich schon sehr lange her. Aber vergessen werde ich das nie. Wegen der Bomben.«

Sie schaute ihn ängstlich an. »Sind die auf Sie draufgefallen?«

»Auf uns alle in London. Wir Kinder wurden fast alle evakuiert, weggeschickt zu wildfremden Leuten aufs Land.«

Sie legte die Hände auf das Päckchen und hielt den Blick gesenkt.

»Es war ganz schön schlimm.«

»Und bei wem haben Sie gewohnt?« fragte sie sehr bedächtig.

»Bei einer Familie in Somerset. Ganz weit weg von London.«

Ihr Blick schweifte immer wieder in Richtung der Schaufenster. Schließlich drehte sich Jury um und sah, was sie sah; ein kräftiges, dickes Mädchen schaute herein. Jury runzelte die Stirn. Eine Schulfreundin vielleicht, aber keine gute, nicht mit der Miene.

Als er Jip wieder anschaute, hatte sie die Augen immer noch niedergeschlagen und konzentrierte sich auf das Päckchen, so wirkte es jedenfalls. Ihr Gesicht war erhitzt, die helle Haut voll feuerroter Flecken.

»Eine Freundin von dir?« fragte er.

Erst schüttelte sie den Kopf. Dann nickte sie langsam. »Sie heißt Mary Ann. Sie ist in meiner Schule.«

Sie klang unglücklich.

Eine Weile lang sah Jury Mary Ann an, dann sagte er: »Als ich in Somerset war, war meine Mutter nicht bei mir. Ich mußte natürlich auch zur Schule gehen; vor der Schule gab es kein Entrinnen. Und in einer neuen Schule ist es sogar noch schlimmer. Der Neue zu sein ist immer sehr schwer.«

»Ich hasse die Schule.« Wieder schickte sie einen kurzen Blick zur Ladenfront. Dann wurde sie ein wenig ruhiger. Jury drehte sich noch einmal um und schaute aus dem Fenster. Das Mädchen stand stocksteif da. »Und in Somerset war am allerschrecklichsten, daß es einen gab, der alle tyrannisiert hat –«

Eine Stimme (Melrose Plants) hinter ihm fragte: »Was ist mit seiner Kleidung? Hat der Beamte, mit dem Sie geredet haben, seine Sachen überprüft?«

»John-Joys? Ja. Nichts. Warum? Wonach hätte er denn suchen sollen?«

»Ich weiß nicht. Den Kram.« Stand da, ein Paar alter Hosen über dem Arm, und schüttelte den Kopf.

»Den *was*?« fragte Jury. Keine Antwort.

Jip meldete sich wieder zu Wort. »Was war denn mit dem, der alle tyrannisiert hat?«

Jury konnte nicht vernünftig denken. Nicht, solange Plant mit einem Paar alter Hosen über dem Arm hinter ihm stand. Er schaute ihn finster an und winkte ihn weg. Dann sagte er, und er achtete darauf, sich vage auszudrücken: »In der dritten Klasse passierte etwas, und er drohte damit, daß er es unserem Klassenlehrer erzählen würde...«

Sie wickelte sich ein Seidenband um den Finger und hörte angespannt zu. »Was? Was war denn passiert?«

Jury dachte einen Moment nach. »Es war komisch. Aus dem Schreibtisch des Klassenlehrers war etwas verschwunden. Er hat gesagt, ich hätte es gestohlen, aber das stimmte nicht.«

Ihr Ausdruck änderte sich, sie war enttäuscht. Die Fälle waren gar nicht zu vergleichen.

Jury fügte hinzu: »Aber das war noch nicht alles. Ich glaube, er hatte es selbst gestohlen.«

Wieder änderte sich ihr Gesichtsausdruck. Alles klar, schien er zu sagen. »Und er hat gesagt, das stimme nicht.«

»Ja.«

»Aber was, wenn Sie es wirklich gestohlen hätten?«

Dem ängstlichen Ton nach zu schließen, dachte Jury, ging er wohl besser davon aus, daß Jip etwas angestellt hatte. »In dem Fall wäre es meine Sache gewesen, es dem Rektor entweder zu beichten oder nicht. Das ging ihn gar nichts an.«

»Was, wenn er mitgemacht hätte? Der Junge?«

»Meinst du, wenn wir beide zusammen etwas angestellt hätten? Und er mir die Schuld in die Schuhe hätte schieben wollen?«

Sie zuckte mit den Schultern. »So ungefähr.«

»Hm, ich hätte ihn nicht daran hindern können, aber das heißt doch nicht, daß ich es dem Rektor nicht auch selbst hätte erzählen können.«

»Hätte die Polizei Ihnen was getan?«

Jetzt verwechselte sie Vergangenheit und Gegenwart. »Mir? Nein. Wir hatten ja kein Verbrechen begangen.« Die beiden, Jury und der freche Junge, hatten überhaupt nichts verbrochen. Aber ein Geständnis lag so sehr in der Luft, daß Jip gar nicht mitgekriegt hatte, wie in Jurys Geschichte bislang weder von Verbrechen noch

Polizeimaßnahmen die Rede gewesen war. In ihrer Geschichte spielten diese beiden Dinge aber sehr wohl eine Rolle.

Melrose kam zurückgeschlendert, fläzte sich auf die Ladentheke und tat, als höre er nicht zu. Angelegentlich betrachtete er den Kasten mit den Ringen und dann den Turban. Er fummelte daran herum und schaute von Jip zu Jury und wieder zu Jip, während die beiden sich weiter unterhielten – alles reichlich mysteriös, fand Melrose und seufzte. Nach seiner wahrhaft barocken Geschichte von Julie und dem Schlitten schien Jip nun eifrig bemüht, Jurys Vertrauen zu gewinnen. Es störte sie aber auch nicht, daß er bei der Unterhaltung zugegen war.

»Aber was, wenn der Junge versucht hätte, Ihnen einzureden, daß überhaupt nichts passiert wäre? Daß Sie nie dagewesen wären und nichts gesehen hätten?«

Wo gewesen und was gesehen oder nicht gesehen? fragte Melrose sich und steckte sich einen Freimaurerring an den kleinen Finger.

»Na, das hätte er mir nicht einreden können.«

»Warum nicht?«

»Weil er immer da war, hinter dem Baum.«

Jips »Oh« klang immer noch skeptisch.

»Merkst du das denn nicht? Wenn es wirklich nicht passiert wäre, hätte er nicht immer hinter dem Baum hervorspringen und versuchen müssen, mir Angst einzujagen. Oder?«

Das sah sie ein. Der weitere Verlauf des Gesprächs bestand im großen und ganzen in einer Wiederholung des bisher Gesagten, gemeinsam arbeiteten sie sich durch den alten Wirrwarr, die alte Furcht, bis Jip sich überwinden konnte, über das zu reden, was wirklich passiert war.

»Ich war da«, sagte sie plötzlich. »Wir waren da. Mary Ann und ich, auf dem Friedhof.« Ehe Jury etwas sagen konnte, redete sie schnell weiter. »Aber Mary Ann sagt, ich bin übergeschnappt; sie sagt, es wäre nichts passiert.« Jip hielt den Kopf gesenkt, der Barbiepuppe zugewandt. Als treffe sie der Vorwurf, sie sei übergeschnappt, tiefer als die Szene auf dem Friedhof. »Sie hat gesagt, in der Nacht gingen immer viele Leute auf den Friedhof, um den Mann zu sehen, der die Blumen auf das Grab legt.«

Behutsam fragte Jury: »Und hast du ihn gesehen?«

Sie nickte. »Ich glaube, ja. Aber ich weiß nicht mehr genau, was ich gesehen habe. Wir waren hinten, hinter ein paar Grabsteinen – nicht zusammen, sondern an verschiedenen Stellen. Als wir dann – als *ich* dann so ein Geräusch gehört habe, es klang wie ein abgeschnittener Schrei, da muß Mary Ann weggerannt sein. Sie ist weggelaufen und hat mich alleingelassen. Ich bin dageblieben. Auf dem Pfad neben mir war jemand, so nahe, daß ich wußte, wenn ich versucht hätte, zu laufen, hätte er mich gesehen.« Sie schüttelte den Kopf. »Und ich spürte, wie etwas an mir vorbeiwitschte ... Ich hatte die Augen zu. Ich hätte es nicht ausgehalten zu gucken. Erst als ich nichts mehr hörte, bin ich aufgestanden und losgelaufen. Ich war ganz zerkratzt von den Büschen und den Steinen.«

»Die Person hast du aber nicht gesehen?«

Heftig schüttelte sie den Kopf. »Nur, daß er so ein schwarzes Cape anhatte.« Sie schwieg. »Wenn Mary Ann herauskriegt ...«

»Ach, um Mary Ann brauchst du dir keine Sorgen zu machen.« Jury nahm sein Notizbuch und fragte nach ihrem vollen Namen. Mary Ann Shea, schrieb er auf. Dann notierte er gewissenhaft die Adresse der Sheas. Er ließ es sehr offiziell klingen. »Mary Ann wird nicht mehr durchs Fenster schauen, Jip, das garantiere ich dir.«

Und als könnte Scotland Yard zaubern, war Mary Ann tatsächlich verschwunden. Als sie sich das nächste Mal umdrehten, gab das Fenster den Blick frei auf den Winternachmittag.

28

»Ich habe Pryce angerufen«, sagte Jury, als er mit einer Kanne Bier zum Tisch zurückkam. Das Horse füllte sich allmählich; ein Gitarrist wetteiferte mit dem Geschehen auf dem Bildschirm um die Gunst des Publikums.

»Was passiert mit ihr?«

»Mit Jip? Nichts. Pryce stellt ihr ein paar Fragen, aber ich habe ihm schon gesagt, daß ich es für so gut wie ausgeschlossen halte, daß sie jemanden identifizieren kann, ganz egal, wen sie gesehen hat.«

»Arme Jip«, sagte Ellen und schaute von dem Buch auf, das offen vor ihr lag.

Jury trank sein Bier und sah zu, wie Wiggins weißes Pulver in sein Glas Wasser häufte. »Kopfschmerzen?«

»Was? Ach, das hier meinen Sie?« Wiggins beobachtete – beobachtete selig, dachte Jury –, wie das Wasser anfing zu sprudeln und weißlicher Schaum und Schlieren sich bis zum Rand des Glases ausbreiteten.

Mittlerweile hatte der junge Gitarrist gegen eine lärmige Rateshow den kürzeren gezogen. Ganze Familien traten gegeneinander an.

Ellen unterstrich Passagen in Wick-VapoRubs Roman. Mit schwerer Hand.

Und schwerem Herzen, dachte Melrose. Ihm wiederum fiel schwer, sich auf ein Thema zu konzentrieren, während sie dasaß und stöhnte, leise fluchte und jammerte.

Wiggins nippte an seiner Bromo-Seltzer und leckte sich über die Lippen. »Also, ich meine, wir sollten von einer Verbindung ausgehen. Sonst haben wir sowieso nichts, womit wir anfangen können. Nichts.«

»Gut. Wenn zwischen John-Joy und Philip Calvert eine Verbindung besteht und wenn Beverly Browns Notizen stimmen, dann gibt es auch eine Verbindung zu Patrick Muldare, wiederum unter der Voraussetzung, daß es sich bei den Initialen um Muldares handelt. Alan Loser sagt, John-Joy sei immer zum Laden gekommen und habe dort mit Milos herumgehangen. Sie waren Freunde. Andererseits sagt Muldare, er habe nie von Philip Calvert gehört.«

»Beverly Brown hat ihn gekannt«, sagte Wiggins.

»Das sagt Hester, ja.«

»Hört euch das an«, sagte Ellen. Sie las:

> Lovey stand in der hitzeschwangeren Luft, nahm den betörenden Duft der Bougainvilleen kaum wahr, schaute die lange Kolonnade mit den im Mondlicht schimmernden korinthischen Säulen entlang, die die Tür am Ende einrahmten, und roch die Salzluft, die vom Meer herwehte und im Auf und Ab der Wellen pulsierte. Victor! Er sollte sie treffen, wo war er? Sie schaute zur Tür.

»Victor – lassen Sie mich raten – hat ein sehr ähnliches Schicksal wie Maxim erlitten.«

Ellen schlug das Buch zu, legte den Arm auf den Tisch und ließ den Kopf darauf sinken. Untröstlich.

Wiggins offerierte ihr einen Schluck Bromo-Seltzer, aber sie lehnte dankend ab.

Melrose sagte: »Der Kustos des Poe-Hauses meint, literarischer Diebstahl sei schlimmer als Mord.« Er streckte die Hand aus und legte sie auf ihr Haar. Sie schüttelte sie nicht ab.

»Was meinen Sie, Ellen?« fragte Jury.

»Was meine ich wozu?« sagte Ellen mit dünner Stimme. Ihre Traurigkeit war mindestens so tief wie das Meer, von dem sie gerade vorgelesen hatte.

»Zu Patrick Muldare. Sie kennen ihn besser als wir.«

Ellen ließ den Kopf auf dem Arm liegen, ihre Stimme kam gedämpft vom Tisch hoch. »Er interessiert sich nur für Football. Er hofft wirklich, daß seine Gruppe den Zuschlag für die Mannschaft und die Lizenz kriegt.«

»Das stimmt.«

»Er muß Barry Levinson ausstechen«, sagte Melrose mit Blick zur Glotze, wo die pummeligere der beiden Familien auf- und absprang und sich selbst applaudierte. »Und das wird kein Zuckerschlecken, den Typ zu schlagen, der *Bugsy* gemacht und mit Annette Bening gedreht hat.«

»Barry Levinson? Annette Bening? Wovon reden Sie?« Ellen hob den Kopf und stützte das Kinn auf den Unterarm.

»Haben Sie noch was von dem Poe-Manuskript mitgebracht?« fragte Wiggins.

Langsam bewegte sie das Kinn auf dem ausgestreckten Arm auf und ab und bejahte. Ohne ihre Haltung zu verändern, fuhr sie mit der Hand über die Tasche und tastete wie eine Blinde nach dem, was darin war.

»Ach, bitte, lesen Sie vor«, versuchte Jury sie zu überreden.

Das Kinn immer noch auf dem Unterarm, fragte Ellen in elegischem Ton: »Wollen Sie wirklich?«

Jury nickte lächelnd.

Aufgemuntert hob sie den Kopf und zog das Manuskript heraus. Sollte doch Lovey tot umfallen, wie sie da stand und vor Hitze pulsierte. Melrose ärgerte sich. Als sie sich damals in den Mooren Yorkshires kennengelernt hatten, hatte er gedacht, Ellen sei immun gegen Jurys Charme.

»Wir haben da aufgehört, wo Monsieur P- darüber redet, daß er das Taschentuch im Hof entdeckt hat. Seine Initialen sind in eine Ecke gestickt.« Mit einem Blick in die Runde erfaßte Wiggins den Stand der Dinge für den Fall zusammen, daß sie alles vergessen hatten.

Ellen hüstelte und ballte die Hand vor dem Mund zur Faust, ganz wie eine Poe'sche Heroine in gräßlicher Seelenpein. Sie las:

Meine verehrte Madam –
daß Sie den Leiden des M. Hilaire P- so gänzlich gefühllos gegenüberzustehen scheinen, ist nur ein weiterer Beweis, daß es sich bei dem Herrn, von dem ich spreche, nicht um jenen William Quartermain handeln kann, mit dem Sie selbst bekannt sind. Hätten Sie auch nur einen Moment in dem Gemach verweilt, in welchem ich so viele Stunden zubrachte, würden Sie es begreifen. Sie sind überzeugt, daß M. P- lediglich eine List anwandte, um mich dort aus Gründen festzuhalten, die Sie durchschauen (wie Sie behaupten), mir aber nicht entdecken; gestatten Sie mir dennoch die Bitte, mit meiner Geschichte fortfahren zu dürfen –

Mein Gastgeber hielt mir das Taschentuch entgegen und hieß mich, es zu inspizieren, was ich tat. Den Anfangsbuchstaben »P« sah ich gewiß, verschlungen mit dem »H« seines Vornamens. Sodann erhob er sich und begab sich zu einem Schrank, dem er einen mit Perlmutt eingelegten Ebenholzkasten entnahm. Er öffnete ihn und reichte ihn mir zur genauen Betrachtung. Der Kasten enthielt Wäschestücke und einige dieser Taschentücher. Sie waren aus feinstem Linnen, und die Initialen waren in ähnlicher Weise eingearbeitet. Mein Gastgeber sprach:

»Glauben Sie mir jetzt?«

In großer Hast versicherte ich ihm, daß ich ihm nur insofern mißtraut hätte, als ich glaube, er habe vielleicht geträumt, und er lächelte und sagte mit einer matten Handbewegung:

»Das ist gänzlich ohne Bedeutung. Ich bitte Sie nur, ich bitte Sie inständig, mir einen Dienst zu erweisen: den Rest dieser Nacht mit mir in meiner Schlafkammer zu verbringen.«

Unsägliches Grauen erfüllte mich.

»Es besteht nicht die geringste Gefahr!« rief er aus. »Nicht die geringste. Ich würde ansonsten keine solche Bitte an Sie richten. Es geht nur darum, daß Sie die Wahrheit meines Erlebnisses bestätigen und bezeugen, daß ich geistig gesund bin. Mann Gottes! Ich muß es wissen.«

»Mein lieber M. P-«, sagte ich, so freundlich ich es vermochte. »Und wenn es mir nicht gelingen sollte, Ihnen Frieden zu verschaffen? Was dann? Wenn sich das Duell gar nicht wiederholt, wenn der Name Violette nicht noch einmal ausgestoßen wird?«

Die Show war zu Ende, und Melrose sah,wie der Gitarrist wieder auf dem Barhocker Platz nahm. Schlecht war er nicht; wenigstens spielte er akustisch und nicht elektrisch. Melrose fragte sich, was Lou Reed wohl aus der Story von Violette gemacht hätte: (»Violette said/As she got up off the floor/This is a bum trip/And I don't love you anymore...«)

»Würden Sie bitte mit dem Gesumme aufhören?« bat ihn Ellen gereizt.

Und Wiggins sagte vorwurfsvoll: »Ich möchte gern wissen, was aus Violette geworden ist.«

Woraufhin Melrose sagte: »Sie ist tot.« Er hatte die Nase voll von diesem Gesülze. »Sie liegt unter den Fußbodendielen, warten Sie's nur ab. Edgar Poe könnte besser Gitarre spielen, als Beverly Brown schreiben.«

»Ach, seien Sie doch still«, sagte Ellen, und das spröde Papier raschelte, als sie die nächste Seite nahm.

Melrose drehte sich um und hörte der angenehm klagenden Stimme des Gitarristen zu, die zu dem Lied nicht so recht paßte.

Jury sagte: »Ich finde, die Geschichte ist ganz schön vielschichtig.«

»Der Los Angeles Freeway auch«, sagte Melrose.

Ellen las:

»Wenn Sie nichts hören und nichts sehen, muß ich eben akzeptieren, daß ich –«

Ich verstand, und in der nun folgenden schwer lastenden Stille empfand ich eine tiefe Bestürzung und geistige Verwirrung. Aber schließlich willigte ich ein, insistierte jedoch darauf, daß wir, bevor ich mich in die Schlafkammer begab, in den Hof hinunterstiegen, wo ich mich vergewissern wollte, daß er sicher abgeschlossen sei.

Wir stiegen hinab, und ich überprüfte den gepflasterten Hof mit unseren Laternen, dem einzigen Licht, das uns zur Verfügung stand, um die pechschwarze Dunkelheit zu erhellen. Es ist schwierig, den Hof zu beschreiben, der meinen Geist im Nu mit seiner undurchdringlichen Düsterkeit umhüllte wie mit einem kohlschwarzen Cape. Auf drei Seiten umgaben uns Mauern, auf der vierten befand sich das eiserne Tor, durch das in all den Jahren niemand hindurchgegangen war, wenn man dem rostigen Schloß Glauben schenken wollte. Der trockene Springbrunnen, die verdorrten Bäume, die schwammigen Moose, die an den Steinen hochwucherten – das alles bezeugte, daß sich niemand innerhalb dieser Mauern aufgehalten hatte. Dennoch war ich nicht befriedigt. Denn ich war sicher (trotz Ihrer heftigen Einwände, Madam), daß M. P- ein geistig ebenso gesunder Mann war wie ich, und daß, wenn das der Fall war, die uns umgebenden Mauern und das Tor den Gefährten seiner schlaflosen Nächte, den Duellanten, Einlaß gewährt haben mußten. Ich schritt von einer Mauer zur anderen, meine Hände an den feuchten Steinen, und suchte einen möglichen geheimen Zugang.

Und in diesem Moment, und mag es auch noch so überspannt klingen, fühlte ich, wie die kalten Steine *weinten* –«

Melrose fuhr dazwischen. »Nicht unter den Bodendielen, hinter den Mauern.«

Ellen und Wiggins schauten ihn wütend an. Jury studierte die Manuskriptseite, die Ellen gerade vorgelesen und weggelegt hatte.

»Wie unendlich öde«, sagte Melrose und gähnte. »Es ist bloß ›Das Faß Amontillado‹ noch einmal aufgewärmt. Er hat sie da drin eingemauert.«

»Achten Sie gar nicht auf ihn, er will uns nur ärgern«,sagte Ellen und steckte die Seite sorgfältig in die Plastikhülle.

Wiggins starrte sie an: »Aber, Miss – wie geht es weiter? Gab es einen Geheimgang oder so etwas?«

Ellen zuckte mit den Schultern und seufzte: »Ich weiß es nicht.«

Wiggins sah völlig fertig aus. »Sie meinen, das ist das *Ende*?«

»Das ist alles, was sie mir gegeben hat. Falls es noch mehr gibt, habe ich es jedenfalls nicht gefunden.«

Da schaltete sich Melrose ein. »Sie sollten das gar nicht mit sich herumschleppen. Sie sollten das ganze Zeug der Polizei übergeben. Oder Owen Lamb. Oder sonst jemandem.«

»Warum? Weil es eine Fälschung ist?« sagte Ellen mit schneidender Liebenswürdigkeit.

»Eine gefährliche Fälschung.«

Jury fing an zu lachen.

Alle schauten ihn an.

Er lachte noch lauter.

»Was ist?« fragte Melrose.

Er drehte die Manuskriptseite um, damit alle sie sehen konnten, und zeigte auf die Stelle mit dem Taschentuch. »Es sind die idiotischen Initialen. HP. In das Taschentuch gestickt.«

»Richtig. Und...?«

»Noch nie was von Helmsley Palace gehört?« Jury lehnte sich im Stuhl zurück und lachte noch lauter.

29

»Nouveau Pauvre, Hughie«, sagte Melrose, womit er dessen Stadtkenntnisse dem Härtetest unterwarf. Er knallte die Autotür zu, daß die an der Scheibe klebende Bart-Simpson-Puppe anfing zu zappeln.

Hughie trommelte mit den Fingern aufs Steuer und wiederholte: »Nu-vo Poof, hmm... ah ja! Der Schuppen auf der Howard, der dieser Schwuchtel gehört – pardon – dem Schwulen, meine ich, der diesem schwulen Macker gehört.«

Beim Anfahren überlegte Melrose, ob »schwuler Macker« nicht ein Widerspruch in sich war, aber er sagte nichts. Es war schon schwer genug, Hughie von den Fischen fernzuhalten; Melrose wollte ihn nicht in eine Diskussion über die Schwulenbewegung oder Politik verwickeln. »Halten Sie das Steuer bitte fest, wenn Sie fahren, ja?«

Hughie hatte einen Arm über die Rückenlehne des Vordersitzes drapiert und bog um die Straßenecke, einen Finger im Steuer verhakt.

»Und fahren Sie nicht langsamer«, sagte Melrose mit stahlharter Stimme, »wenn wir am Aquarium vorbeikommen.« Er zog Stadtführer und Brille heraus.

»Die größten Stechrochen auf dem Festland der Vereinigten Staaten.« Hughie versuchte, Melroses Blick im Rückspiegel zu begegnen.

Melrose entzog sich der Begegnung. Während der Fahrt schlug er die Sehenswürdigkeiten nach, die Hughie identifizierte. Ja, das, was da weit vor ihnen lag, war tatsächlich das Battle Monument. »Wo ist der Federal Hill?«

»Der ist da hinten, ein paar Meilen entfernt von Fort McHenry. Wollen Sie hin?«

»Was? Nein, nein, ich habe nur so überlegt.«

»Die Unionstruppen ham ihn im Bürgerkrieg besetzt. Maryland war nämlich irgendwie für den Süden, aber *sicher* wußte es keiner.«

Das klang reichlich salopp, fand Melrose. Er steckte den Führer wieder in die Tasche und versuchte nachzudenken, obwohl Hughie unverdrossen seine Version der Geschichte Marylands zum besten gab. Er schloß die Augen und rief sich das Bild der Cider Alley ins Bewußtsein, von Estes und Twyla und dem Hauseingang, wo die Farbe abblätterte und die Leiche John-Joys gefunden worden war. Vielleicht konnte Milos ihm doch noch etwas über John-Joys Geheimnis erzählen, wenn es denn ein Geheimnis war.

»... McHenry, da hat Francis Scott Key die amerikanische Nationalhymne geschrieben. Hat er beides, Text und Musik, geschrieben, wissen Sie das?«

»Ach, wahrscheinlich nicht. Wahrscheinlich hat er mit jemandem zusammengearbeitet.«

»Wie die Gershwins.«

»Hm, hm.« Während sie über eine Straße mit Antiquitäten- und Trödelläden fuhren, ließ Melrose Hughie weiterschwatzen. Nouveau Pauvre, sah Melrose, als Hughie das Tempo drosselte, ging auf eine malerische Häuserzeile, deren Veranden und Dächer stufenartig anstiegen. Es war ein romantischer kleiner Laden mit weißen Schindeln, und fein geschmiedete gußeiserne Gitter schmückten Treppe und Veranda.

Als Hughie einen Parkplatz suchte, um Melrose bei seinem Abenteuer zu begleiten, sagte dieser ihm, er solle ihn in einer Stunde wieder abholen. Das Taxi hielt an, und Melrose stieg aus.

Das gußeiserne Treppengeländer erinnerte Melrose an Anzeigen für »entzückende Landhäuser« und Bilder von New Orleans. Die oberste Stufe war so breit und hoch über dem Erdboden, daß ein Mann leicht darunter stehen konnte.

Da stand auch ein Mann. Mit Hund. Wenn Melrose nicht gewußt hätte, daß es Milos war, hätte er es bestimmt jetzt an dem Schild erkannt, das Besucher ermahnte, sich von seinem Platz fernzuhalten. Der kräftige Mann trug einen Armeemantel und sah aus, als sei er in dem Unterstand, den ihm der Laden gewährte, festgewachsen. In der angenehmen Überzeugung, daß er mit Obdachlosen ja nun mittlerweile auf du und du stand, zog Melrose lächelnd einen Schein aus der Börse. Der Hund schien zwar zweifelhafter Abstammung, aber freundlicher als der Mann zu sein; er bellte leise und wedelte mit seinem Stummelschwanz.

»Entschuldigen Sie, bitte. Ob ich wohl ein paar Worte mit Ihnen reden kann?« Melrose knisterte mit dem Geldschein, damit der Blinde merkte, daß er bereit und willens war, für Informationen zu zahlen. Dieser spezielle Blinde aber stellte einfach den entnervenden Blickkontakt her, bei dem man das Gefühl bekam, er starre einen direkt an. Kein Wunder, daß Melrose Milos' Taubheit einen Moment lang vergessen hatte.

Er entdeckte ein Häuflein Zigarettenkippen in einem Blechaschenbecher und zückte sein Zigarrenetui. Der Hund bellte zustimmend, vielleicht wollte er eine mitrauchen. Melrose fiel ein, daß Jury gesagt hatte, man könne in Milos' Hand schreiben, und er langte danach. Er legte ihm die Zigarre in die offene Hand.

Er hatte erwartet, daß Milos das Geschenk unter allerlei Gefummel, Geklammere und Gegrunze annehmen würde. Statt dessen hielt Milos die Zigarre hoch, fuhr sich ein paarmal damit unter der Nase entlang und versuchte, sie in der Brusttasche seiner Anzugjacke, die überhaupt nicht zu der Hose paßte, zu verstauen. Er machte etliche erfolglose Versuche, sie hineinzuschieben, aber es gelang ihm nicht. Dann probierte er es bei der anderen Tasche und hatte Erfolg. Alles ohne Kommentar, als sei er der Auffassung, daß ihm Geld und Zigarre von Rechts wegen zustanden.

Es schien kein Gespräch zu werden, in dem die üblichen einleitenden Höflichkeitsfloskeln zu beachten waren, deshalb hob Melrose die Hand des Mannes einfach noch einmal und kritzelte auf die Handfläche. »John-Joy?«

»Wer, ich? Ich bin nicht John-Joy. Können Sie nicht lesen?« Milos deutete mit dem Daumen hinter sich.

»Nein, nein«, sagte Melrose automatisch. Er seufzte, nahm wieder Milos' Hand und schrieb sorgfältig: »Was ist der Kram?«

Unwillig bewegte Milos den Kopf von links nach rechts. Er brüllte: »Zum Teufel, ich bin nicht krank. Ich bin blind, du Arschloch, falls dir das bisher entgangen ist!«

Wieder ergriff Melrose seine Hand und schrieb in großen Buchstaben: »Nein.« Und danach: »Der Kram.«

»Was? Hat sich ausgekramt, verpiß dich, du Penner!«

Die Polizei in Baltimore mußte eine Engelsgeduld haben, wenn sie aus Milos Informationen herausbekommen hatte (was ihr allem Anschein nach gelungen war, auch wenn sich über deren Brauchbarkeit streiten ließ), jedenfalls mehr Geduld, als Melrose je bei der Polizei erlebt hatte.

Seufzend gab er auf und kletterte die Treppe hoch.

»Hallo? Suchen Sie ein Geschenk? Ein Freund bankrott? Ihr Broker unbekannt verzogen? Demnächst eine Steuerprüfung? Alles auf einen Schlag?«

Ein schlanker Mann spazierte auf Melrose zu, während er diese Salve von Fragen auf ihn abschoß. Angesichts seines Outfits war »schießen« ein angemessener Ausdruck: bestickte Weste, Cowboystiefel aus geprägtem Leder und ein bodenlanger, leichter Mantel, der Clint Eastwood in einem seiner Spaghetti-Western hervorragend gestanden hätte. Schwer zu sagen, ob es seine Geschäftskleidung war oder ob das Geschäft nur die Kulisse abgeben sollte – das Bühnenbild für ihn.

»Schwuler Macker« war mal wieder eine von Hughies Fehlinterpretationen. Der Macker hier kam garantiert bei Frauen an. Melrose erwiderte das ansteckende Lächeln. Die Sprüche waren natürlich interessanter als das übliche »Was wünschen Sie?«

Melrose antwortete: »Eigentlich nichts von alledem. Ich bin zu Besuch hier und suche ein Mitbringsel für eine Dame. Etwas schrecklich Amerikanisches.«

Der Mann lächelte. »Hier gibt's nichts, das *nicht* schrecklich amerikanisch ist.« Er schob die Hände in die Taschen seiner Jeans und schaute sich fröhlich um, als könne er sich an den Zeugnissen seiner Findigkeit gar nicht genug erfreuen.

»Sind Sie der Inhaber?«

»Aber gewiß doch.«

»Mein Name ist Melrose Plant.« Melrose zog eine seiner uralten Visitenkarten aus der Schachtel und gab sie ihm. Manchmal war Adel ja vonnutzen.

Alan Loser studierte die Karte mit der eingravierten Schrift. »Caverness. Lord Caverness?«

»Nein, Lord Ardry. Das ist der Familienname. Und dann Earl of Caverness etcetera.«

»Ich bin schon von dem Teil mit dem Grafen beeindruckt. Wage mir gar nicht vorzustellen, was das ›etcetera‹ alles noch sein mag.«

Melrose lächelte. Er betrachtete ein Regal mit Büchern, von denen er noch nie gehört hatte, und überlegte, ob sie hier standen, weil sie so obskur waren. Und dann erhellte sich seine Miene bei einem vertraut aussehenden glänzendroten Umschlag. Aha! Hier also hatte sie es gekauft!

»Ich sehe, Sie schauen sich die Bücher an. Liest Ihre Freundin?«

Konnte Agatha lesen? Er nahm ein Exemplar von *Zu Gast in Baltimore*. »Na ja, Speisekarten.«

Alan Loser kicherte. »Ißt gern, was? Wie wär's dann mit dem hier?«

Er händigte Melrose ein Buch mit dem Titel *Gehen wir Okra essen* aus. Auf dem Umschlag kletterten etliche spillerige Okras, alle mit Sonnenbrillen, Hütchen und Picknickkörben aus einem Auto.

»Hier werden neunundneunzig Arten, Okra zu kochen, beschrieben – zum Picknick, Abendessen, zum Lunch fürs Büro, was das Herz begehrt. Ein Okra-Kochbuch finden Sie in England garantiert nicht. Nicht, daß Sie dort eines bräuchten.«

»Ich glaube nicht einmal, daß ich in England eine Okra finden würde. Ist das nicht das dunkelgrüne, schleimige Gemüse, das man für – wie heißt es noch?«

»Gumbo. Das man für Gumbo braucht. In dem Buch hier sind aber keine Gumbo-Rezepte.« Er blätterte das Buch durch. »Die üblichen Sachen sind hier nicht drin.«

»Mir wäre nie in den Sinn gekommen, daß man mit Okras überhaupt übliche Sachen anstellen kann.«

»Ich weiß. Hier steht aber auch drin, wie man sie kochen muß, um die Schleimschicht rauszukriegen.«

»Aber wenn sie sowieso schleimig sind, warum kocht man sie dann noch?«

»Wie Sie sich vorstellen können, war das Buch kein riesiger kommerzieller Erfolg.«

»Ich kann mir nicht vorstellen, daß überhaupt eines dieser Bücher ein Erfolg war.« Melrose schaute sich um. »Stoßen diese ganzen Mißerfolge die Kunden nicht eher ab?«

»Machen Sie Witze? Oder haben Sie eine höhere Meinung von der menschlichen Natur als ich? Sie scheinen die niedrigeren Instinkte der Menschheit zu ignorieren. Des einen Leid ist des andern Freud. In die Richtung wollte ich den Laden zuerst nennen. Doch dann gefiel mir die Abwandlung von ›neureich‹ so gut.«

»Ich glaube, ich nehme den.« Melrose gab ihm den Stadtführer.

»Gute Wahl. Vermutlich der idiotischste Stadtführer, der je geschrieben wurde.«

Da war sich Melrose nicht so sicher. Er hatte das Gefühl, er müsse die Schwestern Bessie verteidigen, nachdem er soviel Zeit mit ihrer kleinen Familie verbracht hatte. Wenn Lizzie und Lucie Bessie nicht gewesen wären, hätte er mit Hughies Version von allem vorlieb nehmen müssen. »Eine Freundin von mir hat mir einen gekauft.« Er hielt sein Exemplar hoch.

Alan Loser lachte. »Sie sind das? Ellen war erst vor ein paar Tagen hier.« Sie waren zur Ladentheke gegangen, und Loser holte Papier und Band. »Woher kennen Sie Ellen?«

»Ich habe sie vor ein paar Jahren in England kennengelernt. Sie düste auf einer BMW durch die Moore North Yorkshires.«

»Typisch für sie.«

Melrose sah zu, wie Loser das Band geschickt um das Päckchen wickelte. »Sie hat für ein Buch recherchiert, aber ich glaube, sie hat es nie geschrieben. Das von damals meine ich. Haben Sie *Fenster* gelesen?«

Loser nickte. »Bin aber absolut nicht schlau daraus geworden.« Dann fügte er hinzu: »Ich bin natürlich kein Fachmann.«

Melrose fand die Nachbemerkung ziemlich dreist.

»Mit dem neuen scheint sie Probleme zu haben. Sie hat mir auch erzählt, daß eine Studentin von ihr ermordet worden ist. Schrecklich. Vermutlich hat der Mord ihr das Schreiben vergällt.« Das war so weit von der Wahrheit entfernt, daß er beinahe, beinahe errötet wäre.

»Sie meinen Beverly Brown.« Loser schnitt das Band ab.

»So hieß sie, glaube ich. Haben Sie sie auch gekannt?«

»Oh, ja, sie hat an mehreren Nachmittagen in der Woche hier gearbeitet. Schrieb an ihrer Doktorarbeit. Die Bullen haben die Bude hier auf den Kopf gestellt. Nicht nur das, sondern auch zwei Ihrer Landsleute waren hier. Scotland Yard Mordkommission.« Er legte das eingewickelte Päckchen auf die Theke. »Ja, Beverly hat einen ganz schönen Wirbel veranstaltet. Angeblich hat sie ein Manuskript von Edgar Allan Poe ausgegraben. Das hat Ellen Ihnen aber wahrscheinlich alles erzählt.«

»Ja. Erstaunlich. Glauben Sie, es ist echt?«

Loser zuckte mit den Schultern. »Wie kann jemand etwas so Kompliziertes fälschen? Und da es unvollendet ist, muß es nicht einmal den Ansprüchen an Poes Einfallsreichtum genügen, meinen Sie nicht auch?« Er lachte.

Melrose war zu dem Eßtisch mit den Gedecken aus dem Helmsley Palace gegangen. Er nahm eine Serviette in die Hand und lächelte. Als sie gestern abend im Horse gesessen hatten, waren sie alle einhellig der Meinung gewesen, daß Ellen recht gehabt hatte; Beverly Brown hatte ihre geistigen Fingerabdrücke auf der Story, die sie fabriziert hatte, hinterlassen.

»Es ist wie bei der Pralinenschachtel«, hatte Ellen gesagt. »Jedesmal, wenn sie im Nouveau Pauvre war, muß sie diese Gedecke gesehen haben.«

»Aber warum«, hatte Wiggins gefragt, »hinterläßt sie in der

Geschichte Spuren, die beweisen, daß alles fauler Zauber ist?« Wiggins war über die Lösung, zu der sie hinsichtlich der Echtheit der Geschichte gekommen waren, gar nicht glücklich gewesen.

Alan Losers Stimme unterbrach Melroses Erinnerungen an das Gespräch vom Vorabend. »Ist Ihnen in England Leona Helmsley ein Begriff? Die Queen of Mean?«

»Helmsley? Ja, davon habe ich gehört.« Melrose wedelte mit der Serviette. »Kann ich eine kaufen?«

»Ehrlich gesagt, ich verkaufe den Satz lieber komplett.«

»Gut. Dann nehme ich den ganzen Bettel.«

»Alle zwölf von den dämlichen Dingern?« Loser stieß ein kurzes Lachen aus. Als Melrose nickte, zuckte er die Achseln und fing an, sie einzusammeln. Sie gingen zurück zur Ladentheke, und er suchte eine Schachtel.

»Jeder hat seine eigene Theorie. Warum, glauben Sie, ist sie ermordet worden?«

»Beverly konnte sich im Handumdrehen Feinde machen. Ich kann mir nicht vorstellen, daß Professor Vlasic allzu erfreut über ihren ›Fund‹ war. Er hält sich selbst für einen Poe-Experten und ärgerte sich wahrscheinlich grün und blau, als einer von seinen Studentinnen etwas so Wertvolles wie ein Originalmanuskript in die Hände fiel und sie daran ging, eine Dissertation darüber zu schreiben, mit der sie ihn womöglich in den Schatten stellen konnte. So wie ich Beverly kannte, hätte das sogar ein Grund sein können, ihn als Doktorvater auszuwählen. Ihm ein bißchen Saures geben. Vlasic ist der einzige Professor, der Beverly jemals eine schlechtere Note als A gegeben hat. Damals habe ich gedacht, sie bringt ihn um.« Loser hatte einen Schuhkarton gefunden und fing an, die Servietten hineinzufalten. »Und dann der Professor, für den sie als Assistentin gearbeitet hat. Sie ist in sein Computersystem eingedrungen – der Typ ist Genealoge – und hat seine Dateien aufgemischt. Sie konnte ein ganz schöner Spaßvogel sein.«

»Ob jemand überhaupt eine Verbindung zwischen den Servietten und diesem Taschentuch gezogen hätte?« hatte Ellen weiter überlegt. »Wie dem auch sei, sie hat es vermutlich gar nicht mit Absicht getan.«

Woraufhin Jury gemeint hatte: »Vielleicht doch. Es tut mir richtig leid, daß ich Beverly Brown nicht kennengelernt habe.«

Melrose nun auch, während er zu einem kleinen Mobile hochschaute, das an einem Draht über ihm hing: Ein Hai jagte einen Schwarm kleiner Fische. Er berührte sie mit den Fingerspitzen, woraufhin sie alle wie wild durch die Luft schwammen. Er wollte sich zum Thema John-Joy vorarbeiten und kam zu dem Schluß, daß er wohl kaum etwas preisgab, wenn er es auf die direkte Tour anfing. »Morde passieren in Ihrer Stadt auch reichlich, was? Ellen hat erzählt, in einer Gasse sei ein Mann ermordet worden, der mit dem Burschen, den ich draußen gesehen habe, bekannt war. Milos? Heißt er so?«

»Genau, ja. Richtig, Milos kannte den Mann. Mittlerweile habe ich erfahren, daß sie sogar dick befreundet waren. Er kam immer hierher. Kann mir allerdings schlecht vorstellen, daß sie großartig miteinander geredet haben.« Wieder lachte Loser. Als sei das seine normale Reaktion auf das Unglück anderer. »Übrigens bezahle ich ihn. Er ist eine Art Angestellter. Er trägt entscheidend zur Atmosphäre bei, finden Sie nicht?«

Wenn man diese Atmosphäre mochte, dachte Melrose, und Wes und Jerry fielen ihm ein. Außerdem erinnerte Alan Loser ihn an Theo Wrenn Browne. Bis auf die Tatasche, daß Theo keinen Funken Charme besaß und Alan Loser jede Menge, waren sie sich merkwürdig ähnlich darin, wie sie sich am Pech anderer ergötzen konnten.

»Milos behauptet, er habe die Leiche in Cider Alley gefunden. Das hat er der Polizei gegenüber angegeben.«

»Stimmt das?« fragte Melrose.

Loser zuckte die Achseln. »Mit Milos zu kommunizieren ist nicht gerade leicht.«

Für manche Leute war es aber leicht.

Milos und der Hund saßen auf einer Decke, und Milos öffnete eine flache, weiße Schachtel.

Aus einem Parkplatz, den Hughie gerade ansteuerte, fuhr ein Auto mit einem blauweißen Würfel auf dem Dach: DOMINO'S PIZZA – FREI HAUS.

30

I

»Ham Sie jetzt Zeit fürs Aquarium?«

»Nein. Zurück nach Fells Point.«

Enttäuscht sackte Hughie in seinen Sitz. Schweigend fuhren sie die Howard Street hinunter, dann fragte er: »Fliegen Sie auch in 'n Westen, wenn Sie schon mal hier sind? Sehn sich den Grand Canyon an und das alles?«

»Leider nein. Wir sind nur für ein paar Tage hier.«

»Schlecht. Ich, ich reise, wann immer ich kann. Seit die Frau tot ist, wissen Sie. Is richtig mein Hobby geworden.« Er drehte sich um und schaute Melrose an. »Ich verrat Ihnen 'n Geheimnis. Wissen Sie, wie man 'ne Stadt am besten kennenlernt oder 'ne Gegend, wo man noch nie war?«

»Man nimmt ein Taxi?«

»Nöh. Nicht alle Taxifahrer sind so wie ich. Die meisten kennen die interessanten Orte gar nich. Nein, Sie müssen sich einen Makler nehmen. Niemand kennt eine Gegend besser als die Makler. Fahren Sie mit einem von denen, wissen Sie in kürzester Zeit alles drüber.«

»Aber dann müssen Sie sich doch auch die Häuser anschauen.«

»Ja, klar. Mögen Sie keine Häuser? Ich schon. Ich sehe gern, wie andere Leute wohnen. Und die Preisklasse können Sie sich ja auch aussuchen. Wenn Ihnen Boca Raton gefällt, kutschieren Sie einfach da rum.«

»Wo ist Boca Raton?«

»In Florida. Erst letztes Jahr war ich da. Hab ich ein Auto gemietet? Teufel, nein. Warum Geld zum Fenster rauswerfen? Ich hab mir 'nen Makler genommen.«

»Aber was, wenn Sie lieber in der Sonne liegen als Häuser anschauen?«

»Na ja, Sie latschen doch nicht den ganzen Tag mit dem Typ rum. Paar Stunden – drei vielleicht. Er besorgt die Fahrerei, die Sprüche über die Sehenswürdigkeiten, Sie setzen sich hin und glotzen. Wissen Sie, ich kann das mittlerweile aus dem Effeff. Ich lese mir durch, wo ich hin will, rufe 'nen Makler in Baltimore an und sage, ich will umziehen, und er soll mir 'nen Makler da besorgen, wo ich gerade hinwill. Mit Maklern rumzufahren macht wirklich Spaß. Sie reden gern und sind gutgelaunt. Ich glaube, Makler lieben ihren Beruf. Und wenn man will, springt auch noch ein freies Mittagessen dabei heraus. Aber das mach ich nicht; ich nutze sie nicht aus. Oft lade ich *sie* sogar zum Mittagessen ein. Und wenn man ins offene, weite Land fährt, zum Beispiel in Montana oder Colorado, irgendwo, wo die Landschaft richtig schön ist – herrlich. Sie fahren durch die Gegend, gucken sich ein Haus an, fahren wieder ein bißchen. Auf diese Weise bin ich in Aspen, Colorado, und in Jackson Hole gewesen. Ich kann Ihnen sagen, das ist mal was anderes.«

Melrose sah Lexington Market durchs Fenster, merkwürdig traurig bei dem Gedanken daran, wie Hughie seine Ferien in Boca Raton und Colorado verbrachte, mit Maklern herumfuhr und Häuser anschaute, die von ihren Bewohnern verlassen worden waren. Hughie, der in Küchen und Schränken und Blumenbeeten herumschnüffelte, über weiße Sandstrände bummelte und hin und wieder einen Blick in das Leben anderer Menschen riskierte.

Das alles ging Melrose durch den Kopf, während sie an den glitzernden Gebäuden von Harborplace vorbeifuhren, und plötzlich sagte er: »Ich hab's mir überlegt, Hughie. Gehen wir ins Aquarium.«

II

Hughies Heimat war definitiv das Meer.

»Da drin sind die Stechrochen«, sagte er, als sie in eine schimmernde Welt von Licht und Schatten, grünem Wasser und blauen Neonlampen traten.

Sie beugten sich über die Betonmauer und betrachteten die Rochen, die wie riesige bleiche Fächer durchs Wasser glitten.

»Mann, den Süßen möcht ich nicht im Dunkeln begegnen! Schauen Sie sich doch mal den Burschen an! Das is 'n Kuhkopfrochen.«

Der Kuhkopfrochen schoß direkt auf Hughie zu.

»Haben Sie Fische?« fragte Hughie.

»Fische? Nein.«

»Ich kaufe mir vielleicht welche. Wissen Sie, ein Aquarium mit ein paar tropischen Fischen.«

Der Rochen ergriff die Flucht. Vielleicht fürchtete er den Umzug in Hughies Aquarium.

Sie gingen eine Rampe hoch zu dem riesengroßen runden Behälter, der die Haie beherbergte. Im zweiten Stock wurden sie mit Geräuschen vom Band verwöhnt, von Urwaldgrunzen, -schnauben, -schreien und den Rufen von Nilpferden, Seehunden und Pinguinen. Die Zoologen und Ornithologen des Aquariums hatten vollständige kleine Welten kreiert. Nun standen Melrose und Hughie vor einer, die »Allegheny Pond« hieß, und Hughie quatschte die ganze Zeit über sauren Regen. »Wenn Sie mal was Schönes sehen wollen, dann fahren Sie in den Westen Marylands. Nach Allegheny oder Garrett County.« Er deutete mit dem Kopf auf das Glas, hinter dem kleine Fische schwammen und eine Schildkröte sich zentimeterweise voranschob. Ein Ochsenfrosch saß auf einem flachen Stein. Der Teich wurde von einem sich über Felsen ergießenden, künstlichen Wasserfall gebildet. »Saurer Regen. Sehen Sie?« Hughie zeigte auf das Schild. »Der erwischt die Hälfte der Flüsse dort oben. Haben Sie das Problem in England auch?« fragte er, als sie zur Chesapeake Bay nebenan weiterzogen.

»Heute gibt's doch überall sauren Regen.«

»Ja, wird wohl so sein.«

Sie blieben stehen und grübelten über das Ökosystem der Chesapeake Bay nach. »Ich hab 'ne Schwester in Delaware wohnen. Sie sagt, das Wasser da ist richtig schlecht. Die Strände, wissen Sie. Ich fahre nicht oft nach Delaware – he, habe ich Ihnen die Geschichte über die Delawares erzählt?«

»Doch, doch.« Melrose wollte eine Wiederholung von *Adel verpflichtet* vermeiden.

Hughie ließ sich nicht beirren: »Also, wenn die Queen das Handtuch schmeißt, übernimmt Prinz Charles, stimmt's?«

»Genau. Es sieht bloß im Moment nicht so aus, als verspüre er große Lust dazu.«

»Im Ernst?« Hughie schürzte die Lippen und dachte darüber nach. Er ging mit dem Gesicht näher ans Glas. »Da ham wir blaue Schwimmkrabben und Sumpfschildkröten, in der Chesapeake Bay.« Er nickte in Richtung des sumpfigen Geheges.

Sie gingen weiter.

»Und wer übernimmt dann?«

»William.«

»Wer ist das?«

»Charles' Sohn.«

Hughie runzelte die Stirn. »Und wer ist eigentlich Prinz Andrew?«

»Charles' Bruder.«

»Sie meinen, der Bruder kommt nicht zuerst? Sie meinen, das

Gör erbt's? Mein Gott.« Mißbilligend schnalzte er mit der Zunge. Beim Schlangestehen für den Thron Großbritanniens ging es aber auch gar zu ungerecht zu. »Kein Wunder, daß dieser Delaware seinen Onkel abgemurkst hat.«

Melrose schaute ihn an, schüttelte den Kopf, schaute weg. »Das ist aber nicht dasselbe. Die Gesetze der Erstgeburt sind sehr streng. Nur wenn Charles, sein Sohn William und sein anderer Sohn Harry sterben oder abdanken, nur dann tritt Prinz Andrew auf den Plan.«

Jetzt standen sie in einem abgedunkelten Bereich, in dem die kleinen, dunklen Laternenfische aufleuchteten wie Glühwürmchen.

Mit der Rolltreppe fuhren sie eine Etage höher in den Regenwald: gigantische Palmen in dichtem, warmem Dunst, es krächzte und tschilpte. Wirklich eine außerordentlich gelungene Simulation, dachte Melrose.

»He, jetzt schauen Sie sich die Flamingos an! Ich hatte ganz vergessen, daß sie Flamingos ham.«

»Das sind doch keine Flamingos«, sagte Melrose verdrießlich.

»Aber ja doch. Sehn Sie doch, wie leuchtendrosa sie sind, und die wirklich dünnen Beinchen.«

»Für Flamingos sind sie zu klein.«

»Und was sind sie sonst?« fragte Hughie herausfordernd.

»Weiß ich nicht.«

Eine Weile lang schwieg Hughie und schaute die rosafarbenen Vögel an. »Und was ist mit Prinzessin Anne? Darf die nicht auch mal?«

»Ganz zum Schluß. Anne steht ganz am Ende der Schlange. Die Brüder und männlichen Erben müßten alle erst das Zeitliche segnen.«

»Die ganzen Kinder? Vor den Frauen? Was für eine Chauvi-Bande!«

»So kann man's auch sehen. Aber nicht so schlimm wie bei den

Linien, wo nur die Männer die Titel erben können. Stirbt der letzte männliche Nachkomme, finito.«

»Wie bei den Delawares.«

»Ja, wahrscheinlich.«

»Haben Sie Geschwister?«

»Nicht Bruder noch Schwester.« Sie waren halb um das Gehege herumgelaufen, und Melrose beugte sich über ein schmales weißes Schild, das den Besucher über die Bewohner informierte. »›Roter Sichler‹. Es sind Ibisse. Die rosafarbenen Vögel.«

»Gucken Sie, da«, sagte Hughie und zeigte auf einen braungefleckten, dünnbeinigen Vogel, der sich davonschlich wie ein Dieb. »Ein Fasan.«

»Glaube ich nicht.«

»Klar. Ich jage doch immer. Ein Fasan.«

Erbost über Hughies Sturheit schaute Melrose sich nach einer Beschreibung um. »Warum sollten sie einen Fasan in den Regenwald stecken?«

»Weiß man's?«

In der Wärme und Feuchtigkeit wurde Melrose schläfrig. »Wahrscheinlich sind es die Ibisweibchen.« Aber Hughie war schon weitergezogen. Melrose suchte das Unterholz nach dem exotischen Leben rund um den Äquator ab, von dem ein Schild behauptete, es sei in den dichten Binsen und übrigen Gewächsen versteckt und wenn man genau hinschaute, würde man es finden. Aber das einzige, was er sah, war der blöde Vogel, der daherstelzte.

Hughie winkte ihm, damit er sich eine Tarantel anschaute, und Melrose ging unter ein paar krächzenden Papageien vorbei, die ihn an die Aliceanna Street erinnerten. Er bedauerte, daß er Jip nicht mitgenommen hatte, aber sie war wahrscheinlich ohnehin in der Schule. Allzuviele Lichtblicke hatte ihr Leben da über dem Laden sicher nicht.

Er blieb stehen und schaute sich einen Blauen Pfeilgiftfrosch an, einen von vielen winzigen Fröschen, nicht größer als sein Daumennagel, eingeschlossen in die grünen Schatten ihrer Pseudosavanne.

Dann begaben er und Hughie sich eine Etage tiefer und drehten eine Runde um die Haifischbecken. Hughie redete immer noch über Adelstitel. »Also, damit ich das richtig verstehe: Sie heißen nicht Caverness, oder?«

»Mein Name ist Plant. Caverness ist eine Gegend. Wie Devon. Prinz Andrew ist der Herzog von York. Er heißt Windsor.«

»Und wie stellt man das an, wenn man einen Titel beanspruchen will?«

Melrose beobachtete einen Schwarm Engelhaie, die vom Nichts ins Nichts schwammen. Schon waren sie wieder da. Na ja, jedenfalls sah es so aus, als ob es wieder dieselben wären. »Sie müßten sich mit dem Crown Office, dem Oberhofgericht, in Verbindung setzen und den Beweis zur Begutachtung den Juristen Ihrer Majestät vorlegen.«

»Mann, bin ich froh, daß ich mich mit so 'nem Quatsch nich abplagen muß. Bin ich froh, daß ich mir bloß über Bill Clinton den Kopf zerbrechen muß. Und auch das tu ich lieber nich zu oft und nich zu heftig.«

»Adelstitel sind kompliziert.« Melrose wünschte, Hughie würde endlich mit dem Thema aufhören, denn es erinnerte ihn nur an seine eigenen Titel und an seinen Vater. Das stimmte ihn traurig, noch trauriger stimmte ihn allerdings der Gedanke an seine Mutter.

Aber er konnte die Erinnerungen nicht verscheuchen. Ihm kam in den Kopf, wie er vor Jahren mit Jury über diesen Burschen Tommy Whitaker gesprochen hatte, einen Marquis. Tommy war nicht »echt«, hatte Melrose damals gesagt. Er nahm diese alte Debatte mit sich selbst wieder auf, obwohl sie eigentlich längst ad acta gelegt war. Zuerst hatte er es sehr schwierig, seiner Mutter zu verzeihen, und dann bemerkenswert einfach.

Ein wüst dreinschauender Hammerhai bewegte seinen massigen Körper vor ihnen her, während Hughie immer noch über die Familie Delaware redete.

An Stech- und Adlerrochen vorbei gingen sie zum Ausgang. Vor den Aquarien sagte Hughie: »Eigentlich gar nicht so übel. Das Leben hier, meine ich. Naturschutzgebiet – keine Gefahren, ein Bett und drei ordentliche Mahlzeiten am Tag. Und man muß keine Angst haben, daß einem einer ein Messer in den Rücken sticht.«

»Ich weiß nicht. Es ist doch überhaupt nicht spannend. Glauben Sie nicht, es muß auch eine gewisse Spannung im Leben geben, damit es nicht auseinanderfällt?« Na, das war doch mal wieder echtes britisches Pathos.

Das fand Hughie auch. »Spannung? Au, Junge, ich wette, die ganzen Penner – Entschuldigung, die ganzen Obdachlosen – finden es bestimmt bärenstark, so unter Spannung zu stehen.«

Melrose dachte an Cloudcover und dessen absurd ironischen Namen. Er sah Wes' und Jerrys Gesichter vor sich. Die Cider Alley und Milos. Wie Milos dastand und versuchte, die Zigarre in seine Jackentasche zu stopfen.

Die Jacke!

Herr im Himmel, dachte Melrose, denn plötzlich kam ihm ein Gedanke: die Hose, die er in John-Joys Karren gefunden hatte. »Hughie, wir müssen los.«

»Was, zum Teufel? Wo fahren wir hin?«

»Zurück zum Nouveau Pauvre.«

III

»Macke? Ich habe keine Macke! Verdammte Scheiße, was reden Sie da?«

Diesmal war Melrose fest entschlossen. Nach zwei weiteren Versuchen, Milos in die Hand zu schreiben, und einem Bündel Geldscheine, mit denen Milos sich eine ganze Pizzeria hätte kaufen können, brachte Melrose endlich die Worte »Jacke« und »Jakkett« rüber. Als Milos immer noch nicht geneigt war, seine Anzugjacke aufzugeben, und brüllte, dazu sei es, verdammt noch mal, zu kalt, schrieb Melrose ihm in die Handfläche »T A U - S C H E N«.

Es mißfiel ihm zwar außerordentlich, das letzte ihm verbliebene anständige Kleidungsstück – seinen zweireihigen blauen Blazer – zu verlieren, aber sonst hatte er nichts mehr. Sie tauschten.

Der Blazer war ein wenig schick für Milos, aber das störte ihn nicht. Er war sorgfältig mit der Hand darüber geglitten, hatte sich von der einwandfreien Qualität überzeugt und eingewilligt, sein Nadelstreifenjackett dafür herzugeben. Nein, *verkaufen* würde er es nicht. Wann bekäme er je wieder ein so feines, wenn nicht jetzt das von Melrose? Dieses Jackett hatte er John-Joy schon immer abschwatzen wollen, und John-Joy hatte ihm versprochen, er bekäme es, wenn er stürbe.

»Aber wenn Sie den Cops erzählen, wo ich das Jackett her habe, sage ich, Sie sind verrückt, das sind Sie sowieso.«

Melrose erklärte, er habe keinerlei Bedürfnis, es der Polizei zu sagen.

Milos rollte die Ärmel des Blazers auf, schüttelte die Schulternähte zurecht und schrie: »Wie seh ich aus?«

»Wunderbar!« schrie Melrose zurück. Als Milos »Was?« blaffte, schrie er es noch einmal. Auf die Prozedur mit der Schreiberei in die Handfläche hatte er nicht noch einmal Lust.

Da er seinen Mantel längst eingebüßt hatte und auch kaum in dem Seidencape durch Baltimore fahren konnte, blieb ihm keine andere Wahl, als das Nadelstreifenjackett anzuziehen. Sei's drum. Er klopfte sich auf die zugenähte Brusttasche (deshalb war die Zigarre nicht hineingegangen) und fühlte darin etwas, das Papier sein konnte.

Der Kram, hoffte er und kletterte ins Taxi.

31

Das Stadion, ein roter Bau aus Ziegeln und Beton unter strahlend blauem Himmel, roch pfuschneu und hallte regelrecht wider von den künftigen Besuchermassen. Erwartungsvoll summte es in der Luft. Jury stieg die hohen, breiten Treppen hinunter und bewunderte Konstruktion und Silhouette.

Der Stadionwart hatte ihn Gänge mit roten Ziegelsteinbögen hinauf- und hinuntergeschickt, die quer durch das riesige Mosaik der Tribünen und Blöcke ins Zentrum dieses Meeres aus grünen Sitzen verliefen. »Er kann überall und nirgends sein«, hatte der Mann gesagt, mehr beeindruckt von dem Namen Patrick Muldare als von Jurys Plastikausweis. Er hatte gerade Kaffeepause, hatte sich in seinem Stuhl gefläzt und wies Jury den Weg, indem er mit dem Daumen hinter sich zeigte. Dann begab er sich wieder an seine Sportillustrierte (»die neue Bademode«, hatte er Jury feixend informiert). Er war nicht unfreundlich, aber Scotland Yard haute ihn nicht vom Stuhl.

Er hatte Jury gesagt, er solle in den Blöcken 35 und 36 nachschauen, direkt unter der Pressetribüne, aber Jury hätte Muldare trotzdem verpaßt, wenn der nicht aufgestanden wäre und wild mit den Armen gewedelt hätte. Da mußte Jury von ganz unten wieder hinaufklettern.

Als er sich neben Muldare niederließ, sagte er ohne jede weitere Vorrede: »Ist es nicht toll? Ein tolles Stadion?«

Der Meinung war Jury auch. Sie saßen nebeneinander und schauten einträchtig über das halbrunde Außenfeld, die gigantische Anzeigetafel und zur Skyline von Baltimore.

»Kommen Sie oft hierher?« fragte Jury.

»Wann immer ich die Gelegenheit habe. Es gab vehementen Widerstand dagegen, Steuergelder für den Bau dieses Stadions auszugeben. Schließlich haben wir ja das Memorial Stadium.

Aber es hat sich gelohnt. Wenn die Leute es erst einmal sehen, wird manch einer seine Meinung ändern. Saisonkarten zu kriegen wird bestimmt genauso schwer wie zu den alten Colts-Spielen. Wissen Sie, es gab Zeiten, da konnte man nur beten, daß jemand stirbt, wenn man eine Saisonkarte für die Spiele drüben im Memorial haben wollte.« Er grinste. »Aber selbst wenn jemand starb, erbten die Verwandten sie. Das letzte Spiel, das ich von den Colts gesehen habe, war 1983, kurz bevor sie nach Indianapolis verschwanden. In der Zeit füllten sie nicht mal das halbe Stadion, es war ein einziges Trauerspiel. Ich will den Namen zurückkaufen. Das bringt vielleicht was bei den Anteilseignern. Im Moment ist die NFL offenbar der Meinung, daß Baltimore die Eagles auf der einen und die Skins auf der anderen Seite hat und wir deshalb kein eigenes Footballteam brauchen. Wenn man sich dagegen Charlotte anschaut – weit und breit kein Team in Sicht. Sie brauchen eines, und sie haben mehr Geld. Ein Stadion würden sie bestimmt auch bauen. Ich glaube, ihre Chancen stehen besser. Aber wir wiederum haben eine bessere Chance als St. Louis.«

»Die anderen hatten keine Colts.«

»Wenn mir nur etwas einfiele, was ich zu unseren Gunsten in die Waagschale werfen könnte.«

Jury lächelte. »Was Hollywoodmäßiges.«

»Das können Sie laut sagen, was verdammt Dramatisches.«

»Lebt Johnny Unitas nicht in Baltimore?«

»Ja. Woher wissen Sie denn das?«

»Wozu bin ich Kriminalbeamter? Warum gewinnen Sie ihn nicht als Trainer?«

Muldare lachte und freute sich, daß Jury langsam Blut leckte. »Ja, das wäre allemal dramatisch. Wohl wahr.« Muldare schaute über das Spielfeld, als sei das Stadion seine ureigene Schöpfung und lächelte dabei wie ein kleiner Junge. In Ermangelung seines Balls aus dem Büro grub er die Faust in die Handfläche der anderen Hand, als bereite er sich auf einen Wurf vor.

Jury versuchte, sich Patrick Muldare an einem Ort vorzustellen, wo es ums Geschäft ging: draußen auf einer seiner Baustellen oder am Kopfende eines langen, glänzenden Tisches als Vorstandsvorsitzender oder wie er einen Multi-Millionen-Dollar-Deal mit den Japanern abschloß. Doch er schaffte es nicht; die Bilder lösten sich auf, bevor sie richtig Gestalt annahmen. Da draußen beim Wurfmal allerdings, da konnte Jury sich Patrick lebhaft vorstellen, oder wie er eine Base vorrückte oder den Handschuh des Fängers anzog. Er sah es richtig vor sich und mußte lächeln. Dieser Mann hier hatte seine Berufung gefunden, obwohl er ja nicht selbst aktiv war.

Er saß bestenfalls hier in einem grünen Holzstuhl und schlug die Faust in die Hand, als trage er den Handschuh und hielte den Ball. Jetzt schaute er auf, blinzelte mit seinen blauen Augen in den blauen Himmel, als habe er den Ball gerade geschlagen und der beschriebe nun einen hohen, weiten Bogen.

Fast wurde Jury neidisch. Er weckte Muldare nur sehr ungern aus seinem Traum, aber es mußte sein. »Ihr Stiefbruder hat Ihren familiären Hintergrund erwähnt. Er sagte, Ihr Ur-Urgroßvater habe sich mit anderen Mitgliedern der Familie überworfen und seinen Namen geändert.«

»Das stimmt. Außer, daß ich glaube, es war der Ur-Ur-Ur.« Muldare hielt drei Finger hoch.

»Wichtig ist nur, was passiert ist. Ob zwischen Ihnen und den anderen möglicherweise eine Verbindung besteht.«

»Na ja, der Name wahrscheinlich. Früher war es Calvert.«

»Was? Wie bitte?«

»Muldare war der Mädchenname meiner Ur-Ur- – oder waren das auch drei Urs? – Großmutter. Ich weiß es nicht mehr genau. Ein irischer Name.«

»Eigentlich hätten Sie Calvert geheißen?«

»Hören Sie, es tut mir leid, daß ich das nicht vorher gesagt habe, aber warum, verflixt, hätte mir das einfallen sollen?«

»Weil der ermordete Mann in Philadelphia Philip Calvert hieß. Das war doch wohl klar, oder?«

»Ja, aber in diesem Teil des Landes gibt es zigmillionen Calverts. Es gibt sogar Calvert County. Der Name ist so verbreitet wie Howard. Und Ihr Bursche war aus Pennsylvania, weder aus Maryland noch aus Baltimore. Vergessen Sie nicht, daß Muldare seit Generationen der Familienname ist. Seit Anfang/Mitte des achtzehnten Jahrhunderts, vielleicht sogar noch länger. Schauen Sie, es tut mir wirklich leid, aber mit dieser anstehenden NFL-Entscheidung, hm, da habe ich den Kopf gerappelt voll.«

»Du liebe Güte«, flüsterte Jury reichlich entnervt. »Etwas zu voll, wenn ich das mal so sagen darf.«

»Ja, wird wohl so sein.«

»Und, weckt diese Verbindung jetzt irgendwelche Assoziationen?« Jury erzählte ihm alles, was er von Philip Calvert und seiner Tante Frances Hamilton wußte.

Peinlich berührt, daß er Jurys Fragen am Anfang nicht ernst genug genommen hatte, setzte Patrick Muldare eine ernste Miene auf und hörte ihm so aufmerksam zu, als sei er wirklich an dem Gesagten interessiert. Gleichzeitig jedoch wirkte seine Miene so aufgesetzt, als nehme er kein Sterbenswörtchen auf. Wahrscheinlich rannte er in Gedanken da draußen von Base zu Base. Jury stöhnte.

»Pat, hören Sie, was ich sage?«

»Natürlich. Sie haben gesagt, dieser Philip Calvert wäre beim Tod der Tante ein reicher Mann geworden, aber er ist selbst gestorben, und die Tante hat niemand anderem etwas hinterlassen, es gab ja auch niemand anderen, außer dem einen oder anderen entfernten Cousin. Und jetzt denken Sie, das wäre ich, ich wäre der entfernte Cousin und da hingefahren und hätte ihm einen reingeballert.«

Natürlich hatte er einen Sportausdruck hineinschmuggeln müssen. »Herzlichen Glückwunsch. Sie haben zugehört. Nein, das glaube ich nicht. Was, zum Teufel, sollte jemand mit dem Geld von Frances Hamilton wollen, der genug Geld hat, eine Football-Lizenz zu kaufen?«

»Vielleicht hatte ich ja noch andere Gründe, Inspector.« Spöttisch wackelte er mit den Augenbrauen.

»Superintendent. Stimmt, kann sein. Dann packen Sie mal aus.«

»Ich hab nur Spaß gemacht.«

»Dann hören Sie auf, Spaß zu machen, und erzählen Sie mir etwas über Ihre Familie.«

Pat gebärdete sich wieder wie ein Pitcher, rieb die Faust in der Hand und sagte: »An meinen Vater denke ich selten. Ich erinnere mich nur daran, daß er immer wütend war. An meine Mutter, ja, an die denke ich oft.«

Zum ersten Mal war Jury sich sicher, daß Muldares Gedanken seinem Blick folgten; er schaute vom Spielfeld auf die Planken unter seinen Füßen. »Sie war eine Howard. Es gibt auch ein Howard County, müssen Sie wissen. Vielleicht war sie sogar eine Nachfahrin von John Eager Howard – das war der Philanthrop, der der Stadt so viel von seinem Land geschenkt hat. Sie war viel jünger als mein Vater – zwanzig, vielleicht zweiundzwanzig Jahre. Und trotzdem hat er sie überlebt.« Sein Tonfall war ungehalten, als ärgere er sich darüber. »Meine Mutter ist bei einem Autounfall ums Leben gekommen. Wir waren auf dem Weg nach Cape May, in New Jersey –«

»Sie waren dabei?«

»Ja. Nur wir beide, wir wollten nach Cape May. Mit den Bremsen war etwas nicht in Ordnung, wir kamen von der Straße ab und fuhren in einen Graben. Bis auf ein paar Schnittwunden bin ich unverletzt geblieben.« Er schwieg und schaute wieder zum Himmel. »Ich war bewußtlos. Als ich wieder zu mir kam, ja, da lag dann meine Mutter.«

Stille. Jury sagte: »Es tut mir leid.«

»Vielleicht hat mich das Erlebnis nie losgelassen. Ich sollte heiraten, Kinder haben. Herzlich gern, aber –« Er zuckte mit den Schultern. Schaute Jury an. »Ich sage Ihnen eines: Ich bin nie erwachsen geworden.«

In all den Jahren, in denen Jury Leute verhört hatte – Verdächtige, Zeugen, Unschuldige, Schuldige –, hatte er nie erlebt, daß ein Mann etwas Derartiges offen eingestand und sich wie selbstverständlich in einer Weise beschrieb, die viele Männer als unmännlich betrachtet hätten.

»Das ist vielleicht Ihr Glück, Pat«, sagte Jury lächelnd.

»Aber ist es nicht sehr wahrscheinlich, daß diese Namen nur Zufall sind?«

»Ich würde das bereitwilliger zugeben, wenn Beverly Brown sie nicht ausdrücklich miteinander in Verbindung gebracht hätte. Und sie war sehr klug.«

»Bev.« Muldare bemühte sich nicht, seinen Mangel an Begeisterung für sie zu verbergen. »Aber das würde heißen, daß Bev über meine Herkunft Bescheid wußte, und das, was ich Ihnen gerade erzählt habe, habe ich ihr nie erzählt. Es sei denn, Alan hat ihr etwas erzählt. Familienbande sind für Alan wahrscheinlich wichtig. Er kriegt eine Menge Geld, falls ich abtreten sollte, wenn er noch da ist.« Er schaute Jury an. »Ob das wohl so kommt? Da Sie ja die Notizen von Beverly so ernst nehmen – die anderen beiden sind tot.«

Die Frage beantwortete Jury nicht direkt. Er schaute sich auf dem Spielfeld und in dem Stadion um, dessen Bau Männer wie Patrick in die Wege geleitet hatten. »Sie sind sehr reich, Pat. Kann es sein, daß Leute Ansprüche auf Ihr Geld erheben könnten, die Sie gar nicht kennen?«

Darauf antwortete Muldare ganz logisch: »Na ja, wenn ich sie nicht kenne, wie soll ich dann die Frage beantworten?«

»Ja, stimmt. Hm...« Jury stand auf. »Bleiben Sie noch?«

»Ja, klar.«

Jury lächelte, verabschiedete sich und kletterte die steilen Stufen hinauf. Oben drehte er sich um und winkte Patrick Muldare zu, der zurückwinkte. Wieder betrachtete er das geometrisch unregelmäßige Muster des Feldes, die ringförmig angeordneten Sitzreihen, und wieder empfand er eine Welle von Kraft. Er überlegte, ob es stimmte, daß Orte Energie aufsaugen, sie wie ein riesiger Generator sammeln und die Atmosphäre zum Vibrieren bringen, als sei sie durchzogen von Hochspannungsdrähten. Die kahlen Linien in den Getreidefeldern im Norden von Oxfordshire und Wiltshire; Stonehenge oder diese Stadt in Arizona, das waren solche Orte. Die Rollright Stones in Oxfordshire fielen ihm ein, von denen kürzlich behauptet worden war, sie entzögen Radios den Strom und brächten Uhren zum Stehen. Als er von oben auf den Rasen schaute, hatte er beinahe das Gefühl, dieses großartige neue Stadion sei eine der uralten Stätten dieser Erde.

Er schaute auf seine Uhr um zu kontrollieren, ob sie noch ging.

32

I

Melrose hatte sich in die Wärme seines Kaminfeuers im Admiral Fell Inn zurückgeflüchtet und zupfte an dem Faden, mit dem die Jackentasche zugenäht war. Wenn er nur etwas anderes als seine Finger dazu hätte benutzen können! Die Naht war doppelt und dreifach genäht, und es dauerte eine Weile, bis sie aufging. Endlich war es soweit, und er holte ein Stück Papier aus der Tasche, das knisterte, als er es berührte. So wie die Jackentasche viele Male übernäht worden war, so war auch der Zettel immer und immer wieder gefaltet worden; es war ein kleines, kompaktes Viereck. Melrose faltete es sehr sorgfältig auseinander, das teefarbene Papier war alt und abgegriffen, so daß an manchen Knickstellen Licht durchschien.

Es war die Geburtsurkunde eines Garrett John Joiner Calvert. Mutter: Ann Joiner. Vater: Charles Calvert.

Calvert. Melrose starrte ins Feuer.

Calvert... Joiner. Er hörte Wes' Stimme: »John-Joy ist bloß ein Spitzname.« Joiner... Joy. Aber die Geburtsurkunde konnte nicht John-Joys sein; sie war auf den 13. August 1784 ausgestellt. Sie bestätigte allerdings die Verwandtschaft zu den Calverts – zumindest war John-Joy der Meinung gewesen. Hieß das, auch zu Philip?

Melrose nahm die Geburtsurkunde wieder zur Hand. Philip Calvert (hatte Jury ihm gesagt) wäre beim Tod seiner Tante, dieser Mrs. Hamilton, ein reicher Mann geworden. Aber es ergab keinen Sinn, daß ihn jemand wegen der Erbschaft hätte umbringen sollen, denn wer immer Philip Calvert ermordet hatte, war doch wohl nicht davon ausgegangen, daß er selbst Anspruch auf das Vermögen von Mrs. Hamilton würde erheben können. Es sei denn natürlich, ein neues Testament wurde vorgelegt und neue Verwandte entdeckt. Sollte hier ein Weg für etwas Zukünftiges geebnet und nicht etwas Vergangenes bereinigt werden?

Melrose versuchte, sich an den Namen des Professors zu erinnern, für den Beverly Brown gearbeitet hatte, den Geschichtsprofessor. Den Genealogen. Lamb. Er griff zum Telefon und bat die Empfangsdame, ihm eine Verbindung zur Johns Hopkins herzustellen. Nachdem er von einem Apparat zum anderen durchgestellt worden war, beschied man ihm schließlich, daß Professor Lamb für heute schon gegangen sei, und nein, private Telefonnummern gebe man nicht heraus, hieß es, und zwar ziemlich pikiert. Dann versuchte er, Ellen zu erreichen. Auch dort war niemand. Melrose gab auf.

Er dachte über Milos nach. Er hätte zum Nouveau Pauvre zurückgehen können, aber die Vorstellung, mit Milos noch einmal ein Gespräch anzufangen, war zu abschreckend. Es war ohnehin fast sieben Uhr, und Milos hatte seinen Posten sicher schon verlassen, um seinen Rundgang durch die Stadt anzutreten.

Melrose fuhr sich mit den Händen übers Gesicht, ballte sie zu Fäusten, kratzte sich am Kopf und versuchte, sich auf etwas zu besinnen, das Hughie im Taxi gesagt hatte. Hughie hatte ununterbrochen erzählt, und Melrose hatte nicht zugehört. Jetzt tat es ihm leid. Irgend etwas schwamm ihm im Kopf herum und wollte ihm nicht ins Netz gehen, er konnte es nicht hochziehen. Er fragte sich, ob Hughie immer noch draußen in seinem Taxi herumtuckerte –

Herrgott, wenn er nicht aufhörte, in diesen Fischerbildern zu denken, verwandelte er sich noch selbst in einen Fisch.

Etwas trieb ihn in die Cider Alley. Vielleicht konnten ihm John-Joys Kumpel doch noch etwas erzählen. Oder auch nicht. Er konnte sich des Gefühls nicht erwehren, daß er mit seinem Beitrag zu ihrem Wohlbefinden schon jedes Fitzelchen an Information erkauft hatte, das sie besaßen.

Melrose seufzte, dachte ein wenig nach und erinnerte sich, daß Hughie ihm die Enoch Pratt Library gezeigt hatte. Er zog den Stadtführer heraus, schaute im Inhaltsverzeichnis nach und fand sie auf einer der Ausschnittkarten. Da hatte sogar Hughie mal ins Schwarze getroffen.

Er verstaute die Urkunde sicher in seiner verschließbaren Tasche, warf sich das Cape über die Schultern und ging die Treppe hinunter.

Kein Hughie in Sicht, deshalb rief er ein Taxi, aus dem gerade ein Fahrgast ausstieg. Als sie durch die Calvert Street fuhren, fragte Melrose den Fahrer, was er über die Calverts wüßte.

Der Fahrer erzählte ihm, sie stellten Whisky her.

II

Was genau er suchte, wußte Melrose nicht, aber er fragte die Bibliothekarin nach Büchern, die sich mit der Geschichte Marylands und seiner alteingesessenen Familien beschäftigten, nach alten Akten und Dokumenten. Die Bibliothekarin führte ihn zu einem der Regale in der Präsenzbibliothek und fragte, was er speziell wünsche. Er wolle nur ein bißchen herumstöbern, sagte er, die Geschichte Baltimores oder Marylands im allgemeinen, insbesondere des siebzehnten, achtzehnten Jahrhunderts, interessiere ihn.

Er nahm drei Bücher mit zu einem langen Tisch und setzte sich. Es gab viele freie Plätze; die Bibliothek war nicht sonderlich besucht. Ein paar Leser verteilten sich an den langen, dunklen Tischen, blätterten leise Seiten um, schrieben auf Karteikarten und in Notizbücher oder frönten sonstigen literarischen Neigungen.

Melrose liebte Bibliotheken, für ihn waren es Oasen, Fluchtburgen aus einer ansonsten tumultuösen Welt. Er mochte das leise Rascheln von Papier, die lautlosen Schritte, die geflüsterten Unterhaltungen. Ihm direkt gegenüber saß ein alter, graubärtiger Mann in einem übergroßen Mantel, von Büchern und Tüten umgeben, und las, indem er mühevoll mit dem Finger Zeile für Zeile verfolgte und die Worte mit den Lippen formte. Auf jeder Seite hatte er einen Rucksack stehen, mit dem er bestimmt Lesestoff hinausschmuggelte (dachte Melrose). Fortwährend griff er in eine fettige braune Tüte und förderte jedesmal ein dickes Stück von einem Sandwich zutage. Fröhlich vor sich hinmümmelnd schaute er Melrose über den Tisch an und lächelte breit.

Melrose erwiderte das Lächeln und überlegte, ob er sich nicht für den demnächst frei werdenden Bibliothekarsposten in der Bibliothek von Long Piddleton bewerben sollte. Dann besann er sich auf die unmittelbar bevorstehende Aufgabe und fing an, sich durch die *Register der Revolutionären Kolonialkirche Marylands* hindurchzulesen. Es gab Volkszählungsunterlagen, Heirats- und

Sterberegister, voll von der Sorte abstruser Informationen, die Diane Demorney so liebte. Die Bibliothekarin mit dem freundlichen Gesicht und den rosigen Wangen kam verstohlen an seinen Tisch, legte zwei weitere Bücher darauf und schlich wie eine Diebin auf leisen Sohlen davon. Ein Buch enthielt Faksimiles der Tätigkeitsberichte des Gouverneursrats aus den Jahren 1636 bis 1647.

Melrose öffnete es, ging die Seiten durch und kam zu einem der vielen Dokumente, die dem Protokollbuch des Oberhauses entnommen waren.

Melrose las:

»Lord & Comons fuer außlaendische Besizungen, Novem: 1645,
... sintemalen durch Freibrief, qua wechselb. Dero Maiestaet im 8ten Jahre Seiner Regentschaft dito Provinz dem Cecill Caluerte verlieh, und qua Certificat des Obersten Richters der Admiral., auf dass Leonard Caluerte, vormaliger Gouverneur ebenda, ein Patent ueber die Universitaet von Oxford erhalten hatte...«

Caluerte. Calvert natürlich.

Leonard Calvert war der erste Gouverneur von Maryland gewesen.

Sie waren gar nicht zufrieden damit gewesen, wie Cecil und Leonard die Sache gemanagt hatten, aber welche Rolle hatte Cecil gespielt?

Melrose hörte auf zu lesen, schaute ratlos hinüber zu seinem Tischgenossen, der immer noch sein Buch las, indem er die Worte mit dem Mund formte. Melrose runzelte die Stirn. Dann stand er auf und ging zu dem Schreibtisch, wo die Bibliothekarin Bücher stempelte. Er fragte nach *Burke's Peerage*. Eifrig führte sie ihn zurück zu den Regalen und holte es ihm herunter.

Melrose nahm es mit zu seinem Tisch und schaute unter dem Namen nach.

Er schloß das Buch und die Augen. Owen Lamb hätte es ihm sofort erklären können. Er öffnete die Augen und schaute sich in dem Raum um. Alle, die hier saßen, hätten ihm dieses Stück Geschichte erklären können; er schämte sich für seine Unwissenheit. Auf einmal erinnerte er sich an das, was Hughie gesagt hatte. *»Da versucht doch dieser Blödmann, seinen einen Onkel zu vergiften, obwohl der andere Onkel der Nachfolger ist, nicht der, den der Typ versucht kaltzumachen.«*

Melrose schlug das *Burke's* wieder auf und schaute unter »Delaware« nach. Der Neffe von Sir Owen West hatte versucht, seinen Onkel Thomas West zu vergiften, den er irrtümlich für den Erben des Titels Lord Delaware gehalten hatte. Der arme Teufel tat Melrose beinahe leid. Es bewies nur einmal mehr, wie verwirrend die Regeln des Erstgeburtsrechts waren.

Mochte sich Hughie auch bei seinen Denkmälern nicht auskennen, aber bei den Delawares, da kannte er sich aus.

III

Es war fast acht Uhr, als Melrose aus dem Taxi stieg. Der Laden in der Aliceanna Street war geschlossen. Die Schaufensterscheibe beschlug von seinem Atem, als er nach Lebenszeichen von Jip oder ihrer Tante spähte. Kein Licht, außer von dem blauen Neonhalbmond im Fenster und der Bodenlampe, deren grüner Lampenschirm wäßrige Schatten auf das dunkle Holz warf.

Melrose klopfte; nichts rührte sich. Er rüttelte am Türgriff, niemand kam. Aber als er daran drehte, ging die Tür auf. Er war zwar erleichtert, daß er in den Laden konnte, hätte Jip aber auch gern tüchtig ausgeschimpft, weil sie vergessen hatte, die Tür abzuschließen. Er ging hinein.

Der Vogelkäfig war mit dem roten Schal verhangen, was den

Ara aber in seinen nächtlichen Aktivitäten nicht zu beeinträchtigen schien. Aus dem Käfig hörte man wieder das Sandpapiergekratze und *ch-ch-ch*-Laute, als sei der Vogel emsig damit beschäftigt, da drin etwas zu bauen.

Melrose fand den Einkaufskarren zwischen die Kleidermassen geschoben, gut verborgen von den Kleidern und Röcken. Jip hatte ihn bestimmt nicht mit in die Wohnung genommen, weil die Tante sonst neugierig geworden wäre. Melrose zerrte ihn hervor, zog Röcke, Ärmel und Hosenbeine aus dem Weg.

Alles schien noch da zu sein. John-Joys Bücher waren ganz nach unten gerutscht, weil Melrose ja die Kleidungsstücke herausgezogen hatte, um sie zu untersuchen. Es gab eine alte King-James-Bibel, einen Roman von Mitchener mit einem zerrissenen Umschlag und das, was Melrose zunächst für ein Hotelgästebuch gehalten hatte. Das vierte Buch war eher dünn und klein, aber auch die Art, die man als Register benutzt.

Melrose nahm die beiden Registerbücher mit zu der grünen Lampe und setzte sich auf einen Schemel. Das größere sah aus wie ein Kirchenbuch, in dem Eheschließungen und Sterbefälle registriert wurden, bevor es Standesämter gab. Die Daten reichten vom Ende des achtzehnten Jahrhunderts bis zum Anfang des neunzehnten. Er fuhr mit dem Finger über die Seiten und suchte einen Calvert. Endlich wurde er fündig: Am 6. August 1783 hatte ein Charles Calvert eine gewisse Ann Joiner geehelicht. Melrose schloß das Buch und errechnete die Zeitspanne bis zum Datum auf der Geburtsurkunde.

Die Bindung des anderen Buches hatte sich gelöst, einige Seiten waren zerrissen, andere voller Flecken. Im ganzen machte es den Eindruck, als existiere es schon seit ein paar hundert Jahren. Jemand hatte darin über seine Ausgaben Buch geführt, die Spalten »£ – s – d« am rechten Rand der Seite gaben Pfund, Shilling und Pennies an.

		£ – s – d		
1785				
23 Oct.	zwei Par Leintuecher	0.	16.	0
27 Oct.	ein Scheffel Hafermel	0.	5.	0
27 Oct.	Naegel	0.	0.	9
28 Oct.	eine Munmoth Kappe	0.	2.	0
	summa	1.	3.	9
1 Nov.	drei Windeln für Klein-Garrett	0.	0.	10
2 Nov.	Garn f. Strumpfbender	0.	0.	2
9 Nov.	ein Halber litre Oel	0.	0.	10
11 Nov.	ein litre Eßig	0.	0.	8
11 Nov.	ein Baeffchen	0.	1.	0
	summa	0.	2.	8
12 Nov.	eine Decke für Charl. Bett	0.	4.	0
12 Nov.	ein Anzug aus Fries	0.	10.	0
16 Nov.	ein Viertelscheffell Meersalz	0.	0.	8
19 Nov.	ein Scheffell gelbe Erpsen	0.	4.	0
21 Nov.	ein Par Schuh	0.	2.	0
	summa	0.	16.	8

Wie lange er in den gespenstischen Schatten gesessen hatte, die der grüne Lampenschirm warf, wußte er nicht. Vom Läuten einer Standuhr wurde er aus seinen Grübeleien gerissen. Es war Viertel vor neun.

Ein wenig steif erhob er sich von dem niedrigen Sitz und dachte über die Merkwürdigkeiten nach, die sich aus dem Gelesenen ergaben. Wie seltsam, wenn sie zutrafen, aber Melrose fiel nichts anderes ein, das die Morde an John-Joy und Philip Calvert erklärte. *Und* an Beverly Brown. Ihm wurde ganz anders. Was für ein verschrobenes Motiv für einen Mord. Adel verpflichtete, dachte er wieder. Was John-Joy und Philip zugestoßen war, hm, es wäre nicht das erste Mal, daß...

Er klemmte sich die Bücher unter den Arm, um sie Jury und den anderen im Horse zu zeigen, und ging zur Tür. Als er am Käfig vorbeikam, hob er das Tuch an. Der Vogel flatterte mit den Flügeln und krächzte: »Im-meer Im-meer!«

Dieses Drehbuch über Avalon hatte Barry Levinson nun nicht geschrieben. Melrose fragte sich nur, welcher andere Calvert mit seinem Freibrief noch in den Kulissen lauerte.

33

Binnen weniger als einer Stunde fand Melrose es heraus.

Als er ins Horse kam, waren nur wenige und noch dazu sehr ruhige Gäste anwesend. In Ermangelung eines Football-Spiels mußten die Stammgäste sich wieder mit einer Gameshow begnügen. Ohne große Begeisterung schauten sie zu.

»Ich muß Ihnen etwas erzählen«, sagte Melrose, legte die Bücher auf den Tisch und nahm Platz.

»Und ich muß *Ihnen* etwas erzählen«, sagte Jury. »Über Patrick Muldare. Er trägt nicht den ursprünglichen Familiennamen. Passen Sie auf: Vor Urzeiten geriet Muldares Ur-Ur-Urgroßvater mit der Familie in Streit und machte seine Haltung auch unmißverständlich klar, indem er seinen Namen änderte. In Wirklichkeit ist der Familienname Calvert. Interessant? Es kann natürlich Zufall sein, weil Calvert ein ziemlich verbreiteter Name ist, aber das bezweifle ich. Daß es Zufall ist. Beverly Brown hat es offensichtlich auch bezweifelt. Was ist?«

Plant hielt mitten im Bierausschenken inne und starrte ihn an. »Patrick Muldare ist ein Calvert?«

»Ja, und er behauptet, es sei ihm nicht einmal in den Sinn gekommen, als ich den Mord an Philip Calvert erwähnt habe. Im Moment scheint er sich nur für die NFL-Linzenz zu interessieren.« Jury lächelte. Melrose nicht. »Er ist gespannt wie ein Flitzbogen, erstens, ob Baltimore die Mannschaft kriegt, und zweitens, ob *er* und seine Leute sie kriegen. Er glaubt aber nicht, daß sie große Chancen haben. Er befürchtet, er kann bei den richtigen Leuten nicht den nötigen Eindruck schinden.«

Melrose nahm einen Schluck und setzte sein Glas ab. Dann sagte er: »Aber sie würden wahrscheinlich in Ehrfurcht erstarren, wenn Patrick Lord Baltimore wäre.«

Wiggins Kopf schoß vom *Debrett's* hoch. »Wenn er was wäre?«

»Lord Baltimore. Baron. Es ist ein irischer Adelstitel, Geld oder Land sind nicht damit verbunden.« Melrose nahm Wiggins das *Debrett's* weg, fand rasch die richtige Seite, drehte das Buch so, daß alle es sehen konnten, und klopfte mit dem Finger auf eine der Eintragungen. »George Calvert, erster Baron Baltimore. Calvert ist der Familienname.« Melrose nahm die Geburtsurkunde aus der Tasche und legte sie auf die Bücher.

»Sie machen wohl Witze!« lachte Jury.

»Nein, hier steht's drin.« Melrose schob Jury das Haushaltsbuch und die Geburtsurkunde hin.

»Was ist das?«

»Der Kram«, sagte Melrose.

Jetzt war Jury an der Reihe, ihn anzustarren. Ein unangenehmer Gedanke nahm in seinem Kopf Gestalt an.

Wiggins, frisch gesalbtes Mitglied des britischen Hochadels, nahm indes das *Debrett's* rasch wieder an sich, schaute hinein und las vor: »George Calvert, erster Lord Baltimore –«

Melrose fuhr dazwischen: »Im Besitz des Territoriums namens Avalon. Später Maryland. *Terra Mariae*, zu Ehren einer Tante Ludwigs XIV. Der erste Lord Baltimore, Baron, hatte zwei Söhne, Cecil und Leonard. Leonard war der erste Gouverneur von Maryland, und er ist wichtig, denn als schließlich der sechste Baron DSP starb –«

Wiggins schaute auf und sagte, dem ignoranten Jury zuliebe: »Decessit sine prole, das heißt, ohne Kinder. Ich glaube aber, in diesem Falle muß es DSMP heißen. Ohne männliche Nachkommen.«

»Stimmt. Wie schnell Sie dazu lernen, Tweedears.«

Wiggins grinste selbstgefällig.

»Also, das Problem entsteht bei den männlichen Nachkommen Leonards. Er war der zweite Sohn, und nun sollten seine männlichen Erben den Titel übernehmen. Aber zu Zeiten seiner männlichen Nachkommenschaft der dritten oder vierten Generation, zu Zeiten Williams, gab es keine Beweise mehr, daß der nächste männliche Nachkomme auch genau derjenige welcher ist. Folglich wird die ganze Linie Baron de jure statt de facto, wenn man so sagen will.« Hier nickte Melrose in Wiggins' Richtung. Der Sergeant war ja nun hinreichend vertraut mit solch delikaten kleinen Problemen. »Patrick Muldare ist einer der Nachkommen.«

»Und Sie wollen behaupten, Philip Calvert und John-Joy wären es auch?« Jury schüttelte den Kopf. »Unmöglich.«

»Keineswegs. Wenn diese Unterlagen überhaupt eine Bedeutung haben, sind Philip Calvert und Pat Muldare Cousins um etliche Ecken herum. Und John-Joy, das heißt, John Joiner Calvert, ist irgendein Onkel. Den genauen Verwandtschaftsgrad kenne ich nicht. Vielleicht hat Beverly Brown Genaueres gewußt.« Er schob Jury die beiden aufgeschlagenen Bücher zu. »Hier steht, daß Ann Joiner einen Charles Calvert geheiratet hat. Nachkommen: wenigstens ein Sohn, Garrett John Joiner.«

»Das liegt aber viel zu weit zurück, als daß John-Joy der Sohn sein könnte.«

»Ja, natürlich. Aber die Geburtsurkunde«, er zog sie aus dem Haushaltsbuch, »deutet darauf hin, daß John-Joy in der Linie der männlichen Nachkommen steht. Es geht klar daraus hervor.«

Jury runzelte die Stirn. »Aber, mein Gott, hieße das, John-Joy wäre –« Jury starrte Melrose an. Es war zum Lachen, wären die Folgen dessen, was Plant behauptete, nicht so grauenhaft gewesen. »– wäre *Lord Baltimore* geworden?«

»So ungefähr, ja.«

Wiggins sagte: »Aber John-Joy starb ohne männliche Nachkommen.«

Melrose nickte. »Wenn zwischen ihm und Philip Calverts *Vater* eine Verwandtschaft bestanden hat, wäre der Titel folglich auf Calverts Vater übergegangen, und folglich auf Philip Calvert, und wenn sich zeigt, daß Calvert und Muldare verwandt sind, von ihm auf Patrick Muldare. Ich glaube, Beverly Brown hat diese alten Aufzeichnungen entdeckt und vielleicht noch weitere, die beweisen, daß es noch einen Sohn gibt – daß Charles weitere Sprößlinge hatte. Und zum Schluß kommen dann Calvert, Philip und Calvert-Muldare, Patrick. Ich tippe darauf, daß nach John-Joy Philip der nächste in der Erbfolge war.«

Jury runzelte wieder die Stirn. »Und warum tippen Sie darauf?«

»Hm, aus einem einfachen Grunde, Superintendent.« Pause. »Sie sind beide tot.«

Jury stand auf. »Entschuldigen Sie mich eine Minute.« Er hielt die leere Kanne in der Hand. »Ich brauche etwas zu trinken.«

Nein, dachte Jury.

Er lehnte sich an den Tresen, schaute auf den Fernseher, ohne das geringste wahrzunehmen, während der Gitarrist mit näselnder Stimme über Freundschaft und Verrat klagte.

Im Laufe seiner Arbeit hatte er viele Überraschungen erlebt und sich manchmal innerlich dagegen gewehrt, daß eine bestimmte Person schuldig war. Doch nun weigerte er sich zum ersten Mal mit aller Kraft, es zu glauben.

Er sah sich und Muldare vor sich, wie sie unter diesem blanken blauen Himmel im Stadion der Orioles saßen. Auch dort senkte sich jetzt die Dunkelheit herab, dachte Jury.

Ich bin nie erwachsen geworden.

Jury stellte die frisch gefüllte Kanne auf den Tisch. »Patrick Muldare kann sie nicht umgebracht haben. Er ist nicht der Typ.«

Wiggins fiel die Kinnlade herunter. »Der *Typ*, Sir?«

Jury ignorierte die Frage. »Beverly Brown ist ermordet worden, weil sie auf diese Fakten gestoßen ist? Der Meinung sind Sie?«

»Nicht unbedingt.«

Jury war verblüfft.

»Jeder, der eine so komplizierte Fälschung bewerkstelligt wie diese Poe-Erzählung, schafft es doch gewiß, etwas so Einfaches wie eine Geburtsurkunde und ein altes Haushaltsbuch zu türken.«

»Aber warum?« fragte Wiggins.

Jury sagte: »Nach allem, was ich über Beverly Brown gehört habe – aus Rache. Oder sogar, Gott bewahre, als Witz. Was, wenn sie den armen alten John-Joy davon überzeugt hat, daß er einer der Barone Baltimore war, und ihm diese Urkunde gab, mit der er es angeblich beweisen konnte?«

»Wieso aus Rache?«

Jury schüttelte den Kopf. »Patrick Muldare. Ehrlich gesagt, glaube ich, daß er mit ihr Schluß gemacht hat. Ich glaube aber auch, daß jemand, der Beverly abservierte, ein großes Risiko einging. Und angesichts dessen, daß Patrick alles, aber auch alles geben würde für etwas – so hat er sich jedenfalls ausgedrückt – etwas ›Spektakuläres, eine dramatische Geste, etwas Hollywoodmäßiges‹ ...«

Darüber dachten alle nach, und es entstand ein langes Schweigen. Schließlich fragte Melrose: »Wo ist Ellen?«

»An der Hopkins, Sir«, antwortete Wiggins. »Sie hat gesagt, Sie hätten ihr heute so viel von ihrer Schreibzeit gestohlen, daß sie heute abend hingehen wollte, um es aufzuholen.«

»Ach, gewiß doch, gewiß doch. Ich bin an allen ihren Schreibschwierigkeiten schuld.«

»Weitgehend«, lächelte Wiggins breit. Dann machte er sich wieder daran, das Haushaltsbuch zu studieren.

»Diese Bücher haben Sie in John-Joys Karren gefunden, stimmt das?« fragte Jury. »Und der Karren stand da, als die Cops die Leiche gefunden haben.«

»Ich denke schon.«

»Warum hat der Mörder ihn nicht mitgenommen? Erstens wäre das Zeug doch sehr belastend gewesen, wenn jemand so schlau wie Sie gewesen wäre und es herausgetüftelt hätte. Aber was viel wichtiger ist, er hätte das, was drin steht, gebraucht, um seine Ansprüche anzumelden. Ich meine, was, zum Teufel, wollen Sie dem Oberhaus präsentieren um zu beweisen, daß Ihre Vorfahren die Barone von Baltimore waren?«

Wiggins wandte sich an Melrose Plant. »Genau meine Frage.«

»Ich weiß nicht. Mehr, als hier liegt, wahrscheinlich. Aber es ging gar nicht darum, das Oberhaus zu überzeugen, oder? Es ging darum, Patrick Muldare zu überzeugen.«

Wieder saßen sie da und schauten sich die Dokumente an. »Mist«, sagte Jury. »Die müssen gefälscht sein. Ist doch logisch... Ich sehe es den Dokumenten allerdings nicht so ohne weiteres an.«

»Eines ist auffällig, Sir«, sagte Wiggins.

»Was?«

»Die Person, die diese Spalten aufaddiert hat, konnte nicht rechnen.«

Jury nahm das Haushaltsbuch, fuhr mit dem Finger die Spalten entlang und las leise die verschiedenen Gegenstände vor: »...›Decke für Charles‹... ›Windeln für Klein-Garrett‹... hm, hm.« Dann erledigte Jury ein paar simple Rechenaufgaben. »Diese Spalte beläuft sich auf zwei Shilling, acht Pence. Das kommt aber mit den zehn Pence für den sogenannten Kleinen Garrett nicht heraus. Schauen Sie.« Er drehte das Buch so, daß Melrose es sehen konnte. »Wenn man diese beiden Posten von den jeweiligen Summen subtrahiert, *dann* ist das Ergebnis korrekt.«

Wiggins und Melrose schauten sich die Seite an.

»Was heißt, daß jemand anderes die Dinge für Charles und Klein-Garrett hineingeschrieben hat, und ihre Namen. Das Haushaltsbuch soll beweisen, daß diese Menschen existiert haben. Charles und Garrett müssen die Verbindungsglieder zur gegenwärtigen Generation der Calverts sein.«

»Nur haben diese beiden nie existiert«, fügte Jury hinzu.

34

Wie kriegte sie Sweetie je wieder aus dieser prekären Situation? Die Arme starrte noch immer in die leere weiße Schachtel. Ellen schrieb.

Sweetie nahm die Schachtel vorsichtig in beide Hände und hielt sie, als könne sie jeden Moment in Stücke zerbrechen. Sie hob den Blick zum Briefschlitz.

Ellen hob den Blick und starrte auf die leere Wand über ihrem Schreibtisch. Die blieb auch leer, dafür sorgte Ellen schon – keine Bilder, Pinnwände, Zettel, all das Zeug, das einem den Kopf vernebelte und die Illusion in einem nährte, die Dinge hätten eine chronologische Ordnung. »Ellen: Lunch Donnerstag? Cafeteria?« Solche Nachrichten hingen keinesfalls da oben an der Wand. Die Wand als *condition humaine* war eben nicht determiniert. Donnerstag war ein Begriff, auf den man sich genausowenig verlassen konnte wie auf Pralinen in einer Pralinenschachtel. Kein Wunder, daß Sweetie die Dinge mit Schildchen versehen mußte: den Zukker, den Krug, den Teller. In Sweeties Haus konnte man sich auf nichts verlassen. Die Zeit war zerbrochen, sie torkelte wie ein Frankenstein-Monster, schleppte sich daher, strauchelte, zerfiel in ihre Bestandteile.

Sweetie wußte nicht, wie lange sie die Schachtel in Händen gehalten hatte. Sie wußte nicht, ob es Tag oder Nacht war.

Ellen drehte sich um und schaute aus dem Fenster. Gut, Nacht. Rabenschwarz. Dann schaute sie hinter sich auf die Uhr an der Wand. Sie, Ellen, wußte ganz sicher, wie lange sie schon an diesem Schreibtisch saß. Eine Stunde siebenunddreißig Minuten. Siebenunddreißigeinhalb. Der Zeiger rückte vor. Achtunddreißig. Noch zweiundzwanzig Minuten mußte sie hier sitzen. Zweiundzwanzig Minuten würde sie doch sicher noch überstehen.

Herrje! Ellen ballte die Hände zur Faust und schlug auf den Schreibtisch. Dann legte sie den Kopf in die Hände. Oh, sie wußte, was Maxim vorhatte, aber sie wußte nicht, warum. Luft. Sie brauchte Luft.

Sie stand auf, ging zum Fenster, die Kette zog an ihrem Knöchel. Sie öffnete das Fenster und lehnte sich hinaus. Eiskalte Luft schnitt ihr in die Haut, sie war froh darüber. Vielleicht wachte ihr Verstand auf. Sie schaute hinunter, und aus Mangel an einer lohnenswerten geistigen Beschäftigung beschloß sie auszurechnen, ob für den Fall, daß sie sprang, die Kette lang genug war, als daß sie, Ellen, daran baumeln konnte. Sie betrachtete die Kette, maß sie mit den Augen ab. Ein Meter fünfzig Spiel, ungefähr. Sie lehnte sich weiter hinaus und stellte fest, daß sie so weit vom Boden nicht entfernt war und zumindest der Busch da unten den Fall aufhalten würde. Sie würde wahrscheinlich zwei Meter fünfzig über dem Boden hängen, und dann würde die Kette zerreißen...

Ach, du lieber Himmel. Sie kam wirklich auf die abartigsten Ideen, um nicht schreiben zu müssen! Ellen schlug das Fenster zu.

Sie schleppte sich zum Schreibtisch, schaute (schuldbewußt) auf die Uhr und sah, daß sie volle vier Minuten am Fenster verbracht hatte. Ach, was war das schon (stritt sie sich mit ihrem Schuldbewußtsein). Konnte man nicht einmal unterbrechen, um ein bißchen frische Luft zu schnappen?

Aber das hatte sie doch gar nicht gemacht, oder? Sie hatte aus dem Fenster gehangen und überlegt, wie lang die Kette war. Stimmte das nicht? Eigentlich müßte sie den Wecker neu stellen und fünf Minuten zugeben. Zehn, um ehrlich zu sein. Sie hatte ja auch schon fünf Minuten damit vergeudet, sich die Nägel zu feilen.

Ruhe, Ruhe, Ruhe, RUHE! Und dann, alte Besserwisserin, die sie war, dachte sie: Neu stellen kann ich ihn ja gar nicht! Weil ich nicht dran komme, nicht mit der Kette am Knöchel.

Wirklich nicht? fragte ihr pflichtbewußtes Ich. Wenn du nicht an den Wecker kommst –

Ellen schlug die Hände über die Ohren, als spräche wirklich eine Stimme zu ihr. Sie wußte, was jetzt kam.

– dann kommst du auch nicht an den Schlüssel. Der Ton dieses Ich war einfach unerträglich selbstgefällig und überheblich.

Es wird schon jemand kommen. *Sie* werden kommen. Richard Jury hatte gesagt, er würde sie abholen und nach Hause bringen. Haha.

Sehr zufrieden, weil sie sich selbst überlistet hatte, setzte sie sich hin. Da hörte sie Schritte über den Flur kommen. Ich hab's dir doch gesagt, oder etwa nicht? sagte sie zu ihrem pflichtbewußten Ich. Und dann war sie deprimiert, weil es ihr eigentlich nicht gefiel, wenn sie einen solchen Streit mit sich selbst gewann.

Na ja, er würde eben eine Weile warten müssen.

Das Klopfen am Türrahmen (sie hatte die Tür aufgelassen) und die Begrüßung erfolgten gleichzeitig. Sie schaute auf.

»Hallo.«

Ellen runzelte die Stirn. Was wollte Alan Loser hier?

Das begriff sie eine Sekunde später. Er hielt eine Knarre in der Hand. Die auf sie gerichtet zu sein schien.

»Ich glaube, Sie haben ein paar Papiere hier, die Beverly Brown gehörten.« Er lächelte gewinnend, als habe er nicht etwa gerade die Pistole entsichert.

Denn das mußte das leise, fremde Geräusch bedeutet haben. Mit offenem Mund glotzte sie die Pistole und Alan an. Und erstarrte vor Entsetzen.

Vielmehr erstarrte ein Teil von ihr. Ihr pflichtbewußtes Ich flüsterte: Also, wie lange soll das nun wieder dauern?

Ellen öffnete den Mund, heraus kam nichts. Schließlich sagte sie: »Was ist mit ihr? Was wollen Sie hier?« Sie machte ein paar Schritte rückwärts, die Kette schleifte über den Boden.

Bisher hatte Alan die Kette nicht bemerkt. Nun legte er den Kopf zurück und lachte. »Die Dichterin am Werk?«

Sie richtete sich auf, immer noch genug sie selbst, um sich zu wehren, und sagte das Übliche. »Es geht um eine Szene in meinem Buch. Ich spiele sie durch. Das tue ich oft. Bitte legen Sie die Pistole hin.« Ein Gedanke durchzuckte sie. »Weglaufen kann ich ohnehin nicht.« Sie versuchte, rotzig zu klingen, als sei er etwas schwer von Begriff.

Wieder lachte er und richtete die Pistole nach unten. »Nein, das glaube ich auch nicht. Aber darauf kommt es letztendlich auch gar nicht an.«

Die momentane Erleichterung verflüchtigte sich. Letztendlich? Was für ein Ende? Wessen? Sie schluckte und fragte, wobei sie so aggressiv wie möglich zu klingen versuchte: »Verdammte Scheiße, was wollen Sie denn?«

»Als Appetitanreger möchte ich zuerst einmal alles, was Beverly Brown Ihnen gegeben hat.«

»Das Poe-Manuskript? Aber es ist eine –« Sollte sie ihm erzählen, daß es eine Fälschung war? »Es ist ein sehr zweifelhaftes Manuskript. Bis jetzt weiß noch niemand, ob es überhaupt echt ist.« Sie wich langsam zum Fenster zurück und schaute auf die Uhr. Jesus.

»Das Manuskript. Natürlich ist es nicht echt. Einer von Beverlys kleinen Scherzen.«

Ein Scherz! »Wußten Sie, daß es gefälscht war?«

»Natürlich wußte ich es. Beverly und ich waren – hm, zumindest, bis Patrick auftauchte. Ich will alles, was sie Ihnen gegeben hat.«

Noch drei Minuten.

Ellens Blick huschte von der Uhr zur untersten Schublade des Aktenschranks. »Da unten drin.«

»In der untersten Schublade?«

»Sie ist verschlossen.« Sie zog den kleinen Schlüssel aus ihrer Jeans und warf ihn ihm zu.

Alan nickte in Richtung der Kette. »Die reicht nicht bis dahin, was?« Er hielt die Pistole mit dem Lauf zur Decke und kam zu ihr herüber. Er zerrte an der Kette, schätzte die Länge ab und lächelte. »Sehr kooperativ von Ihnen, sich schon mal selbst an den Schreibtisch zu ketten.« Dann ging er zum Aktenschrank, kniete sich hin und legte die Pistole auf den Boden, während er den Schlüssel ins Schlüsselloch fummelte.

Zwei Minuten zehn Sekunden.

Ellen starrte zur Uhr.

Sie war fast bis zum Fenster zurückgewichen. Sie räusperte sich, um die Worte überhaupt herauszubringen, und fragte in diesem idiotischen Plauderton: »Was suchen Sie denn?« Ihr Blick war auf die Waffe direkt neben seinem Fuß gerichtet. In seiner Reichweite, nicht in ihrer.

»Beverlys Notizen.« Er schaute auf und lächelte breit. »Und eine Geburtsurkunde.«

Eine Minute fünfzig Sekunden.

»Der Beweis, daß Sie geboren worden sind?«

Er starrte sie an. »Galgenhumor? Ich muß sagen, Sie haben stärkere Nerven als Beverly.«

Als Beverly? O Gott...

Er saß im Schneidersitz auf dem Boden und beugte sich über einen dicken Aktenordner wie ein dämlicher Student, der seine eigene Seminararbeit liest. »Sie meinte nämlich, sie könnte mich erpressen. Sie hatte zwei und zwei zusammengezählt. Sehr viel Grips brauchte man allerdings auch nicht, um zu kapieren, was Philip Calvert passiert war.«

»Calvert?«

Eine Minute dreißig Sekunden.

Alan schaute sie skeptisch an. »Sie sind noch nicht darauf gekommen?« Er ging wieder an den Ordner. »Keine Bange – Sie wären schon. Es war übrigens Beverlys Idee; ihre Art, es Patrick heimzuzahlen, weil er sie abserviert hat.« Er schaute zur Zimmerdecke und schüttelte den Kopf. »Manchmal wundere ich mich über ihn; er ist hoffnungslos kindisch. Und trotzdem bin ich derjenige, dem immer vorgeworfen wurde, verantwortungslos und was weiß ich sonst noch alles zu sein.« Er blätterte ein paar Seiten um, scheinbar vertieft in das, was er las. »Beverly wußte, daß er ein Calvert ist. Ich habe es ihr erzählt. Als sie zufällig diesen Philip Calvert kennenlernte, kam sie auf die Idee. Eine Wahnsinnsidee, wirklich! Aber wer eine fast vollständige Geschichte von Poe fabriziert, der schüttelt auch die eine oder andere fingierte Urkunde aus dem Ärmel. Kritzelt ein paar Zeilen in ein Buch...« Er schrieb mit der Hand in die Luft.

»Was reden Sie da? Ich habe keine Ahnung, wovon Sie *reden*!«

Alan schaute auf. Er bewegte die Waffe ein wenig, als richte er ein Tischgedeck. Sie lag immer noch neben seinem Schuh. »Ellen, ich bitte Sie! So dumm können Sie doch gar nicht sein!«

»O doch! Kann ich!« In den letzten eineinhalb Minuten war sie nur Zentimeter zurück zum Fenster gewichen. *Vierzig Sekunden. O Gott – geh los geh los geh los –*

»Na gut«, sagte er, als gebe er ihr recht. Sie war dumm. »Vielleicht haben Sie es bis jetzt noch nicht begriffen. Aber sobald die Gerüchteküche gekocht hätte, daß Patrick der jetzige Lord Baltimore ist, wären Sie darauf gekommen, da bin ich sicher.« Er hielt eine Seite hoch und wedelte herausfordernd damit.

Wovon in Gottes Namen sprach dieser Wahnsinnige?

»Bevs Notizen. Diese Ahnentafel.«

Sie folgte der Bewegung des Papiers. *Zehn Sekunden.* »Das ist nur Zeugs von ihrer Arbeit für Owen Lamb. Ich habe es gar nicht weiter beachtet.«

»Hätten Sie aber. Später. Hm, wie schön, zu einem Publikum zu reden, das so gefesselt ist –«

Der Lärm war ohrenbetäubend.

Das entsetzliche Rasseln des Weckers ließ ihn herumwirbeln. Er versuchte, sich zu erheben, fiel auf alle viere, sein Fuß schoß vor, die Pistole rutschte über den Boden, Ellen stürzte darauf, und er hockte da. Sie gestattete sich eine Sekunde ekstatischer Freude über dieses unverhoffte Glück, dann feuerte sie.

Alan Loser schrie, faßte sich ans Knie und umklammerte es, das Blut schoß ihm zwischen den Fingern hindurch.

»Sie miese Ratte!« kreischte sie, wobei die Spannung in ihr abrupt nachließ. Dann spannte sie die Pistole neu und zielte.

Gleichzeitig hörte sie eilige Schritte, und ein paar Sekunden später kamen Richard Jury und Melrose Plant ins Zimmer gerannt.

»Ellen!«

Jury ging zu Loser; Plant zu Ellen.

Seinen Arm auf ihrer Schulter schüttelte sie ab. »Schreiben ist das Hinterletzte.«

35

Beim Abschiedstrunk im Horse sagte Ellen betont beiläufig: »Ich nehme doch nicht an, daß diese Reporter sich besonders für meine Schreibgewohnheiten interessiert haben, oder? Sie werden es doch wohl nicht der Mühe wert finden, sich in ihren Artikeln darüber auszulassen?«

»Sie meinen, daß Sie sich an Ihren Schreibtisch ketten müssen, um schreiben zu können?«

»Ich meine, daß ich immer versuche, die Erfahrungen meiner Figuren selbst nachzuvollziehen.« Sie schaute Melrose böse an.

Er goß sich noch ein Bier ein und sagte: »Hm, ja, diese Szene muß Ihnen wohl ganz besondere Probleme bereiten, da Sie sich jeden Tag an den Schreibtisch ketten. Und jeden Abend.«

»Sie müssen nicht zu allem und jedem Ihren Senf dazugeben – keiner hat Sie gefragt.«

Aber er mußte doch. Als rätsele er wirklich daran herum, blätterte er durch sein Exemplar von *Fenster*. »Wissen Sie, ich erinnere mich überhaupt nicht daran, daß Sweetie – oder Maxim – in Ketten herumgelaufen sind.« Dann schnipste er mit den Fingern. »Ah! Ist das etwa der Titel?«

Sie kniff die Augen zusammen. »Wie meinen?«

»*Ketten*. Ist *Ketten* der Titel des letzten Teils der Trilogie?«

»Jetzt sind Sie wohl völlig übergeschnappt!« Geräuschvoll stellte Ellen ihren Stuhl um, so daß sie mit dem Rücken zu Melrose saß.

Wiggins kramte in seiner Reisetasche, um Platz für etliche Pakkungen Bromo-Seltzer zu schaffen. »Sie waren sehr tapfer, Miss. Was Sie da gemacht haben, das erfordert viel Mut.«

Ellen lächelte. »Genau. Wissen Sie, ich wollte ja aus dem Fenster hechten, als der Wecker losging. Ich dachte, der Krach würde ihn so verwirren, daß er nicht losfeuern würde. Aber dann hat er die Pistole weggetreten. Wie geht's dem Widerling?«

»Pryce sagt, er überlebt's«, sagte Jury.

»Schade.«

»Eine zerschmetterte Kniescheibe tut aber auch weh«, lächelte Jury.

»Ich wünschte nur, ich hätte diesen Mistkerl umgebracht. Wie konnte er sich bloß einbilden, er würde ungeschoren davonkommen, wenn er mich ermordet?« Ihr Tonfall implizierte, daß sie mit

Sicherheit zu jener raren Sorte Sterblicher gehörte, die nicht ermordet werden durfte.

»Ich glaube, wenn die Polizei überhaupt ein Motiv gefunden hätte, dann hätten sie es entweder für die Wahnsinnstat eines eifersüchtigen Kollegen von Ihnen gehalten oder von jemandem, der hinter dem Manuskript her war. Schließlich und endlich hatten Sie es ja.«

»Ja, aber es ist nicht echt, das wissen wir jetzt.«

»Wir ja, aber wer noch? Ihr Freund Vlasic wußte es zum Beispiel nicht«, sagte Jury.

»Vlasic«, sagte Melrose und verzog das Gesicht, »hätte das Manuskript liebend gern selbst entdeckt.«

»Da sah er alt aus«, sagte Wiggins, »als eine seiner Studentinnen mit so einem Fund ankam.«

»Warten Sie einen Moment«, sagte Ellen. »Wollen Sie damit andeuten, die Untersuchungsbeamten hätten Vlasic festgenommen?« Darüber dachte sie nach. »Da tut es mir ja nachgerade leid, daß ich dazwischen gefunkt habe.«

Jury fuhr fort: »Und die Morde an Philip Calvert und John-Joy wären ungelöst geblieben. Pryce scheint ein guter Kriminalist zu sein, aber wie hätte er zwischen den beiden eine Verbindung herstellen können?«

»Er ist aber nicht halb so gut wie Lord Ardry«, sagte Wiggins.

Melrose seufzte. Er wünschte, Wiggins hätte sich diese neue Anrede für ihn nicht angewöhnt. Aber schließlich sprach hier Lord Tweedears mit Lord Ardry. »Hughie hat mich auf die Spur gebracht. Weil er ewig und drei Tage über das Geschlecht der Delawares gequatscht hat.«

»Sie sind zu bescheiden«, sagte Jury.

Ellen sagte: »Mein Gott, und der Hintergedanke bei all dem war, daß es so aussehen sollte, als habe *Pat* sie alle umgebracht. Und Alan hätte es ja auch geschafft, weil man den Adelstitel als Motiv betrachtet hätte. Aber was ist mit Beweisen? Wie hätte er Patrick die Blockhütte in Pennsylvania unterjubeln können?«

»Solange Muldare kein wasserdichtes Alibi für diese Zeit gehabt hätte – und ich gehe mal davon aus, daß Loser auch dafür gesorgt hätte –, und solange die Polizei davon ausgegangen wäre, daß Muldare Calvert wegen des Titels erschossen hätte, wäre das alles kein Problem gewesen. Dasselbe gilt für John-Joy.«

»Und er war noch so dreist und unverfroren, auf Milos' Hand zu schreiben. Warum ist er nicht einfach weggelaufen, gerannt, was das Zeug hält?«

»Er wollte den Kram«, sagte Melrose.

Wiggins seufzte, als die winzigen weißen Bläschen in seinem Glas zur Oberfläche hochstiegen und zerplatzten. »Jetzt werden wir nie wissen, wie es ausgegangen ist.« Als er den Kreis verständnisloser Gesichter bemerkte, fügte er hinzu: »Die Geschichte. Violette.«

»Ach!« sagte Melrose. »Keine Bange, Sergeant Wiggins. Ich habe die Auflösung hier.«

»Wo haben Sie die aufgetrieben?« Wiggins war verblüfft.

»Sie war in dem Aktenordner. In dem von Beverly Brown.« Er wandte sich an Ellen und fügte hinzu: »Dem in Ihrem Büro.«

Jury steckte sich einen Kaugummi in den Mund und schaute Melrose an.

»War sie nicht!« sagte Ellen. »Dann hätte ich sie doch gesehen.« Sie versuchte, Melrose die Seite aus der Hand zu reißen, aber Melrose schob sie weg. »Er – Alan Loser, meine ich – hatte die Papiere über den ganzen Boden verstreut. Das Manuskript war ihm völlig egal, deshalb lag diese Seite einfach zwischen den anderen.«

Jury kaute, legte das Kinn auf die Hand und starrte Melrose an.

»Ich lese mal, soll ich?«

Wiggins' »Ja« war begierig, Ellen schmollte und sagte, sie begreife nicht, daß sie sie übersehen habe, und Jury schwieg.

Melrose rückte seine Brille zurecht, öffnete den Mund, um zu lesen, fragte dann aber: »Was fanden Sie an der Geschichte am spannendsten?«

»Nichts«, sagte Ellen und beschäftigte sich mit ihrem Notizbuch.

Wiggins zeigte mehr Enthusiasmus. »Was ist denn in dem Hof passiert? Es ist eine Art Rätsel im geschlossenen Raum, wie Poes ›Der Mord in der Rue Morgue‹, meinen Sie nicht auch?«

»Ach, das?« Melrose tat es mit einer Handbewegung ab. »Das ist ziemlich simpel.«

»Wirklich? Und was ist mit Violette? Wie ist sie gestorben?«

Melrose lächelte. »Wer sagt, daß sie tot ist?«

Ellen sagte, den Blick auf ihr Notizbuch gerichtet: »Ach, hören Sie doch auf. Das ist Ihre Lieblingsfrage.«

Melrose richtete seine Brille und las:

»Meine verehrte Madam,
die Feuchtigkeit der alten Steine quillt unter meinen Fingern hervor wie Blut, und die Tinte, die zäh und dick durch diese Feder fließt, scheint dunkelrot auf der Seite.

Dies muß meine letzte Mitteilung an Sie sein.

Über meine Bemerkung, ich hätte während meines langen Verweilens in seinem Schlafgemach in der vergangenen Nacht nichts gesehen und nichts gehört, war M. P- so erzürnt, daß er darauf insistierte, sich in den Hof hinab zu begeben, zum Schauplatz seiner traurigen Wahnvorstellung, dieses schrecklichen Stelldicheins, dessen Zeuge er dreimal hintereinander geworden war.

Wie gern hätte ich es, wäre es möglich gewesen, bei seinen entsetzlichen Phantasmagorien belassen! War doch die Wirklichkeit so viel mehr zu fürchten!

Während wir dort unten in der pechschwarzen Dunkelheit standen, redete er immer wirrer – ein Mann, der durch einen Wahn, der ihn völlig überwältigt hatte, an die Grenzen seiner Geisteskräfte getrieben wurde –, bis er in höchster Erregung, mich davon zu überzeugen, daß alles sich so abgespielt habe, wie er es beschrieben hatte, aus einem Versteck zwei Rapiere zog, eines behielt und das andere mir zuwarf. Bis zum heutigen Tage höre ich das eisige Klirren, als die Waffe auf den Steinen zu meinen Füßen aufschlug.

Ich war entsetzt und dennoch gezwungen, dieses teuflische Schwert zu schwingen, denn M. P- begann mit seinen Stößen und Paraden. Ich bat ihn inständig, aufzuhören – er tat es nicht.

Dann lachte er. Es war indes nicht das Gelächter eines wahnsinnigen oder von seinen Leidenschaften verzehrten Menschen. Es war auch nicht mehr der melancholische, in seine Welt der Träume und Einbildungen verlorene Gentleman. Der Mensch, der mir jetzt gegenüberstand, war ein Mann von größter Willenskraft, von Berechnung und kalter Vernunft, und er stellte sich meinen erstaunten Ohren als Mister William Quartermain vor. Dann erzählte er mir die Geschichte –«

»Noch eine?« fragte Jury und wickelte auch noch einen Streifen Kaugummi aus. Er grinste Melrose an, der ihn ignorierte.

»Wir befanden uns wirklich im Wohnsitz eines M. P-, aber dieser Mann war es nicht. M. P- lag tot in einem Vorzimmer auf einem der unteren Stockwerke des Hauses. Ermordet – von einem eifersüchtigen Ehemann.«

»Hier bricht die Geschichte ein bißchen ein«, sagte Jury.

Wiggins schaute seinen Superintendent vorwurfsvoll an.

»Und wir verpassen unser Flugzeug, wenn Poe das hier nicht in den nächsten zehn Minuten unter Dach und Fach bringt.«

Melrose ignorierte, daß Jury mit völlig übertriebenen Gesten immer wieder auf seine Uhr deutete.

»– eifersüchtigen Ehemann.«

Ich fürchtete mich beinahe zu fragen und fürchtete auch die nur zu offensichtliche Antwort: aber trotzdem sagte ich: »Und die Ehefrau?« – »Tot«, war das einzige Wort, das er mir zur Antwort gab –

»Fechten sie immer noch?« Ellens Stimme kam aus ihrer Armbeuge, da hatte sie den Kopf hingelegt. »Und quasseln die ganze Zeit dabei?«

»Ich schlafe auch nicht ein, wenn Sie in einer Tour über Sweetie und Maxim quasseln«, sagte Melrose äußerst gereizt.

»Ich schlafe nicht«, sagte sie mit traniger Stimme. »Ich ruhe mich aus. Ich habe gestern abend nur einen psychopathischen Mörder bei Laune gehalten, wenn Sie sich erinnern wollen.«

Wiggins war verzweifelt, weil Jury und Ellen dauernd störten, und sagte zu Melrose: »Bitte lesen Sie weiter, Sir.«

Melrose fuhr fort, legte aber einen kleinen Zahn zu: »Hier wirkt es ein bißchen zusammengeschustert. Poe –«

»Beverly Brown, meinen Sie«, sagte Jury.

»Ja. Beverly Brown muß ein paar Probleme gehabt haben. Unser Erzähler war so etwas wie der Sündenbock für Quartermain. Er wollte ihn als den Schuldigen hinstellen, ist meine Vermutung. Aber jetzt kommt die Überraschung«, sagte Melrose munter.

Mein lieber M. S-

»Wer ist S.?« fragte Wiggins.

»Der Erzähler.«

Es lag nie in meiner Absicht, Sie so leiden zu lassen, und stünde es nur in meiner bescheidenen Macht, ich käme Ihnen zu Hilfe. Aber ach, ich vermag es nicht. Wer würde mir Glauben schenken?

An dem Tag, als mein Gatte Sie in den Tuilerien ansprach, hatte ich bereits vor dem Morgengrauen meine Flucht bewerkstelligt und war aus jenen Räumen geflohen, als sei mir der Leibhaftige auf den Fersen. Denn ich wußte, ich war *sicher,* daß mein Mann, fände er mich, mich umbringen würde. Oh! Sie können sich nicht vorstellen, in welche Anfälle wahnhafter Leidenschaft er sich steigern konnte, und nun, da er meinen geliebten Hilaire gemordet hatte, würde er mir keine Ruhe und keinen Frieden gönnen, außer der Ruhe des Todes.

»Bricht wirklich ein«, sagte Jury und gähnte.

Melrose schaute ihn böse an.

– Ruhe des Todes. Elend und voller Todesangst begab ich mich eilends in einen anderen Teil des Hauses, weil ich hoffte, er würde nie argwöhnen, daß ich in Sichtweite blieb. Denn ich war es, Monsieur, die Sie an dem Fenster auf der anderen Seite des Hofes gesehen haben. Aber nun bin ich geflohen, um nie wieder zurückzukehren. Nachdem ich von Ihrer Arretierung durch die Sûreté gelesen hatte, hatte ich das Gefühl, ich müsse Ihnen schreiben.

Sie mögen diesen Brief verwenden, in welcher Weise es Ihnen genehm erscheint. Sollte er Ihre Unschuld in dieser Affaire beweisen, würde mich das wieder froh stimmen.

In Sorge und Dankbarkeit verbleibe ich,
Violette Pontorson

Rasch schoß Ellens Kopf hoch. »Was? In dem Scheißfenster auf der anderen Seite des Hofs war gar kein Gesicht.«

Melrose spitzte die Lippen. »Die Vorhänge bebten, daran erinnere ich mich genau – als sähe ich eine Hand, die gleichfalls einen Vorhang zur Seite hielt.«

»Na und? Jetzt sollen wir glauben, Violette war die ganze Zeit da und hatte sich in den Vorhängen verfangen? *Blaaah!*« Während sie dieses häßliche Geräusch ausstieß, ließ sie den Kopf erneut wie einen Stein auf die verkreuzten Arme fallen.

»Also hat Violette all die Briefe geschrieben?« fragte Wiggins. »Da bin ich aber auch der Meinung, das kommt sehr überraschend.«

»Mit einem Füllfederhalter«, sagte Jury, erhob sich und fügte hinzu: »Ich besorge uns mal ein Taxi.«

»Hughie fährt uns. Was soll das heißen, mit einem Füllfederhalter?« Melrose runzelte die Stirn.

»Am Anfang die Feder, die Blut ausschwitzt. Oder Tinte. Die Tinte floß hindurch, wenn ich mich recht erinnere. Muß ein Füllfederhalter sein.«

Ellens Kopf schoß wieder hoch. »Ein Tintenfüller.« Sie sah Melrose an. »Er redet davon, mit einem Tintenfüller zu schreiben. In den vierziger Jahren des neunzehnten Jahrhunderts?«

Melrose dachte ein wenig nach und schnalzte begütigend mit der Zunge. »Na ja, auch Beverly war nicht vollkommen.«

Jury lächelte und hing sich die Reisetasche über die Schulter. »Beverly hätte einen solch gravierenden Fehler nie gemacht. Ich schau mal nach dem Taxi.«

Ellen und Wiggins starrten Melrose mit offenem Mund an.

»Ist denn nichts mehr heilig? Ein Plagiat plagiieren? Gütiger Gott, ist denn nichts mehr unantastbar?«

»Ich finde, es war eine gute Lösung, Sir«, sagte Wiggins, nachdem er sich von seinem Erstaunen erholt hatte.

»Gut? Es war aber nicht die *richtige* Lösung«, sagte Ellen.

»Allmächtiger, es *gibt* keine richtige Lösung. Und jeder Schmierfink kann Poe kopieren – jeder Idiot kann einen unverwechselbaren Stil imitieren.«

Ellen warf ihm einen haßerfüllten Blick zu.

»Außer Ihrem, Baby.« Bevor sie ihren Stuhl wieder herumknallen konnte, beugte er sich rasch vor und küßte sie.

Sie zog den Ärmel ihres Pullovers über die Hand und machte eine Riesenszene daraus, den feuchten Fleck von ihrer Wange zu rubbeln.

36

I

Da das Thema Schreiberlinge nun einmal ein Dauerbrenner war, warf Ellen auf dem Weg zum Flughafen die Frage auf, welche Einstellung man nun Wick-VapoRub gegenüber einnehmen solle, wobei man »Einstellung« eher in Richtung »Kaltstellung« interpretieren mußte.

Ellen ließ sich des langen und breiten darüber aus und schloß mit den Worten: »Wir sind zu viert. Wir brauchen sie nur aufzuspüren, und dann bringen wir sie um.«

Hughie richtete mit einer Hand sein neues Fischmobile, überließ das Steuer sich selbst und hob die andere Hand mit ausgestreckten Fingern hoch. »Fünf. Vergessen Sie mich nich.«

»Toll. Sie können das Fluchtauto fahren.«

Jury drehte sich auf dem Vordersitz um. »Sie reden mit Polizeibeamten, das nur zur freundlichen Erinnerung.«

Ellen versank in dem bißchen Platz auf dem Rücksitz zwischen Melrose und Wiggins, der seine Reisetasche, nun ein Füllhorn von Schmerzstillern und Zauberwässern, sicher auf den Knien hielt. Entnervt sagte Ellen zu Melrose: »Sie haben gesagt, Sie hätten was ausgeknobelt, wie wir sie drankriegen können.«

Melrose riß den Blick von der vorbeifliegenden Landschaft; allmählich wichen die Bulldozer und neonfarbenen Leitkegel grasbewachsenen Seitenstreifen und immergrünen Pflanzen. Er sagte: »Habe ich auch.«

»Was? Wie?«

»Ich fürchte, wenn ich es Ihnen jetzt schon erzähle, beeinträchtigt das die Effizienz meines Planes.« Melrose hatte massiven Protest erwartet, aber er wurde angenehm überrascht. Ellen schürzte die Lippen, überlegte und sagte nichts.

Melrose fuhr fort: »Also, wir wollen doch weder ein Schlachtfest noch eine wilde Schießerei –«

Lächelnd ließ Ellen sich die Alternativen durch den Kopf gehen.

»Nein, nein. Die Hunde bellen, und die Karawane zieht weiter. Aber am besten ist eine Rache, die nie endet. Ich habe etwas im Sinn, das einsickert wie Gift. Eine bedrohliche Situation wie die, in der Sweetie steckt –«

»Sie kundschaften aus, wo sie wohnt, und schieben ihr Briefe durch den Briefkasten.«

»Nein, viel subtiler und viel heimtückischer. Es hat aber auch eine Schattenseite: Auf die öffentliche Demütigung, daß Sie sie vor Gericht zerren und den Prozeß sogar gewinnen, müssen Sie verzichten. Wick-VapoRub wird es wissen, und Sie werden es wissen und vielleicht noch ein paar andere, die sich auskennen. Aber viele Leute werden es aller Voraussicht nach nicht begreifen.«

»Wird sie wissen, daß ich es weiß?«

»Natürlich, sonst macht es ja keinen Spaß.«

Ellen lehnte sich mit einem zufriedenen Lächeln zurück. »Und erzählen Sie mir irgendwann einmal, was es ist?«

»Ja. Wenn Sie nach Northants kommen. Bis dahin sollte genügend Zeit verstrichen sein.«

Schmerzerfüllt verzog sie das Gesicht. »So lange kann ich aber nicht warten!«

»Ellen, vergessen Sie eines nie.« Melrose legte den Arm um sie und drückte sie. »Sie sind Schriftstellerin, und Schriftsteller leben immer mit einem Risiko. Mehr noch als Musiker oder Maler, denn jeder Dämlack meint doch, er könne schreiben. Vielleicht ist er zu blöd, sich morgens die Zähne zu putzen, aber Teufel auch, er kann einen Stift zur Hand nehmen und schreiben. Deshalb habe ich Beverly Browns Geschichte zu Ende geschrieben – um zu demonstrieren, wie leicht es ein Plagiator hat. Beverly Brown wußte das. Das klingt vielleicht nicht sehr tröstlich. Doch Sie müssen immer daran denken, daß Vicki Salva nur ungeheuer hochstapelt. Sie, Sie sind die echte.«

Einen Moment schwieg sie, schaute aus dem Fenster und überlegte. Dann sagte sie: »Ich weiß nicht, wann ich nach England kommen kann. Mein Schreibpensum ist die Hölle.«

»Das, liebe Ellen, ist uns doch allen sonnenklar.«

Das Fluchtauto raste die 1-95 entlang.

II

Hughie hatte den Kofferraum aufgeklappt und reihte das Gepäck am Bordstein auf; alle Zufahrten waren verstopft. Leute rannten durch die Gegend, Autos hupten.

Auf einmal fiel Melrose Diane Demorneys Bemerkung ein, und er sagte: »Hughie, eine Bekannte von mir behauptet, daß Baltimore früher Nickel City hieß. Stimmt das?«

»Ja.« Hughie drehte sich herum, um einem Taxifahrer, der versuchte, sich vorbeizumanövrieren, den Stinkefinger zu zeigen. Dann sagte er zu Melrose: »Ja, Nickel City – das kenn ich auch.«

»Warum? Sie hat gesagt, daß früher hier Nickel geprägt wurden.«

Das fand Hughie umwerfend komisch. »Nickel geprägt... stark. Nein, weil Baltimore so billig war, vielleicht immer noch is, im Vergleich zu D.C. oder New York. Früher konnte man hier vieles für nur nen Nickel kriegen. Ich will Ihnen eins sagen, Kumpel«, Hughie lächelte und knallte den Kofferraumdeckel zu, »Sie sollten aufpassen, wer Ihnen was erzählt.«

»Das werde ich beherzigen, Hughie.« Melrose entlohnte ihn mit einem fürstlichen Trinkgeld.

Ellen zog etwas aus der Tasche und gab es Jury. »Das ist für Sie. Von Jip.«

Jury schaute sich das abgegriffene Foto an. »Das verstehe ich nicht.«

»Hm, sie hat gesagt, Sie fänden es vielleicht.«

»Fänden was?«

Ellen stöhnte. »Angeblich sind Sie Kriminalbeamter.«

»Aha.« Jury lächelte. »Ich dachte nur, vielleicht hätte sie Ihnen ja noch etwas erzählt, was Sie mir bisher vorenthalten haben.«

»Nein, hat sie nicht. Außer, daß das Foto von ihr ist, als sie noch jünger war, und sie hat gesagt, daß es vielleicht in London aufgenommen worden ist. Oder einer anderen Stadt in England.«

Jury schaute sich das Foto noch einmal an, es war ein ganz normaler Schnappschuß mit irgendeinem Gebäude im Hintergrund, und Jip saß auf einer Bank. »Alles klar. Sagen Sie ihr, ich versuche es.«

»Und Ihnen soll ich auf Wiedersehen sagen, hat sie mir aufgetragen«, sagte Ellen und schaute Melrose ins Gesicht. »Melja.« Dabei lachte sie nicht einmal.

Das Taxi hinter Hughie drückte auf die Hupe, fuhr an und krachte genau in Hughies Stoßstange. Ein anderer Taxifahrer schrie Hughie an, er solle machen, daß er fortkomme.

Die vier Fahrgäste standen am Bordstein und beobachteten die Szene: einen Bagatellunfall, bei dem sich natürlich jede Partei in dem sicheren Wissen wähnte, Justitia auf ihrer Seite zu haben.

Hughie schrie den Unfallfahrer an, woraufhin der ihm kräftig kontra gab und ebenso wie sein anderer aufgebrachter Kollege die Wagentür aufriß und heraussprang zwischen all die Träger und Taschen, Ankommenden und Abfliegenden. Dann flogen nur noch die Fetzen:

»Fick dich!«

»Fick dich!«

»Mann, fick du dich!«

»Fick dich selber, Typ!«

Die Litanei der Großstadtstraßen, *fickdichfickdichfickdich*, begleitet von den einschlägigen Gesten, ja dich, ja dich! Und dabei war vollkommen klar, daß sie nicht anfangen würden sich zu schlagen. Sie zogen nur ein Ritual durch. Beleidigungen und Verwünschungen prasselten hernieder, die für diese Gelegenheit so notwendig und angemessen schienen wie das Beten in der Kirche...

...bis die Fahrer in ihre Taxis zurückkehrten, die Türen zuknallten, sich aus dem Fenster lehnten und einander ein letztes »Fick dich!« an den Kopf warfen.

Aber Hughie feuerte die ultimative Salve ab:

»– *und das Pferd, auf dem du gekommen bist!*«

ZWISCHENSPIEL

Sergeant Wiggins bestand auf dem Sitz in der Mitte und stopfte seine Bromo-Seltzer-Tasche unter den Sitz vor sich.

Als das Flugzeug zum Start rollte, saß er gegürtet und angeschnallt, als es von der Landebahn abhob, schloß er die Augen, und als die Worte »Bitte anschnallen« erloschen, kletterte er aus seiner eingeklemmten Position über Melroses Füße, um seinen Rundgang zu beginnen. Er wollte nicht warten, sagte er, bis ihn diese Attacke von Flugangst wieder überwältigt habe. Da ergreife er lieber Sofortmaßnahmen, besser zu früh als zu spät...

»Vergessen Sie nicht«, sagte Melrose, der sich als Schlafmittel den grauenhaften Text von Elizabeth Onions einzuverleiben gedachte, »es geht rechts-rechts-rechts und dann links-links-links. Dreimal nach rechts, und dann zurück.«

Wiggins blieb im Gang stehen und schaute skeptisch drein. »Ich kann mich gar nicht erinnern, daß ich auf dem Herflug die Richtung geändert habe. Sie?«

»Doch, ja.«

»Na ja, auf jeden Fall hat es geholfen. Bin in einer Sekunde zurück.«

Jury schlief, den Kopf auf einem der mickrigen Flugzeugkissen. Angeregt durch die Ereignisse der letzten Woche, schob Melrose den *Papagei und die Pepperoni* in das Netz vor sich, zog das Notizbuch heraus, das er in Baltimore erstanden hatte, und schraubte seinen Füller auf. Schließlich hatte Johanna die Wahnsinnige gesagt (und Madame Onions war ein perfektes Beispiel für ihr Verdikt), daß jeder Idiot ein Buch schreiben könne.

Nach dem Erfolgserlebnis, am Vorabend die Poe-Brown-Story beendet zu haben, schrieb Melrose nun an seinem eigenen Krimi weiter. Nachdem er mit etlichen Titeln herumjongliert und dabei auch an Wilkie Collins gedacht hatte, hatte er sich für *Der Opal* entschieden.

Sein Ermittler, ein liebenswürdiger Zeitgenosse namens Smithson, war zwar von der Scotland Yard Mordkommission, aber mit starken Anleihen aus amerikanischen Krimis ausgestattet. Und seit Melrose mitgekriegt hatte, daß zumindest in Amerika weibliche Privatdetektive der Renner waren, hatte er beschlossen, Smithson von seiner überaus intelligenten Frau Nora Hilfe und Unterstützung angedeihen zu lassen. Smithson fuhr ein verbeultes Auto, aber nie ohne seine Katze (namens Chloe), weil auch Katzen extrem populär waren.

Polly Praed würde ihm bestimmt vorwerfen, er beuge sich den Anforderungen des Marktes. Aber wenn jemand Zugeständnisse an den Markt machte, dann war es Polly. Ihr bisher ziemlich alltäglicher Detective ließ sich neuerdings Alkoholmißbrauch zuschulden kommen, der sich in einer Abhängigkeit von kalifornischem Chardonnay manifestierte. Des weiteren gab es zarte Hinweise auf sexuelle Schwierigkeiten, er versuchte, mit dem Rauchen aufzuhören, und hatte sich einen strengen Gesundheitsplan auferlegt, der erforderte, daß er tellerweise Seetang zu sich nahm. Polly hatte gut reden, dachte Melrose.

Und, entschied er plötzlich, er würde einen invertierten Krimi daraus machen, im Stil von Francis Iles. *Ja!* Er fühlte sich, als säße er wieder mit Elroy im Horse und sähe beim Super Bowl zu. *Ja!*

»Was, zum Teufel, machen Sie denn da?« Aus dem Tiefschlaf erwacht, blinzelte Jury ihn an.

»Ich? Nichts.« Melrose beugte sich über sein Notizbuch. Verflucht, es gab überhaupt keinen Grund, daß Trueblood die ganze Zeit schrieb; seine Phantasie war genauso –

Da erinnerte er sich plötzlich wieder an das schwarze Notizbuch.

Wo war es?

TEIL III

GIN LANE

37

»Wenn Sie hier gewesen wären, hätten Sie ihn kennengelernt. Oder sie.« Carole-anne Palutski wedelte mit den Händen, damit ihre frischlackierten Fingernägel trockneten, und machte sich über ihre Fußnägel her. Mit angezogenen Beinen hockte sie auf Jurys altem Sofa, ein Handtuch unter den Füßen, um den Bezug nicht zu beklecken.

Jury war seit einer knappen Stunde wieder in Islington. Er hatte zu Carole-anne hochgerufen, um einen Tee mit ihr zu trinken. Sie war sofort gekommen und hatte ihre Malutensilien mitgebracht.

»Und wie ist Er oder Sie?«

»Zum einen ist Er oder Sie höchst kreativ.«

Das verhieß nichts Gutes. Bei dem Gedanken an Carole-annes Vorstellung von kreativ wurde Jury nervös. »Alt oder jung? Oder mittelalterlich?«

»Ja.« Sie zog ein Bein an, stützte das Kinn auf das hochgezogene Knie und pinselte los.

»Ja was?«

»Er oder Sie ist alt, jung oder mittelalterlich.«

O Gott! »Carole-anne. Ich wohne hier. Ich wohne seit vielen, vielen Jahren hier. Ich habe ein Recht zu erfahren, wer über mir wohnen wird.« Jury zeigte mit dem Finger nach oben.

Bei dem Ton zuckte sie nicht mal zusammen. Sie beachtete seine altväterlichen Ermahnungen sowieso nie. »Ich hab ja gesagt«, die perfekte Nase leicht gehoben und gerümpft, »wenn Sie hier gewesen wären, anstatt durch die Weltgeschichte zu jetten, hätten Sie ihn kennengelernt. Ihn oder Sie.«

Das war es natürlich. Jury hatte die Unverfrorenheit besessen, in die Staaten zu düsen und sie hierzulassen, wo sie gänzlich ohne seine helfende Hand ihr Leben meistern mußte. Mrs. Wassermann konnte Carole-anne in mancher Hinsicht helfen: einen Saum hochnehmen, einen Ausschnitt herunternehmen, geheimnisvolle Telefongespräche in der Rolle von Carole-annes ältlicher Tante führen, Hühnersuppe hochtragen, und dergleichen mehr. Aber man mußte der Wahrheit ins Gesicht sehen: Mrs. Wassermann war nicht einsfünfundachtzig und hatte keine grauen Augen, die so wunderbar ihre Farbe ändern konnten, und kein Lächeln, bei dem man dahinschmolz. Jury war nicht nur losgeflogen, er war sogar geflogen, ohne ihr Bescheid zu sagen, und hatte nicht einmal einen Zettel hinterlassen, und jetzt war er ohne Geschenk aus den Staaten zurückgekommen. Aus den Staaten, wo sie in ihrem ganzen Leben noch nie gewesen war. (Jurys Blick glitt zu dem unausgepackten Koffer, in dem die in Seidenpapier gewickelte Barbie lag, mit Turban und allem Drum und Dran. Aber jetzt war er auch bockig und sah nicht ein, wieso *er* etwas wiedergutzumachen hätte.)

Er saß da, drehte Däumchen, die Teetasse thronte auf der Sessellehne, und schaute sie mißbilligend an. Dann lächelte er. »Ich kann es ganz leicht eingrenzen.«

»Keine Ahnung, was Sie meinen.«

»Ich kann Ihnen sagen, was für einer Art Mensch Sie die Wohnung vermieten.«

Sie wackelte mit den Schultern und schenkte ihm ein falsches Lächeln. »Wie könnten Sie?«

»Ich bin Kriminalist. Wir könnten folgende Personen eliminieren: weiblich, Altersgruppe sechzehn bis sechzig, gutaussehend. Damit wäre eine nicht unbeträchtliche Gruppe schon einmal abgehakt. Des weiteren können wir die Unter-Sechzehnjährigen ausschalten – denn es ist unwahrscheinlich, daß unter Sechzehnjährige eine Wohnung suchen – und die Über-Sechzigjährigen, weil

Sie nicht noch eine Mrs. Wassermann gebrauchen könnten. Am wahrscheinlichsten wäre also: männlich, Altersgruppe sechzehn bis sechzig, gutaussehend. Knaben unter sechzehn können wir aus demselben Grund wie Mädchen und Über-Sechzigjährige vernachlässigen, weil Sie ganz sicher nicht wollen, daß ein Mann daherkommt und Mrs. Wassermanns Zeit und Aufmerksamkeit mit Beschlag belegt. Die wahrscheinlichsten Kandidaten wären demnach: an erster Stelle hübscher, eher jüngerer Mann und an zweiter: unattraktive Frau.« Jury zog die Augenbrauen zusammen und fixierte sie mit einem hinterhältigen Lächeln. Carole-anne gelang es nie, ihre Gefühle zu verbergen. Immer sah man sie ihr an. »Aber Sie werden sehen, Ihr Auswahlmodus hat Mängel.«

»Seien Sie nicht blöd. Ich habe die Wohnung natürlich an die verläßlichste Person vermietet. Er oder Sie, darauf habe ich geachtet, ist sehr ordentlich und sauber und Nichtraucher.«

Kaum zu glauben angesichts des Zustands von Jurys Aschenbechern. Jury machte es sich in seinem Sessel gemütlich, schloß die Augen und wartete.

»Inwiefern Mängel?«

Er tat, als schliefe er. Wegen des Jetlags war das nicht schwierig.

»Was für *Mängel?*« sagte sie lauter.

»Was? Oh. Hm, wenn Sie an eine weibliche Person vermietet haben, wäre diese nach Ihren Maßstäben unattraktiv.«

»Und nach Ihren nicht?«

Jury schüttelte den Kopf. »Ich habe nur ein einziges Mal erlebt, daß wir die gleiche Vorstellung von ›attraktiv‹ hatten: und zwar bei Ihnen. Und der Herr im Himmel weiß, wenn noch mehr Frauen aussähen wie Sie, hätte die Ozonschicht über Islington noch ein Loch mehr.« Jury lächelte. Sie zog die Stirn kraus und versuchte herauszufinden, ob das ein Kompliment war oder nicht.

Dann schraubte sie den Verschluß auf das Fläschchen mit dem signalroten Nagellack und sagte: »Ich fand S-Bindestrich-H attraktiv. Und Sie auch.«

»Ach, wirklich? Komisch, ich entsinne mich vage, daß Sie eine Fernsehantenne erwähnten, als es um ihre Figur ging.« Susan Bredon-Hunt war eine alte Flamme von Jury.

»Daran kann ich mich nicht erinnern«, sagte Carole-anne schnippisch. Sie hievte schwungvoll die Beine vom Sofa, wackelte mit den Zehen, lehnte sich zurück und präsentierte dabei ihrerseits eine Figur, die mit einer Fernsehantenne nicht die geringste Ähnlichkeit besaß. »Egal, ich muß die Wohnung ja auch nicht unbefristet an diese Person vermieten. Sie haben die Miete nur für die letzten beiden Wochen dieses Monats bezahlt.«

Jury fuhr fort, als habe sie gar nicht gesprochen. »Sehen Sie, für mich kann eine Frau aus anderen als physischen Gründen attraktiv sein. Was Sie nicht sehen wollen, ist der Effekt von Intelligenz und Charakter auf körperliche Schönheit. Ich habe Frauen kennengelernt, die Sie wahrscheinlich absolut spießig fänden, die aber soviel geistige Qualitäten hatten, daß ich nichts dagegen gehabt hätte, den Rest meines Lebens mit ihnen zu verbringen.« Jury lehnte sich zurück, starrte an die Decke und fragte sich, wo er je eine solche Frau gesehen hatte.

»Wer redet denn vom Rest Ihres Lebens?« Carole-anne mußte sich nur um den Rest des Monats Sorgen machen. Sie biß sich auf die Lippen, stand auf und sagte: »Ich muß mal telefonieren.«

»So?« Carole-anne hatte kein Telefon. »Benutzen Sie nicht meines? Wie üblich?« Er machte eine großzügige Geste in Richtung des Apparats.

»Nein, ich gehe runter zu Mrs. W.« Sie schob die Füße in ihre schwarzen Schlappen. »Bin in einer Minute zurück«, rief sie, als sie schon durch die Tür war.

Jury blieb sitzen, lächelte und schlief ein.

38

»Und Sie wollen mir weismachen, der Mann hat drei Leute wegen eines fingierten Adelstitels ermordet?«

»Nein. Wegen Geld und aus Rache – das sind außer Liebe die beiden besten Motive. Es wäre aber nicht das erste Mal, daß für einen Adelstitel ein Mord begangen worden wäre. Im übrigen ist der Titel nicht fingiert. ›Alleiniger Herr von Maryland und Avalon, Baron von Baltimore‹«, zitierte Jury. »›Avalon, besiedelt von Kolonisten, von George, dem ersten Lord Baltimore, übernommen, dann herrenlos und später Cecil, dem zweiten Lord Baltimore, zurückerstattet.‹ Dann Charles, dem dritten Lord, dann Frederick, mit dem der Titel ausstarb beziehungsweise *de jure* wurde. Wenn Sie das als –«

»Ach, hören Sie auf mit dem Gerede!« Racer schniefte und fuhr mit den Daumen unter die Aufschläge seines Jacketts. Der Anzug war neu. Er wühlte ein halbes Dutzend Faxe durch, schlug auf die Gegensprechanlage und befahl Fiona, die übrigen Faxseiten vorzulegen, die, kurz bevor er in den Club gegangen war, aus dem Polizeipräsidium gekommen waren. »Ich habe es mit eigenen Augen gesehen, Miss Clingmore!« Das Gerät summte nur zur Antwort; Miss Clingmore reagierte nicht. Racer malträtierte den Knopf noch ein paarmal und wiederholte ihren Namen. Keine Antwort.

Jury schaute sich in dem frisch renovierten Büro um. Neuer Teppichboden, frischer Anstrich. Aber selbst das weiche Licht der indirekten Beleuchtung stimmte Racer nicht milder.

Wohl aber den Kater Cyril. Während Racer in die Gegensprechanlage blaffte, schaute Jury sich die neuen konkaven Lampen an und bemerkte einen kupferfarbenen Schwanz. Der Schwanz zuckte lässig. Der restliche Cyril lag offenbar auf der Leiste, die ringsherum befestigt worden war, damit die Halogenlampen daraufmontiert werden konnten. Eine Zierleiste verbarg das ganze.

»Was ist hier so lustig?« Racers Kopf schoß von der Gegensprechanlage hoch, die er mit roher Gewalt zum Gehorsam hatte zwingen wollen.

»Nichts. Gar nichts. Ich habe nur die Renovierungen bewundert. Sehr schön.«

»Und teuer. Keine Sorge – alles aus meiner eigenen Tasche bezahlt, falls Sie glauben, ich hätte Steuergelder verschwendet.« Racer grinste hämisch. Hörte auf, hämisch zu grinsen. »Was ist mit dieser Sache in der Tate Gallery? Die Pathologie hat über die Todesursache immer noch nichts Vernünftiges abgelassen.«

Jury war überrascht. »Ich dachte, es sei ein Schlaganfall gewesen.«

»Vielleicht.« Racer bemühte sich um eine geheimnisvolle Miene. Erfolglos. »Und die alte Schachtel, die wollte, daß Sie den Fall übernehmen? Sind Sie schon dagewesen?«

»Sergeant Wiggins ist gerade bei ihr.«

»Wiggins? Sie wollte *Sie*.«

»Ich werde auch noch hingehen. Sie haben vergessen, daß ich im Urlaub bin.«

»Sie waren gerade erst im Urlaub. Das Leben eines Kriminalbeamten ist kein einziger langer Ferientag, Jury.«

Ein Klopfen an der Tür, und Fiona steckte den Kopf herein. »Mr. Plant ist am Telefon, er möchte wissen, wann Sie ihn abholen.«

Jury drehte sich um. »Sagen Sie ihm, in einer Stunde – nein, besser, zwei. Ich muß erst noch nach Hause und ein paar Sachen holen.«

»Alles klärchen.«

»Miss Clingmore!«

Aber Miss Clingmore hatte die Tür schon zugeknallt. Über der Zierleiste erzitterten ein paar kupferfarbene Härchen.

39

»Ich weiß nicht, was sie damit angestellt hat, alter Kämpe«, flüsterte Marshall Trueblood wutentbrannt. »Ich habe versucht, mich mit Geld bei ihr einzuschmeicheln, ich habe sie mit Gin bestochen. Natürlich hat sie beides angenommen – glauben Sie nicht, sie hätte nicht beides genommen, aber sie leugnet, es je gesehen zu haben: ›Keine Ahnung, was Sie meinen, mein Bester. Nie im Leben so was gesehn, ehrlich, nie.‹« Marshall ahmte Mrs. Withersbys ginselig heisere Stimme wunderbar nach.

Die Dame, um die ihre Unterhaltung kreiste, saß auf der anderen Seite des Tresens vor dem Kamin, nahm hin und wieder den kleinen Besen zur Hand, um die Asche wegzufegen, und nutzte die Möglichkeiten weidlich aus, die ihr die Rolle als Aschenputtel bot. Der Prinz (in Gestalt Melrose Plants) hatte ihr schon einen doppelten Gin kredenzt und den Putzeimer auf die andere Seite des Kamins getragen.

»Los«, bedrängte Marshall Melrose, »Schauen Sie noch mal nach.« Er schubste Melrose ein wenig, um ihn auf den rechten Weg zu bringen.

Melrose setzte sich wieder hin und erwiderte, ebenso heftig flüsternd: »Hören Sie, ich weiß nur, es war in dem verdammten Eimer! Da kann ich doch wohl jetzt nicht drin herumwühlen!«

»Was«, sagte Richard Jury und setzte die drei Pints auf den Tisch, »tuscheln Sie schon wieder?«

»Ach, nichts«, sagte Marshall und legte seinen Armani-gewandeten Arm auf das Fenstersims.

»Ach, nichts«, wiederholte Melrose und widmete sich dem Kreuzworträtsel in der *Times*, das er an die verstaubte Plastikrose gelehnt hatte, die den Tisch zierte.

Jury sah von einem zum anderen. »Na, na, na. Ich bin gleich zurück mit den Würstchen.«

»Was für Würstchen?« riefen sie ihm unisono hinterher.

Sofort kam Plant wieder zur Sache: »Sie haben nicht richtig gesucht. Ich war fast eine Woche weg; Sie müssen doch eine Gelegenheit gefunden haben, um in diesen Eimer zu schauen. Mittlerweile hat sie ihn längst ausgeschüttet. Das verdammte Notizbuch schwimmt den Piddle hinunter!«

»Geben Sie *moi* nicht die Schuld.« Trueblood schlug sich mit beiden Händen an sein meerschaumgrünes Hemd. »Sie haben es in den Eimer gesteckt. Und sie kippt ihn auch nicht aus, weil sie ihn nie benutzt. Du meine Güte, Withers arbeitet nicht.«

Wütend beobachteten sie die Ursache ihres Streits, diese alte Schlampe. Der Putzeimer war nun unter dem gegenüberstehenden Kaminstuhl verstaut, so weit von ihr entfernt, wie es ging. Sie hätschelte ihr leeres Glas und rauchte die Zigarette, die sie von Marshall Trueblood geschnorrt hatte.

»Ich spendiere ihr keinen Drink mehr. Darauf wartet sie doch nur. Das ist Erpressung, jawohl. Glücklicherweise kann sie nicht lesen... Was macht er denn da?« Trueblood beäugte Jury.

Er gab Mrs. Withersby etwas, das wie ein riesiger Krug Gin aussah. Und jetzt reichte er ihr wahrhaftig auch noch einen Teller mit Cocktailwürstchen, in denen Zahnstocher steckten. Neuerdings bot Dick Scroggs »Feierabend-Häppchen« an. Jury hatte den Teller in der Hand und setzte sich Mrs. Withersby gegenüber. Munter schwatzten sie miteinander.

Äußerst ergrimmt hob Trueblood sein Bier, gab ein unvermitteltes »Prost!« von sich und sagte dann: »Der Superintendent würde mit der Nelson-Statue auf dem Trafalgar Square reden.«

»Und sie würde antworten«, sagte Melrose.

»Die ganze Arbeit«, sagte Marshall. »Es war *so* gut. Wir schaffen es nie, es noch einmal so zu schreiben!« Er warf den Stift hin, mit dem er auf einem Papier herumgekritzelt hatte, und seufzte.

»Streiten Sie immer noch?« fragte Jury, stellte den Teller mit den Würstchen auf den Tisch und setzte sich.

»Wir streiten uns nicht.«

»Wir streiten uns nicht.«

»Schreiben Sie was?«

»Nein.«

»Nein.«

Einträchtiges Kopfschütteln.

»Ich dachte, ich mache mal einen Spaziergang und schaue bei Vivian vorbei«, sagte Jury. »Bevor sie nach Italien fährt. Mal *wieder*. Das Ganze ist doch total lächerlich.« Er schaute Melrose an. »Ich bin sicher, man könnte sie überreden, hierzubleiben.«

»Versuchen wir das nicht seit Jahren?« fragte Melrose.

»Hm, Sie haben ihr aber noch nie einen triftigen Grund geliefert, damit sie diese alberne Verlobung löst!«

Mrs. Withersby hatte in Form von Gin und Würstchen vom süßen Leben gekostet und schlurfte zum Tresen, wo die Teller standen, die Dick Scroggs später wieder mit »Feierabend«-Leckereien zu füllen gedachte.

Melrose Plant sah, wie sie sich schwankend einen Weg durch den Raum bahnte, und entschuldigte sich für einen Augenblick.

Marshall Trueblood interessierte sich aus irgendeinem Grund viel mehr dafür, wie Melrose Plant vor dem Kamin herumstrich, als für das, was Jury ihm gerade erzählte. Melrose setzte sich auf den Stuhl, den Jury dort verlassen hatte, und schien sich die Schuhe neu zu binden.

Mrs. Withersby verließ den Tresen mit einem Pappteller voll Würstchen und Blätterteigpasteten und begab sich zurück zu ihrem Stuhl, nicht ohne einen Umweg zu machen. Jury befürchtete schon, sie werde zu einer Verbalattacke auf ihn und Marshall ansetzen, merkte aber im nächsten Augenblick, daß die Schimpfkanonade jemandem im Fenster hinter Trueblood galt. In den kahlen Ranken des Rosenbusches zeigte sich das Gesicht Lady Ardrys. Es verschwand. Agatha war in Mrs. Withersbys Gunst gesunken, denn sie schrieb wieder einmal Briefe an den Herausgeber des *Bald*

Eagle und machte einen Riesenaufstand vor der Gemeindeverwaltung, weil sie versuchte, den »Schandfleck« (wie sie es nannte) Long Piddletons zu tilgen. Dabei handelte es sich um eine Reihe Cottages, ehemaliger Armenhäuser am anderen Ufer des Piddle. Sie beherbergten den Withersby-Clan, und der Withersby-Clan war groß und (wie Melrose oft sagte) so altehrwürdig, daß er Anspruch auf sein eigenes Karomuster hätte anmelden können.

Mrs. Withersby hatte Ihrer Ladyschaft ihre Zuneigung entzogen und diese Seiner Lordschaft geschenkt. Melrose engagierte sich nämlich für die Schwachen und Benachteiligten, in der Hauptsache mittels starker Getränke.

Agatha kam in einer Schneewolke durch die Tür, ignorierte Mrs. Withersby und orderte ein großes Glas Sherry bei Dick Scroggs, der die Teller mit den Häppchen unter dem Tresen hatte verschwinden lassen, sobald er ihrer ansichtig geworden war.

In der Zwischenzeit war Melrose zum Tisch zurückgekommen. Er sah zufrieden mit sich aus und nickte Trueblood zu. Agatha hatte das Vergnügen, Neuigkeiten zu überbringen.

»Sie ziehen in Watermeadows ein!« verkündete sie.

Jury fragte, wer »sie« seien.

»Ach Gott«, sagte Marshall Trueblood. »Die WEMs.«

Jury zog die Stirn in Falten. Wer zum Teufel war das?

»Die Wochenendmenschen. Hat Ihnen Melrose nicht erzählt, daß sie auch den Man with a Load of Mischief gepachtet haben? Mir wäre lieber, er zerfiele in Schutt und Asche. Woher wissen Sie es, Agatha? Das von Watermeadows?«

»Mr. Tutwith hat es mir selbst erzählt. Der Makler. Sie nehmen Watermeadows anstelle des Gasthofs.«

»Das glaube ich nicht, Tante«, sagte Melrose. »Ich weiß aus sicherer Quelle, daß sie den Pub renovieren wollen.«

»Na, dann hast du eben unrecht.«

Damit war die Sache geklärt, und Jury fragte: »Was ist mit Lady Summerston?« Er hatte die alte Dame, der Watermeadows gehörte, immer gemocht. Er schaute aus dem Fenster, dachte an jenen Sommer vor vielen Jahren und fragte sich, ob es ein Lebensalter gab, in dem Erinnerungen ein Trost und keine Qual waren.

»Ach, sie behält es ja. Sie vermietet es nur.«

»Ich kann mir gar nicht vorstellen, daß jemand Watermeadows als Wochenendrefugium mietet«, sagte Melrose.

»Mein lieber alter Knabe, Sie verstehen die psychische Disposition der WEMS nicht. Die finden solche Häuser absolut göttlich. Am Freitag reist man aus London an; am Samstag schlüpft man in die Gummistiefel, holt die Hunde und knipst ein Foto vor dem Range Rover, dann braust man am Sonntag nach London zurück, und nur darum geht's. Zeig deinen Freunden die Fotos, und sie werden gelb vor Neid.«

Agatha sagte: »Sie möchte ein großes Eßzimmer und er will gärtnern –«

»Uach«, sagte Trueblood und tat so, als werde ihm speiübel. »Mein Gott, ich verabscheue Männer, die gern gärtnern. Sie wandern in Ölhäuten und derben Schuhen durchs Gelände, reden über nichts anderes als über richtiges Kompostieren und bezeichnen die Blumen nur mit ihren lateinischen Namen.«

»Ich kann mir aber idiotischere Freizeitbeschäftigungen vorstellen«, sagte Jury mit kühlem Blick auf Trueblood, der eine wohlgeformte Braue hob. »Gegen Lady Summerston und Hannah Lean hatten Sie doch nicht das geringste einzuwenden. Ich kann mich sogar erinnern, daß Sie eine hübsche Stange Geld an ihnen verdient haben.«

»Sie scheinen nicht zu verstehen. Da lag die Sache ganz anders. Das waren keine Wochenendmenschen. Wissen Sie denn nicht, in welchem Umfang die WEMS in die Provinzen einfallen? Bringen ganze Dörfer in ihren Besitz –«

»Bei Ihnen klingt das ja gerade so, als stehe Long Piddleton eine Nacht der lebenden Toten bevor.« Jury sah, daß Plant Truebloods Aufmerksamkeit unter den Tisch zu lenken versuchte. Er erhob sich. »Gut, ich gehe ein bißchen spazieren. Schau vielleicht mal bei Vivian vorbei.«

Agatha hatte sich ebenfalls erhoben, um sich an den Tresen zu begeben, und sagte: »Sie haben es für sechs Monate gemietet. Um zu sehen, ob es das Richtige ist.«

Trueblood und Melrose schauten Agatha an. Und dann einander. Sie lächelten.

»Worüber grinsen Sie beide?« fragte Jury.

»Über nichts.«

»Über nichts.«

Es schneite ein wenig, winzige, vereinzelte Flocken schwebten zur Erde. Vor dem Jack and Hammer blieb Jury an dem Erker stehen, in dem sie gesessen hatten.

»... ich kann es doch nicht übersehen haben«, sagte Trueblood.

»Haben Sie aber. Es war da drin.«

»Stecken Sie es weg«, flüsterte Trueblood. »Agatha kommt zurück.«

Kopfschüttelnd schaute Jury die High Street entlang. Der Briefträger zockelte auf dem Fahrrad vorbei, hielt bei Jurvis, dem Fleischer, und dann bei Ada Crisp.

Den ältlichen Postboten hatte Jury schon ein-, zweimal getroffen – im wahrsten Sinne des Wortes, denn der alte Mann konnte kaum noch etwas sehen. Aber Quick war steinalt, stocktaub und blind wie ein Maulwurf. Die Leute bekamen immer die falsche Post und mußten sie dann selbst zu den richtigen Empfängern bringen. Agatha hatte es sich natürlich zur Aufgabe erkoren, Long Piddleton von Abner Quick zu befreien, aber ohne Erfolg. Einen Brief an jemand anderen zu bekommen und dann zu dessen Cottage laufen zu müssen war eher eine willkommene Gelegenheit zu einer Extratasse Tee als zu einer Beschwerde. Und wenn man keinen Wert auf eine Tasse Tee mit einem bestimmten Empfänger legte, wartete man einfach, bis Mr. Quick wieder vorbeikam, oder brachte den Brief zur Poststelle und überließ es der Posthalterin dort, das Problem zu lösen.

Im Augenblick stand Ada Crisp neben ihrer Tür und las einen der Umschläge, die Abner Quick ihr hatte zukommen lassen. Sie sah entsetzt aus. Sie schaute auf, bemerkte Jury auf der anderen Straßenseite und winkte ihn zu sich.

»Hallo, Miss Crisp.« Sie schien wirklich schrecklich besorgt. »Kann ich Ihnen helfen?«

»Es geht um diesen Mr. Browne, dem Wrenn's Nest gehört.« Sie schaute über den Bürgersteig zur Ecke. Kläglich richtete sie den Blick auf Jury. »Hier steht, er bringt mich vor Gericht.«

»Vor Gericht? Warum, um alles in der Welt, das?«

»Er will mich hier raushaben, deshalb. Er will meinen Laden.« Sie wrang die Zipfel ihres Kittels. »Ich bin seit vierzig Jahren hier, Mr. Jury. Dieser Mensch ist vor drei Jahren gekommen, und meint, ihm gehört das Dorf. Er macht nichts als Ärger. Er sagt immer, er will ›expandieren‹. Jetzt frage ich Sie – was will denn so ein kleines Dorf mit solch einer riesigen Buchhandlung?«

Jury las den Brief, es war tatsächlich eine Vorladung. Er war sich sicher, daß die Beschwerden über Miss Crisps Laden (»öffentliches Ärgernis«) jeglicher Grundlage entbehrten, aber es ging ja auch nur darum, sie psychisch zu attackieren, nicht darum, sich mit ihr auf einer rationalen Ebene auseinanderzusetzen. Widerwartig. Und ein Unding waren die Gesetze, die so angelegt waren, daß man für jede grundlose Anschuldigung einen Grund erfinden konnte und jeder Idiot, jeder, der meinte, Schadensersatz einkassieren zu können, oder auf Rache aus war, ein Gerichtsverfahren anstrengen konnte. Jury schaute die Straße hinunter und lächelte.

Das Lächeln schien sie sichtbar aufzumuntern und eine schwere Bürde von ihren schmalen Schultern zu nehmen.

»Machen Sie sich keine Sorgen, Miss Crisp. Vielleicht geh ich einfach mal hinein und rede ein Wort mit Mr. Browne.«

»Würden Sie das tun? Da wäre ich Ihnen ja so dankbar.«

Jury drehte sich um und rief ihr im Weggehen zu: »Denken Sie an das Schwein, Miss Crisp!« Das bezog sich auf das Verfahren, das Agatha gegen den Fleischer Jurvis angestrengt hatte – genauer gesagt, gegen sein Gipsschwein.

Miss Crisp lachte und winkte ihm zu.

Im Wrenn's Nest Book Shoppe warteten zwei Leute, während Theo Wrenn Browne ein Buch stempelte und ein kleines Mädchen auszankte. Sie war die erste in der Reihe und wartete demütig schweigend vor dem Ladentisch. Sie hatte Schokoladenfingerabdrücke in einem der Ausleihbücher hinterlassen, und er drohte damit, ihr Pfandgeld einzubehalten. Die beiden Erwachsenen dahinter versuchten wegzuschauen. Sie rannte mit ihrem Buch hinaus.

Das Regal mit den Leihbüchern war die Konkurrenz zu Long Piddletons winziger, aber gut ausgestatteter Bibliothek. Für ein Dorf dieser Größe war es ungewöhnlich, eine Bibliothek zu unterhalten, und die Dorfbewohner waren entsprechend stolz darauf gewesen, bis Theo Wrenn Browne sich entschlossen hatte, deren Nutzlosigkeit zu beweisen. Er wartete mit dem neuesten Schwung Bestseller auf und schlug damit natürlich eine gewaltige Bresche in die Benutzerschaft der Bibliothek. Denn die Bibliothek mußte auf ihre Bücher warten, während Theo Wrenn Browne seine sofort bekam, schon Wochen, bevor sie rezensiert wurden. Bei alldem war sein Motiv nicht Geld, sondern Schadenfreude.

Während auf das Haupt des nächsten Ausleihers Worte wie Donnerschläge niederprasselten, las Jury das Schild, das die Ausleihregeln bekanntgab. Man mußte Pfandgeld hinterlassen, und es gab unterschiedliche Tarife für die einzelnen Wochentage und die einzelnen Bücher, und selbst einem Buchhalter wäre es schwergefallen, mit diesen Zahlen und Daten herumzujonglieren. Wenn es einen also nach einem neuen Buch, einem Bestseller oder seinem Lieblingsschriftsteller gelüstete, mußte man eine Menge Unfug in Kauf nehmen, und obendrein die herabsetzenden Bemerkungen Theo Wrenn Brownes.

Als der letzte Ausleiher gegangen war, sein Buch gestempelt (seine Tage gezählt), begrüßte Theo Wrenn Browne Jury ausgesprochen begeistert.

Jury lächelte zur Begrüßung und sagte: »Ich sehe, Sie haben einen neuen Geschäftszweig eröffnet.«

»Ach ja, der pure Dienst an der Öffentlichkeit, wissen Sie.« Er stieß einen lustvoll gequälten Seufzer aus. »Unsere Bibliothek hinkt immer so nach, Mr. Jury. Das predige ich der Gemeindeverwaltung schon seit Jahren.«

»Ich wußte gar nicht, daß es eine Gemeindeverwaltung gibt.«

»O doch. Long Piddleton hat eine Menge Probleme. Jetzt dränge ich darauf, daß wir in dem Wettbewerb um das schönste Dorf Englands mitmachen. Ich sehe gar nicht ein, warum es immer die Cotswolds sein müssen – Bibury und Broadway und dergleichen –, was meinen Sie? Northants muß ja nicht für immer und ewig als Industriegegend verschrien bleiben. Ich versuche, unser Image zu verändern. Wir brauchen gute PR-Arbeit. Müssen mehr Touristen anziehen, zum Beispiel. Wissen Sie, ich habe den Eindruck, allmählich werden wir auch für die Londoner attraktiv.«

»Was Sie nicht sagen. Mr. Browne, haben Sie eventuell *Bleakhaus*?«

»Den Dickens? Ganz bestimmt. Kommen Sie mal mit nach hinten.«

Als Jury ihm durch die vielen Regale mit Büchern folgte, dachte er, was es für eine Schande war, daß im Wrenn's Nest so eine Giftspritze wie Theo Wrenn Browne herumlief. Es war ein hübscher Laden: schwarze Balken, glänzende Böden, gepolsterte Fenstersitze, Ecken und Winkel. Und ein umfangreiches Sortiment neuer und antiquarischer Bücher.

»Aha. Sie mögen Dickens, nicht wahr? Na ja, jeder mag ihn. Wenn ich überlege, nach was für Mist sich die Leute die Hacken ablaufen. Ich muß es aber führen, wissen Sie. Grauenhafte Thriller, idiotische Krimis, romantischen Kitsch. Gott, hm, das bringt das Geschäft mit sich. Ich kann mich ja wohl schwerlich als Richter über den guten Geschmack aufspielen und mich weigern, Danielle Steel zu verkaufen. Jetzt muß ich sogar den Stuß von Johanna der Wahnsinnigen ordern. Meine Kunden sind bis nach Sidbury und Northampton gefahren, um sie sich zu besorgen. Minderwertige Liebesschnulzen.« Er schüttelte sich wohlig und gab Jury *Bleakhaus*. »Aber wenigstens freut es mich, daß Sie Dickens lesen.«

»Der Dickens ist gar nicht für mich; er ist für einen Bekannten, der überlegt, ob er gegen jemanden Anzeige erstattet. Er soll mal eine Kostprobe davon kriegen, wie die Justiz funktioniert.« Jury blätterte die Seiten durch. »Ich habe häufiger mal mit Zivilprozessen zu tun, und ich kann Ihnen sagen, weder für Geld noch gute Worte würde ich einen anstrengen.«

Theo Wrenn Browne hob seine hübsche kleine Hand zum Mund. »Oh?«

»Erst kürzlich habe ich erlebt, daß jemand dabei alles verloren hat – Ersparnisse, Job...« Jury schüttelte den Kopf und seufzte. »Wunderbar. Ich nehme es.«

Theo Wrenn hüstelte nervös. »Aber wenn man im Recht ist...«

Jury stieß ein kurzes, bellendes Gelächter aus. »Im Recht? Was tut denn das zur Sache? Der letzte Fall, von dem ich weiß, war der eines bekannten Ladenbesitzers in Piccadilly. Die Mieter über ihm, eine Frau und ihre sechsköpfige Brut, machten ihm das Leben zur Hölle. Nicht nur den lieben langen Tag das Kreischen und Brüllen, sondern die Gören schafften es sogar, nachts in seinem Laden alles auf den Kopf zu stellen. Sie richteten ein fürchterliches Tohuwabohu an und stahlen sogar etwas. Der arme Kerl versuchte, sie loszuwerden und ging vor Gericht. Drei Jahre hatte er damit zu tun, er mußte soviel Geld für die Anwälte und Gerichtskosten bezahlen, daß er zum Schluß sein Geschäft verlor. Jetzt geht er stempeln. Schrecklich.«

Sie schauten beide hoch zur Decke, und Jury schüttelte mitleidig den Kopf, als seien die Gören, die in seiner Schmerzensgeschichte eine so unrühmliche Rolle spielten, plötzlich leibhaftig in die eleganten Privatgemächer eingedrungen, wo Theo Wrenn Browne sich abends die neuesten minderwertigen Liebesschnulzen zu Gemüte führte.

»Jarndyce und Jarndyce, Mr. Browne«, sagte Jury, als er sein Buch bezahlte und Theo Wrenn Browne um einiges blasser, aber auch klüger, zurückließ.

Hinter der rotbraunen Steinbrücke duckten sich rund um den Dorfanger die Cottages, die Poststelle und Betty Balls Bäckerei. Obwohl Vivians Haus viel größer als ein Cottage war, nannte sie es doch so. Ein Zettel, mit Tesafilm an die Tür geklebt, verkündete, sie käme bald zurück.

Jury ging über den schneebedeckten Rasen zur Bank am Ententeich und setzte sich hin.

Er dachte über Jip nach. Jip mit ihrem Schreckgespenst von Tante und ihrer seltsamen Geschichte. Er zog das alte Foto aus der Tasche und studierte es. Bei dem Gedanken an das kleine Mädchen wurde er traurig. Vielleicht konnte er ihr helfen. Zumindest konnte er es versuchen.

Dann dachte er an Jenny Kennington und fühlte sich sehr viel wohler. Morgen oder übermorgen wollte er sie unbedingt in Stratford besuchen. Er lehnte sich zurück und beobachtete, wie die Enten unter den überhängenden Zweigen eines Schwarzdornbusches Schutz suchten. Es war zehn Jahre her, seit er das letzte Mal auf dieser Bank gesessen hatte; mit Vivian hatte er hier gesessen.

Vor zehn Jahren. War das möglich?

Der kleine Teich hatte eine ganz dünne Eisschicht, die in dem für die Jahreszeit ungewöhnlichen Sonnenschein zu schmelzen begann. Ein Entenpaar paddelte schläfrig unter den überhängenden Zweigen einer kleinen Weide dahin, deren Blätter die Oberfläche des Teichs streiften. Jury seufzte und stand auf. Eine Tasse Tee und etwas Süßes in Betty Balls Café wären jetzt nicht verkehrt.

Die Bäckerei befand sich auf der anderen Seite der Straße, die sich an der Brücke teilte und um den Anger führte, wo er saß. Die Bäckerei war im Erdgeschoß eines dreistöckigen Hauses und das Café in der obersten Etage, was bedeutete, daß man hoch hinaufklettern mußte, um eine Tasse Tee zu trinken, aber Betty Ball wollte offenbar aus nur ihr bekannten Gründen die Etage dazwischen für sich behalten. Vielleicht wohnte sie dort. Oder vielleicht hatte sie, wie Carole-anne, Pläne.

Jury nahm einen Erkertisch. Er wollte auf Long Piddleton hinunterblicken. Selbst im Sitzen konnte er fast das ganze Dorf sehen, bis zur Plague Alley, wo Agatha wohnte. Wenn er sich hinstellte, konnte er sogar den unmittelbar unter ihm liegenden Teil des Dorfes sehen. Mit seiner Tasse Tee und seinem Muffin stand er da, nahm einen Schluck, kaute und schaute hinaus. Dieser Standort bereitete ihm ein geradezu kindliches Vergnügen, er stellte sich vor, daß sein Blick von hier oben auf das Dorf wie der Blick Gottes war, und das Gefühl, allwissend zu sein, gefiel ihm, selbst wenn er nicht wie Gott allmächtig sein konnte. Es machte Spaß, das Dorf zu sehen, ein Miniaturdorf, wo er jetzt mit bloßem Auge seine eigene Spur verfolgen konnte.

Er sah Trueblood und Melrose Plant aus der Tür des Jack and Hammer auf der anderen Seite der Brücke treten. Sie kamen auf die Bäckerei zu. Ab und zu blieben sie stehen, um etwas zu diskutieren, und einmal sah es sogar aus, als seien sie in Streit geraten, denn beide drückten, wenn auch verschieden in Haltung und Gesten, Ärger und Ungeduld aus. Dann wandten sie sich nach rechts, und Jury bemerkte, daß Melrose einen großen braunen Umschlag trug. Sie gingen an mehreren Häusern auf der anderen Seite des Ententeichs vorbei und blieben vor der Poststelle stehen. Melrose wollte mit dem Päckchen hineingehen, aber Trueblood hielt ihn zurück. Sie steckten die Köpfe zusammen, und dann trat Trueblood einen Schritt zurück und gestikulierte mit der üblichen Trueblood-Theatralik. Er fuchtelte mit den Armen, als dirigiere er das Londoner Symphonieorchester, zeigte mit dem Finger wie mit einem Taktstock über die Brücke, und während Plant einfach stehenblieb, marschierte er auf und ab, schaute hierhin und dorthin, ging ungefähr hundert Meter weiter, sah anscheinend etwas, rannte zurück, und dann lehnten sich beide an das weißgetünchte Tudor-Haus, in dem die Poststelle und der Laden waren, rauchten eine Zigarette und schauten so lässig drein wie ein Paar unartiger Schuljungen, die darauf warten, daß der Direktor sie hopsnimmt.

Jury hatte sein Karottenmuffin gegessen und seinen Tee getrunken, ohne es richtig zu merken, und langte auf den Tisch, um sich noch eine Tasse einzuschenken, dazu Milch aus dem Krug. Dann tastete er nach dem Teller mit den Muffins. Das Ausschenken und Muffinjagen bewerkstelligte er, ohne den Blick auch nur einmal von dem kleinen Drama abzuwenden, das sich dort unten abspielte.

Mittlerweile war Abner Quick aufgetaucht. Er war mit seinem Fahrrad über die braune Brücke geholpert und ruhte sich vor der Poststelle aus. Melrose Plant und Marshall Trueblood begrüßten ihn auf das kameradschaftlichste, und Abner ging hinein, wahrscheinlich um die Ladung Post für die zweite Zustellung zu holen, um auch diese falschen Empfängern zukommen zu lassen.

Bald kam er mit einem Bündel Briefe, Drucksachen und ähnlichem wieder heraus, und während er den Postsack am Fahrrad befestigte, ließ Melrose Plant sein Päckchen in den Schnee zu seinen Füßen fallen. Unterdes verwickelte Trueblood Mr. Quick in ein Gespräch. Als Abner mit seinem Postsack davonradeln wollte, hielten sie beide an. Plant bückte sich, hob das Päckchen auf, und Trueblood händigte es ihm mit deutlichen Anweisungen aus. Er zeigte auf etwas, das die Anschrift sein mußte.

Da ja Abner Quick seine Runden nur deshalb mit einigem Erfolg drehen konnte, weil er sich das Dorf eingeprägt hatte wie ein

Buch in Blindenschrift, wußte Jury ziemlich genau, daß Plant und Trueblood ihm eine Wegbeschreibung gegeben hatten, damit das Päckchen auch sofort an die richtige Adresse kam.

Richard Jury hatte nicht über zwanzig Jahre bei Scotland Yard verbracht, um nun nicht gleich im Bilde zu sein, wer der Empfänger war. Er beobachtete, wie Abner Quick durch eine Gasse radelte, aus dem Blickfeld geriet, wieder auftauchte, hier anhielt, dort anhielt und sich um den Dorfanger herumarbeitete. Währenddessen hatten sich Plant und Trueblood zum Teich begeben und warfen Schneebälle, die aber nirgendwo landeten, sondern wie Federn auseinanderstoben. Zweifellos warteten sie darauf, daß die Sendung zugestellt wurde.

Kurze Zeit später erkannte Jury Vivian, weit jenseits der buckligen Brücke. Sie trug ihr Einkaufsnetz, das bestimmt voll kleiner, in Papier gewickelter Päckchen vom Fleischer Jurvis war. Vivian konnte man kilometerweit sehen, denn in der Sonne nahm ihr rotbraunes Haar die Farbe von Graham's Sherry an.

Plant und Trueblood sahen sie auch und hörten unverzüglich auf, den Teich mit leichtgewichtigen Schneebällen zu bombardieren. Sie machten ein Riesentrara, winkten und riefen ihr etwas zu. Vivian winkte zurück, machte ihr Gartentor auf und ging den Weg hinauf.

Jury hatte mittlerweile drei Muffins gegessen (und er haßte Karottenmuffins) und drei Tassen Tee getrunken. Aber jetzt zog es ihn magisch zu Vivians Haus. Er bezahlte seine Rechnung und ließ sich von dem Servierfräulein noch eine Schachtel mit Muffins einpacken (»Heute haben wir nur Karottenmuffins«). Mit dem Geschenk rannte er die Treppe hinunter auf den Dorfanger.

Mr. Quick hatte gerade vor Vivians Haus sein Fahrrad hingeworfen, als Jury Plant und Trueblood freundschaftlich winkte und ihnen zurief, er sein in Eile, weil er Vivian Muffins bringen wolle – zum Tee. Mit den Handschuhen voller Schnee standen sie da herum. Ob sie ihm und Vivian Gesellschaft leisten wollten?

Nein. Nichts weniger als das. Da war Jury sicher.

Mr. Quick radelte durch eine kleine Gasse weiter unten. Sein Postsack war um das Päckchen leichter, das Jury jetzt aus Vivians Briefkasten zog.

Er hielt es mit zwei anderen Briefen hoch und winkte mit dem ganzen Bettel Melrose Plant und Marshall Trueblood fröhlich zu.

»Was machen die beiden da draußen? Oh, danke«, sagte Vivian, nahm Jury die Briefe und das Päckchen aus der Hand und schaute aus dem Vorderfenster. Es hatte wieder angefangen zu schneien – nicht viel, nur ein paar Flocken wirbelten zur Erde.

»Ich dachte, Sie würden sich über ein paar Muffins freuen.« Jury hielt ihr die weiße Schachtel hin.

»Von Betty Ball?« Sie lächelte.

»Karottenmuffins. Ich hasse sie und habe drei gegessen.«

»Oh, ich mag Karottenmuffins«, log sie. »Wollen Sie einen Tee?«

»Nein, ich habe drei Tassen getrunken.«

»Eine pro Muffin. Interessant.« Sie hatte Briefe und Rechnungen geöffnet und die Umschläge weggeworfen. »Was ist denn das?« Fragend schaute sie das Päckchen an. »Aus Italien. Venedig.« Sie hielt es sich dicht vor die Augen und runzelte die Stirn. »Die Briefmarken sehen aber – komisch aus. Als wenn sie gar nicht richtig abgestempelt wären.«

»So?« Jury versuchte, gleichgültig zu klingen.

Sie öffnete den Umschlag und nahm das schwarze Buch heraus. *Das* schwarze Buch. Sie blätterte es durch, wurde immer skeptischer, schüttelte dann den braunen Umschlag und lugte hinein. Nichts. »Was ist das?« Sie betrachtete den schwarzen Ledereinband, blätterte wieder die Seiten durch, schüttelte das Buch. Nichts.

Jury wippte auf den Absätzen und beobachtete sie.

Vivian war völlig perplex. »Es sieht aus wie ein Tagebuch, mit

Daten und allem. Du liebe Güte, können Sie sich nicht mal hinsetzen?«

Jury murmelte ein, zwei beruhigende Worte und ging zum Fenster.

Vivian hielt das Buch auf Armeslänge über ihren Kopf, als könne das Licht des Kronleuchters seine trüben Tiefen durchdringen. »Hören Sie sich das an: ›Nichts ist mir mein Tal –‹«

»›Tod‹, nicht ›Tal‹.«

Vivian hob die Brauen. »Oh?«

Jury zuckte die Achseln. »Hm, ›nichts ist mir mein Tal‹ ergibt keinen Sinn...« Seine Stimme verlor sich. Er vermied, sie anzuschauen.

Sie lächelte. »Da haben Sie wohl recht.« Sie drehte den Umschlag noch einmal um, schaute wieder auf die Briefmarken, den Stempel, auf Jury. »Fragen Sie sich nicht, was das ist? Sie sehen gar nicht neugierig aus.«

»Neugierig? Natürlich bin ich neugierig. Aber ich werde doch meine Nase nicht in Ihre Angelegenheiten stecken.«

»Werden Sie nicht?« Vivian schaute durchs Fenster. »Das wäre ja mal etwas ganz Neues«, flötete sie. »Was in Gottes Namen machen die beiden da – spielen sie Denkmal?«

Wahrhaftig, dachte Jury, als er sich neben sie stellte: Plant und Trueblood standen da wie die Ölgötzen, den Blick aufs Haus gerichtet. Er seufzte.

»Über die Jahre habe ich den deutlichen Eindruck gewonnen, daß keiner von Ihnen will, daß ich Franco heirate.«

»Nein! Wie kommen Sie denn darauf?«

Sie las einen Absatz, kicherte und gab ihm das Buch. »Memoiren, nehme ich an. Er hat ja in seinem Leben auch schon allerhand erlebt. Schauen Sie sie an, sie werfen Schneebälle.«

Irritiert, daß sie diesen Unfug so gleichmütig schluckte, sagte er: »Fahren Sie nicht. Es ist einfach albern.«

Mit undurchdringlichem Gesicht schaute sie ihn an. »Aber ich habe ein Haus gemietet, für ein paar Wochen. Am Canale Grande. Sehr schön.«

»Was?« Er nahm sie wahrhaftig bei den Schultern und schüttelte sie.

Sie bewahrte Haltung. Faltete die Hände auf dem Rücken und seufzte. »Hm, wahrscheinlich versuche ich mir nur vorzumachen, ich sei frei.«

»Frei?«

»Haben Sie nie das Gefühl gehabt... Sie steckten fest? Im Leben, in der Arbeit?«

Ohne recht darüber nachzudenken, legte Jury ihr den Arm um die Schultern. »Ja – oh, ja.

»Das Problem ist, man fängt an, es zu genießen. Das Feststekken.« Sie warf einen Blick durch das behagliche Zimmer. »Dieselben Stühle, dieselben Gesichter. Die tägliche Routine, dieselben Freundschaften, dieselben Feindschaften. Es wird einem alles so vertraut. Und so sicher – zu sicher. Ich fühle mich begrenzt wie der kleine Teich da drüben. Ich fühle mich wie die Enten, die nur immer auf dem Wasser schwimmen. Doch es ist alles andere als unangenehm, vielleicht ist das das Problem. Locken sie«, sie deutete mit dem Kopf zum Anger, in Richtung ihrer beiden Freunde, »die Enten mit Brotkrumen ans Ufer, damit sie sie –?« Sie schüttelte den Kopf. »Idioten.«

Aber Jury achtete nicht sonderlich auf die Idioten; er dachte darüber nach, was sie gesagt hatte. »Mir gefällt, wie Sie das ausgedrückt haben, Vivian. Dieselben Gesichter, Freundschaften und Feindschaften. Vielleicht kann man auch gar nicht mehr erwarten.« Er dachte an seine Bude in Islington und sein Büro in New Scotland Yard. Dann lachte er.

»Was gibt's zu lachen?«

»Ach, ich lache über ein Lied, das mal sehr populär war. ›Das ist alles?‹ fragt die Sängerin immer. Sie meint das Leben. Als das Haus endlich bis auf die Grundmauern niedergebrannt ist, singt sie immer noch ›Das ist alles?‹ Nichts ist je genug. Ich meine, es war mal genug, aber je mehr man kriegt – Geld, Erfolg –, desto mehr gibt man sich der Täuschung hin, man brauche mehr. Aber einmal *war* es doch genug.« Er ergriff das Buch. »Da rackert man sich ab.«

Sie nahm es. »Ja, da rackert man sich ab.«

»Und wenn man eine Ente wäre, hätte man gerade einen Schneeball ins Gesicht gekriegt.«

Sie nickte. »Idioten.«

Tief in Gedanken versunken, standen sie da.

40

»*Pour vous*!« Theo Wrenn Browne plünderte seinen reichen Vorrat an Worten und Wendungen fremder Zunge, um eine langstielige Rose elegant auf den Tisch vor Diane Demorney zu plazieren. »*Une rose parfaite.*« Für den Fall, daß sein schleimiges Krämer-Französisch den Horizont der anderen überstieg, lächelte er sie an und übersetzte: »Eine perfekte Rose.«

Diane Demorney stopfte den Stiel in die leere Flasche von Plants Old Peculier. »Beim nächsten Mal aber bitte nichts unter einem perfekten Rolls!«

»Ich habe es Ihnen ja gesagt«, hub Johanna die Wahnsinnige an, deren Bemerkungen, wie primitiv Schreiben im Grunde sei, Theo Wrenn Browne mit seiner Rose unterbrochen hatte, »jeder Esel kann ein Buch schreiben. Melrose, nehmen Sie das nicht persönlich. Hauen Sie es nur raus.« Um die hohe Kunst des Raushauens zu simulieren, ließ sie die Finger auf imaginären Schreibmaschinentasten tanzen.

Melrose war ein ganz kleines bißchen bange geworden. Seit er wieder hier war, hatte er immensen Spaß mit seinem Krimi gehabt, jetzt aber bedrückte ihn, daß er Smithson allmählich zu ernst nahm. Des weiteren hatte er festgestellt, daß es ihm großes Vergnügen bereitete, im Dorf zu schreiben – in der Bibliothek, in Betty Balls Bäckerei beim Morgenkaffee und sogar auf der Bank am Ententeich. Und es gefiel ihm, mit seinem Notizbuch in der Hand und seinem Hund Mindy im Schlepptau spazierenzugehen und Stöckchen zu werfen, die Mindy nie holte. Hoffentlich wurde er nicht krank; Schriftsteller wurde er jedenfalls nicht.

Nichtsdestoweniger hatte das Schriftstellerleben auch seine guten Seiten. Vivian wurde nicht nur in England festgehalten, es hielt auch Agatha aus Ardry End fern und Richard Jury fern von London. Im Moment stand Jury am Kamin und zischte mit Withersby ein Bierchen.

»*Gin Lane*, Kapitel sieben. ›Tief verstört stand Smithson –‹«

»Halt, halt, alter Kämpe! Ich kann mich gar nicht erinnern, daß ich Kapitel zwei bis sechs zu Gesicht bekommen hätte«, sagte Marshall Trueblood.

»Ich dachte, der Titel sei *Der Opal*«, sagte Diane Demorney.

Woraufhin Melrose sagte: »Die Kapitel habe ich noch nicht abgetippt.« Noch nicht einmal geschrieben. Er wollte endlich zu Smithsons Grübeleien kommen. »›Tief verstört stand Smithson –‹«

Vivian fragte: »Ja, aber was ist mit dem *Opal*?«

Trueblood zwirbelte das Ende seines orangefarbenen Schals. »Ist ›Gin Lane‹ nicht eine Serie von Stichen von Cruikshank?«

»Typisch Melrose, er stiehlt, was er kann«, sagte Agatha.

Ob der Literatenstammtisch in Algonquin auch so abgelaufen war? Melrose las:

> – stand Smithson da und erinnerte sich plötzlich an die Uhrzeit, die er unter dem zerschmetterten Glas von Lord Haycocks Taschenuhr abgelesen hatte.

Theo Wrenn stieß einen theatralischen Seufzer aus. »Allmächtiger! Was für ein *cliché*!«

»Shakespeare hatte keine Angst vor *clichés*«, sagte Melrose und versuchte, sich an eines zu erinnern.

Smithson begriff, daß folgendes geschehen sein mußte: Entweder hatte jemand die Zeiger an der Wanduhr oder die an der Taschenuhr verstellt. Der Butler hatte zuvor betont, daß beide Uhren immer auf die Sekunde genau gingen.

Melrose rückte an seiner Brille.

Smithson hatte nicht bemerkt, daß Nora durch die Verandatür hereingeschlüpft war –

Johanna die Wahnsinnige unterbrach: »Meinen Sie nicht, Sie sollten seiner Frau einen anderen Namen geben? Nora und Nick gibt es doch schon. Und sie sind entsetzlich berühmt. Besonders, weil sie immer Champagner trinkt und Hüte liebt.«

»Ja. Es ist nur ein Tippfehler. Es muß Norma heißen.« Melrose zog zwei kleine Bögen mit seinem Füllfederhalter.

Norma trug ein schwarzes, eng tailliertes Kostüm und ein raffiniertes rotes Hütchen, an dem schwarze Federn prangten.

»Hast du Feuer, Liebling?« Sie ging zu Smithson, die Zigarette in den rotlackierten Halter gesteckt.

Smithson gab ihr Feuer und fragte sie, warum sie hier sei.

»Ich habe nur über die Uhr nachgedacht. Meinst du, Church würde mir einen Champagner-Cocktail bringen?«

»Und wieso hast du an die Uhr gedacht?« Smithson rief den Butler, indem er an der mit Gobelinstoff bezogenen Klingel neben dem Kamin zog.

Norma setzte sich. »Das sticht doch ins Auge.«

»Das tut es in Geschichten immer.« Richard Jury war herübergeschlendert und hatte Mrs. Withersby einem Selbstgespräch überlassen, das sie sicher in dem Glauben fortführte, sie rede immer noch mit dem Superintendent.

Er trank sein Pint und lehnte sich dicht neben Melrose an die Wand.

Melrose wünschte, er ginge – nicht nach London, nur wieder zum Kamin. Es war ihm nicht so lieb, daß ein Kriminalpolizist hörte, was Smithson tat.

Aber bevor Norma ausreden konnte, erschien Church mit einer eisgekühlten Flasche Dom Pérignon und ein paar Keksen. Sie dankte ihm.

»Wo ist Chloe?« fragte sie und goß Champagner über ein in Kräuterlikör getunktes Stück Würfelzucker.

»Im Auto. Was sticht ins Auge? Sag's mir.«

Norma trank, rauchte und dachte. Ihr Verstand arbeitete sehr subtil; es war schwer, sie zu einer direkten Antwort zu bewegen.

Noras – Normas, meine ich – Verhältnis zur Sprache war dekonstruktivistisch; Worte waren Lügen. Keine absichtlichen Lügen natürlich, aber die schiere Wahl der Worte, und mithin die Negierung anderer Worte, schloß Bedeutungen aus. Smithson hielt das Lösen von Fällen für eine Wissenschaft, Norma für eine Kunst. Sie sagte: »Rede doch noch einmal mit dem Mann im Pförtnerhaus. Ich habe das Gefühl, da stimmt etwas nicht.«

»Herrgott!« sagte Theo Wrenn Browne. »Ein Pförtnerhaus? Wie originell!«

Joanna sagte: »Für ein Pförtnerhaus würden Sie einen Mord begehen, Theo – Sie würden Ihre eigene Großmutter strecken und vierteilen. Weiter, Melrose.«

Smithson fuhr knirschend über den Kies zur Einfahrt hinunter.

Mit den Knöcheln klopfte er an die gläserne Trennwand, hinter der der Pförtner über etwas gebeugt saß, das aussah wie ein sehr großes schwarzes, uraltes Buch mit brüchigem Einband. Den Titel konnte Smithson nicht lesen, weil eine Staubschicht darauf lag. Als der Pförtner beim Klang von Smithsons Stimme das Buch zuschlug, wirbelten Staubflocken durch die schräg fallenden Sonnenstrahlen. »Ja, Sir?«

»Noch ein paar Fragen, Charles. Sie haben gesagt, Seine Lordschaft habe die Uhrzeit mit Ihnen verglichen, als er am Donnerstagabend hier am Pförtnerhaus anhielt.«

»Jawohl, das hat er. Und zwar äußerst penibel. Hat sich vergewissert, daß er die Zeit auf die Minute genau hatte, jawohl. Hat auf seine eigene Uhr – eine Rolex – geschaut und mich gefragt, wie spät es bei mir wäre, und ich sag: ›Neun Uhr zwei.‹ ›Na gut, in Ordnung‹, sagte er, ›genau das zeigt meine Rolex auch.‹ Dann sagt er zu mir, ich soll die Wanduhr überprüfen, damit es ganz sicher ist.« Hier deutete Charles mit dem Kopf auf die große weiße Uhr über ihm. »Weil, wissen Sie, es muß alles seine Richtigkeit haben, weil sie an die Alarmanlage angeschlossen ist. Ich sag: ›Neun Uhr zwei‹, und Seine Lordschaft wiederholt es ein paarmal und«, Charles brach in Gelächter aus, »also, da kann man ja nicht vergessen, wie spät es war, nach dem ganzen Hin- und Herüberprüfen, was? Aber Seine Lordschaft, er sagt immer noch, daß die Zeit auf der Wanduhr für ihn mehr nach neun Uhr drei aussieht, und ich sag: ›Ja natürlich, wir beide reden ja schon mindestens dreißig Sekunden miteinander, da muß es ja neun Uhr und zweieinhalb sein.‹ Und er hält das Ohr an sein Autoradio und sagt: ›Hm, das muß richtig sein, die Nachrichten sind dran.‹ Ich weiß, was Sie denken, Sir. Lord Haycock ist um neun Uhr fünfundzwanzig gestorben, und Sie fragen sich, wann Mr. Gabriel weggefahren ist, und ich kann Ihnen sagen: es war neun Uhr zwei und ging auf neun Uhr drei zu.«

Smithson bedankte sich bei Charles. Als er über die Schulter zurückblickte, bemerkte er, daß Charles das schwarze Buch hinter seinem Stuhl wieder hervorgeholt hatte. Hatte er es vor ihm versteckt?

Norma trank Champagner und knabberte an einem Keks, als Smithson ihr berichtete, was Charles gesagt hatte. Sie sprudelte geradezu vor Neugierde –

»Was?« fragte Trueblood. »Sprudelte? Kommt bestimmt von dem ganzen Champagner. Hat wahrscheinlich eine Magnum geleert.« Er hatte eine vergoldete Nagelfeile gezückt und bearbeitete seinen Ringfinger.

»Und«, mischte sich Diane ein, »Norma trägt ein absolut schreckliches Kostüm. Den Teil würde ich gern für Sie schreiben.«

»Besten Dank.« Melrose las weiter:

»Aber wenn es neun Uhr zwei war, warum hat dann die Haushälterin erwähnt, die Kirchenglocken hätten die Viertelstunde geschlagen, als sie die Drinks hereinbrachte?«

Norma schenkte ihrem Gatten ein winziges Lächeln. »Kirchenglocken sind berüchtigt dafür, daß sie immer falsch gehen, Liebster –«

Diane fuhr dazwischen. »Das war natürlich der Knackpunkt in dem Buch von Sayers.«

»Worüber reden Sie?« fragte Joanna. »Ihre Glocken haben nicht nur Uhrzeit geschlagen. Aber es ist sowieso irrelevant.«

»Das habe ich nicht gemeint. Aber ihr Detektiv, Lord Sowieso –«

»Wimsey«, sagte Vivian. »Lord Peter Wimsey.«

»Er hat die Glocken stundenlang geläutet und wußte offenbar ganz genau, wann die Glocken läuteten. Trotzdem klettert er wie ein Affe den Turm hoch, obwohl er weiß, was mit dem Opfer passiert. Ich weiß nicht mehr, wer es war, ich habe die Geschichte vergessen, aber Sie wissen schon, was ich meine.«

»Es sind keine Glocken, Liebling, es ist das Radio«, sagte Norma.

»Was?« Smithson war baff.

»Das Autoradio. Gabriel hat nie Radio gehört, nur seine DCCs!«

»Mein Gott! Du hast recht! Damit ist klar, daß er lügt.«

»Ja, aber wer lügt, Liebling?«

Sie wurden unterbrochen, denn die Tür wurde aufgerissen. Eine junge Frau in Twinset, Tweedkostüm und Kaschmirschal kam mit großen Schritten herein. Sie schien völlig durcheinander zu sein. »Sind Sie Inspector Smithson? Ich bin Lord Haycocks Stieftochter, Imogene.«

»Trinken Sie einen Schluck Champagner, meine Liebe«, sagte Norma mit einem sonnigen Lächeln. Norma war immer die Gelassenheit in Person.

»Ein bißchen früh für mich, danke nein. Ich bin hergekommen, um mich mit Charles zu unterhalten. Er hat gesagt, Sie hätten ihm eine Menge Fragen gestellt darüber, wie Gabriel mit ihm die Zeit verglichen hat. Ich weiß, was Sie denken!«

»So?«

»Ja. Sie denken, Gabriel habe so ein Getue gemacht, weil er sicherstellen wollte, daß Charles sich genau an die Zeit erinnerte, als er gefahren ist, und daß das passierte, bevor mein Stiefvater ermordet worden ist.«

»Das wäre uns zuallerletzt in den Sinn gekommen, meine Liebe.« Norma goß Champagner nach.

Schmollend sagte Imogene: »In Krimis fragen die Leute immer die Pförtner.«

Smithson und Norma lachten. Der Detective sagte: »Aber wir sind im wirklichen Leben, nicht in einem Ihrer Krimis.«

Jury machte ein Geräusch. Melrose schaute hoch. Jury lehnte da und trank mit teilnahmsloser Miene sein Bier.

> »Er hatte immer einen Tick mit der Zeit!« rief Imogene. »Von Kindheit an. Einerlei, er hat ein Alibi! Er war den ganzen Abend bei mir!«

Dick Scroggs war zum Tisch gekommen und brachte frische Getränke. »Was schwafelt sie da?« Er drehte den Zahnstocher im Mund, wartete die Antwort aber nicht ab, sondern ging zum Tresen und zu seinem *Bald Eagle* zurück.

Vivian sagte: »Sie ist verliebt in Gabriel, ihm zuliebe lügt sie.«

»Nein, ist sie nicht«, sagte Melrose ruhig.

Alle starrten ihn an.

»Einen Moment mal«, sagte Joanna, »am Anfang haben wir *gesehen*, wie Gabriel Lord Haycock umgebracht hat.«

»Stimmt, altes Haus. Vergessen Sie nicht, daß Sie gesagt haben, es sei einer dieser invertierten Krimis«, sagte Marshall und legte seine Nagelhautschere weg.

Melrose schraubte seinen Füllfederhalter zu und schaute hochzufrieden drein. »Er ist invertiert-extrovertiert.«

Sie schauten sich alle der Reihe nach an und dann Richard Jury. Der zuckte bloß mit den Achseln.

Theo Wrenn Browne wandte sich angeekelt ab, und Agatha brabbelte irgendwas von Betrug am Leser.

Vivian war wirklich verwirrt. »Aber Melrose, wir haben *gesehen*, wie Gabriel Lord Haycock ermordet hat.«

Genüßlich sagte Melrose: »Sie meinen, Sie haben *geglaubt*, Sie hätten es gesehen.« Sie sollten mal eine Kostprobe von Maxims Schicksal kriegen. Dann lehnte er sich zurück, schaute die Decke an und dachte, wie wunderschön es doch war, Krimis zu schreiben. *Gin Lane* war ein großartiger Titel.

Diane Demorney war natürlich bei der extrovertierten Inversion nicht mehr mitgekommen. Sie sagte: »*Der Opal* war ein besserer Titel. Die Story muß in Marokko enden.«

»Tut sie aber nicht. Sie heißt *Gin Lane*, weil... weil sie in Shoreditch endet. Oder in Whitechapel. Vielleicht«, fügte er hinzu.

Da er sich noch nicht auf ein bestimmtes Ende festgelegt hatte und schon gar nicht auf einen Teil irgendeiner Stadt, war es auch Jacke wie Hose, ob das Ganze in Marokko oder nirgendwo endete. Melrose aß eine Brezel und schaute glücklich zum Kamin, vor dem Mrs. Withersby schwatzte und sich selbst die Zeit und Sorgen vertrieb. Meine Güte, Schreiben hieß Freiheit! Er schaute wieder zur Decke und hatte das Gefühl, als schwebe er dort hinauf. Ihm war bisher gar nicht klar gewesen, wie befreiend es war, einen Krimi zu schreiben, und er wunderte sich, daß Polly Praed in einem fort über die Anforderungen und Einschränkungen meckerte und darüber, daß man zum Beispiel dauernd Fakten überprüfen müsse und so weiter und so fort –

»Arbeitet dieser Smithson bei Scotland Yard?« fragte Jury.

Au, verflucht, dachte Melrose, verließ die Zimmerdecke und landete unsanft auf dem Boden. Er seufzte. Jetzt kam die Moralpredigt.

»Ich habe mich nur gewundert, daß seine Frau die ganze Zeit dabei ist. Wenn ich mir die Bemerkung erlauben darf, sehr authentisch klingt das nicht.«

Vor diesem Eindringen der sogenannten Realität verschloß Melrose fest die Augen.

»Besonders«, predigte Jury weiter, »mit dieser Katze. Chloe?«

Da wurde Melrose aber hellwach. Jetzt hatte er Jury am Wickel. »Was ist denn mit dem Kater im Büro Ihres Chief Superintendent?«

»Ja, gut. Aber ich fahre ihn ja nun nicht mit im Dienstwagen durch die Gegend, oder? Cyril würde eh nicht mitkommen.«

Diane klopfte mit ihren blutroten Fingernägeln an ihr Glas und sagte: »Ach, sind Sie da nicht ein bißchen sehr pingelig, Superintendent? Mir gefällt Norma richtig gut. Wenn sie sich nur einen Hauch schicker kleiden würde.«

Dick Scroggs rief den Superintendent ans Telefon, und Jury begab sich zum Tresen.

»Ein Ma*cal*vie«, sagte Scroggs.

»*Mac*alvie«, korrigierte Jury ihn und nahm den Hörer.

»Ich versuche seit einer Woche, Sie zu erreichen, Jury«, sagte Macalvie ohne weitere Vorrede.

»Ich war nicht in England. Was wollen Sie?«

»Hm, es geht darum, was *Sie* wollen. Sie wollen einen Job. Also kommen Sie nach Exeter und helfen Sie uns aus.«

»Der Witz ist, Macalvie, ich bin kein freischaffender Cop.«

»Verdammt noch mal, Sie sind in Urlaub. Das haben Sie selbst gesagt.«

»Genau. Und was will ich mit einem dämlichen Fall in Exeter, wenn ich Urlaub habe?«

»Gut, ich bin ja auch der Meinung, daß niemand einen dämlichen Fall in Exeter will. Ich ja auch nicht. Aber ich könnte Hilfe gebrauchen.«

Jury ließ beinahe den Hörer fallen. Macalvie bat um Hilfe?

»– und weil ich sonst niemanden finde, frage ich Sie. Moment –«

Er drehte sich vom Telefon weg, um mit dem einen oder anderen seiner Untergebenen zu streiten, und in der Pause hatte Jury Zeit, einen Absatz in der Gartenkolumne des *Bald Eagle* zu lesen und sich zu überlegen, daß Macalvie Norma in einem sehr ähnlich war: auch der Davisional Commander hielt die Arbeit der Kripo für bestenfalls inexakte Wissenschaft. Macalvie glaubte nicht, daß das Sammeln einzelner Fakten notwendigerweise zu irgend etwas führte. Er versuchte stets, das Problem in seiner Gesamtheit zu begreifen, und wenn er dann seine überaus langen Schweigepausen an den Schauplätzen der Verbrechen einlegte, glaubten manche Leute, er sei im Stehen eingeschlafen.

»Es geht um die Tapissière.« Papiere raschelten; von weiter entfernt kam das gedämpfte Klappern einer Schreibmaschine.

Jury riß seine Gedanken von dem Petunienbeet los und fragte: »Die was?«

»Die Tapissière. Eine Dame, die Tapisserien macht.« Der ungeduldige Tonfall implizierte, daß das doch völlig klar sein müsse. »Sie ist zusammengebrochen, genau vor den liturgischen Kissen.«

»Liturgischen Kissen?«

»Bestickte Kissen. Paramentenstickerei. Künstlerisch wertvoll, historisch. Der Knüller in der Kathedrale.«

»Was war es denn – ihr Herz?«

»Kann sein. Der Gerichtsmediziner weiß nicht genau, was die Ursache ist.«

Jury runzelte die Stirn. »Wollen Sie damit sagen, sie ist ohne ersichtlichen Grund tot umgefallen?«

»Das sagt der Arzt. Er schleppt natürlich nur Schraubenschlüssel und Kneifzange in seinem Arztkoffer mit, vergessen Sie das nicht. Ich gebe Ihnen die Details, wenn Sie hier sind.«

Jury schüttelte den Kopf und richtete den Blick wieder auf das Blumenbeet. »Macalvie, tut mir leid, aber ich komme nicht mit. Ein Unfall in der Kathedrale und Sie rufen –«

»Warum nennen Sie es Unfall?«

»Warum ich es –? Macalvie, ich war nicht dabei, vergessen Sie das nicht.«

»Genau das ist das Problem.« Von irgendwoher kam plötzliches Krachen, und Macalvie drehte sich vom Telefon weg, um jemanden anzuschnauzen. Sofort war Ruhe. »Das Kommissariat von Devon und Cornwall braucht ein paar gute Männer«, sagte er, wieder am Telefon.

»Aber Sie würden sich auch mit mir zufrieden geben.«

»Alles klar. Bis bald.« Macalvie hing auf.

Jury schüttelte den Kopf, ging zum Tisch zurück und erzählte der versammelten Runde von der Tapissière, die vor den liturgischen Kissen in der Kathedrale von Exeter zusammengebrochen war.

»Aha, das Stendhal-Syndrom«, sagte Diane. »Melrose, lesen Sie Ihre Geschichte weiter. Mir gefällt sie.«

Melrose stöhnte. »Da scheinen Sie die einzige zu sein, Diane.«

»Nein, ist sie nicht«, keifte Vivian. »Ich finde sie wunderbar. Gewiß besser, als *das* hier.« Sie lächelte und winkte mit dem schwarzen Notizbuch.

Trueblood brachte die Vorderbeine seines Stuhls mit einem dumpfen Knall herunter. Melrose sperrte Mund und Nase auf.

»Zuerst hatte ich überhaupt keine Ahnung, was es sein könnte. Und dann fiel es mir ein.« Sie schaute sich am Tisch um und kostete die Spannung, die sie nun auch einmal verursachte, voll aus; ihr Blick blieb an Marshall, dann an Melrose hängen.

»Was fiel Ihnen ein?«

»Ja, was?«

»Francos Cousin. Ich hoffe, Sie haben nichts dagegen, Joanna –«

»Wogegen?«

»Also, der Cousin ist Schriftsteller, und als er seinen ersten Roman geschrieben hat, habe ich so nebenbei erwähnt, daß ich Sie kenne und«, ihr kleines Lachen war genauso unecht wie die Geste, mit der sie Joannas Hand ergriff, »hm, er hat gefragt, ob Sie ihm vielleicht helfen können.«

Plant und Trueblood starrten sich über den Tisch hinweg an.

Schmierig grinsend verkündete Theo Wrenn Browne: »Was das angeht, ist Joanna nicht sehr hilfsbereit.«

»Ach, wirklich?« Joanna erwiderte das Grinsen. »Ich helfe gern, wenn einer nur zu den geringsten Hoffnungen Anlaß gibt. Wovon handelt der Roman, Vivian?«

»Offenbar hat es was mit einem Bankraub zu tun. Im Mittelalter.«

Trueblood keuchte. Melrose rückte seine Brille zurecht und beugte sich näher zu Vivian.

Vivian fuhr fort: »Es ist eine merkwürdige Situation. Und warum ein Italiener San Francisco als Schauplatz wählen sollte...«

»Francisc*us*! Ein Mönch – *Aua!*« Trueblood bückte sich und rieb sich das Schienbein.

Sie zuckte mit den Schultern und schüttelte den Kopf über die abwegigen Schreibgewohnheiten der Italiener.

Jury kippte sich ein halbes Pint Bier hinter die Binde und verschluckte sich.

»Ein Banküberfall im Mittelalter?« Joanna wurde nachdenklich. »Warum nicht, wenn ich an meine –«

»Übel wurde mir vor Grauen. Oh, meine Münzen –«

»Oh, mein Mündel!« Trueblood brach ab, biß sich auf die Lippen und lächelte.

Melrose sah aus wie eine Schleiereule.

Jury schaute weg.

Vivian sagte: »Hm, die Handschrift ist ziemlich verschmiert, und ich kann nicht alles lesen. Und Dono steht mit der Rechtschreibung auf Kriegsfuß. Aber anscheinend verabreichen die Räuber der Kassiererin einen Schlaftrunk und tragen sie in eine Gruft, und sie wacht auf, als alles vorbei ist. Egal, ich hoffe, es macht Ihnen nichts aus, mal einen Blick hineinzuwerfen, Joanna.« Vivian erhob sich. »Ich muß packen. Danke.« Sie winkte übermütig und war zur Tür hinaus.

Jury erlitt einen stummen Lachanfall.

Plant und Trueblood schauten ohne jede Hoffnung auf das kleine schwarze Buch.

Da lachte Jury laut und sagte: »So, Jungs, schluckt *das* und das auch noch –« er knallte sein Pint auf den Tisch. »– und das Pferd, auf dem ihr gekommen seid!«

DANKSAGUNGEN

Meinen aufrichtigen Dank Jeff Jerome, dem Kustos des Poe-Hauses in der Amity Street; dem Genealogen William Adams Reitwiesner für seine Hilfe bei den Feinheiten adeliger Erbfolgen und Titelansprüche; Maria Wrzesinski für die exzellente *copie*; und den Perrys für die neuesten Nachrichten aus der National Football League.

... und meinen Freunden und Studenten an der Johns Hopkins University versichere ich: Ich habe niemals einen Vlasic dort kennengelernt. Auch keinen Mini-Vlasic.